MICHAELA NEUMANN

HERZBLUT

Buch

Die verstümmelte Leiche einer jungen Frau wird im Boston Public Garden gefunden - mit einer persönlichen Nachricht an Lieutenant James Reynolds: "Ich bin zurück". James wird in die Vergangenheit katapultiert, zum psychisch kranken Mörder Matthew Boyed, der vor einigen Jahren vier junge Frauen gequält und getötet hatte. James hatte jedoch den Fall damals gelöst und den Täter hinter Gitter gebracht, wo er noch heute sein sollte.

Gab es einen Komplizen, den James übersah oder hat er es mit einem Nachahmungstäter zu tun?

Die Kriminalpsychologin Dr. Hope O'Reilly ist die Einzige, die Zugang zu Boyed fand und wird erneut auf die Probe gestellt. James und Hope versuchen den Täter zu finden, bevor die nächste junge Frau stirbt.

Autorin

Michaela Neumann wurde 1993 in Bayern, Deutschland, geboren. Hauptberuflich arbeitet sie in der Tourismusbranche und beschäftigt sich in ihrer Freizeit mit dem Schreiben. Die Veröffentlichung ihres ersten Thrillers ist die Erfüllung eines Lebenstraums.

MICHAELA NEUMANN

HERZBLUT

THRILLER

REYNOLDS UND O'REILLY SERIE 1

1. Auflage

Umschlaggestaltung: Josip Bošnjak, Andrea Haydl
Umschlagfoto: Josip Bošnjak
Druck und Bindung: SOWA Sp. z o.o. ul.
Raszyńska 13
05-500 Piaseczno
Printed in Poland

Neumann Willes Verlag
Weidacher Weg 12
83329 Waging am See
ISBN: 978-3-96698-887-2

Dieses Buch ist auch als E-Book erhältlich.

Für all diejenigen, die jeden Tag an meiner Seite sind.

Eins

Logan Reynolds wachte vom »Ping« des Anschnallzeichen auf – der Flieger war im Landeanflug. Man konnte die Anspannung der Passagiere spüren, wie bei jedem Start oder jeder Landung. Das unbehagliche Gefühl, ob alles glatt laufen wird. Logan hatte keine Probleme beim Fliegen. Sollte er je abstürzen, würde er beim Aufprall sowieso nichts spüren und sollte bei der Landung etwas schief gehen, könnte er sich voll und ganz auf das Sicherheitspersonal des Flughafens verlassen, dass sie ihren Job richtig machen würden.

Es ging nicht schief, der Pilot landete die Maschine sanft auf dem Rollfeld und fuhr zum Gate. Die erleichterten Passagiere drängten sich wie immer aus dem Flugzeug, wie Ameisen aus ihrem Bau. Logan ließ sich Zeit. Erst, als alle anderen an ihm vorbei waren, stand er auf, holte seine Tasche, die erstaunlich leicht für einen geplanten Aufenthalt von zwei Wochen war, aus dem Fach über seinem Sitz und zwang sich Richtung Ausstieg zu gehen. Die hübsche Stewardess im roten, engen Kleid, das nichts zum Fantasieren übrigließ, zwinkerte ihm zu und wünschte ihm einen angenehmen Aufenthalt. Normalerweise hätte er sie zu einem Drink in ihrem Hotel eingeladen und wäre im Verlauf des Abends für alles offen gewesen. Doch an diesem Tag ging es um etwas Anderes.

Sein Bruder wartete bereits mit einem breiten Grinsen am Gate auf ihn. Er winkte Logan zu, als er ihn entdeckte. Logan hatte seinen Bruder seit fünf Jahren nicht mehr gesehen und er war sich noch nicht sicher, ob es eine gute Idee war, ihn zu besuchen. Am liebsten wäre er im Flieger sitzen geblieben und wieder zurück nach Los Angeles geflogen, um sich seinem Job zu widmen und einen Mordfall aufzuklären. Diese Angelegenheit wäre wahrscheinlich angenehmer, als das, was ihm bevorstand. Logan hatte lange Abstand von seinem Bruder genommen, hatte aber dann doch ein schlechtes Gewissen bekommen.

Logan hatte seine letzte Chance verpasst, doch noch umzudrehen, denn James kam schon mit ausgebreiteten Armen auf ihn zugelaufen. Galant schlängelte er sich zwischen den Menschenmassen, die zum Kofferband marschierten, vorbei und blieb, kurz bevor er Logan erreicht hatte, vor ihm stehen. Er musterte ihn von oben bis unten und sagte mit einem ehrlich gemeinten Lächeln: »Gut siehst du aus, Bruder.« James schloss Logan in die Arme und drückte ihn fest an sich.

Obwohl Logan sich vor dem Antritt der Reise so dagegen gewehrt hatte hierher zu kommen, fühlte es sich gut an, seinen kleinen Bruder nach langer Zeit wieder in den Armen zu halten.

»Ich bin so froh, dich zu sehen, Mann«, sagte James und löste sich aus der Umarmung.

Logan nickte langsam und antwortete: »Dito.«

James nahm ihm seine Reisetasche ab und führte ihn in Richtung Parkhaus an Cafés vorbei. Logan hielt kurz inne und genoss den Geruch von frischen Plunderstücken und heißem Kaffee. Er entschloss sich einen Coffee to go zu bestellen. Mit dem angenehm warmen Becher in der Hand gingen sie weiter. Auf dem Weg dorthin begrüßte James gefühlte hundert Sicherheitsleute und stellte ihnen allen seinen Bruder aus Los Angeles vor. Sein kleiner Bruder war in Boston bekannt wie John Travolta in L A. Er hatte vor ungefähr drei Jahren einen psychopathischen Serienkiller hinter Gitter gebracht und wurde jetzt von allen gefeiert. Sogar vom Präsident höchstpersönlich. Logan würde mit dieser Aufmerksamkeit nie zurechtkommen. Er hasste es, im Mittelpunkt zu stehen, deshalb zog er sich meistens zurück, sobald er einen großen Fall abschloss.

Ja, die Liste der Dinge, die er hasste, war eindeutig länger als die der Dinge, die er mochte. Das war schon in seiner Kindheit so gewesen. Deshalb versteifte er sich darauf, perfekte Leistungen in der Schule und in seiner Polizeiausbildung zu erbringen, anstatt sich Freunde zu machen. Seine Leistungen und ein paar alte Kontakte seines Vaters erbrachten ihm dann den langersehnten Job als Captain – als einer der Jüngsten die je zu einem Captain ernannt worden waren. Damals, angetrieben von dem Willen, Gerechtigkeit herrschen zu lassen, dachte er, er könnte etwas bewegen in dieser dreckigen Stadt und den grausamen Mord am damaligen Chief of Police des LAPD John Reynolds, seinem Vater, aufzuklären. Heute wusste er es besser. Das Lächerliche war, er hoffte immer noch, die Welt in ein gutes Licht rücken zu können.

James hingegen hatte das Glück, durch den Serienmörderfall die Karriereleiter sprichwörtlich hinauf zu fliegen. Logan gönnte seinem Bruder den Aufstieg zum Lieutenant, denn er wusste, dass er genauso hart arbeitete wie er selbst. Harte Arbeit lag in der Familie.

Als sie zum Auto schlenderten, musterte Logan seinen Bruder. Er war sportlicher geworden, muskulöser seit sie sich das letzte Mal gesehen hatten. Natürlich lag es im Auge des Betrachters, ob man *schon* fünf Jahre oder *erst* fünf Jahre meinte. Logan betrachtete es aus der Schon-fünf-Jahre-Sicht und so musste er sich eingestehen, dass er den kleinen Bruder anders in Erinnerung hatte. Im Nachhinein konnte Logan sich über die Tatsache, dass James eine sanfte Persönlichkeit und ein Muttersöhnchen war, nur glücklich schätzen, denn so baute sich die enge Bindung zwischen ihm und seinen Vater John auf, der auf Logans Seite stand. Sie waren immer in den Park gegangen, wo ihm John beibrachte, wie man Baseball spielt, er lernte ihm, wie man Rad fährt und als Belohnung gab es Logans Lieblingsschokoladeneis. Aber er hatte ihn auch auf seine Zukunft vorbereitet, hatte ihm sein ganzes Wissen dargeboten, ihn mit auf das Revier mitgenommen, um ihn ein paar kleine Polizeiarbeiten machen zu lassen, wie Papierstapel sorgfältig alphabetisch abzuheften. John hatte immer gesagt, Polizeiarbeit sei nicht nur Verbrecher zu schnappen, sondern ebenso den lästigen Papierkram zu erledigen. Ihr Vater war noch von der alten Schule gewesen. Er drillte seine Jungs zu gutem Benehmen und Standhaftigkeit, wie er als Chief of Police es mit seinen Police Officer auch tat, vergaß aber nie, seine beiden Jungs in den Arm zu nehmen und bei Schularbeiten zu helfen. Logan hatte schon früh wichtige Taktiken aus der Polizeiarbeit gelernt und viel über das Verhalten von Menschen. James hatte sich immer zwischen das John-Logan-Gespann drängen wollen und John hatte es erlaubte – ganz zum Missfallen von Logan, denn er hatte seinen Vater für sich allein beansprucht, sein Bruder hatte schließlich ihre Mutter. Er wollte derjenige sein, der in die Police Academy ging und in die Fußstapfen seines Vaters stieg. Doch nach dem Tod ihres Vaters war alles anders gekommen. Beide hatten mit aller Macht den Fall ihres Vaters aufklären wollen. James hatte schon früher die Hoffnung als Logan verloren. Er war seiner großen Liebe nach Boston hinterher gezogen, ließ alles und jeden hinter sich und baute sich ein komplett neues Leben auf. Logan hatte nicht einfach neu starten können, er hatte seinen Vater, den einzigen Mensch, den er je geliebt hatte, nicht hinter sich lassen, nicht im Stich lassen können. Seine Lebensaufgabe war es, den brutalen Mord an seinem

Vater aufzuklären. Doch sein Vater hatte ihn auch gelehrt, seine Familie nicht zu vernachlässigen und so war er in Boston angekommen. Bei seiner Familie.

»Wie geht's deiner Ex-Frau?«, fragte Logan.

»Sie wohnt jetzt in einem Trailer Park mit ihrem Hippie Lover und zieht sich Zeug rein, von dem wir wahrscheinlich noch nie etwas gehört haben.« James lachte.

Doch Logan konnte einen Unterton erhaschen, den er aber nicht so richtig deuten konnte.

Ein Jahr, nachdem James aus LA weggezogen war, ging die Ehe mit seiner Traumfrau Kerry in die Brüche. Logan hatte es lediglich durch einen Bekannten erfahren, dass James immer mehr dem Alkohol verfiel und zunehmend den Boden unter den Füßen verlor. Soweit Logan wusste, war nur eine Kollegin von James für ihn da gewesen, hatte ihn wieder auf die richtige Bahn gebracht.

Auch wenn sie wenig Kontakt gehabt hatten, hätte James den Verstand besitzen müssen, sich bei Logan zu melden. Er wäre sofort zu ihm nach Boston geflogen. Doch dazu war James vermutlich zu stolz und das nahm er James immer noch übel.

James zögerte mit seiner Frage, stellte sie aber dann doch: »Und wie läuft's mit Mam?«

»Es hat sich nichts verändert. Du bist immer noch ihr Liebling und solltest sie mal wieder anrufen.« Logan zwinkerte ihm zu.

»Ich weiß.«

Sie stiegen in James` orangefarbenen 69er Chevy Camaro. James krempelte sich die Ärmel hoch und entblößte einen komplett tätowierten linken Arm.

»Wann hast du denn das machen lassen?«, fragte Logan erstaunt.

»Schon vor drei Jahren. Sieht toll aus, oder?«, antwortete James mit einem stolzen Lächeln.

»Steht dir.«

Nach dem kurzen Smalltalk vergiftete Schweigen die Luft, als würde Gas aus den Lüftungsschlitzen strömen, weil keiner der Beiden wusste, über welches Thema sie sprechen sollten. Die halbe Stunde zu James' Wohnung fühlte sich an, als wären es Tage. James Smartphone klingelte und löste die komische Stimmung im Wagen auf.

James drückte die Lautsprecher-Taste auf seinem Smartphone, welches in einer Halterung am Armaturenbrett angebracht war.

»Reynolds«, sagte er mit einer rauen Stimme. Doch kaum hatte der Anrufer seinen Namen und etwas von *Fund* gesagt, nahm James das Telefon in die Hand und schaltete die Freisprechanlage aus. Logan versuchte ein paar Worte zu erhaschen, aber James hatte sein Telefon fest ans Ohr gepresst. Seine Fingerknöchel liefen kalkweiß an, als würden die blanken Knochen aus der Haut stechen.

»Ich bin sofort da.«

James sah Logan einen kurzen Moment an, bevor er den Blick wieder starr auf die Straße richtete. Verwirrtheit und rasende Wut flackerte in seinen Augen auf.

»Alles in Ordnung?«

»Unser Familientreffen wird wohl anders, als wir uns das vorgestellt haben.«

Riskant wendete er an einer starkbefahrenen Kreuzung, welches mit lauten Hupen getadelt wurde und raste in Richtung Innenstadt.

*

Der Boston Public Garden erstrahlte in den zahlreichen Rot- und Brauntönen, die er im Herbst zu bieten hatte. Unter der dicken Blätterdecke am Boden konnte man die satten Rasenflächen nur erahnen. Die Vögel zwitscherten lautstark und suchten Nahrung unter Baumrinden. Im See spiegelten sich die großen Bäume und ließen die Szenerie wie ein Ölgemälde wirken. Manche Menschen würden Millionen für ein Bild wie dieses bezahlen, obwohl es doch viel eindrucksvoller war, es sich direkt in natura anzusehen. Eine laue Brise wehte um Logans Gesicht. Er beobachtete die verliebten Pärchen, die kichernd mit Schwanenbooten auf dem See tuckerten und die Grausamkeit der Realität, die nur wenige Meter von ihnen entfernt war. Logan zündete sich eine Zigarette an und schüttelte in Anbetracht der geliebten Naivität der Menschen den Kopf. Die Glut knisterte, als er einen langen Zug nahm. Er atmete den Rauch tief ein und ließ ihn ein paar Sekunden in seinen Lungen, bevor er ihn wieder ausstieß.

Er folgte James zu dem weit abgesperrten Tatort. Ein paar Beamte versuchten, den Schaulustigen die Sicht zu versperren und baten sie weiterzugehen. Die Routine der Polizei und dem forensischen Team trug eine seltsame Stille in sich. Sie funktionierten ohne Worte miteinander, wie ein Schweizer Uhrwerk. James wechselte ein paar Worte mit dem Beamten, der an der Absperrung stand und duckte sich dann unter dem Band hindurch. Der Beamte nickte Logan zu und ließ ihn ebenfalls die Absperrung passieren. Eigentlich hatte er an einem Tatort, welcher sich nicht in seinem Zuständigkeitsbereich befand, absolut nichts zu suchen, doch anscheinend hatte James durch sein positives Ansehen einen Vertrauensbonus und konnte Entscheidungen treffen, die nicht erst von ganz oben abgesegnet werden mussten.

Logan folgte James zum Tatort und bemerkte, dass er seinen kleinen Bruder noch nie so erwachsen gesehen hatte, wie in diesem Moment.

Er sah eine junge nackte Frau, die mit angewinkelten Beinen an einen Baum gelehnt saß. Sie sah aus, als würde sie ein Buch lesen oder einfach nur die Natur genießen, wenn sie bekleidet gewesen wäre.

James kniete sich neben die Gerichtsmedizinerin, und betrachtete die Leiche.

»Logan, das ist Dr. Mathilda Murphy. Dr. Murphy, mein Bruder Logan Reynolds, Captain des LAPD, Abteilung Homicide.«

Sie richtete ihren Oberkörper auf und sah nach oben. Graue Ringellocken umrahmten ihre eher jugendlichen Gesichtszüge und ihre makellose schwarze Haut. Es war der harte Ausdruck in ihren Augen, der dem Gegenüber verriet, über welch große Erfahrung sie im Gebiet er Gerichtsmedizin hatte.

»Die Ähnlichkeit ist verblüffend«, stellte Dr. Murphy nach ausgiebiger Musterung Logans fest.

Das war mehr als sarkastisch, denn schließlich hatten sie überhaupt keine Ähnlichkeit miteinander. Aber Logan hatte den Verdacht, dass sie etwas komplett Anderes andeutete.

»Die Freude ist ganz meinerseits.«

»Was haben wir?«, fragte James.

Sie schob ihre große Hornbrille auf die Nase.

»Unser Opfer ist weiblich, weiß, zwischen 20 und 25 Jahre, Todeszeitpunkt wahrscheinlich vor 14 bis 18 Stunden, da die Leichenstarre schon komplett eingesetzt hat und sich durch die Zersetzungsvorgänge noch nicht wieder gelöst hat. Sie wurde wahrscheinlich misshandelt und gefoltert, wenn man die Striemen und Blutergüsse an ihrem Körper betrachtet. Zudem hat sie eine Kopfverletzung und mehrere Einstichstellen am Hals. Todesursache ist vermutlich ein hypovolämischer Schock. Das bedeutet: Sie ist verblutet. Genaueres kann ich aber erst sagen, wenn ich sie auf meinem Tisch habe.«

Logan betrachtete die Leiche genauer. Der nackte Körper der Frau war mit klebrigem Blut verschmiert. Ihre Finger und Zehen waren eingekrallt und ihre Haut war so blass, dass man die blauen Adern hindurch scheinen sah. Die Fußsohlen waren voller Schrammen. Dunkle Blutergüsse und tiefe Schnitte zierten ihren schlanken Körper. An ihrem linken Unterarm waren tiefe Kratzspuren und ein großes Stück Fleisch war herausgebissen worden. Die Wunde war so tief, dass man Sehnen und Knochen erkennen konnte. Es sah aus, als hätte sich ein wildes Tier an ihr zu schaffen gemacht. Die Augen der Frau waren weit aufgerissen, die Angst in ihren großen Pupillen sprach Bände. Genau wie die verzerrten Gesichtszüge. Alles an ihr wirkte verkrampft.

»Unter den Fingernägeln, von denen sie nur noch drei hat, habe ich Blut und Reste von Haut gefunden. Nach dem DNA-Test kann ich sagen, ob es Fremdmaterial oder ihr eigenes ist. Und jetzt zum unerfreulichen Part.« Sie zögerte und wartete James' Reaktion ab. Als sie keine Veränderung feststellen konnte, holte sie tief Luft. »An ihrem rechten Schulterblatt wurden die Initialen »MB« eingebrannt.«

James' Augen verengten sich und eine tiefe Falte zog sich über seine Stirn. Er ballte die Fäuste. Logan war sofort klar, was das bedeutete. MB. Matthew Boyed.

Aber das konnte nicht sein, denn Boyed war seit seiner Verurteilung in einer psychiatrischen Anstalt untergebracht. Und das ohne Aussicht auf Entlassung. Zudem war die Anstalt gesichert wie Fort Knox. Das war damals James' größter Fall, der ihm die Beförderung zum Lieutenant einbrachte. Logan versuchte James die Anspannung zu nehmen und sagte: »Das kann etwas ganz Anderes bedeuten.«

»Ich muss telefonieren«, knurrte James und ging davon.

Logan schaute ihm hinterher.

»Ist so ein Tatort Neuland für Sie?«, fragte Dr. Murphy.

Aus seinen Gedanken gerissen antwortete er verwirrt: »Nein, nein … ich versuche alle Einzelheiten sinnvoll zusammenzufügen. Es gibt nur ein offensichtliches Problem an meiner Theorie. Und zwar des…«

Dr. Murphy unterbrach ihn abrupt.

»Logan, bitte verstehen Sie mich nicht falsch, Sie sind zwar Captain in LA, aber hier sind Sie nicht handlungsbefugt. Sie können also nicht erwarten, dass ich irgendwelche Informationen mit Ihnen teile. Halten Sie sich besser aus der Sache raus und überlassen sie die Ermittlungen Ihrem Bruder.«

Logan nickte, rieb sich dabei die Stirn. »Ich weiß, Sie haben Recht.«

Trotzdem konnte er nicht anders, als sich in den Fall einzumischen oder zumindest seinen Bruder zu unterstützen, denn das war er ihm nach der langen Funkstille schuldig. Sein Gehirn lief auf Hochtouren und war im Ermittlungsmodus, seine Gedanken rasten. Er versuchte alle Aspekte, die er kannte, zu ordnen und eine realistische Antwort zu finden. Doch wie man es drehte und wendete, es ergab alles keinen Sinn. Er betrachtete wieder die Leiche. Irgendetwas schien nicht ins Bild zu passen. Vielleicht lag es an ihrem Aussehen – sie war eine schöne Frau gewesen. Eine Stupsnase, geschwungene Wangenknochen und volle Lippen, die jetzt allerdings spröde und eingerissen waren. Logan fiel bei seiner Betrachtung etwas Anderes auf. Da war ein Hauch von Ungleichheit in ihrem Gesicht. Die linke Backe war dicker als ihre Rechte.

»Dr. Murphy, könnten Sie bitte den Mund des Opfers öffnen?«

»Ich habe Ihnen doch soeben gesagt, dass …«

Logan winkt ab. »Ja, ich weiß, aber ich vermute, dass da … öffnen Sie doch bitte einfach den Mund.«

Sie betrachte ihn einen Moment schweigend, dann nickte sie. »Halten Sie sich die Ohren zu. Diese Geräusche sind nichts für zarte Männerseelen.«

Dr. Murphy fasste mit beiden Händen in den leicht geöffneten Mund und drückte mit starker Kraft gegen den Widerstand den Kiefer nach unten. Es verlangte all ihr Kraft, um den Kiefer zu öffnen.

Ein Übelkeit erregendes Knacken durschnitt die Luft, als die Knochen unter dem Druck brachen. Ihr Kinn hing jetzt schlaff nach unten und brachte Ekelerregendes zum Vorschein. Murphy nahm eine lange Pinzette und brachte einen Brocken Fleisch aus dem Mund des Opfers zum Vorschein. Sie nahm einen Beweismittelbeutel und ließ das Fleisch in die Tüte fallen. Logan spürte, wie sein Magen rebellierte. Er holte tief Luft und riss sich zusammen. Er schaute noch einmal genauer hin. »Was ist das Weiße in ihrem Mund?«

Dr. Murphy führte erneut die Pinzette hinein. Sie zog einen kleinen Fetzen Papier heraus, entfaltete ihn und hielt ihn Logan entgegen.

»Ich bin zurück«, las Logan laut vor. Ein eiskalter Schauer lief ihm den Rücken hinunter. »Das ist gar nicht gut.«

Dr. Murphy packte den Zettel in einen durchsichtigen Beweismittelbeutel.

»Dr. Murphy, bringen Sie die Leiche in die Autopsie, ich möchte den Bericht so schnell wie möglich haben«, sagte Logan nun.

Dr. Murphy musste lachen. »Logan, haben Sie es schon vergessen? Das ist nicht Ihr Tatort. Hier darf nur ein Reynolds Anweisungen geben.«

Logan bekam sofort ein schlechtes Gewissen. »Tut mir leid. Es ist einfach mit mir durchgegangen.«

Murphy nickte, kehrte ihm den Rücken zu und widmete sich wieder der Leiche.

Logan hasste es, wenn er nicht agieren konnte, wie er wollte. Er versprach sich, dass dies die letzte Einmischung in den Fall war, und nahm einen Officer beiseite. »Lassen Sie die Spurensicherung die komplette Umgebung absuchen, wir müssen einen Hinweis finden. Und befragen Sie die Leute, vielleicht hat irgendjemand etwas gesehen.« Der Officer nickte, stellte ihn und seine Anweisungen nicht in Frage und gab seinen Kollegen Anweisungen. Die Beamten und die Spurensicherung schwirrten in alle Richtungen aus. Es war schier unmöglich, etwas Brauchbares zwischen dem feuchten Laub zu finden.

Logan betrachtete seine Umgebung, James war nirgends zu sehen.

Der Fall Matthew Boyed, Logan wusste alles darüber. Er hatte damals einen Gefallen bei einem Detektiv in Boston eingefordert, der ihm eine Zusammenfassung des Berichts zukommen ließ. Wenn er schon keinen direkten Kontakt zu seinem Bruder hatte, wollte er wenigstens wissen, mit welchen Dingen er sich rumschlagen musste. Also wusste er, dass der Mörder die Opfer fürsorglich ablegte, nachdem sie tot waren.

Sein Blick schweifte zu den Baumkronen. Ein heller Sonnenstrahl fiel durch die verbliebenen Blätter. Logan schirmte seine Augen mit der Hand ab und zündete sich mit der anderen eine Zigarette an. Der Mörder musste irgendwo geparkt haben, da er mit Sicherheit nicht mit einer Leiche über der Schulter einfach in den Park spaziert wäre und sich beim Abladen der Leiche im Verborgenen gehalten haben, falls jemand kam. Und sollte ihn doch jemand zu nahekommen, bevor er verschwinden konnte, musste er sich irgendwo verstecken können. Das einzig plausible Versteck waren die dichten Bäume, da es sonst keine Möglichkeit in diesem Park gab, um sich förmlich unsichtbar zu machen. Es galt also, die Verkehrskameras rund um den Park zu sichten und herauszufinden, ob dort jemand etwas abgeladen hatte. Sein Kopf brummte von den unzähligen Gedanken, die er hatte. Wichtig war, dass sie schnell handelten und keine kostbare Zeit mit bürokratischen Hindernissen verschenkten. Nicht nur, um den Täter schnell zu finden, sondern auch wegen James. Denn der Fall hatte ihm damals alles abverlangt und er hatte beinahe mit seinem Leben bezahlt. James hatte ihm zwar nie erzählt, wie es ihm damals ging, jedoch konnte man es ihm bei den Pressekonferenzen ansehen, wie nahe er einem Nervenzusammenbruch gewesen war.

Logan rieb sich das Gesicht, die abgebrannte Zigarette immer noch zwischen den Fingern. Als er seinen Bruder bei der Straße hinter den Büschen entdeckte, fiel ihm ein Gegenstand auf. Besser gesagt, ein Ast. Er verstaute den Zigarettenstummel in seinem Taschenaschenbecher und ging langsam darauf zu. Neben dem Ast waren zwei tiefe Schuhabdrücke in der nassen Erde. Es sah ganz danach aus, als wäre jemand vom Baum heruntergeklettert und der letzte Ast war unter der Last abgebrochen. Die Abdrücke schienen zu klein für den Mörder, denn eine Leiche zu transportieren erforderte Kraft, außer, man hatte einen Schubkarren oder Ähnliches, welche Spuren sie sicher entdeckt hätten. Aber ein Versuch war es wert. Er rief Dr. Murphy zu Hilfe, die sofort zu ihm rüberkam.

»Ich habe mich gerade etwas umgesehen und habe diese Fußabdrücke entdeckte. Was halten Sie davon? Könnte es nützlich sein?«

Dr. Murphy sah ihn schief an, als wüsste sie genau, was er da tat. Im nächsten Atemzug holte sie einen jungen Mann von der Spurensicherung. »Können Sie davon einen

Gipsabdruck machen und mich sofort über das Ergebnis informieren?«

»Natürlich, Doc.«

Murphy ging wieder zur Leiche zurück. Logan schaute zu James, doch der stand nicht mehr an der Straße. Er entdeckte ihn bei einem anderen Officer, welchen er mit hochrotem Gesicht anbrüllte. James sah sich um, entdeckte Logan und marschierte auf ihn zu.

»Der Officer hat mir gerade berichtet, dass du hier die Leute rumkommandierst«, zischte er. »Das ist mein Fall und ich gebe die Anweisungen.«

»Ich wollte dir nur helfen.«

»Ich habe deine Hilfe noch nie gebraucht und brauche sie auch jetzt nicht!« James stampfte an ihm vorbei und entfernte sich von ihm.

Logan konnte nicht verstehen, warum sein Bruder so übertrieben reagierte. Ja, er war in der Vergangenheit nicht oft für ihn dagewesen, aber wenn es hart auf hart kam, hielten sie immer zusammen. Es war doch logisch, dass Logan versuchte, ihn zu unterstützen. »James, warte!« Logan rannte ihm hinterher.

James stieg in seinen Wagen und startete den Motor. Logan konnte gerade noch einsteigen, da fuhr James auch schon los.

»Wo fährst du hin?«

»Aufs Revier. Wir treffen uns mit Dr. O'Reilly.«

*

Motorengeräusche. Ein lauter Knall, ein Schuss. Blut. Ein Mann stand am Straßenrand, versuchte zu begreifen. Er fasste sich ans Herz, betrachtete seine Hand. Hope hielt sich die Ohren zu, wie es

Kinder eben tun. Der Mann sah zu ihr, lächelte sie an und fiel auf die Knie. Das kleine Mädchen sah sein blutverschmiertes weißes Hemd. Ihr Puls raste. Sie wollte zu diesem Mann. Doch plötzlich waren überall Menschen zwischen ihr und ihm. Sie konnte nur ein paar kurze Blicke erhaschen, als sie versuchte, sich durch die Menge zu drängeln. Die Menschen ließen sie nicht durch, gerade so, als wollten sie sie daran hindern, ihr Ziel zu erreichen. Sie schrie, sie sollen sie durchlassen, aber die Gesichter wurden nur finsterer. Endlich machten die Leute Platz. Doch er war weg. Ein heftiger Ruck ging durch ihren ganzen Körper. Sie blickte nach unten und sah die rote Flüssigkeit, die aus ihrer Brust tropfte.

Hope schreckte aus ihrem Traum auf. Sie war schweißgebadet und atmete schwer. Immer der gleiche Traum – fast jede Nacht. Hope fasste sich an ihre Brust. Kein Blut. Sie schüttelte den Kopf, setzte sich an die Bettkante und massierte ihre Schläfen. Sonnenstrahlen fielen durch die offenen Vorhänge und leuchteten auf Dexter, Hopes treuen Rottweiler, der entspannt am Fußende des Bettes lag. Sie tätschelte seinen Kopf und er erwiderte die Zärtlichkeit mit einem freundlichen Hecheln.

Hope ging, immer noch benebelt von dem Traum, ins Bad und zog die Klamotten aus. Sie drehte das Wasser in der Dusche auf und stellte sich unter den heißen Strahl. Gedanken kreisten in ihrem Kopf. Warum hatte sie immer wieder diesen Traum? Warum gerade sie? Sie blickte in die Seelen grausamster Mörder, konnte sich in deren Geisteszustand hineinversetzen, aber sich selbst konnte sie nicht entschlüsseln.

Ein beklemmendes Gefühl machte sich in ihr breit. War das das Leben, welches sie sich immer erträumt hatte? Konnte sie dem unerträglichen Schmerz, der Gewalt und der Grausamkeit, die ihr Job mit sich brachten, noch lange standhalten? Sich Tag ein Tag aus in suizidgefährdete Patienten und Schwerverbrecher hineinfühlen. Es hieß, man solle die Arbeit nicht mit nach Hause nehmen. Leichter gesagt als getan. Die schrecklichen Bilder wollten einfach nicht aus ihrem Kopf verschwinden – genauso wenig, wie aus ihren Träumen. Als sie aus ihrer Heimatstadt London nach Boston zog, schien ein Kriminalpsychologie-Studium genau das Richtige zu sein. Doch inzwischen war sie sich nicht mehr sicher.

Sie stieg aus der Dusche und rubbelte die blonden Haare trocken. Der Spiegel war vom heißen Dampf angelaufen. Mit der flachen Hand strich sie darüber, damit sie sich betrachten konnte. Wurde sie langsam innerlich von den Schattenmonstern aufgefressen? Jahrelang hatte Hope versucht, den Albtraum zu verstehen. Die Suche nach Hinweisen oder zumindest Anhaltspunkten, warum sie ihn hatte, hatten sich zwecklos erwiesen.

Sie musterte sich im Spiegel. Die Gefühle waren noch nicht nach außen gedrungen, keine dunklen Augenringe, die die letzten schlaflosen Nächte verraten würden.

Hope zog sich eine Jogginghose und ein Top an und ging ins Wohnzimmer. Sie lebte in einer großzügigen Wohnung mit Gästezimmer, in einem Apartment-Komplex direkt am Strand. Naturbelassenes Holz war Hauptbestandteil der Wohnung. Die modern rustikal gestaltete Küche, in kühlen Grautönen gehalten, war mit dem Wohnzimmer durch eine Kochinsel verbunden. Durch die hohe Fensterfront hatte man einen wunderbaren Blick auf den Old Harbor Park und auf das Meer. Hope liebte das Meer. Der Anblick beruhigte sie und half ihr beim Nachdenken. Das Rauschen der Wellen bereitete ihr ein fast schwereloses Gefühl und lies sie entspannen.

Mit noch nassen Haaren ging sie ans Wohnzimmerfenster und schaute in die weite Ferne. Oft stellte sie sich vor, die Küste Englands am Horizont erhaschen zu können. Sie vermisste ihre Familie – ihre Eltern und ihre kleine Schwester. Leider hatte sie durch die Arbeit nur selten die Zeit, um nach London zu reisen und sie zu besuchen. Sie würde versuchen, sich nächsten Monat ein paar Wochen frei zunehmen.

Das Smartphone vibrierte auf dem dunklen Holzcouchtisch. Die Nachricht war kurz. Antonys Nachrichten waren immer kurz. *Heute Abend, 22.00 Uhr bei mir?*

Hope hatte seit längerer Zeit eine Affäre mit ihm. Mehr war nicht drin, denn wie sich herausstellte, war Antony kein Partner, den man seinen Eltern vorstellen wollte. Er war ein notorischer Fremdgeher. Hope wusste, dass er nebenbei noch andere Frauen am Start hatte und allen die gleiche alte Leier vorspielte. Trotzdem ließ sie sich auf ihn ein, denn irgendwie mochte sie ihn eben trotzdem. Er war ein guter Zuhörer und immer für sie da.

Sie legte das Handy wieder zurück auf den Tisch. Im Moment hatte sie keine große Lust, ihm zu schreiben, geschweige denn, ihn zu sehen. Ein anderes Bedürfnis war im Moment größer – ihr Magen knurrte. Sie ging in die Küche, stellte den Wasserkocher an und hängte Teebeutel in zwei Tassen. Die nassen Strähnen, die sich aus dem Handtuch lösten und auf die Schulter fielen, ließen sie frösteln. Der Übergang von Herbst zu Winter war an der Außentemperatur deutlich zu spüren. Die Sonne schien zwar, doch sie hatte nicht mehr genügend Kraft gegen die Kälte anzukämpfen.

Hope klopfte vorsichtig an der Tür des Gästeschlafzimmers. Ein leises Murmeln kam aus dem Zimmer, Schritte näherten sich der Tür. Langsam wurde die Klinke gedrückt und die Tür einen kleinen Spalt geöffnet. Ein verschlafenes Gesicht kam zum Vorschein.

»Guten Morgen«, sagte Hope. »Hast du gut geschlafen?«

»Mhm …«, antwortete Zoe, deren zerknautschtes Gesicht von zerzausten Haaren umgeben war.

»Ich habe uns Tee aufgesetzt. Willst du rauskommen?«

Zoe nickte und folgte Hope in die Küche. Ihre beste Freundin hatte mal wieder einen Schlafplatz für die Nacht gebraucht, da sie sich – wie so oft –mit ihrem Ehemann Tom gestritten hatte. Betrunken und komplett durch den Wind hatte sie am Abend zuvor vor Hopes Wohnung gestanden. Das verschmierte Make-Up ließ sie wie einen traurigen Waschbären aussehen. Fragen waren nicht mehr notwendig gewesen. Es war immer das gleiche Szenario. Zoe kriegte sich mit Tom in die Haare, betrank sich und nächtigte bei Hope. Tom war ein widerlicher Lügner, der nur Böses im Sinn hatte – das war zumindest Hope's Meinung.
Zoe ließ sich auf den Barhocker am Küchentresen sinken. Hope holte den Wasserkocher und goss das heiße Wasser in die Tassen.

Während Zoe auf den Teebeutel starrte, den sie abwesend durch das Wasser kreisen ließ, setzte sich Hope zu ihr.

»Hat er dir wieder wehgetan?« Beim letzten Mal hatte ihr Zoe anvertraut, dass Tom sie geschlagen hatte.

Die Frage riss Zoe aus ihren Gedanken. Mit aufgerissenen Augen starrte sie Hope an. »Nein! Natürlich nicht.«

Die Antwort kam zu schnell und zu unsicher. Hope wusste genau, dass das eine Lüge war. Ihre beste Freundin war Staatsanwältin und wusste nur zu gut, sich in rechtlichen Angelegenheiten zu verteidigen. Vor ihrem Ehemann schien sie dies jedoch nicht zu können. Liebe konnte so schrecklich sein. Allein die Aussagen der Männer, es tue ihnen unendlich leid und es würde nie wieder vorkommen, reichten aus, um die Hoffnung zu bewahren, dass sich alles ändern würde. Doch dem war nicht so. Bei keinem Mann, auch nicht bei Tom. Und das wusste Zoe genauso gut wie Hope. Aber die Liebe ließ einen den Verstand verlieren und blauäugig vor den Tatsachen stehen.

»Willst du dich nicht endlich mit dem Gedanken anfreunden, dich von ihm zu trennen?«

»Du verstehst das nicht. Er liebt mich. Und nur deswegen verhält er sich so – weil er mich nicht verlieren will.«

Schwachsinn, dachte Hope. Die gleiche Masche, die alle Männer dieser Sorte von sich gaben. Leere Worte, Ausreden, um sein eigenes Verhalten zu rechtfertigen. Hope wollte Zoe nur zu gern helfen, aber sie wusste genau, dass jeder Versuch zwecklos war. Für ihr Verhalten gab es dutzende psychologische Erklärungen. Doch Familie oder Freunde zu analysieren war nicht gerade vorteilhaft, da man nicht ausreichend Abstand zu den jeweiligen Situationen hatte. Zoes Verfassung verschlechterte sich bei jedem weiteren Streit, der mit Handgreiflichkeiten endete. Aber Hope waren die Hände gebunden, wenn sie ihre Hilfe nicht annehmen wollte. Das Einzige, was sie für Zoe tun konnte, war, für sie da zu sein, egal, wie sehr ihr die ganze Situation widerstrebte.

»Ich bitte dich nur um einen einzigen Gefallen.« Hope machte eine Pause und holte tief Luft. »Sag mir die Wahrheit. Was ist gestern Abend passiert?«

Zoe zögerte. Man konnte ihrem Gesicht ansehen, dass sie um Fassung rang.

»Es war eine Kurzschlussreaktion. Tom wollte das alles gar nicht. Er wusste selbst nicht, warum er es getan hat.«

Mehr musste Zoe nicht sagen. Hope wusste auch so, dass Tom wieder handgreiflich geworden war. Sie spürte, wie die Wut ihr das Blut in die Wangen trieb. Am liebsten wäre sie auf der Stelle zu ihm gefahren, um ihm zu drohen und womöglich zu schlagen. Aber sie durfte sich nicht auf das gleiche Niveau herablassen, auch wenn es nur zu logisch wäre. Sie musste jetzt diplomatisch vorgehen und nicht ausrasten.

»Soll ich dir einen Kühlbeutel bringen?, fragte sie.

Zoe nickte und zog langsam das ausgeblichene Nachthemd nach oben. Es offenbarte sich ein faustförmiger Bluterguss am Hüftknochen, der sich zwischen den Farben Dunkelviolett und Blau nicht entscheiden konnte. Eine typische Stelle, um Frauen zu schlagen. Es musste dort sein, wo es nicht jeder sehen konnte. Wenn er sie im Gesicht schlägt, was für Tom wahrscheinlich mehr befriedigender wäre, würde man Zoe darauf ansprechen. Natürlich könnte sie es leugnen, doch irgendwann würde man merken, dass da etwas nicht stimmen konnte.

Zoe sollte sich nicht bedrängt von Hope fühlen. Ihr Zuhause sollte ein Rückzugsort für Zoe sein, zu dem sie jederzeit kommen und wieder gehen konnte. Wenn Hope jetzt das Falsche sagen würde, würde sich Zoe zurückziehen und das Thema »Tom« meiden oder im schlimmsten Fall sogar totschweigen.

»Zoe … du hast so viele Fälle von häuslicher Gewalt bearbeitet, du kennst das Szenario.«

»Aber Tom ist nicht wie die anderen. Und ich weiß, dass er mich liebt. Ich bin selbst schuld. Ich hätte ihm einfach sagen müssen, dass ich noch mit einer Freundin einen Kaffee trinken gehe. Er hat sich Sorgen um mich gemacht.«

Verleumdung. Sich selbst die Schuld dafür geben. Emotionaler Terror. Ein lebendiges Beispiel für die zahlreichen Fachbücher über häusliche Gewalt.

Zoe war gefangen in dieser Konstellation und würde sich in Zukunft alles von Tom gefallen lassen. Hope wusste mit Sicherheit, dass sie etwas dagegen unternehmen musste, sofern es nicht schon zu spät war.

»Das ist nicht deine Schuld, Zoe. Sagt Tom dir denn alles und wo er sich gerade aufhält?«

Zoe's Wangen röteten sich vor Scham, den Blick richtete sie auf den Boden und spielte verlegen an ihren Nägeln. Ihre Augen füllen sich mit Tränen.

»Ich möchte ihm noch eine Chance geben. Wir haben darüber gesprochen, wie sehr er mich verletzt. Er ändert sich, das hat er mir hoch und heilig versprochen«, sagte sie und klang wie ein kleines Kind, dem Süßigkeiten nach dem Zahnarztbesuch zugesichert wurden.

Ihn darauf hinzuweisen, dass er sie verletzt, brachte überhaupt nichts.

Hope wiederum versprach sich selbst, sollte Tom noch ein einziges Mal seine Hand Zoe gegenüber erheben, würde sie alles Erdenkliche tun, um ihn aus Zoe's Leben verschwinden zu lassen. Koste es, was es wolle. Aber dies behielt sie natürlich für sich.

»Ich sollte jetzt gehen.« Zoe vermied den Augenkontakt, während sie aufstand, nickte aber. Sie verschwand im Schlafzimmer. Nach wenigen Minuten kam sie angezogen und mit gepackter Tasche wieder heraus.

»Ruf mich an, wenn du zu Hause bist«, sagte Zoe zum Abschied.

Dann war Zoe verschwunden.

Hope schaute durch das Fenster nach draußen. Sie fühlte sich hilflos. Die Welt drehte sich einfach weiter, als wäre nichts passiert.

Das Smartphone klingelte auf dem Wohnzimmertisch. Sie hatte keine Lust. Auf gar nichts. Nicht mal telefonieren wollte sie. Aber wie so oft siegte schlussendlich die Neugier. Sie schob den Barhocker zurück an die Theke und ging zum Smartphone. Auf dem Display erschien in Großbuchstaben der Name *TOM*. Das hatte ihr gerade noch gefehlt. Doch sie wollte zu gern wissen, was er ihr zu sagen hatte, also nahm sie ab.

»Hallo Tom.«

»Hi Hope.« Seine Nervosität konnte man durchs Telefon spüren. Die Stimme klang hektisch. »Ist Zoe bei dir? Sie war letzte Nacht nicht zu Hause.«

»Sie war bei mir.«

»Oh. Ähm. Gut. Wo ist sie jetzt?«

»Sie ist gerade auf dem Weg nach Hause und will sich mit dir versöhnen.«

»Ich habe mir solche Sorgen um sie gemacht. Sie ist mein Ein und Alles. Ohne sie bin ich nichts.«

Das ist wahr, dachte Hope, wagte es aber nicht es laut auszusprechen. Das ließ ihn nur wütend werden und würde zu nichts führen.

Ihr widerstrebte es mit jeder Faser in ihrem Körper, diesem Aas freundlich gegenüber zu sein. Doch mit dieser Sorte Menschen musste man vorsichtig umgehen, um die Menschen in deren Umgebung zu schützen. Soweit man es eben konnte. »Sei einfach nett zu ihr, Tom.«

»Natürlich Hope. Vielleicht kommst du mal zum Abendessen und dann können wir die Unannehmlichkeiten vergessen.«

»Vielleicht«, antwortete sie und legte auf.

Hope schloss die Augen und legte ihr Smartphone neben sich und das Gesicht in die Hände. Vielleicht sollte sie Zoe fragen, ob sie mit nach England kommen wollte. Der Abstand würde ihr sicher guttun, aber sie bezweifelte, dass Tom es *erlauben* würde.

Das Smartphone klingelte erneut. Wenn das wieder Tom war, würde sie das Telefon aus dem Fenster werfen. Sie öffnete langsam die Augen und schaute aufs Display. James. Erleichterung durchflutete sie.

»Hi James, was gibt's?«

»Du musst sofort aufs Revier kommen.«

»Was ist los?« Ihr Herz klopfte schneller. James klang ernst. Zu ernst.

»Boyed!«

Hope wurde schwindelig und sie musste sich an der Sofalehne festhalten. »Ich bin unterwegs.«

Zwei

James saß in seinem kleinen Büro am Schreibtisch, den Kopf in die Hände gestützt. Von draußen drangen Geräusche herein. Gemurmel, ständig klingelnde Telefone – Geräusche der Geschäftigkeit. Doch James schien sie nicht zu hören. Er brütete über den alten Fallakten und sah dabei nicht wirklich zuversichtlich aus. Logan ließ ihn nicht aus den Augen, dabei spielte er mit dem Feuerzeug. Er hätte eine Zigarette dringend nötig. Aber seit die nikotinverfärbten Tapeten einen strahlendweißen Anstrich bekommen hatten, herrschte im Gebäude Rauchverbot.

Doch mit einem Mal verstummte das Gemurmel. Logan schaute durch die Glaswand, mit der James' Büro vom Großraumbüro abgetrennt war. Eine junge Frau durchquerte den Raum. An ihrer Seite ein Rottweiler. Ein großer, muskulöser Hund, der nicht aussah, als könnte man entspannt mit ihm Ball im Park spielen. Es war aber nicht der Hund, dem die abschätzenden Blicke der Kollegen galten, es war eindeutig die Frau. Logan fragte sich, warum. Sie machte keinen unfreundlichen Eindruck, sie sah eher aus, wie eine Geschäftsfrau, die genau wusste, was sie wollte. Blondes Haar, rote Lippen; sie trug eine knallenge Jeans, die ihren weiblichen Kurven schmeichelten, eine weiße Bluse und Sneaker. Eins stand für Logan fest: Diese Frau würde er sicher nicht von seiner Bettkante stoßen. Dann kam sie näher und er richtete sich in seinem Stuhl auf. Sein Puls erhöhte sich. Er wandte den Blick schnell von ihr ab und hoffte, dass sie seine Gafferei nicht bemerkt hatte. Sie schien die erste Frau zu sein, die ihn in Verlegenheit brachte.

Als sie das Büro betrat, deutete sie ihrem Rottweiler an, sich zu setzen. Dieser befolgte dem Befehl sofort und setzte sich neben sie. An seinem Halsband hing eine Hundemarke mit dem Namen *Dexter* eingraviert.

»James?«

Ihre Stimme riss ihn aus seinen Gedanken. Er stand auf, ging zu ihr rüber und schloss sie in die Arme.

»Ich bin froh, dass du hier bist«, sagte er. »Ich weiß, dass du helfen kannst.«

»Hoffentlich.«

Logan räusperte sich.

»Oh, stimmt«, stotterte James und fuhr sich mit der Hand verwirrt durch das Haar, er war wohl noch halb in Gedanken bei den Fallakten.

»Logan, das ist Dr. O'Reilly. Dr. O'Reilly, das ist mein Bruder Logan Reynolds.«

»Bitte nennen Sie mich Hope«, sagte sie lächelnd und streckte Logan die Hand entgegen. »Der Doktortitel lässt mich so alt wirken.«

»Es freut mich, Sie kennen zu lernen«, sagte Logan.

»James hat mir schon sehr viel von Ihnen erzählt.«

»Hoffentlich nur Gutes.« Logan schmunzelte verlegen. »Kommen Sie aus Irland? Ich meine, wegen Ihres Nachnamens.«

»Nein. Aus London. Aber mein Urgroßvater war irischer Abstammung. Daher der Name.«

Logan hielt ihre Hand noch immer. Erst jetzt fiel ihm das leise Knurren des Rottweilers auf. Hope lächelte Logan an, entzog ihm seine Hand und schnipste einmal mit den Fingern. Der Hund war sofort still.

»Was ist passiert?«, fragte sie nun James.

James deutete auf den Stuhl neben Logan. Er wirkte auf Logan deutlich entspannter als am Tatort. Vermutlich lag das an Hopes Ausstrahlung. Irgendwie fühlte man sich sofort wohl in ihrer Umgebung. Doch er nahm noch mehr wahr. Den Geruch von Vanille und Früchte – sie roch nach Sommer.

»Bevor ich anfange, habe ich beschlossen, meine Informationen mit Logan zu teilen. Ich habe bei Bobby bereits einen Antrag eingereicht, dass mein Bruder uns bei den Ermittlungen als Berater unterstützen darf.«

Der Sinneswandel überraschte Logan und zugleich freute es ihn. Hope nickte zustimmend und nahm neben Logan Platz.

»Heute Morgen wurde eine Leiche im Boston Public Garden gefunden«, erklärt James Hope auf. »Die Frau war zwischen 20 und 25 Jahren alt und am Körper fanden sich Spuren von Folter. Ob sie sexuell missbraucht wurde, wissen wir erst, wenn Dr. Murphy fertig ist. Die Todesursache ist aller Wahrscheinlichkeit ein hypovolämischer Schock. So wie es aussieht, wurde die Pulsader mit den Zähnen rausgerissen. Dr. Murphy nimmt einen Zahnabdruck, um herauszufinden, ob sie es selbst getan hat oder der Täter. Es müssen unerträgliche Schmerzen gewesen sein. An ihrem Hals befanden sich mehrere Einstichstellen, vermutlich von Drogen, die sie gefügig machen sollten. Wir haben auf ihrem rechten Schulterblatt die eingebrannten Initialen *MB* gefunden. Und in ihrem Mund haben wir diesen Zettel gefunden.« James legte einen, in einer Beweismitteltüte verpackten, blutverschmierten Zettel auf den Schreibtisch. Hope griff danach und betrachtete den Fetzen genau.

»Ich bin zurück«, las sie laut vor. Danach schaute sie James an. »Wie ist das möglich? Das kann ja nur bedeuten, dass ihn irgendwer freigelassen oder er einen Komplizen hat.«

James nickte. »Ich habe gerade mit der Klinik telefoniert. Boyed sitzt ruhig und friedlich in seinem Zimmer. Wir müssen mit ihm sprechen. Und hier kommst du ins Spiel. Er mag dich. Du erinnerst ihn an seine verstorbene Tochter. Vielleicht kannst du ihm ein Detail entlocken.«

Hopes Magen zog sich zusammen. Sie hatte gehofft, nie wieder mit Boyed sprechen zu müssen. Sie hatte gemischte Gefühle, wenn sie in seiner Nähe war. Er konnte ihre Stimmung deuten und nach einer geraumen Zeit würde sie ihm wahrscheinlich alles erzählen.

»Ich werde mich sofort auf den Weg machen«, sagte sie trotz all ihrer Bedenken.

»Wir werden dich natürlich begleiten und vor der Tür warten. Brauchst du noch Zeit, um dich auf das Gespräch vorzubereiten?«

Sie winkte ab und sagte: »Der Fall ist mir präsenter, als es mir lieb wäre. Ich hole noch meine alten Unterlagen, dann treffen wir uns im St. Elisabeths. Hast du einen Termin mit seiner Psychiaterin gemacht?«

»Ja, sie wissen Bescheid.«

Hope nickte und verließ den Raum. Dexter folgte ihr dicht auf den Fersen. Die Gespräche im Großraumbüro verstummten dieses Mal nicht völlig, als Hope an den Kollegen vorbei Richtung Ausgang ging. Logan bemerkte aber, dass sie deutlich leiser wurden.

»Warum reagieren die Leute da draußen so auf Hope?«

»Sie hatte damals den maßgeblichen Hinweis im Fall Boyed geliefert, obwohl sie offiziell gar kein Teil der Ermittlung war. Die Medien haben sie in den Himmel hinauf gelobt. Ich erinnere mich noch sehr gut an die Schlagzeile: Junge attraktive Kriminalpsychologin lässt die Polizisten des Boston Police Departement im Abseits stehen. Die Kollegen sind einfach nur neidisch und hegen einen gewissen Groll gegen Hope, weil sie sie unbewusst bloßgestellt hatte. Und ihr Hang zu knurrenden Monstern macht die Sache nicht leichter. Also, ich spreche von Dexter. Der hasst Männer. Anfangs habe ich mir fast in die Hosen gemacht, wenn sie mit ihm ankam. Jedes Mal hat der mich angeknurrt. Aber jetzt, wo er weiß, dass ich nett zu seinem Frauchen bin, sind wir die besten Freunde. Zumindest empfinde *ich* das so.«

James hielt inne und fixierte Logan. »Tu mir den Gefallen und lass die Finger von ihr. Sie ist kein Spielzeug.«

Es fühlte sich an wie ein Schlag in die Magenhöhle, aber Logan musste sich eingestehen, dass James recht hatte. Logan hatte kein Bedürfnis nach festen und echten Beziehungen. Dafür war das Leben zu kurz und es gab so viel, dass man genießen konnte. Und es gab viele Frauen, die auch auf das Abenteuer standen, das er ihnen versprach.

Hope war aber keine von ihnen. Sie war wie ein Rätsel, dass man nie entschlüsseln konnte, wenn sie es nicht wollte. Und trotzdem gab sie einem das Gefühl, als würde man sich schon seit Ewigkeiten kennen. Logan war fasziniert von ihrer Persönlichkeit, von der er nur einen Bruchteil kannte. Ein lautes Knallen holte Logan aus seinen Gedanken. James klatschte vor seinem Gesicht mit den Händen. Er schüttelte den Kopf und lachte laut.

»Warst du gerade gedanklich im Schlafzimmer?«, scherzte er.

»Nein, ich dachte gerade an den Fall. Wieso ist die Beziehung zwischen O'Reilly und Boyed so besonders?«

»Boyeds Tochter wurde, als sie 25 Jahre alt war, von fünf Mitstudentinnen gemobbt und gestalkt. So lange, bis sie es nicht mehr ertragen konnte und Selbstmord beging. Boyed kam nie darüber hinweg. Wie sollte man das auch jemals vergessen können? Auf jeden Fall war seine Tochter gerade dabei, Psychologie zu studieren. Offenbar erinnert ihn Hope an seine Tochter. Er sagte immer, seine Tochter war genauso hübsch, ehrgeizig und klug wie sie. Zugegeben: Hope ähnelt seiner Tochter sogar ein bisschen.«

»Und wo haben sich Boyed und Hope kennengelernt? Wie kam es dazu?«, wollte Logan wissen.

»Hope war bei einer Pressekonferenz in ihrer Funktion als beratende Kriminalpsychologin dabei. Boyed hatte sie im Fernsehen gesehen – seitdem schrieb er ihr. Er beschrieb sich selbst in den Briefen und gab ihr Rätsel, die sie lösen sollte. Ein Rätsel war, wo wir das nächste und schlussendlich letzte Opfer finden würden. Es war so, als wollte er, dass wir ihn aufhalten. Nur deswegen konnten wir die junge Frau retten, weil wir mit Hope das Rätsel aus dem letzten Brief schnell lösen konnten. Ohne diesen Tipp wäre das Mädchen tot gewesen.«

»Verstehe«, sagte Logan.

»Boyed spricht nur mit Hope.« James klopfte Logan auf die Schulter. »Du brauchst es also gar nicht erst versuchen, mit ihm zu sprechen. Er wird dich ignorieren, genauso wie er mich ignoriert. Wir tun gut daran, vor der Tür zu warten.«

»Aber es wird jemand vom Sicherheitspersonal der Anstalt mit beim Gespräch dabei sein, oder?«

»Boyed hatte sich geweigert unter Aufsicht mit Hope zu reden und Hope hat dem zugestimmt. Er ist gefährlich und unberechenbar, aber er mag sie. Ich würde sie nicht zu ihm lassen, wenn ich anderer Meinung wäre. Du wirst es selbst sehen, wenn wir dort sind.«

Logan sah seinem kleinen Bruder an, dass er nicht komplett überzeugt war, dass auch er sich Sorgen um Hope machte. Logan kam nicht dazu, weiter mit James darüber zu sprechen, denn James` Smartphone klingelte und er ging ran.

»Dr. Murphy hat etwas für uns«, sagte James, nachdem er das Gespräch beendet hatte und stand auf. »Ach übrigens, unser Superintendent Bobby Fraser hat dir eine vorübergehende Erlaubnis für die Beratung der Ermittlung ausgestellt. Habe ich gerade per E-Mail erhalten. Aber nur, dass das klar ist – ich habe hier das Sagen.«

Logan hatte bereits von Bobby Fraser gehört – von James. Bobby war in den letzten Jahren zu einer Art Vaterfigur für James geworden. Sein engster Vertrauter. Sie arbeiteten Hand in Hand und Fraser ließ James genügend Spielraum bei den Ermittlungen, damit die Bürokratie nicht zu sehr dazwischen funkte. Die machte es immer schwerer einen Fall zu lösen.

»Ey, ey, Captain! Verstanden.« Logan streckte sich und nahm sich eine Zigarette aus der Schachtel, steckte sie hinter sein Ohr und erhob sich.

In diesem Moment erschien ein grauhaariger Mann in der Tür.

»Wir haben gerade von dir gesprochen, Bobby«, sagte James mit einem Lächeln.

»Ich bin ja nicht neugierig, aber ich wollte den jungen Herren persönlich kennenlernen, dem ich gerade gestattet habe, dir auf die Nerven gehen zu dürfen«, entgegnete Bobby.

»Das habe ich vor, Sir. Darf ich mich vorstellen? Logan Reynolds, der verschollene Bruder aus L.A.«, sagte Logan und streckte ihm die Hand entgegen. Mit einem kräftigen Händedruck schüttelte Bobby die seine und nickte, als würde er ihn in seinem Revier akzeptieren.

»Es ist mir ein Vergnügen, Sie bei uns begrüßen zu dürfen. Unter anderen Umständen würde ich Ihnen einen schönen Aufenthalt wünschen, aber Sie wissen ja … Und nennen Sie mich bitte Bobby.«

»Vielen Dank, Bobby«, antwortete Logan und wurde mit einem behaglichen Gefühl durchflutet.

Somit verabschiedete Bobby sich und die Brüder verließen das Revier.

Autolärm und kalte Temperaturen begrüßten sie auf der Plaza zwischen Revier und Gerichtsmedizin. Die Umgebung war einem kleinen Park nachempfunden – Bäume spendeten im Sommer Schatten und an grauen Tagen Schutz vor Regen; eine starke Eiche war der Mittelpunkt des Platzes. Um sie herum standen einladende Holzbänke, die an manchen Stellen anfingen, sich vom Regenwetter grün zu verfärben. Auch wenn die Sonne strahlte, war es immer noch sehr kalt. Eine Handvoll Beamte verbrachten nichtsdestotrotz ihre Mittagspause draußen und aßen den von zu Hause mitgebrachten Lunch.

Typisch für den neumodischen Gesundheitsdrang, dachte Logan, zog die Zigarette vom Ohr und steckte sie in den Mund. Ab an die frische Luft. Dass die Autos an ihnen vorbeirasen und die frische Luft daher gar keine frische Luft ist, bedenken sie nicht.

Logan zog genüsslich an seiner gar so ungesunden Zigarette. Seine Gedanken wanderten wieder zu Hope. Ob ihr das komische Verhalten der Mitarbeiter im Revier etwas ausmacht? Äußerlich war ihr nichts anzumerken, aber wie sieht es in ihr drin aus? Ließ es sie kalt? Gerne hätte er sie gefragt, aber das gehörte sich nicht – Logan kam schließlich aus gutem Hause und wusste, was man sich erlauben konnte und was nicht.

Er reckte den Kopf nach oben, betrachtete das Blau des Himmels und hoffte, auf andere Gedanken zu kommen.
Sein Handy vibrierte in seiner Brusttasche. Er zog es heraus, schaute aufs Display. Eine Nachricht von Stacy, seiner kleinen, pummeligen Kollegin, die in der Aktenkammer arbeitete. Sie war ein Engel bei allen Gelegenheiten. Logan bezeichnete sie als seine geheime Assistentin.

»Ich habe die Akte. Schicke sie heute noch nach Boston. Sollte in ein paar Tagen bei dir angekommen sein. Viel Glück.«

Logan hatte die alte Akte seines Vaters angefordert. Bis jetzt waren alle Namen der Zeugen geschwärzt gewesen, unter Verschluss gehalten worden. Wie so oft verhinderte Bürokratie die Aufklärung eines Falles. Doch jetzt, nach all den Jahren, war sie freigegeben worden und seine Neugier brannte. Endlich konnte er richtig ermitteln, ohne immer auf ein Hindernis wegen geheimen Informationen zu stoßen. Er schrieb zurück: *»Du bist ein Schatz. Ich schulde dir was, wenn ich zurück bin. Danke.«*

Als Dankeschön würde er mit ihr schick Essen gehen, sobald er zurück in Los Angeles war.

Er steckte das Handy zurück in die Brusttasche. Vorerst würde er James in die Aktensache nicht einweihen, erst, wenn er auf brauchbare Hinweise stoßen würde. Aber allein die Tatsache, dass er die Akte nun hatte, erfüllte ihn mit enthusiastischer Zufriedenheit.

Als sie den Eingang der Gerichtsmedizin erreichten, trat Logan die Kippe mit dem Schuh aus, hob sie auf und legte sie in seinen Taschenaschenbecher. James hielt ihm die Tür auf. Der Eingangsbereich hatte eine hohe Glasfront, die sich über drei Stockwerke ausbreitete. In den oberen Stockwerken befanden sich Privatpraxen vieler Hausärzte von der Allgemeinmedizin bis hin zur Urologie. Ob sich die Patienten hier unwohl fühlten, wenn sie daran dachten, dass sich direkt unter ihren Füßen die Gerichtsmedizin befand? Vermutlich nahmen sie das nicht einmal wahr. Der Großteil der Leute interessierte sich sowieso nur für den eigenen Kram.

Die Empfangsmitarbeiterin wünschte den beiden einen guten Tag und legte das Anmeldeprotokoll auf den Tresen. James las sich kurz durch die Liste und unterschrieb es. In der Zwischenzeit lehnte Logan am Empfangstresen und lächelte die Frau unentwegt an. Ja, es machte ihm Spaß, Frauen aus der Reserve zu locken. Bei einigen ging es erschreckend schnell, bei anderen dauerte es eine gewisse Zeit. Mit einer gewissen Zeit waren Stunden gemeint. Logan war sich seiner Wirkung auf Frauen bewusst und nutze sie, wo es nur ging.

Diese junge Dame gehörte zur ersten Kategorie. Ihre Wangen erröteten und sie strich sich die langen schwarzen Haare hinters Ohr.

James boxte Logan gegen den Oberarm. »Lass das!«, zischte er.

Logan seufzte. Hätte er ein bisschen mehr Zeit gehabt, dann hätte er sicher ihre Nummer bekommen. Aber manche Dinge mussten eben warten, also folgte er James zu den Aufzügen. Bevor sich die Türen schlossen, warf Logan der Frau noch einen Handkuss zu.

»Musste das sein? Hier geht es um eine ernstzunehmende Sache.«

»Ich bin voll dabei. Ein Schnittchen ist sie trotzdem.« Logan schmunzelte und zwinkerte seinem Bruder zu.

»Möchtest du nicht irgendwann einmal eine feste Beziehung eingehen?«

»Wozu? Damit es mir so ergeht wie dir?«

Es sollte als Scherz gemeint sein, aber an James' Gesicht war klar abzulesen, dass es so nicht angekommen war.

»Sorry. War nicht so gemeint«, sagte er daher.

James nickte, trotzdem spürte Logan, dass James verletzt war. Als sich die Türen endlich öffneten, kam ihnen ein kalter Luftzug entgegen, welcher die erhitzten Gemüter etwas abkühlte.

James marschierte mit schnellen Schritten auf den Eingang der Obduktionshalle zu. Sie gingen durch den Vorraum direkt in den Obduktionssaal. »Was habe ich dir über das Anklopfen beigebracht?«, zischte eine raue Stimme aus dem hinteren Teil des Raumes.

»Tut mir leid, Mathilda«, sagte James und klang wie ein kleines Kind, dass gerade eine Standpauke von seinen Eltern bekommen hatte.

»Eure Unstimmigkeiten könnt ihr wo anders austragen«, entgegnete ihm die Gerichtsmedizinerin. Dann schaute sie zu Logan, fixierte ihn und zog dabei die linke Augenbraue nach oben.

Logen hob abwehrend die Hände. Sofort hatte er das Gefühl, dass Dr. Murphy eine bessere Mutter abgab als ihre eigene.

James atmete einmal tief durch und stellte sich an den Tisch auf dem die Leiche aufgebahrt lag. »In Ordnung. Was hast du gefunden?«

Dr. Murphy richtete den Blick auf die Leiche. Man konnte es ihr ansehen, dass sie sichtlich bestürzt über das junge Opfer war.

»Den Zahnunterlagen zu folge heißt das Opfer Jenny Blake, 24 Jahre alt, wohnhaft hier in Boston. Es wurde keine Vermisstenanzeige gestellt. Laut der Akte war ihr Allgemeinzustand sehr labil, mehrere Selbstmordversuche, was auf die Opferwahl unseres Täters schließen lässt. Alles Weitere über das Mädchen könnt ihr hier nachlesen.« Dr. Murphy reichte Logan eine dicke Akte und richtet sich dann wieder zu James. »Ich nehme an, du hast Hope informiert, da sie beim letzten Fall auch dabei war. Sie kann dir dann bestimmt mehr über den Verhaltenszustand des Opfers sagen.« Sie nahm einen Zettel zur Hand »Das Blutbild von Jenny Blake zeigt eine gefährliche Dosis an Lysergsäurediethylamid, kurz gesagt LSD und Desomorphin – auch bekannt als die Krokodil Droge. Dieser Drogencocktail löste unvorstellbare Halluzinationen aus und führte dazu, dass die inneren Organe sich rasant selbst zerfraßen. Sie hatte keine Überlebenschance. Die Todesursache waren jedoch nicht die Drogen, sondern wie am Tatort schon vermutet, der Blutverlust. Die Analyse der Haut unter den Fingernägeln hat ergeben, dass diese von ihr selbst stammt, ebenso das Fleisch, welches wir im Mund gefunden haben.

Sie hat kleine Stichwunden am Thorax, welche durch einen scharfen Gegenstand, vermutlich ein einfaches Küchenmesser, verursacht wurden.«

Dr. Murphy umrundete den Tisch. Sie drehte die Leiche etwas auf die Seite, sodass die eingebrannten Buchstaben am Schulterblatt zum Vorschein kamen.

»Diese Buchstaben wurden post mortem zugefügt. Der Täter musste sie also beim Sterben beobachtet haben und sie nach dem Eintritt des Todes gebrandmarkt haben. Die Blutergüsse an den Oberschenkel Innenseiten sind Anzeichen einer Vergewaltigung. Im Inneren der Scheide sind starke Verletzungen festzustellen. Ein männliches Glied kann solche Verletzungen nicht verursachen. Aber nun zum Wichtigsten. Ich habe in ihrer Scheide Sperma gefunden.« Dr. Murphy zögerte einen Moment. »Diese stammt von Matthew Boyed.«

»Bist du sicher?«, fragte James.

Boyed hatte nie ein Opfer sexuell missbraucht. Dennoch stimmten andere Fakten mit seiner Vorgehensweise überein. Vielleicht hatte er seine Vorgehensweise geändert, dachte Logan.

Dr. Murphy nickte. James schüttelte den Kopf. »Es darf sich nicht wiederholen«, sagte James mehr zu sich als zu Logan oder Dr. Murphy.

Logan bemerkte, dass sich auf James` Stirn Schweiß bildete. James würgte, eilte zum Waschbecken und übergab sich. Logan konnte diese Reaktion nur zu gut verstehen. Von einer Sekunde zur anderen brach James hart erkämpftes »normales« Leben zusammen.

James lehnte am Waschbecken, er wirkte plötzlich unendlich müde, als hätte er eine Woche lang nicht geschlafen. Noch ein Schwall kämpfte sich über die Speiseröhre nach oben. Dieses Mal war es Galle. Logan reichte ihm ein Papiertuch, welches James ihm, ohne ihn anzusehen, entriss. Mit zitternder Hand wischte er sich den Mund ab.

»Habe ich damals etwas übersehen?«, murmelte James vor sich hin. »Hatte Boyed einen Komplizen, von dem wir nichts gewusst haben?«

»Das Sperma könnte auch an der Leiche platziert worden sein, um uns auf eine falsche Fährte zu locken", sagte Murphy.

Eine undurchdringliche Stille durchflutete den Raum. Keiner wagte es, sich zu rühren. Jeder Atemzug fühlte sich falsch an.

Nach einigen Sekunden, die sich wie Stunden anfühlten, nickte Dr. Murphy Logan zu und schlich sich unauffällig aus dem Obduktionssaal. Man konnte an ihrer Körperhaltung ein gewisses Unbehagen ausmachen, dennoch ließ sie die Leiche unbeaufsichtigt, damit sie den Brüdern einen Moment Privatsphäre genehmigen konnte, denn sie kannte James vermutlich gut genug, um zu wissen, dass er sehr unter Strom stand und ein beruhigendes Gespräch mit seinem Bruder vertragen könnte.

»Geht es dir gut?", war alles, was Logan im Moment einfiel.

»Wie sollte es mir denn gehen?", brüllte James und schlug mit der Faust auf die sauber polierte Stahlanrichte des Waschbeckens. Seine Wangen glühten purpurrot. »Was denkst du, was ich fühle? Komm schon, sag es mir!

Anscheinend weißt du besser, wie ich mich fühle als ich selbst."

Logan kannte dieses störrische, verzweifelte Verhalten aus seiner Kindheit – nur nicht in diesem Ausmaß. Sobald etwas in die Hose ging oder nicht wie erwartet seinen Verlauf genommen hatte, konnte James nicht mehr klar denken. Und es half nicht, ihn besänftigen zu wollen. Das Einzige, was ihn wieder zur Vernunft brachte, war ihm die Tatsachen vor die Füße zu werfen. Wie es sein Vater immer getan hatte.

»Reiß dich zusammen, James! Dr. Murphy könnte recht haben. Boyed könnte auch einen Komplizen in der Anstalt haben. Vielleicht möchte er sich an dir rächen, weil du ihn in diese Anstalt einliefern hast lassen und will dich in den Wahnsinn treiben. Und er wird nicht aufhören, dich in die Enge zu treiben, dich herauszufordern, bis er tot ist. Du darfst ihn nicht die Oberhand gewinnen lassen. Stell dich den Fakten und lasse dich nicht aus der Ruhe bringen. Ich weiß, dass du es kannst."

Es war gespenstisch, wie sehr Logan nach dessen Vater klang, doch es schien zu wirken. James` Muskeln entspannten sich etwas. Er nahm einen Schluck aus dem Hahn und spritzte sich kaltes Wasser ins Gesicht.

»Weißt du, ich zweifle nicht nur an meinem Urteilungsvermögen, sondern vor allem an mir selbst.«

»Denk mal nach, kleiner Bruder«, sagte Logan, überrascht über die ehrlichen Worte von James. »Hat sich deine Intuition jemals geirrt? Hast du je schlampig gearbeitet? Hättest du etwas übersehen können?«

James zerknüllte das Papiertuch und warf es ins Waschbecken.

»Ich hasse es, wenn du Recht hast", sagte James ohne jede Spur einer Emotion. Kein Zorn, keine Erleichterung und schon gar keine Dankbarkeit.

Vorsichtig schob Dr. Murphy den Kopf zwischen den Türen hindurch. »Alles in Ordnung hier drin?“

Vermutlich hatte man das Gebrülle bis vor die Tür gehört.

»Soweit.“ James wollte es sich nicht eingestehen, dass ihn sein Bruder wieder auf den Boden der Tatsachen gebracht hat, doch Logan wusste, dass es so war. Eigentlich war James nur eifersüchtig auf ihn, der wie immer alles ins Rechte rückte und wie ihr Vater war.

James blickte auf seine silberne Armbanduhr. Das dunkle Leder war abgewetzt und der Verschluss drohte zu reißen.

»Wir müssen los«, sagte er. »Danke, Mathilda.“ Er drückte ihr behutsam die Schulter.

Dr. Murphy schenkte ihm ein sanftes Lächeln und machte sich wieder an die Arbeit.

*

Die Fahrt zur St. Elisabeths` Nervenklinik zog sich wegen des einsetzenden Berufsverkehrs unangenehm in die Länge. James trommelte nervös mit den Fingern aufs Lenkrad. Die Sonne sank immer schneller. Bald würde sie untergegangen sein.

Als sie das Haupttor der Klinik erreichten, war es bereits dunkel. Bewaffnete Sicherheitsangestellte versperrten ihnen den Weg. James kurbelte das Fenster herunter und drückte auf die Sprechanlage, während ihn die Sicherheitsangestellten stoisch dabei beobachteten.

Eine blecherne Stimme meldete sich. »Bitte weisen Sie sich aus und nennen Sie den Grund Ihres Besuches.« Die Lustlosigkeit des Empfangsmitarbeiters triefte förmlich aus den Lautsprechern.

»Lieutenant Reynolds vom Boston PD. Wir haben einen Termin mit Mr. Boyed und seiner Psychiaterin.«

»Halten Sie Ihren Ausweis in die Kamera.«

James tat wie geheißen und wartete ungeduldig. Ohne eine weitere Anweisung öffneten sich die verzierten Tore mit einem ohrenbetäubenden Quietschen. Die Sicherheitsangestellten traten beiseite und machten den Weg frei.

Die Auffahrt zur Nervenklinik war eine lange Allee, die von dichten Buchen und Birken umschlossen war. Die Straße endete an einem runden Vorplatz, welchen ein imposanter, in die Jahre gekommener Springbrunnen zierte. James lenkte den Wagen auf einen der Mitarbeiterparkplätze vor dem rechten Flügel des Gebäudes. Eine kühle Brise durchflutete das Auto beim Öffnen der Türen. James sah Logan dabei zu, wie er sich streckte.

»Wieso fährst du nur ein so unbequemes Auto?«, fragte Logan.

»Weil es ein tolles Auto ist«, entgegnete er schulterzuckend.

James war seit der Verurteilung von Boyed nicht mehr hier gewesen. Er sah sich um und betrachtete die Szenerie.

Das Hauptgebäude, das wohl einst strahlend weiß gewesen sein musste, wurde nun von Efeuranken bedeckt und gab der grausamen Wirklichkeit hinter den Mauern einen romantischen Touch. Im 19. Jahrhundert war das Gebäude ein hoch angesehenes Hotel für die vermögenden Menschen auf der ganzen Welt.

Logan drängelte James weiterzugehen, da er Hope bereits entdeckt hatte. Sie gingen an einer heruntergekommenen Poollandschaft vorbei, die damals zu den modernsten Anlagen der Welt gehörte, jedoch heute ein Bild wie aus einem schlechten Horrorfilm zeigte. Den Pool füllte nun mehr kein Wasser, sondern verrottetes Laub, welches sich mittlerweile teilweise über die Jahre hinweg in eine dunkle, schlecht riechende Masse verwandelt hatte. Daneben gab der ausgediente Spielplatz mit verrosteten Geräten dem Gesamtbild einen faden Beigeschmack.

Hope wartete bereits vorm Haupteingang – Dexter an ihrer Seite. Als James und Logan auf sie zukamen, richtete sich der Rottweiler auf und beobachtete sie aufmerksam. Hope lächelte sie an, gab James einen Kuss auf die Wange und schüttelte Logan die Hand, die sie länger in der ihren hielt als nötig.

»Hallo Hope. Tut uns leid, wir sind spät dran. Der Verkehr war die Hölle. Musstest du lange warten?«

»Nein, nein. Schon gut. Sollen wir? Seine Psychiaterin sitzt schon auf heißen Kohlen und scheint in ziemlich mieser Stimmung zu sein – zumindest hat mir das die Empfangsdame erzählt.« Hope verdrehte die Augen.

»Na, dann mal los.«

Da Hunde in der Anstalt nicht erlaubt waren, befahl Hope Dexter draußen zu warten. Scheinbar hatte sie das Vertrauen in ihn, dass er nicht weglaufen würde.

James ging voraus zur Anmeldung, wechselte ein paar Worte, zeigte seinen Ausweis. Ein Pfleger kam aus dem Empfangszimmer und deutete den anderen, ihm zu folgen. Während sie hinter ihm hergingen, informierte James Hope über die Beweislage, welche die Gerichtsmedizinerin herausgefunden hatte.

»Nicht gerade die komplett gleiche Vorgehensweise, findest du nicht?«, fügte Hope hinzu.

Die vergilbten Neonröhren an der Decke der Flure flackerten fast unmerklich und tauchten die Gänge in ein ungesundes, gelbliches Licht. Die Türen der Patientenzimmer waren aus schwererem Material, James vermutete Eisen und Kunststoff. Boyeds Zimmer befand sich im ersten Stock, dort waren die Mörder untergebracht, welche suizidgefährdet waren und dort eine 24-Stunden-Überwachung hatten.

Eine beeindruckende Steintreppe führte in die oberen Stockwerke. Dort wurden sie von einer Schwester in Empfang genommen. »Sie möchten zu Mr. Boyed?«, fragte sie, wartete die Antwort aber nicht ab, sondern lächelte herzlich. »Gehen Sie einfach links den Flur entlang. Sollten Sie etwas brauchen, sagen Sie mir einfach Bescheid. Ich bin Schwester Suzi.« Dann war sie auch schon wieder in das Schwesternzimmer gegangen.

Auch in diesem Stockwerk hielten sich einige bewaffnete Sicherheitsangestellte auf. Wegen der hohen Verwahrungs-Standards fand Hope die bewaffneten Angestellte für nicht angebracht.

Boyeds Zimmer lag im linken Flügel des Gebäudes und die Psychiaterin wartete – umgeben von zwei Sicherheitsbeamten - bereits vor dessen Tür.

»Da müssen Sie hin«, sagte der Pfleger, und verabschiedete sich hastig.

Hope, Logan und James legten den Rest des Weges alleine zurück.

Für eine Psychiaterin sah die Frau etwas zu jung aus. Sie trug ein dezentes Make-up, welches ihren markanten Gesichtszügen sehr schmeichelte, und trotzdem, oder vielleicht gerade deswegen, war der genervte Blick von der Ferne deutlich zu erkennen. Ihr Namensschild an der Brusttasche baumelte bei jeder Bewegung hin und her. Dr. Harson.

»Ich hatte früher mit Ihnen gerechnet«, zischte sie.

»Ihnen auch einen guten Tag, Dr. Harson. Ist Ihr Patient soweit?«, fragte Hope in einem bestimmenden Ton.

»Es ist ganz und gar nicht in meinem Sinn, Mr. Boyed mit Ihnen allein sprechen zu lassen. Als seine Psychiaterin sollte ich bei jedem Gespräch anwesend sein. Ich möchte nicht, dass Sie ihm irgendwelche Worte in den Mund legen. Er ist sehr labil, jegliche Art von Stress könnte seinen hart erarbeiteten Fortschritt zunichte machen und wir müssten wieder von vorne anfangen.« Ihre Stimme bebte.

»Da Mr. Boyed nur mit mir allein bezüglich des Falls ehrlich sprechen wird, hat es keinen Zweck, sich dagegen zu sträuben«, sagte Hope mit einem freundlichen Lächeln. »Zudem kann er selbst entscheiden, ob Sie dabei sein sollen oder nicht. Ich kann Ihnen versichern, ich werden ihn nicht in eine unnötige Stresssituation bringen. Wenn Sie mich nun vorbeilassen würden.«

Dr. Harson lief knallrot an. Die Emotionen könnten jederzeit hochgehen, doch Hope stand selbstsicher vor ihr und rührte sich keinen Millimeter. Widerwillig machte Dr. Harson den Weg frei und drückte Hope die Patientenakte an die Brust.

»Wir sind gleich hier draußen, falls du uns brauchst«, versicherte James und gab den Wachen ein Zeichen, die Türe von Boyeds Zimmer aufzuschließen. Hope nickte und trat ins Zimmer.

*

Der Geruch von salzigem Rasierwasser füllte den Raum. Es war so penetrant, dass es Hope für einen Moment die Kehle zuschnürte.

»Einen wunderschönen guten Tag, Dr. O'Reilly«, brummte Boyed mit tiefer Stimme.

»Guten Tag, Mr. Boyed.«

Hope öffnete die großen Fenster, die durch dicke Gitterstäbe einen Ausbruch verhinderten, bevor sie sich in den abgewetzten Ledersessel setzte. Sie versuchte, eine angenehme, gelöste Stimmung zu bereiten – das machte vieles einfacher.

Boyed saß ihr gegenüber. Es trennte sie nur ein kleiner runder Kaffeetisch aus grauem Kunststoff. Das Zimmer war spartanisch eingerichtet. Ein altmodischer Schrank mit passender Kommode aus den 60ern, der Bettrahmen aus Metall, wie man es aus Krankenhäusern kannte. Die Wände waren kahl und grau. Die einzige Dekoration bestand aus einem künstlichen Blumenstrauß auf dem Beistelltisch neben dem Bett sowie die Aufbewahrungsbox der wenigen Habseligkeiten, die er besitzen durfte.

»Es freut mich außerordentlich, Sie endlich wiederzusehen.«

Hope wollte nicht darauf eingehen und versuchte ihn auf das eigentliche Thema, warum sie gekommen war, langsam hinzuführen. »Wie ist es Ihnen ergangen, seit Sie hier sind?«

Er schlug die Beine übereinander und verlagerte das Gewicht auf seine linke Seite. »Na ja, Sie wissen ja, wie es hier abläuft. Therapie hier, Therapie dort. Fragen über Fragen. Mein Tagesablauf beginnt damit, dass ich gezwungen werde, meine Medikamente zu nehmen; danach geht es zur Verhaltenstherapeutin, dann in die Cafeteria, wo man den Haferbrei mit Tabletten runterwürgen muss«, er verzog angewidert das Gesicht. »Nach dem grauenhaften Essen geht es zu den Gruppensitzungen mit den schizophrenen und den suizidgefährdeten Verbrechern und weiter zur Therapie, bei der einem eingeredet wird, dass man nicht richtig im Kopf sei. So lange, bis die Sonne untergeht und ich endlich wieder in mein trostloses Zimmer zurückgebracht werde.«

»Würden Sie sich nicht als Verbrecher bezeichnen?«

»Eher bin ich ein Mann, der Gerechtigkeit will. Ich habe mich gerächt. Offensichtlich habe ich nicht nach den Regeln der Menschheit gespielt, aber sonst wären diese Monster, die sich nach außen als Freundinnen meiner Tochter ausgaben, nicht bestraft worden. Ich bin kein schlechter Mensch und erst recht kein Psychopath.«

Der Selbstmord seiner Tochter hatte damals eine akute Belastungsreaktion bei ihm ausgelöst. Diese hatte sich nach den Morden zu einer Posttraumatischen Belastungsstörung verändert und war eine Reaktion auf ein Trauma. Hope hatte sich eingehend mit dem Fall beschäftigt, auch, wenn sie es niemals gutheißen konnte, konnte sie sein Handeln nachvollziehen. Wer seine Tochter tot in einer Blutlache vorfindet, will Vergeltung. Irgendjemand musste für seinen Verlust bezahlen. Er war in Wahrheit kein schlechter Mensch. Nur ein zutiefst trauernder und verzweifelter Vater, für den seine Tochter Mary wichtiger war als alles andere auf der Welt. Nach dem Tod seiner Frau Susan war Mary das Einzige, das er noch gehabt hatte.

Jeder Mensch reagierte anders. Einige verfallen in Selbstmitleid, andere schalteten den Verstand voll und ganz aus. Je länger Hope mit ihm sprach, desto mitfühlender wurde sie und der Ekel ihm gegenüber verschwand.

»Wie geht es Ihnen bei den Therapien? Fühlen Sie sich danach besser?«, fragte sie.

Boyed lachte auf.

»Sie wissen am allerbesten, dass ich voll zurechnungsfähig war, als ich die Morde begangen habe. Mein Anwalt wollte auf Unzurechnungsfähigkeit plädieren. Nur deshalb sitze ich hier und nicht in einem normalen Gefängnis. Hier drin wird mein Gehirn zu Brei und mein Verstand …« Er machte eine Pause und überlegte. Scheinbar war er wirklich enttäuscht von dem, worüber er gerade nachdachte. »Es wird mir klargemacht, dass ich keinen Verstand habe, keine Emotionen, keine Gefühle. Können Sie sich das vorstellen? Habe ich denn keine Gefühle?«

Hope konnte kleine Tränen in seinen Augenwinkeln erkennen.

»Mr. Boyed.« Sie lehnte sich weiter vor in seine Richtung. »Ich bin mir sicher, dass Sie Gefühle haben.« Hope hätte nie gedacht, ausgerechnet einem Serienmörder ihre eigene Meinung zu offenbaren. Doch es schien ihr, als wäre es richtig.

»Die Menschen in meiner Umgebung denken das Gleiche über mich«, sagte sie. »Sie verurteilen mich und können mich nicht leiden. Ich weiß, dass ich oft einen schroffen Eindruck hinterlasse.« Es bereitete ihr Unbehagen, etwas Persönliches von sich zu erzählen, aber vielleicht half es, mehr von seinem Vertrauen zu gewinnen. Und ehrlich gesagt, tat es ab und zu gut, die Hüllen fallen zu lassen.

»Das ist Ihr Job. Wenn Sie nicht hart bleiben, wie soll man Sie dann ernst nehmen? Sie sind eine beeindruckende Frau, genau wie es meine Mary war.« Er hielt inne. Vorsichtig griff er nach Hopes Hand.

Erst war sie skeptisch und zog sie etwas zurück, ließ es aber dann doch geschehen.

Boyed drehte ihre Hand und musterte die Innenseite. Eine tiefe Narbe zog sich senkrecht am Handgelenk entlang. Er streichelte vorsichtig mit dem Daumen darüber. Hope ließ ihn nicht mehr aus den Augen und fixierte ihn.

»Woher wussten Sie ...?«

»Ich sagte doch bereits, Sie sind genau wie meine Mary. Diesen Ausdruck in Ihren Augen kenne ich nur zu gut.«

»Ich bin nicht wie sie, ich lebe noch.«

»Dann waren Sie offensichtlich stärker, als sie es damals war«, sagte er traurig und ließ Hopes Hand wieder los. »Sie sind nicht zum Smalltalk mit einem Mörder gekommen, nicht wahr?«

Hope faltete die Hände im Schoß. »Das ist richtig Mr. Boyed. Heute Morgen wurde eine Leiche im Boston Public

Garden gefunden.« Sie wartete eine Reaktion ab. Es passierte nichts. »Das Opfer ist Jenny Blake. Sagt Ihnen dieser Name etwas?«

»Nein.«

»Sie war erst 24 Jahre jung. Hatte noch das ganze Leben vor sich. Sie studierte Medizin. Sie wollte Kinderärztin ...«

»Schöne Geschichte«, unterbrach Boyed.

»Auf ihrem Schulterblatt wurden *Ihre* Initialen, *MB*, eingebrannt.«

»Worauf wollen Sie hinaus? Denken Sie, ich hätte etwas damit zu tun, nur weil jemand die gleichen Initialen hat, wie ich? Wie sollte ich das machen?« Seine Atmung wurde schneller.

Hope zuckte leicht mit den Schultern. »Jenny wurde auf die gleiche Art und Weise getötet wie Ihre Opfer.« Sie nannte das Opfer absichtlich bei dem Vornamen, um eventuell eine Regung in seinem Gesicht zu sehen. Aber da war nichts. »Niemand wusste davon, dass Sie Ihre Opfer gebrandmarkt haben.«

»Vielleicht ist es ja jemand aus den eigenen Reihen. Haben Sie schon einmal darüber nachgedacht? Vielleicht war es dieser rüpelhafte Lieutenant, der mich hier eingesperrt hat?«

Sie hielt seinen Blick stand. »Wir haben Ihr Sperma an Jenny gefunden. Können Sie mir erklären, wie diese an das Opfer gelangen konnte?«

»Denken Sie, ich wäre hier ausgebrochen, hätte jemanden getötet, vergewaltigt, was ich zudem verabscheue, und wäre dann wieder zurück in dieses Höllenloch, damit ich nicht zum zweiten Mal für lebenslänglich verurteilt werde?« Er lachte verächtlich auf.

Oder wollte er beweisen, dass er zurechnungsfähig war, um endlich hier rauszukommen, dachte Hope.

»Vielleicht haben Sie einen Komplizen in der Klinik, der Ihnen alle Türen öffnet, damit Sie weiter töten können, um Ihren Drang zu befriedigen«, sagte sie. »Sie haben schließlich nichts zu verlieren.«

»Ich dachte, Sie verstehen mich. Sie wissen genauso gut wie ich, dass ich keinen *Drang* habe zu töten. Ich hatte eine Mission und diese habe ich erfüllt. Ich habe Sie sogar darum gebeten, mich aufzuhalten! Wieso kommen Sie hierher, unterstellen mir diese grausame Tat und das ausgerechnet heute?« Boyed schlug mit der Faust auf den Tisch und erhob sich.

Hope erschrak, hatte sich aber trotz allem unter Kontrolle und konnte dem Reflex wegzurennen und sich in Sicherheit bringen, widerstehen.

»Setzen Sie sich wieder, Mr. Boyed. Wir sind noch nicht fertig.« Sie wusste, er würde ihr nichts tun, nicht einmal in diesem Gemütszustand. Doch eines verwirrte sie. Welcher Tag war heute, und wieso brachte genau dieser Tag ihn aus der Fassung? Dann lief Boyed plötzlich zur verschlossenen Tür und hämmerte mit den Fäusten dagegen.

»Wachen, das Gespräch ist zu Ende. Schafft sie sofort hier raus!«

Es dauerte nur ein paar Sekunden bevor die Tür aufging und James eintrat. Boyed stellte sich vorbildlich mit gehobenen Händen ans andere Ende des Zimmers, wie es die Regeln in der Anstalt waren, wenn einer der Sicherheitsleute oder Pfleger den Raum betraten. Seine Atmung ging immer noch schnell.

»Was ist hier los?«, fragte James.

»Das Gespräch ist zu Ende«, antwortete Hope entrüstet über ihren Fehlschlag und verließ das Zimmer.

Kaum stand sie auf dem Gang, stürmte Dr. Harson auf sie zu. »Was haben Sie mit meinem Patienten gemacht?«, fauchte sie. Speichel flog bei jedem Wort aus ihrem Mund.

»Nichts. Ich habe eine normale Unterhaltung mit ihm geführt, bis er die Fassung verloren hat.«

»Sie haben alles zunichte gemacht. Ich werde es Ihnen verbieten, weiterhin mit meinem Patienten zu sprechen und in irgendeiner Weise Kontakt mit ihm aufzunehmen.«

»Das werden wir sehen«, entgegnete Hope scharf. Ihre leichte Bestürztheit über Boyeds Ausbruch wurde von einer Sekunde zur anderen von Wut abgelöst.
Jemand legte ihr eine Hand auf die Schulter. Es war James. Er drängte sich zwischen sie und die keifenden Psychaterin.

»Alles in Ordnung bei dir?« Er klang besorgt.

»Ja, alles okay. Danke.«

James schob Hope in Richtung Treppe. Hope wischte James Hand von ihrer Schulter und sagte: »Ich muss kurz an die frische Luft.« Daraufhin lief sie die Treppe mit schnellen Schritten nach unten. Raus! Sie musste hier raus. Als sie vor die Tür trat, hob Dexter alarmierend den Kopf und stellte die Ohren auf.

Hope fühlte sich schlecht. Zweifelte an ihrer Beobachtungsgabe, da sie Boyeds Reaktion nicht vorhergesehen hatte. Hatte sie einen Fehler gemacht? Und welcher Tag war heute?

Sie ging zu ihrem weißen Alfa Romeo Giulia – Dexter folgte ihr. Sollte sie einfach verschwinden und nach Hause fahren? Doch anstatt einzusteigen, lehnte sie sich an die Fahrertür, kramte in der Handtasche und nahm eine Zigarette heraus. Hastig zündete sie sie an und nahm einen tiefen Zug, während Dexter sich an ihr Bein drückte. Hatte sie etwas Falsches gesagt, das ihr nicht bewusst war? Vielleicht war sie doch nicht so gut in dem Job, wie sie geglaubt hatte, wenn sie sich nicht einmal mehr an ihre eigenen Worte erinnern konnte? Hatte sie nun die Verbindung zu Boyed verloren? Nicht nur, weil Dr. Harson strikt dagegen war, dass sie ihn noch einmal treffen durfte. Vielleicht wollte Boyed das ja gar nicht mehr.

Hope hörte Schritte auf sich zukommen und ihr Blick fiel auf die Zigarette. Schnell wollte sie sie fallen lassen, doch Logan stand bereits neben ihr.

»Ich hätte Ihnen gar nicht zugetraut, eine von uns zu sein. Eine Raucherin.« Ein verschmitztes Lächeln breitete sich auf seinem Gesicht aus.

»Ich rauche auch nur sehr selten und hier auf dem Gelände ist es strengstens verboten.«

»Na, wenn das so ist«, entgegnete er und zündete sich ebenfalls eine Zigarette an.

»So einer sind Sie also. Sie kämpfen für das Gesetz, aber die Gesetze gelten nicht für Sie.«

»Nicht ganz. Aber Sie wissen ja, wie das in unseren Berufen ist. Man kann nicht immer die Regeln einhalten, um zu gewinnen. Ein faires Spiel hat man selten. Leider.« Er machte eine kurze Pause. »Möchten Sie mir erzählen, was da drin passiert ist?«

»Erst haben wir über seinen Tagesablauf gesprochen. Die Klinik langweilt ihn und er ist unzufrieden. Meiner Meinung nach bekommt er hier nicht die angemessene Therapie, die er braucht. Er wird nicht richtig verstanden und die Vorurteile über seine Person werden stark vertreten. Anschließend habe ich ihm von der gefundenen Leiche berichtet. Danach habe ich die Beweise erwähnt. Habe ihm von den Initialen und seiner DNA erzählt. Als ich ihm meine Theorien erläuterte, wurde er wütend und hat auf den Tisch geschlagen. Den Rest kennen Sie ja.«

»Was denken Sie? Hat er etwas damit zu tun?«, fragte er und zog an der Zigarette.

»Er hatte keinen Grund dazu, wieder zu morden. Wie er schon sagte, die Mission seine Tochter zu rächen ist zu Ende. Und ich glaube ihm.«

Logan nickte verständnisvoll. Vorsichtich legte er seine Hand auf die ihre und drückte sie sanft.

»Darf ich Sie morgen auf einen Kaffee einladen? Ich würde gerne den Fall aus Ihrer Sicht betrachten.«

Der abrupte Wechsel brachte sie zum Schmunzeln. »Vielen Dank, aber ich trinke keinen Kaffee.«

Hope bemerkte, dass ihm die Worte fehlten und schritt ein. »Aber Sie dürfen mich gerne auf eine Tasse Tee einladen.« Sie zwinkerte ihm frech zu.

Logan starrte sie verwirrt an und Hope gab ihm einen Klaps gegen die Brust.

»Sie hätten Ihren Blick sehen müssen. Der wird mir den ganzen Tag versüßen. Sie Macho.«

Hope warf die abgebrannte Zigarette in einen Mülleimer und ging zurück zur Klinik, Dexter wie immer an ihrer Seite, drehte sich einmal um und sagte: »Kommen Sie? Ich möchte den Klinikleiter Dr. Green in seinem Büro sprechen.«

Logan schien immer noch perplex, schüttelte den Kopf, tat es dem Hund gleich und lief ihr hinterher.

*

Das Büro des Klinikleiters befand sich im Erdgeschoss des rechten Flügels. Es passte ganz und gar nicht in das Gesamtbild der Klinik. Dieser Raum unterschied sich von den anderen Teilen des Gebäudes, da hier deutlich mehr Geld investiert worden war. Das Interieur war aus massiven Nussbaum. Es bestand aus einem langen Sekretär, welcher mit Gold verziert war. Davor standen Ledersessel wie in den Patientenzimmern, nur waren diese nicht abgenutzt, sondern schienen nagelneu zu sein. Ein schwarzer, opulenter Bürostuhl drohte, den Klinikleiter zu

verschlingen. Bücherregale reichten bis zur Decke und kolossale Aktenschränke ließen den Raum düster und finster wirken. Ein typischer Büro-Ficus Benjamina stand kurz vor dem Verwelken und versuchte mit aller Kraft die letzten Sonnenstrahlen an diesem Tag einzusaugen.
Green deutete den Ermittlern, Platz zu nehmen. Da es nur zwei Sitzgelegenheiten gab, verzog sich Logan in den Hintergrund und musterte die unzähligen Bücher, welche lateinische Titel hatten.

»Mir ist zu Ohren gekommen, dass das Gespräch mit unserem Patienten nicht gut verlaufen ist.«

»Es war lediglich ein emotionaler Ausbruch«, versuchte Hope Boyed zu verteidigen.

»Da bin ich Ihrer Meinung. Trotzdem muss ich Dr. Harson in ihrer Entscheidung unterstützen und Ihnen den weiteren Zugang zu unserem Patienten verwehren. Jeglicher Stress während der Stabilisierungsphase verzögert die Heilung und wirft den Prozess Monate zurück. Das verstehen Sie sicher.«

»Er zählt zu den Verdächtigen«, mischte sich James in das Gespräch ein. »Sie können uns nicht verbieten mit ihm zu sprechen.«

»Nun, das kann ich sehr wohl, wenn es die Gesundheit eines Patienten gefährdet. Von jetzt an werden Sie nur noch mit Dr. Harson in Kontakt treten. Mr. Boyed braucht eine erfahrene Psychologin. Jemand, der etwas vom Fach versteht. Eben jemand wie Dr. Harson«, sagte Green und dabei lächelte er Hope an.
James musterte Hope genau. Ihrem Blick nach zu urteilen, ging sie innerlich gerade ihr Entspannungsmantra durch. Sie ließ sich von Green sicher nicht provozieren, so gut kannte er sie bereits. Doch er dachte, dass Green mit den Sticheleien nicht aufhören würde, solange Hope anwesend war.

»Am besten, du wartest draußen, Hope.«

Hope tat wie ihr geheißen und verließ zusammen mit Logan den Raum.

»Zurück zum Thema. Können Sie sich vorstellen, wie und ob Boyed es überhaupt geschafft haben könnte, hier unbemerkt auszubrechen? Könnte ihm jemand geholfen haben?«

»Möchten Sie uns etwa unterstellen, unsere Einrichtung wäre nicht ausbruchssicher oder jemand der Angestellten gar bestechlich?«

»Wir müssen jede Möglichkeit in Betracht ziehen.«

»Ich vertraue unserem Personal voll und ganz. Die Angestellten werden von Kopf bis Fuß überprüft, bevor sie eingestellt werden. Sie können also davon ausgehen, dass hier alles mit rechten Dingen zugeht.«

»Davon gehe ich aus – schließlich befinden sich einige der gefährlichsten Männer des Landes in Ihrer Obhut. Und daher brauche ich Ihre volle Unterstützung in diesem Fall. Haben Sie irgendeinen Verdacht, wer es mit den Regeln nicht so eng sieht?«

Green schaute James abfällig an, jedoch schien er zumindest über die Frage nachzudenken. »Es gibt einen Mitarbeiter, der ab und zu seine Pausenzeiten nicht einträgt«, sagte er schließlich.

»Haben Sie ihn schon einmal darauf angesprochen?«

»Sicher. Er meint, er vergisst es einfach«, gab er knapp zurück.

Immer das Gleiche, dachte James. Bei Unterstellungen waren sie schnell, doch wenn die Herrschaften etwas preisgeben sollten, was ihre Verantwortung betraf, musste man es ihnen aus der Nase ziehen.

»Bitte bereiten Sie eine Liste aller Mitarbeiter vor und markieren Sie diejenigen, mit denen es Probleme gab. Legen Sie noch die Zeiterfassung der Zugangskarten der Angestellten bei.«

»Ich werde meiner Sekretärin Bescheid geben.« Er machte sich nebenbei Notizen.

»Wir brauchen auch die Überwachungsbänder.«

Auf einmal wirkte Green nervös. »Das … das geht nicht. Wir garantieren jedem unserer Angestellten und Patienten, die Privatsphäre zu achten. Das ist unser höchstes Gebot.« Er versteckte die Hände unter dem Schreibtisch.

»Haben Sie etwas zu verbergen, Dr. Green?«

Green ging nicht auf seine Frage ein. »Sie dürfen das Videomaterial nur mit einem Durchsuchungsbeschluss einsehen«, sagte er stattdessen.

»Darüber bin ich mir durchaus bewusst. Ich hatte nur auf Ihre Zusammenarbeit gehofft, ohne zu einem Richter gehen zu müssen, um ihm mitzuteilen, dass sie nicht kooperieren.«

Green zögerte und überlegte. Er ließ sich Zeit. Zu viel Zeit. Als würde er ernsthaft einen Fluchtversuch in Betracht ziehen. Widerwillig stand er auf, ging zu einem Bücherregal und öffnete einen Schrank, der sich hinter dem Regal befand. Dort waren unzählige Festplatten und CDs gestapelt. Dies waren Kopien der Überwachungsbänder von mindestens einem Jahr. Green musste nicht lange nach der CD suchen, da es die erste war, die auf dem Stapel lag und mit dem Datum der letzten Woche versehen war. Mit gestraften Schultern überreichte er James das Überwachungsband.

»Die Videos sind in verschiedenen Ordnern sortiert. Sie sollten also gleich den richtigen finden und müssen nicht das gesamte Material durchsuchen.

»Das ist reine Routine, das machen wir sowieso. Vielen Dank für Ihre Kooperation«, gab James lächelnd zurück. James stand auf und verließ den Raum. Vor dem Gebäude warteten Hope und Logan bereits auf ihn. Hope kam ihm entgegen und sagte: »Ich hoffe, du hast ihn schwitzen lassen.«

»Natürlich. Green ist ein sexistisches Arschloch. Er will sich groß aufspielen. Das hat nichts mit deiner Arbeit zu tun.«

Hope verzog ihren Mund zu einem frechen Lächeln. James würde immer hinter ihr stehen und sie verteidigen, denn er wusste, dass sie die Beste in ihrem Job war. Dexter schmiegte sich an sein Bein und wurde mit einem sanften Ohrenkraulen belohnt.

»Höchstwahrscheinlich werden wir etwas Heikles auf den Überwachungsbändern finden. Mein Gefühl sagt mir, es wird seiner Karriere sehr schaden.«

Hope lächelte James dankbar an. »Schick mir bitte alle Daten auf den Laptop. Dann kann ich es in Ruhe zu Hause durchgehen.« Sie wandte sich an Logan. »Und Sie holen mich morgen ab?«

»Um acht Uhr stehe ich bei Ihnen auf der Matte.«

Hope nickte und ging mit Dexter zu ihrem Wagen. Der Kies knirschte unter den Reifen des Wagens, als sie die Ausfahrt hinausfuhr.

»Was ist denn Morgen um acht Uhr?«, fragte James skeptisch.

»Ich habe Sie auf eine Tasse Tee eingeladen.«

»Wozu?«

»Nur so. Außerdem – musst du denn alles wissen?«

»Ja, muss ich. Lass die Finger von Hope.«

Logan hob verteidigend die Hände. »Keine Sorge. Ich möchte gerne den alten Fall durchgehen. O'Reilly hat eine völlig andere Sichtweise als wir es haben. Vielleicht kommt ja dabei etwas heraus.«

»Aha. Nichts weiter?«

»Bruderehrenwort.« Logan kreuzte die Finger vor der Brust.

James zog die Augenbrauen hoch. »Vergiss nicht, ich bin hier der Boss.«

Logan nickte und James war sich bewusst, dass sein Bruder das Versprechen nicht halten würde.

Drei

Hope fuhr nicht nach Hause. Sie fuhr geradewegs zu Zoe. Ihre Laune war so mies, dass sie jetzt nichts mehr zu verlieren hatte. Die perfekte Stimmung für ein klärendes Gespräch, denn so konnte es nicht weitergehen. Sie stellte ihren Alfa vor Zoes Haus ab. Doch dann kamen die Zweifel. Ob es eine gute Idee war? Sie blieb einen Moment sitzen und dachte über die Konsequenzen nach. Um sich voll und ganz auf den aktuellen Fall konzentrieren zu können, durfte sie sich nicht von anderen Dingen in ihrem Privatleben ablenken lassen und darum beschloss sie, die Sache mit Zoe anzugehen und so klopfte sie an der Tür.

»Ist er da?«, fragte Hope, als Zoe ihre Haustüre öffnete. Obwohl öffnen in dem Fall übertrieben war – Zoe war hinter dem kleinen Spalt zwischen Tür und Angel nur zu erahnen.

»Ja, ist er«, flüsterte Zoe.

Hope drückte die Tür auf und schob Zoe dadurch zur Seite. Tom saß entspannt auf dem Sofa und starrte in die Glotze. Als er Hope in die Augen schaute, sah er weder erfreut noch verärgert aus.

»Guten Abend, die Dame. Was verschafft uns die Ehre?«

Allein der Anblick dieses selbstgefälligen Grinsens machte Hope unglaublich wütend. »Spar dir deine Freundlichkeiten, Tom. Ich bin hier, um mit Zoe zu sprechen. Und ich möchte allein mir ihr reden.«

»Tu dir keinen Zwang an.«

Er musste sich über Anschuldigungen von Zoe keine Sorgen machen, er hatte sie unter Kontrolle. Man sah es ihr an, denn sie wich seinem Blick aus.

Hope führte Zoe in die Küche und hörte, dass Tom den Fernseher leiser machte, damit er etwas vom Gesagten mithören konnte. Zumindest schätzte sie ihn so ein, deshalb schloss Hope die Tür.

»Hast du Angst, er könnte uns hören?«, fragte Hope.

»Was? Nein, das passt schon.« Es klang nicht sehr überzeugend, fand Hope.

»Mach das Radio an.«

Zoe tat, wie ihr geheißen und drehte am Lautstärkenregler. *It's my life* von Bon Jovi strömte aus den Boxen. Wie passend.

»Wie lange läuft das schon?«, wollte Hope wissen.

»Was meinst du?«

»Ich weiß, ich habe dir versprochen, mich nicht einzumischen. Aber das ist eine Ausnahmesituation. So wie du dich Tom gegenüber verhältst, geht das schon viel zu lange. Er manipuliert dich und hat dich im Griff. Also sag mir, wie lange schon?«

Zoe schien all ihren Mut zusammenzunehmen, der ihr noch übrig geblieben war und holte tief Luft.

»Seit ungefähr einem Jahr.«

Hope starrte sie an. Ein Jahr war eine Ewigkeit in dieser Situation, aber man konnte immer noch entkommen. Sie nahm Zoes Hand, schloss die Augen und senkte den Kopf. Warum war ihr das nicht früher aufgefallen? Dass die beiden häufig stritten, war klar, aber um Gewalt ging es noch nie. Zoe hatte auch nie den Anschein gemacht, als wäre es mehr als nur ein Ehestreit. Es wäre falsch, ihr jetzt Vorwürfe darüber zu machen, dass sie nicht schon viel früher etwas gesagt hatte. Aber das war die traurige Normalität einer gewalttätigen Beziehung. Zuerst kamen immer die

Verleugnung und die Hoffnung auf bessere Zeiten; dass alles wieder so werden würde wie früher. Man klammerte sich an die Momente, in denen der Partner liebevoll war, so wie er war, als man sich in ihn verliebte.

»Klingt schlimm, ich weiß. Aber es ist nicht immer so. Nur wenn ich ihn verärgere.«

»Das ist eine blöde Ausrede, die er nutzt, um sein Verhalten zu verteidigen. Bitte lass dir nicht einreden, es sei deine Schuld. Es ist ganz und gar nicht deine Schuld. Ich kann dir nicht helfen, wenn du nicht willst und du kannst dich aus dieser Situation nur selbst befreien. Ich will dich nicht dazu drängen, ihn zu verlassen, doch wenn du bleibst, wird es nicht besser werden – sondern nur schlimmer. Aber egal, wie du dich entscheidest, ich stehe hinter dir.«

Hope hatte schon mit einigen Frauen zu tun, die in einer gewalttätigen Beziehung lebten. Doch wenn es der besten Freundin passierte, war das ein ganz anderer Fall.

»Ich möchte ihn nicht verlassen, Hope. Ich liebe ihn immer noch.«

»Das verstehe ich, aber das kann so nicht weitergehen.«

»Vielleicht hilft uns eine Paartherapie«, sagte Zoe.

»Da wird Tom nie und nimmer mitmachen. Sollte ein Wunder geschehen und Tom sich doch darauf einlassen, dann stelle ich gerne einen Kontakt her.«

Zoe nickte und verschränkte die Arme.

»Versprichst du mir, dass du mir alles erzählen wirst?« Hope streckte ihr den ausgestreckten kleinen Finger hin.

Zoe hakte ihren ein. »Versprochen.«

In diesem Moment platzte Tom in die Küche. Er ging zum Kühlschrank und holte sich ein Bier. »Na, hat sich meine liebe Frau bei dir ausgekotzt?« Er kicherte übertrieben gut gelaunt.

Hopes Geduldsfaden riss schneller als sonst, und der ganze Frust, der sich den Tag über aufgestaut hatte, drohte aus ihr auszubrechen. Doch sie nahm sich zusammen und ging gedanklich ihr Mantra durch. *Das ist es nicht wert, er ist es nicht wert, der Stress ist es nicht wert.*

Also schlug sie einen sanfteren Ton an, als gewollt. »Siehst du nicht, dass sich deine Frau schlecht fühlt?«

»Was hast du denn? Sie sieht doch toll aus«, sagte er, stellte sich neben Zoe und berührte ihren Arm.

»Ich habe ihr gerade erzählt, dass ich mit dem Gedanken spiele, zu einer Paartherapie mit dir zu gehen. Dann können wir vielleicht unsere Unstimmigkeiten aus der Welt schaffen. Natürlich nur, wenn du willst.«

Tom ließ Hope nicht aus den Augen. »Für dich tue ich alles mein Liebling, das weißt du.«

Bevor Hope doch noch der Geduldfaden riss, verabschiedete sie sich und verließ das Haus.

Hope öffnete die Fahrertür und steig ein. Schweigend saß sie ein paar Minuten im Auto und dachte nach. Sie war viel zu emotional für Zoes Situation und den Fall; sie musste sich dringend wieder unter Kontrolle bringen.

Hope atmete tief durch, dann startete sie den Motor und gab Gas.

Vier

Logan glich noch einmal die Adresse mit der in Hopes Nachricht ab. Er solle sich beim Portier anmelden und sie vor der Wohnung abholen. Es war zwanzig vor acht – er war viel zu früh dran – dabei war er eigentlich der Typ, der grundsätzlich zu spät kam. Vielleicht lag es an der Nervosität. Was eigentlich auch gar nicht sein Ding war.

Logan entschloss sich trotzdem dazu in die Lobby des Apartment-Komplexes zu gehen. Die Eingangshalle war einladend dekoriert. Man traute sich kaum, mit dreckigen Schuhen auf die weißen Hochglanzfliesen zu trampeln. Die Wände waren in Schwarz vertäfelt. Zweisitzer-Sofas und Sessel standen um einen Kaffeetisch. Ein kleiner, schlaksiger Mann saß in einem der Sessel und las die Zeitung. Der Portier, der hinter einer halbrunden Theke stand und auf dessen Namensschild *Paul* stand, wünschte Logan einen guten Morgen und fragte, ob er ihm behilflich sein könne.

»Ich möchte zu Dr. O'Reilly. Mein Name ist Logan Reynolds.«

Paul lächelte und tippte etwas in den Computer. Als er wieder aufschaute, sagte er: »Nehmen Sie den Aufzug in die sechste Etage, folgen Sie dem Flur nach rechts. Apartment Nummer 3.«

Logan bedankte sich und ging zu den Aufzügen hinüber. Im schwach beleuchteten Lift drückte er den Knopf für die sechste Etage und überprüfte seine Haare im Spiegel. Die Fahrstuhltüren öffneten sich mit einem leichten Ruckeln und durchfluteten den Lift mit warmen Licht. Logan trat auf den

Flur und sah sich um. Nach rechts und Apartment Nummer 3, hatte der Portier gesagt.

Logan folgte dem Gang, blieb vor der Wohnung stehen, klopfte und rieb die Hände aneinander um sie zu wärmen, bevor er Hope die Hand gab. Neben der Tür stand eine Kristallschale mit roten Äpfeln auf einem Holzpodest. Logan nahm sich einen, legte ihn aber dann wieder zurück.
Das Klicken des Sicherheitsriegels war zu hören und die Tür öffnete sich. Der Duft von frischen Früchten und süßer Vanille strömte ihm in die Nase. Logan fühlte sich sofort geborgen, denn ihre Ausstrahlung war so herzlich und ehrlich, dass man für immer bleiben mochte. Dexter drückte den Kopf an Hope vorbei und wedelte mit dem Schwanz. Er machte einen deutlich freundlicheren Eindruck als auf dem Revier und scheinbar sah er Logan nicht als Eindringling an.

»Guten Morgen.« Hope lächelte und bat ihn herein. »Sie sind früh dran.« Sie trug eine enge Jeans mit einer hellrosa Bluse. Ihr Spitzen-BH zeichnete sich unter dem dünnen Stoff ab.

Sie gingen ins Wohnzimmer und Logan bot sich ein Ausblick aufs Meer.

»Ich dachte mir, wir verlegen unser Gespräch in meine Wohnung, wenn es Ihnen nichts ausmacht. Hier habe ich alle Unterlagen und Akten vom Fall M. Boyed.«

Logan betrachtete die Unterlagen, die sorgfältig auf dem Boden verteilt lagen. Es ergab ein riesiges Bild aus Papier.

Dexter warf sich in seinen überdimensionalen Korb und schnaubte.

»Möchten Sie Tee?«

»Ein Kaffee wäre mir lieber.«

»Auch noch Sonderwünsche?« Sie zwinkerte ihm zu.

»Nur, wenn es Ihnen keine Umstände bereitet.«

»Milch? Zucker?«

»Schwarz. Darf ich fragen, warum Sie alles auf dem Boden ausgebreitet haben?«

»Damit ich einen besseren Überblick habe. Manchmal springen mir so fehlende Zusammenhänge ins Auge.«

»Interessant«, stellte er fest und umkreiste die Papiere.

Während Hope sich in die Küche begab, sah sich Logan weiter um. Neben der Fensterfront befand sich ein Kamin, auf dessen Sims eine Fotokollage stand. Eines der Bilder war verkehrt herum in die Ecke gestellt worden. Es zeigte eine Frau und ein kleines Mädchen. Vermutlich Mutter und Tochter. Das Bild kam ihm merkwürdig bekannt vor.

Hope kam mit zwei Tassen zurück und reichte ihm eine davon. Sie öffnete die Schiebetür und trat auf den Balkon hinaus. Dexter rührte sich keinen Millimeter, sondern verfolgte sie nur mit den Augen.

»Kommen Sie?«, fragte Hope.

Logan folgte ihr hinaus in die kühle Luft. Auf dem großzügigen Balkon befand sich eine Sechs-Sitzer-Rattan-Garnitur in L-Form und ein dazu passender Tisch. Hope deutete ihm, Platz zu nehmen. Er setzte sich ihr gegenüber und schaute über das Balkongeländer. Es ging ziemlich weit runter, nur gut, dass er keine Höhenangst hatte.

Hope wickelte sich in eine Decke und kramte einen Aschenbecher unter dem Tisch hervor. Logan zog die Zigarettenschachtel aus seiner Jacke und bot Hope eine an. Sie griff danach und suchte ein Feuerzeug. Logan war schneller und hielt ihr seines hin. Sie schob ihre Zigarette in die Flamme, bedankte sich nickend und stieß eine kleine Rauchwolke aus.

»Eigentlich rauche ich nicht viel. Sie sind kein guter Einfluss, sie stiften mich zum Rauchen an«, witzelte sie.

»Das tut mir natürlich leid«, sagte er.

»Dann schießen Sie mal los. Was möchten Sie wissen?«

»Alles. Von Anfang an.«

»Das kann etwas dauern.«

»Ich habe alle Zeit der Welt.«

»Also gut.« Sie nahm einen Schluck von ihrem Tee und anschließend zog sie an der Zigarette. »Vor gut einem Jahr wurde das erste Opfer entdeckt. 24 Jahre, Studentin. Sie wurde in einem Waldstück des Dorchester Parks gefunden. Die junge Frau wurde dort nicht umgebracht, sie wurde platziert und arrangiert. Die Hände lagen verschränkt auf der Brust, als würde sie in einem Sarg liegen. Sie wies einige Folterspuren auf – ihr wurden die Fingernägel ausgerissen, tiefe Schnittwunden zugefügt, Blutergüsse bedeckten ihren ganzen Körper und ein Auge wurde entfernt. Sexuell missbraucht wurde sie nicht, was eine sexuell-motivierte Handlung erstmal ausschloss. Jedoch waren die Verletzungen nicht die Todesursache. Sie starb durch einen Kopfschuss. Man hat Schmauchspuren an ihrer rechten Hand nachgewiesen. Das bedeutete, sie hat sich selbst erschossen. Entweder aus freiem Willen oder sie wurde dazu gezwungen. Fremde DNA wurde nicht gefunden. Es stellte sich heraus, dass das Opfer drei Tage lang als vermisst gemeldet war. Sie war ungefähr seit fünf Stunden tot, als man sie fand. Das heißt, der Täter hielt sie gefangen, folterte sie und stellte das Opfer nach dem Tod der Öffentlichkeit zur Schau. Es wurden keinerlei Hinweise am Tatort gefunden und Zeugenaussagen ergaben auch nichts. Natürlich haben sich einige angebliche Zeugen gemeldet, die sich einfach nur wichtigmachen wollten, aber im Endeffekt nicht hilfreich waren. Als die Gerichtsmedizin die Leiche untersuchte, fanden sie die eingebrannten Buchstaben »MB« auf dem Schulterblatt. Das war ein Anhaltspunkt, jedoch gab es keine Verbindung zum Opfer. Keine Person in ihrem Umfeld, welches akribisch geprüft wurde, hatte diese Initialen oder ließ auf etwas Anderes schließen.

Gut zwei Wochen später wurde dann eine zweite Leiche gefunden. Die gleichen Folterspuren, die gleiche Aufbahrung der Leiche, das »MB« auf dem Schulterblatt. Nur der Standort und die Todesursache waren anders. Durch einige Tests wurde festgestellt, dass sie an einer Kaliumcyanid-Vergiftung gestorben war. Sie kennen bestimmt Cyanid aus dem zweiten Weltkrieg. Oder aus Filmen wie James Bond. Die Einnahme von Cyanid bewirkt die Blockierung der Sauerstoffbindungsstelle und führt zu einer innerlichen Erstickung. Das heißt, der Sauerstoff kann von den Zellen nicht mehr verwertet werden. Man erstickt. Eine sehr hohe Dosierung kann auch in ein paar Minuten zu einem Herzstillstand führen. Bei einer Atemnot sollte man eigentlich mit bläulichen Verfärbungen der Haut rechnen, jedoch ist das venöse Blut sauerstoffarm, und damit hellrot. Also haben Vergiftete eine rosige Hautfarbe. Zudem kann man einen mandelartigen Geruch feststellen. Es tut mir leid, ich schweife ab.

Nach dem zweiten Opfer wurde ich hinzugezogen, da man davon ausging, es könne sich um einen Serienmörder handeln. Durch die Signatur des Mörders schlossen wir darauf, dass er auf sich aufmerksam machen wollte. Wir suchten nach einer Verbindung zwischen den beiden Opfern. Diese war nicht schwer zu finden. Beide besuchten dieselbe Universität und belegten die gleichen Kurse. Sie waren Freundinnen. Das zweite Opfer wurde sogar noch befragt, ob sie etwas über das Verschwinden ihrer Freundin wisse. Wer hätte gedacht, dass sie kurz darauf ebenfalls auf dem Seziertisch landen würde?« Hope nahm einen Zug ihrer Zigarette. »Als ich die Fotos der Leichen genauer betrachtete, wurde mir eins klar: Die Position, in der sie platziert wurden, ließ auf eine gewisse Zuneigung schließen. Die Opfer wurden *fürsorglich* abgelegt und arrangiert. Es war ein grausames Verbrechen, doch andererseits konnte man auf eine verkehrte Art und Weise Liebe spüren.

Wir hielten eine Pressekonferenz ab, wobei wir die Details zurückhielten. Danach bekam ich Briefe. Der Täter oder die Täterin, was wir zu diesem Zeitpunkt noch nicht wussten, schrieb mir. Wie sie ja wissen, war das Boyed. Er schrieb, ich wäre ihm sehr vertraut und er möchte seine Sicht der Dinge schildern. Er wäre kein Monster, er müsse es tun, weil die jungen Frauen es verdient und sich ihr Schicksal selbst ausgesucht hätten. Er wollte sich verteidigen und mein Vertrauen gewinnen. Ich schloss aus seinen sehr emotionalen Briefen, dass er nicht immer gewalttätig war, sondern ein prägendes Erlebnis eine akute Belastungsreaktion bei ihm hervorgerufen hatte und er aus dieser Reaktion heraus impulsiv von seiner Wut geleitet handelte. In vielen Fällen haben Betroffene erhebliche Schwierigkeiten mit Gefühlen wie Wut oder Trauer. Manche reagieren übermäßig emotional, bis hin zum Verlust der Kontrolle. Dies äußert sich gelegentlich in Fremdverletzung. Wir suchten also nach einer Person, die eine schlimme Situation durchlebte.

Keine vier Tage später wurde eine dritte Leiche gefunden. Das gleiche Schema. Nur die zeitlichen Abstände waren unterschiedlich. Dies warf weitere Fragen auf. Die Tote studierte ebenso auf der gleichen Uni. Es musste also etwas in der Uni passiert sein. Ihr wurde ein Brief beigelegt. Er fragte mich, ob ich schon jemals den Lebensmut verloren habe und ob ich jemandem Bestimmtes die Schuld dafür geben würde.«

Hope machte eine kurze Pause und streichelte unbewusst ihren Arm. Es dauerte nur einen Bruchteil einer Sekunde, doch Logan fiel eine Unstimmigkeit in Hopes selbstsicheren Auftreten auf, konnte aber noch nicht greifen, was es war.

»Doch was hatte der Täter mit jungen Studentinnen zu tun und was wollte er mir damit sagen? Er gab in dem Brief an, er habe ein viertes Opfer und würde uns die Chance geben, sie zu retten, sollte ich imstande sein, sein Rätsel zu lösen. Da ich den Brief so oft gelesen habe, kenne ich die Worte noch auswendig:

Sie war mein Ein und Alles.

Meine Seelenverwandte, meine Zukunft.

Nichts bleibt für die Ewigkeit.

Nur ein einziger Ort bleibt dir für immer.

Wir standen ungemein unter Zeitdruck. Das nächste Blutbad musste um jeden Preis verhindert werden. Also fing ich an, zu wühlen. Mich in die tiefsten Abgründe der Frauen zu stürzen und die dunkelsten Geheimnisse zum Vorschein zu bringen. Alle Verbindungen zwischen den Opfern wurden umgedreht und auf den Kopf gestellt. Wir suchten nach einem einschneidenden Ereignis, welches in ihrem direkten Umfeld stattfand. Ich entdeckte den Selbstmord einer Studienkollegin der Opfer. Mary Boyed schnitt sich die Pulsadern auf, ohne Anzeichen von Fremdeinwirkung. In ihrem Abschiedsbrief machte sie die drei ermordeten Frauen und eine weitere Frau dafür verantwortlich. Ich grub mich durch die Angehörigen und stieß auf den trauernden Vater. Seine Verwandten berichteten mir, ihn seit ein paar Wochen nicht mehr zu Gesicht bekommen zu haben, geschweige denn, etwas von ihm gehört zu haben. Mein Verdacht war geweckt. James vertraute auf meinen Instinkt und schickte ein Einsatzkommando zu seinem Haus. Doch natürlich war er nicht zu Hause. Also nahm ich mir seinen Brief noch einmal zur Hand. Welcher Ort bleibt dir für immer?«

»Das ist schwierig, aber ich habe ja eine gewisse Vorkenntnis. Es ist das Grab«, antwortete Logan.

»Bingo! Familie Boyed hat ein Familiengrab, eine Krypta. Das perfekte Versteck. Niemand hört dich und niemand stört dich. Ein Sonderkommando stürmte die Krypta und fand die junge Frau, die sich gerade die Pulsadern aufschneiden wollte. Das ist schwieriger als man denkt – was für sie und für uns von Vorteil war. Sie war in einem sehr schlechten Zustand, aber sie überlebte. Boyed wurde verhaftet und weggesperrt.«

»Er hatte die Frauen auf eine grauenvolle Weise gefoltert, gab ihnen immer wieder die Chance, sich selbst das Leben zu nehmen. Sie konnten sich aussuchen, wie sie sich das Leben nehmen wollten. Er rächte sich also für den Tod seiner Tochter«, schlussfolgerte Logan. »Es ging gar nicht um die Freude an der Gewalt, sondern nur um einen schwer belasteten Vater, dem die Sicherung durchgebrannt ist.«

»Das bringt es auf den Punkt. Deshalb glaube ich nicht, dass Boyed den Mord begangen hat. Ich bin mir sogar sicher. Mir ist natürlich bewusst, dass wir in alle Richtungen ermitteln müssen, doch ich halte sogar einen Komplizen für unwahrscheinlich.«

»Ich verstehe. Und was vermuten Sie?«

»Ohne weitere Informationen ist das schwierig zu sagen. Ich vermute jedoch, dass Boyed sich jemandem anvertraut hat und dieser es weitergetragen hat. Diese Person hat vielleicht schon früher gemordet und suchte einen Kick. Er dachte sich, er könnte uns verwirren, indem er im Namen eines Häftlings tötet und so seine Spuren verwischt.«

»Das klingt plausibel. Doch dafür müssen wir herausfinden, mit wem er Kontakt hatte. Sie werden gezwungen sein, erneut mit ihm zu sprechen.«

Hope senkte den Blick. »Ich weiß und das macht mir sehr zu schaffen. Ich denke nicht, dass er noch einmal mit mir sprechen möchte. Er wurde verletzt. Und der Klinikleiter sowie seine Psychiaterin sind keine allzu großen Fans von mir.«

»Hat Ihnen schon einmal jemand gesagt, dass Sie, wenn sie Ihren Standpunkt vertreten, sehr einschüchternd wirken können, wenn man Sie nicht kennt?«

»Was meinen Sie damit?«

»Allein Ihr Auftreten. Eine Selbstsicherheit, von denen die meisten Menschen nur träumen können. Man merkt sofort, Sie haben den vollen Durchblick – egal, was Sie tun. Um ehrlich zu sein, ich war perplex, als ich Sie gestern zum ersten Mal sah. Erst wenn man mit Ihnen ins Gespräch kommt, spürt man Ihre Warmherzigkeit. Ich möchte Ihnen den Job nicht streitig machen, aber ich denke, für die Menschen, die Sie lieben, würden Sie alles riskieren. Sowie für die Wahrheit. Und dass Sie gut aussehen, muss ich Ihnen ja nicht sagen.«

Hopes Wangen röteten sich. »So habe ich das noch nie wahrgenommen. Mögen mich die Mitarbeiter des Reviers deswegen nicht?«

»Sie haben ihnen offensichtlich die Show gestohlen und sie denken, dass Sie ihnen in ihre Seelen schauen können.«

Hope fing an, herzlich zu lachen. »Da haben sie gar nicht so Unrecht.«

Sie mäßigte sich wieder, wurde etwas nachdenklich. »Wenn ich den Leuten dann wenigstens helfen könnte, wenn ich schon in ihre Seele schauen kann. Aber das schaff ich ja nicht mal bei meiner besten Freundin.«

Logan bemerkte an ihrer verschlossenen Körperhaltung, dass sie das angeschnittene Thema nicht mit ihm diskutieren wollte. »Hope, wenn Ihnen etwas auf dem Herzen liegt, habe ich ein offenes Ohr«, sagte er trotzdem. »Ich bin unvoreingenommen und unbeteiligt und werde mich bestimmt nicht in Ihre Angelegenheiten einmischen.«

»Das ist sehr lieb, Logan. Aber Sie sind ein Fremder, auch wenn sie James Bruder sind, und was sollten Sie mit meinen Sorgen anfangen?«

»Ich denke, es würde Ihnen bessergehen, wenn Sie sich etwas Luft schaffen.«

Hope schien darüber nachzudenken. »Also gut«, sagte sie schließlich. »Vielleicht haben Sie Recht.«

Sie erzählte ihm von Zoe, von den letzten Tagen, von den letzten Jahren, von der Veränderung von Zoe und Tom.

»Zoe sollte den Mistkerl verlassen und ihn verklagen«, sagte Logan. »Er sollte mir besser nicht über den Weg laufen.«

»Ich verpflichte Sie zur absoluten Verschwiegenheit. Es würde das Feuer nur mehr schüren.«

»Sie haben mein Wort. Auch wenn es mir schwerfällt, dem Typ nicht den Schmerz spüren zu lassen, den Zoe spürt.«

»Ich weiß. Mir geht es genauso. Und ich fühle mich schrecklich, weil ich nicht mehr tun kann.«

»Es ist ganz allein Zoes Entscheidung. Sie können ihr nur helfen die Sache durchzustehen – bis es sich wieder zum Guten wendet oder eskaliert.«

»Wahrscheinlich wird es ein böses Ende nehmen. Und ich werde daran nicht unbeteiligt sein.«

»Wenn Sie Hilfe brauchen, können Sie mich jederzeit anrufen. Egal, wann. Und ich bitte Sie darum, es wirklich zu tun. Denn es ist ein ernst gemeintes Angebot.«

»Versprochen. Ich könnte wahrlich Unterstützung brauchen«, entgegnete Hope und griff nach der Visitenkarte, die Logan ihr entgegenstreckte. »Ehrlich gesagt bin ich erleichtert darüber, es Ihnen mitgeteilt zu haben, Logan. James sollte es besser nicht wissen. Sie kennen ihn ja. Er würde sich wieder hineinsteigern und bei Zoe auf der Matte stehen und sie, ohne nachzudenken, da rauszerren. Er ist in solchen Situationen sehr impulsiv, wenn es um Freunde geht. Bitte nicht falsch verstehen, das ist absolut kein charakterlicher Nachteil. Das macht ihn nur noch liebenswerter, weil er immer für einen da ist und alles stehen und liegen lässt.«

»Darf ich Sie etwas über meinen Bruder fragen?«

Ihre Augen wurden ein wenig schmaler, als sie ihn abschätzend anschaute. »Kommt darauf an.«

»Ich habe leider nicht mehr allzu viel Kontakt mit ihm. Wenn er Probleme hat, sagt er mir nicht mehr Bescheid. Der erste Fall mit Boyed warf sein Leben aus den Bahnen. Ich habe es aus den Klatschzeitungen erfahren. *Vom Detectiv zum Alkoholiker* war damals die große Schlagzeile. Vielleicht können Sie sich noch daran erinnern. Wie stehen die Chancen, ihn bei diesem Fall vom Alkohol fernzuhalten?«

»Es war eine schwere Zeit für ihn. Ich kann mich noch gut daran erinnern. James versuchte den Alkoholkonsum zu reduzieren, aber es half natürlich nicht, dass die Medien seinen Ruf in den Schlamm gezogen haben. Doch im Endeffekt haben ihm die Medien in gewisser Weise wieder auf die Beide geholfen. James ließ es nicht auf sich sitzen und bekam sein Leben wieder in den Griff. Ich denke, er schafft das – und das behaupte ich, obwohl ich grundsätzlich keine Freunde und Familie analysiere.«

Hope machte eine kurze Pause.

»Außer in Ausnahmesituationen. Die ich momentan ziemlich oft erlebe«, gestand sie sich selbst ein. »Mir schien es, als wären es damals nur die Anfänge einer Alkoholsucht gewesen. Allerdings sollten wir die Augen offenhalten. Wenn er sich uns gegenüber nicht verschließt und offen mit seinen Sorgen umgeht, stehen die Chancen ganz gut, dass er mit der Situation umzugehen weiß. Auch wenn es unangenehm oder sogar peinlich ist, müssen wir das Problem ansprechen und nicht darüber hinwegsehen. Es kostet zwar jede freie Minute einen Mord aufzuklären, jedoch sollte er kein AA-Treffen verpassen. Wenn er mit uns nicht spricht, dann vielleicht mit denen.«

»Hoffen wir das Beste.«

Hopes Handy klingelte. »Wie aufs Stichwort – es ist James«, sagte sie und nahm das Gespräch an. Sie hörte ihm aufmerksam zu und beendete das Gespräch schließlich mit den Worten: »Wir kommen sofort.« Dann wandte sie sich an Logan. »James möchte sich die Überwachungsbänder der Anstalt mit uns ansehen.«

Logan nickte und erhob sich. »Können wir unser Gespräch ein andermal fortsetzen?«

»Ich habe Ihnen alles erzählt. Haben Sie noch Fragen?«

Logan war die Situation peinlich und er wusste keine Antwort darauf.

Das brachte Hope zum Lachen. »Ich wusste schon ganz genau, was Sie meinten. Aber dieser verwirrte Dackelblick ist einfach unbezahlbar.«

Verkehrte Welt, dachte Logan. Normalerweise warfen sich ihm die meisten Frauen sofort an den Hals, aber Hope nicht. Hope war anders und er konnte sie nicht einschätzen. Hatte sie Interesse an ihm oder waren sie einfach nur Kollegen? Falls man das nach einem Tag überhaupt beurteilen konnte. Er wusste es ja selbst nicht. Logan war keiner von denen, die an die Frau fürs Leben glaubte, aber er hatte das Verlangen, mehr Zeit mit Hope verbringen zu wollen.

»Sie dürfen mich zum Abendessen einladen«, sagte sie in diesem Moment.

»Sehr gerne. Soll ich Sie mit aufs Revier nehmen?

»Wenn Dexter mitfahren darf?«

»Wenn er mich nicht beißt?«

»Das tut er nur, wenn Sie nicht nett zu mir sind.«

Fünf

James drückte die Playtaste seines Laptops und spulte bis zur angenommenen Mordnacht vor. Nebenbei kraulte er Dexter hinter den Ohren. Die Aufnahmen zeigten das Stockwerk auf dem Boyed untergebracht war. Den ganzen Tag über war nichts Auffälliges passiert. Therapeuten und Ärzte gingen durch die Flure – von Zimmer zu Zimmer. Patienten gingen unter Aufsicht zu den Sitzungen und Gruppentherapien. Manche durften in den Garten und die Herbstsonne genießen. Ein Häftling übergab sich auf dem Gang und binnen Minuten kam der Putztrupp und säuberte den Boden. Je später es am Tag wurde, desto weniger Getümmel war auf den Bändern zu sehen. Je zwei bewaffnete Sicherheitsleute postierten sich an den Ausgängen. Die Zimmer wurden abgeschlossen. Zusätzlich befand sich noch ein Wachmann pro Stockwerk im jeweiligen Kontrollraum, der die gesamte Etage per Kameras überwachte. Um kurz nach 22:00 Uhr wurde der Bildschirm schwarz.

»Hast du die Aufnahme beendet?«, fragte Logan.

»Nein, habe ich nicht.« Er deutete mit dem Finger auf den Bildschirm. »Die Zeit läuft weiter. Das Licht ist auf allen Fluren in den Stockwerken ausgegangen.«

»Vielleicht ein Stromausfall?«, warf Hope ein.

James blätterte suchend in einem Heft.

»In den Überwachungsprotokollen wurde nichts dergleichen vermerkt. Das hätte doch irgendjemandem auffallen müssen.«

»Spul mal vor«, forderte Logan ihn auf.

Ungefähr drei Minuten vergingen, bis das Licht wieder eingeschaltet wurde.

»In drei Minuten schafft man es locker von Boyeds Zimmer bis zum Ausgang«, stellte Logan fest. Gedankenverloren kratzte er sich am Kinn.

»Aber das Wachpersonal hätte doch etwas merken müssen. Er muss an einigen Wachposten vorbei, um das Gelände zu verlassen. Die zwei am Ausgang vom Stockwerk, der eine im Kontrollraum, einer am Haupteingang und einer bei der Zufahrt. Und er benötigt eine Transponderkarte und einen Zugangscode«, konterte James.

»Es sei denn …«, warf Hope ein und durchsuchte die Protokolle der Transponderkarten. Kurz darauf schaute sie wieder auf. »… er hat einen Komplizen.« Sie deutete auf die Zeitspanne, in der das Licht ausging.

»Tobi Miller. Seine Karte wurde um 22:02 Uhr am Haupteingang registriert. Ebenso um 00:15 Uhr. James, zeig uns bitte das Video um 00:10 Uhr.«

Hope hatte Recht. Um 00:12 Uhr wurde das Licht ebenfalls ausgeschaltet und ein paar Minuten später wieder an. Verbunden mit der Nutzung von Millers Karte. Genauso wie in den darauffolgenden zwei Nächten.

»Entweder lässt Miller Boyed raus und wieder rein, oder er begeht die Taten in seiner Arbeitszeit und verschafft sich so ein Alibi. Gibt es eine Kamera, die auf den Kontrollraum gerichtet ist?«, fragte Logan.

»Nein, leider nicht. Datenschutz der Angestellten.«

»In einer Psychiatrie?«

James verdrehte die Augen und nickte zur Bestätigung. Er tippte die Nummer der Anstalt ins Telefon.

»Lieutenant Reynolds. Ist Tobi Miller im Dienst?«

Hope beobachtete James, während er der Person am anderen Ende der Leitung zuhörte. Er verzog sein Gesicht und legte auf. Hope ahnte, was das zu bedeuten hatte und dann bestätigte James auch schon ihre Vermutung. »Er hat sich heute krankgemeldet. Verstehe. Vielen Dank.« James verzog das Gesicht zu einem schiefen Lächeln.

»Dann sollen die Kollegen von der Streife ihm einen Besuch abstatten«, sagte James zu Logan und Hope.

James orderte einen Streifenwagen an, der Miller aufs Revier bringen lassen sollte. Es war kaum Zeit vergangen, da praktischerweise eine Streife bereits in der unmittelbaren Nähe des Hauses war. Durch Funk wurde ihm mitgeteilt, dass niemand zu Hause sei. James gab sofort eine Suchmeldung für Miller raus.

»Clarkson!«, rief James laut Richtung Tür.

Kurz darauf tauchte eine kleine zierliche Frau auf. »Ja?«

»Checken Sie doch bitte die Finanzen von Tobi Miller. Vielleicht gibt es Aktivitäten auf der Kreditkarte. Es ist dringend.«

»Sagten Sie Tobi Miller, Sir? Aus der Nervenklinik?«

»Ja. Kennen Sie Ihn?«

»Ich habe mit Ihm meinen Streifendienst absolviert. Er war eine Zeit lang Officer, bis er dann plötzlich aufhörte und in die Sicherheitsbranche ging.«

»Interessant. Er war also mal einer von uns. Checken Sie ihn trotzdem.«

Clarkson war anzusehen, dass es ihr unangenehm war, im Privatleben eines ehemaligen Kollegen herumzuschnüffeln. Widerwillig ging sie wieder davon. Von draußen hörte man Leute die motiviert ihre Finger auf die Tastaturen hämmerten.

»Na, wenn das kein Durchbruch ist spendiere ich eine Runde Bier im Pub«, sagte James triumphierend.

Es ist ein guter Ansatz, dachte Hope, aber hoffentlich war James nicht zu euphorisch, damit der Rückschlag nicht zu groß war, falls es sich um einen falschen Alarm handeln sollte.

»Weswegen ist Green denn nun so unkooperativ?«, fragte sie. »Denkt ihr, er weiß etwas über Miller?«

»Greens Verhalten war gestern mehr als sonderbar. Mal sehen, was wir über ihn auf den Aufnahmen finden.«

James suchte in den Aufnahmen die Bilder der Kamera, die auf Greens Büro gerichtet war. Das Video präsentierte ihnen Green auf einem Silbertablett. Er traf sich vor seinem Büro mit einer Schwester, die beiden schienen sehr vertraut miteinander zu sein. Sie blickten hektisch nach allen Seiten, schlichen tuschelnd Richtung Pausenraum und verschwanden. Leider war dort keine Kamera angebracht, man konnte also nicht verfolgen, was drinnen passierte.

»Mist«, fluchte James. »Es muss noch eine andere Kamera geben. Ihr Verhalten auf der Aufnahme war äußerst verdächtig, dafür muss es einen Grund geben … Moment …«

Er klickte auf die Außenansicht und suchte eine Überwachungskamera, die auf das Fenster des Pausenraums zeigte. Der Haupteingang befand sich nicht weit vom Pausenraum entfernt. Auf den Aufnahmen der Kamera, die auf den Eingang gerichtet war, konnte man Green und die Schwester durch's Fenster sehen. Beide lehnten über den Tisch.

»Ich wäre ja von einer verbotenen Sexgeschichte ausgegangen«, sagte Hope und beugte sich ein wenig näher an den Bildschirm heran, »aber das sieht mir nach etwas Anderem aus.«

Auf der Aufnahme war klar zu erkennen, dass Dr. Green und die Schwester eine Substanz mittels Röhrchen vom Tisch in die Nase einzogen.

»Ich fass' es nicht«, sagte James. »Die ziehen sich zusammen während der Arbeitszeit eine Nase voll Koks rein.«

»Ist das sein Ernst?«, platze Hope heraus. »Dieses aufgeblasene, arrogante Arschloch kritisiert mich auf höchstem Niveau, beleidigt mich und dann nimmt er heimlich Drogen mit dieser Schickse? Dieser verfluchte Wichser.«

In der nächsten Sekunde wurde ihr bewusst, welchen Tonfall sie angeschlagen hatte und hielt sich beschämend die Hand vor den Mund. Ihre Wangen glühten. Logan schien sehr amüsiert darüber zu sein, eine Ausdrucksweise wie diese von ihr zu hören und grinste sie an.

»Es hört sich so gut an, wenn du mit deinem wundervollen britischen Akzent mit Schimpfwörter um dich wirfst«, neckte James sie.

Hope ärgerte sich über sich selbst. Schon wieder ließ sie sich von ihren Gefühlen überwältigen. Es wurde Zeit, sich in den Griff zu bekommen, damit ihr nicht irgendwann alles durch die Finger glitt. Aber im Moment konnte sie nicht weiter darüber nachdenken, denn Clarkson hatte Neuigkeiten.

»Lieutenant?«, keuchte sie aufgeregt. »Millers Kreditkarte wurde gerade in einem Restaurant in der Washington Street benutzt.«

James sprang auf, packte seine Jacke und griff nach den Autoschlüsseln.

»Logan, du kommst mit mir. Hope, du wartest hier auf uns. Ich will nicht, dass du da draußen bist, bis wir nicht wissen, dass Boyed …«, er winkte ab. »Ach, du weißt schon!«

Hope wartete bis James und Logan nicht mehr zu sehen waren. Sie hinterließ James eine Nachricht auf dem Schreibtisch, denn sie würde bestimmt nicht untätig herumsitzen, solange ein Mörder frei herumlief. Dann nahm sie ihre Jacke und verließ mit Dexter das Revier. Erst auf dem Vorplatz bemerkte sie, dass sie gar nicht mit dem eigenen Auto gekommen war. Sie rief sich ein Taxi und ließ sich zu ihrer Wohnung bringen.

Dann fuhr sie mit ihrem Alfa zur Klinik und Dexter machte es sich auf der Rücksitzbank gemütlich. Sie war froh, dass um diese Uhrzeit so wenig Verkehr herrschte. Beim Autofahren konnte sie nachdenken. Am besten, wenn sie schnell fuhr. Also gab sie Gas. Autos waren schon immer ein Hobby von ihr. Sie liebte es, wie der V6-Motor des Alfas beim Beschleunigen unter ihrem Hintern schnurrte – wie sie bei der Beschleunigung in die Sitze gedrückt wurde. Zudem war der Wagen neu und hatte noch den angenehmen Neuwagenduft, der sich mit dem Geruch des Leders der Sitze mischte.

Boyed. Dieser Mann ging ihr einfach nicht aus dem Kopf. Auch wenn sie hoffte, dass sie sich täuschte, dann war sie sich doch sicher, dass er die Finger im Spiel hatte. Egal, welchen Weg der Überlegung sie anstrebte, egal, wer der Täter in Wirklichkeit sein mochte, sie kam immer wieder zum Kern zurück. Boyed.

An der Klinik angekommen, meldete sie sich an der Sprechanlage an und fuhr auf den Mitarbeiterparkplatz. Sie stieg aus, öffnete die Hintertür und ließ Dexter raus. Schwanzwedelnd lief er von einem Busch zum anderen und markierte sie ausgiebig. Hope bat Schwester Suzi, die gerade ein Pläuschchen mit der Empfangsdame hielt, Dr. Green auszurichten, sie würde gerne mit Mr. Boyed sprechen. Keine zwei Atemzüge später stand Green mit erhobenem Haupt vor ihr.

»Ich dachte, ich habe mich beim letzten Besuch deutlich ausgedrückt. Was wollen Sie hier?«

»Ich möchte zu Mr. Boyed. Er ist ein Verdächtiger in einem Mordfall. Es gibt keine Ausrede, die mich davon abhalten würde, ihn zu sehen.«

»Da bin ich anderer Meinung und Dr. Harson wird das auch sein.«

Hope ließ sich nicht beirren. »Dr. Harson kann dem Gespräch gerne beiwohnen, aber Sie wissen genauso gut wie ich, dass Boyed dies nicht zulassen wird und solange für den Patienten keine Gefahr besteht, darf ich mit ihm sprechen.«

»Ich bitte Sie höflich, zu gehen. Jetzt! Noch einmal werde ich das nicht tun. Und dieser Hund muss sofort hier raus.«

Hope lächelte ihn an. »Ach, Dr. Green. Da Sie mich gerade daran erinnern. Wie geht es eigentlich Ihren Nasenschleimhäuten? Sie als Arzt müssen ja wissen, dass die bei länger anhaltendem Konsum zerstört werden.«

Green schaute sie irritiert an. »Ich weiß nicht, wovon Sie reden.«

Hope sah die Veränderung in seinen Augen ganz genau. Den Übergang von Verwirrtheit zur Leugnung. Ihr Wissen würde ihr seine vollumfängliche Kooperation sichern, da war sie sich mehr als sicher. Er bestätigte dies, indem er sagte: »Ich werde zuerst mit Dr. Harson reden, damit es keine Probleme gibt.«

Sie nickte und machte sich auf den Weg in den ersten Stock. Dexter war ihr dicht auf den Fersen.

Es war gerade Essenszeit. Schwestern und Helfer verteilten Tabletts. Jeden Tag diesen Fraß zu essen, war ein Teil dieser Hölle, dachte Hope. Eine psychische Störung war noch lange keine Entschuldigung der schrecklichen Taten, es war eine ernstzunehmende Krankheit, die gerechte Behandlungen erforderte. Und auch diese Menschen brauchten Liebe und Zuneigung. Im Grunde genommen war jeder Mörder psychisch krank. Doch nicht alle konnten ihr Handeln beeinflussen oder ihren Trieb zügeln und mussten mit ihren Taten fertig werden. Das schlechte Gewissen, die Sicherheit zu haben, es nie wieder gut machen zu können.

Hope erreichte Boyeds Zimmer, vor dem zwei Sicherheitsleute standen. Gerade wollte sie anklopfen, da entdeckte sie Dr. Harson am anderen Ende des Ganges, die direkt auf sie zu steuerte. Hope stellte sich auf einen erneuten Schlagabtausch ein, doch bevor sie überhaupt in ihre Nähe kam, hielt Green sie auf. Hope lauschte der hitzigen Diskussion. Green machte Harson klar, dass Hope freien Zugang zu Boyed hatte und jederzeit ungestört mit ihm sprechen konnte. Harson war davon überhaupt nicht begeistert und fuchtelte immer wieder mit den Armen. Sogar auf die Ferne konnte Hope sehen, dass Harsons Kopf knallrot anlief. Schließlich wandte sich Harson ab und marschierte davon – Green versuchte Schritt zu halten und redete immer noch auf sie ein.

Hope atmete tief durch. Zeit, sich ihren Aufgaben zu widmen. Sie klopfte an die Tür, lauschte, aber kein Mucks war zu hören. Einer der Sicherheitsleute schloss auf und Hope schob vorsichtig den Kopf hinein.

»Mr. Boyed?«

»Hope? Sind Sie das?«

»Ja, dürfen wir reinkommen?« Eigentlich musste sie nicht fragen, sie durfte in jedes Zimmer gehen, dennoch hatten auch die Insassen eine gewisse Privatsphäre und Ruhe verdient.

»Wer ist *wir?*«

Schnelle Schritte kamen vom Inneren des Zimmers auf sie zu. Am liebsten hätte Hope kehrtgemacht und wäre davongerannt. Sie war noch nicht bereit für eine erneute Ablehnung seinerseits. Trotzdem hielt sie dem Fluchtgefühl stand. Dexter war auf Alarmbereitschaft, als Boyed um die Ecke schoss und sie mit großen Augen anstarrte. Hope legte Dexter die Hand auf den Kopf, um ihn zu beruhigen.

»Oh, du bist ja ein echter Prachtkerl«, sagte Boyed zu Dexter, der angespannt neben Hope saß. »Ich dachte schon, ich würde sie nicht mehr sehen, nur noch diesen Polizisten-Bimbo.«

Hope musste über die Bezeichnung schmunzeln. »Das dachte ich auch.«

»Es tut mir leid, Hope. Unser letztes Treffen ist ja wirklich nicht gut verlaufen und das tut mir so schrecklich leid. Ich darf Sie doch Hope nennen, oder? Es ist einfach mit mir durchgegangen. Gestern war Marys Todestag, wissen Sie?«

Wie hatte sie das vergessen können? Sie war doch sonst auch immer so aufmerksam. Jetzt war klar, warum Boyed die Nerven verloren hatte.

»Mr. Boyed, verzeihen Sie. Ich hätte Sie an diesem Tag nicht befragen dürfen.«

»Nein, das ist schon in Ordnung. Ich freue mich über ein so selten nettes Gesicht.«

»Dr. Green hat mir verboten, Sie weiterhin zu sehen, da es Dr. Harson anscheinend überhaupt nicht gepasst hat, wie ich mit Ihnen umgegangen bin.«

Boyed winkte ab und verdrehte die Augen. »Sie kann Sie nicht leiden.«

»Ich weiß, das können viele nicht.«

»Und wie haben Sie es geschafft, das Verbot zu umgehen?«

»Ich habe da so meine Mittel«, sagte sie, lächelte und setzte sich. Dexter schnüffelte schwanzwedelnd an Boyeds Hand und legte sich dann neben Hope.

»Können wir an das letzte Gespräch anknüpfen?«, fragte sie Boyed.

»Natürlich. Wie kann ich Ihnen helfen?«

»Ich hatte ihnen ja schon erzählt, dass das Opfer genauso platziert wurde, wie Sie es getan haben. Und dann wäre da noch Ihre DNA. Aber …«, Hope hob abwehrend die Hand,

»… bevor Sie etwas einwenden können, ja, ich kann auch nicht glauben, dass Sie mit der Sache etwas zu tun haben.«

Sie war sich im Klaren darüber, dass sich Boyed durch indirekte Fragen nicht aus der Reserve locken ließ, aber ein Versuch war es immer wert.

»Da liegen Sie richtig«, sagte er.

»Haben Sie irgendjemandem von Ihren Taten erzählt? Einem anderen Insassen? Oder bei einer Gruppensitzung?«

»Ja, natürlich. Den Chaoten in der Sitzung. Das Motto ist doch: Teil mit uns deine Grausamkeiten und wir geilen uns daran auf.«

»Haben Sie Details preisgegeben?«

»Nein, niemals. Die Einzigen, die davon wissen, sind Sie, der Polizisten-Bimbo und meine Psychiaterin.«

»Darf ich Sie darum bitten, Lieutenant Reynolds nicht als Bimbo zu bezeichnen? Er ist einer von den Guten, das wissen Sie.«

Boyed nickte widerwillig.

»Es muss jemand gewesen sein, der Zugang zu Ihrem Sperma hat. Ich weiß, das klingt komisch.«

»Das ist tatsächlich eine komische Frage und merkwürdig mit Ihnen darüber zu sprechen. Aber es ist schließlich für das Beweisen meiner Unschuld wichtig. Wenn jemand Zugang dazu hat, dann das Reinigungspersonal, das meinen Mülleimer ausleert. Sie wissen schon… Ansonsten werden jedes Jahr jegliche andere Körperflüssigkeiten getestet. Der letzte Test war erst vor ein paar Wochen.«

Hope notierte sich, nachzuprüfen, wo diese Proben aufbewahrt wurden. Jeder Angestellte musste auf Herz und Nieren überprüft werden.

»Da ich Ihnen meiner Meinung nach gerade sehr geholfen habe, darf ich Sie etwas fragen?«

»Natürlich«, antwortete Hope.

»Können Sie mich nicht aus der Sicherheitsverwahrung in ein normales Gefängnis überweisen lassen?«

»Ich glaube nicht, dass ein normales Gefängnis gut für Sie wäre. Denn Sie sind kein normaler Gefangener. Sie haben eine psychische Störung, welche therapiert werden muss. Außerdem sind Sie stark suizidgefährdet und benötigen eine ständige Überwachung. Das wäre so wie hier in einem normalen Gefängnis nicht möglich – es sei denn, Sie möchten Ihren Lebensabend nackt in einer Gummizelle verbringen.«

»Nackt? Ist das Ihr Ernst?«

»Und wie das mein Ernst ist. Was denken Sie, wie viele sich schon an Ihrer eigenen Unterhose erstickt haben?«

Boyed wirkte schockiert.

Ein weiterer Schritt in die richtige Richtung, um ihn davon zu überzeugen, dass es in dieser Klinik gar nicht so furchtbar war, dachte Hope. Trotzdem würde sie mit der zuständigen Behörde ein Wort sprechen, um ein paar Verbesserungsvorschläge einzubringen. Denn *schön* war es hier sicher nicht.

»Mr. Boyed, Sie …«

Er hob die Hand und unterbrach sie. »Ich weiß, worauf Sie hinauswollen. Aber ich werde Ihnen erst helfen, wenn Sie endlich aufhören würden, mich Mr. Boyed zu nennen.« In seinem Unterton konnte man eine gekünstelte Drohung wahrnehmen.

Hope zögerte, kam dann seinem Wunsch aber trotzdem nach.

»In Ordnung. Matthew. Wissen Sie etwas über den Stromausfall in den letzten Nächten? Wir haben die Überwachungsvideos auf diesem Stockwerk gecheckt und uns ist aufgefallen, dass in den letzten Tagen ungefähr zu derselben Zeit der Strom ausfällt oder lediglich das Licht ausgeschaltet wurde. Es wäre möglich, dass jemand einem

Insassen geholfen hat die Klinik zu verlassen und ihn dann wieder reingelassen hat.«

Boyeds Augen verdunkelten sich. Hope bemerkte es und versuchte sofort ihn zu beschwichtigen.

»Helfen Sie mir zu beweisen, dass Sie nicht der Täter sind.«

Boyed überlegte und fuhr sich dabei mit den Fingern durch die Haare.

»In den letzten Nächten sagen Sie? Wann genau?«

»Um 22:00 Uhr und dann wieder gegen Mitternacht.«

»Mitternacht kann ich nicht beurteilen, da habe ich schon geschlafen. Aber um 22:00 Uhr habe ich mir noch die Spätnachrichten angesehen, die um 22.20 Uhr vorbei waren. Bei mir im Zimmer war mit Sicherheit kein Stromausfall. Außerdem wird diese Klinik doch ein Notstromaggregat haben, oder nicht? Wie sollten sie denn sonst die Sicherheit gewährleisten, die Haupttore geschlossen zu halten? Werden diese nicht elektronisch gesteuert?«

Er hatte recht. Daran hatte sie noch gar nicht gedacht. Also wurde tatsächlich einfach nur das Licht in den Fluren ausgeschaltet und niemanden hat es interessiert. Das kann kein Zufall sein. Jemand wollte sie auf eine falsche Fährte locken. Hope bekam das Gefühl nicht los, dass sich der Täter in der Klinik oder bei der Polizei befand. Sie musste die neue Erkenntnis so schnell wie möglich James mitteilen.

»Gibt es einen Angestellten, mit dem Sie persönlich Probleme haben?«

»Mit allen.«

Hope schloss die Augen und rieb sich die Schläfen. In diesem Moment spürte sie, wie müde sie eigentlich war. Dieser Fall zerrte jetzt schon an den Nerven. Und die Umstände in ihrem persönlichen Umfeld waren auch nicht sehr förderlich.

Boyed bemerkte offensichtlich Hopes Verzweiflung und versuchte einen neuen Ansatz. »Ich möchte Ihnen ja helfen, aber die Tatsache, dass jemand meine Taten nachahmt, macht es nicht gerade einfach für mich. Eigentlich möchte ich nie wieder daran denken müssen. Aber ich werde das durchstehen. Für Sie. Trotzdem strengt es mich furchtbar an.«

Hope sah ihn mit hochgezogenen Brauen an und tippte mit dem Stift auf dem Notizblock. »Das ist mir durchaus bewusst. Wenn Sie nicht mehr weitermachen wollen, hören wir sofort auf.«

»In Ordnung«, sagte Boyed und fuhr fort: »Das Personal ist zwar nicht überfreundlich, aber ich komme mit ihm zurecht. Es gibt niemanden, den ich in einer Art und Weise beleidigt hätte. Bei meiner Psychiaterin bin ich nicht recht kooperativ, doch wir kommen miteinander aus. Die Arme glaubt wirklich, sie könnte mir helfen. Dennoch spiele ich mit, keine Ahnung, warum. Harson ist nicht wirklich dazu geschaffen, eine Psychiaterin zu sein. Nicht so wie Sie. Sie sehen Dinge in Menschen, die nur wenige sehen können. Mir gegenüber ist Dr. Harson jedoch sehr einfühlsam. Das ist fast schon ein bisschen zuviel des Guten. Scheinbar denkt sie, mich so brechen zu können, aber da täuscht sie sich gewaltig. Jedenfalls fällt mir niemand ein, der mir die Sache anhängen will.«

»Kennen Sie Tobi Miller?«, fragte Hope. »Er macht die Nachtschichten auf diesem Stockwerk.«

»Dieser kleine Dürre?« Es war mehr eine Feststellung als eine Frage. »Was ist mit ihm?«

»Hatten Sie schon Kontakt zu ihm? Wie würden Sie ihn beschreiben?«

»Puh. Schwierig. Ich hatte nie viel mit ihm zu tun, da ich zu dieser Uhrzeit meist auf meinem Zimmer bin, wenn er Schichtbeginn hat. Ich bin ihm nur ein paar Mal begegnet.

Aber ich würde sagen, er lässt sich von seinen Kollegen sehr beeinflussen und hat keine eigene Meinung. Er ist ein Weichei und lässt sich rumschubsen.«

»Für das, dass Sie ihn nicht oft gesehen haben, haben Sie ein ziemlich genaues Bild von ihm.«

»Nicht nur Sie haben eine gute Menschenkenntnis, meine Liebe. Also, raus mit der Sprache: Hat er was damit zu tun? Oder sollte ich lieber fragen, ob er etwas mit Mord zu tun haben könnte.«

»Sie wissen doch, ich kann keine Details einer laufenden Ermittlung preisgeben.«

»Ich soll Ihnen helfen, doch Sie behalten die Details für sich? Wenn dieser Wicht mir etwas in die Schuhe schieben und das Erbe meiner Tochter in den Dreck ziehen will, dann muss ich das wissen!« Boyeds Gesicht rötete sich. Dicke Furchen zogen sich über seine Stirn. Seine gute Laune war dahin.

*

Miller ergriff sofort die Flucht, er rannte die Straße hinauf – entlang an unzähligen Restaurants, die um diese Uhrzeit voll ausgelastet waren. Schaulustige tummelten sich an den Fenstern und beobachteten das Geschehen. James und Logan waren ihm dicht auf den Fersen.

Miller schubste eine ältere Dame zur Seite und kam ins Straucheln. Mit einem lauten Krach prallte er gegen eine Mülltonne, deren gesamter Inhalt sich auf dem Bürgersteig entleerte und fiel auf die Knie. Passanten eilten der alten Dame zu Hilfe und halfen ihr auf die Beine. Schnell versuchte Miller sich aufzurappeln, doch James war bereits neben ihm und riss ihn wieder zu Boden. Miller versuchte, sich zu wehren, doch James fixierte Millers Arme auf dessen Rücken und legt ihm Handschellen an.

»Hey Mann, was soll der Scheiß? Wir spielen doch im selben Team.«

»Das werden wir sehen«, sagte James und brachte ihn zum Wagen. Logan öffnete die Tür des Polizeiautos und verfrachtete Miller auf die Rücksitzbank.

Die gesamte Fahrt sprachen sie kein Wort. Alles Wichtige sollte im Vernehmungsraum aufgezeichnet werden. Nur einer konnte die Schnauze nicht halten.

»Ich glaube, Sie haben mir die Schulter ausgekugelt«, jammerte Miller und klang dabei wie ein kleines Kind, welches sich das Knie beim Spielen aufgeschlagen hatte.

Weder James noch Logan reagierten darauf.

Logan sah aus dem Fenster und entdeckte einen Rottweiler vor einem Geschäft sitzen, der ihn gleich an Dexter erinnerte. Sofort waren seine Gedanken bei Hope und er konnte es kaum erwarten, sie bald auf dem Revier anzutreffen. Ihr Scharfsinn war beneidenswert. Es machte Spaß, ihr zuzuhören und mit ihr zu arbeiten. Er hoffte, sie würde genauso über ihn und an ihn denken.

*

Die Straßen waren trotz der stattfindenden Baustellen frei und sie trafen nach zehn Minuten auf dem Revier ein. James übergab Miller einem Kollegen, der ihn in einen der Vernehmungsräume brachte. Er ging in sein Büro und nahm die Papiere und Aufzeichnungen der Klinik vom Schreibtisch, damit er Miller Beweise vorlegen konnte. Logan ging voraus in den Vernehmungsraum. Endlich ein Schritt weiter, dachte James. Vielleicht war dieser Fall schneller gelöst als gedacht und sie könnten nun endgültig einen Schlussstrich darunterziehen.

Als James das Vernehmungszimmer betrat, saß Miller zusammengesunken auf dem Stuhl und schaute genervt die anthrazit gestrichenen Wände an. Logan hatte an der Tür auf ihn gewartet und nun setzten sich Logan und James Miller gegenüber. Dabei warf James die Unterlagen mit einem Knall auf den Tisch. Ein Mikrofon war auf sie gerichtet, eines auf Miller. Sie ließen Miller eine Weile schmoren, indem sie sich gegenseitig etwas Belangloses zuflüsterten und so taten als würden sie die Akten noch einmal durchsehen, bevor sie mit der Befragung begannen.

»Holen wir uns heute Abend eine Pizza?«, fragte James Logan leise.

»Klingt gut«, entgegnete ihm Logan.

Miller rutschte sichtlich nervös auf dem Stuhl hin und her, bis sich James erbarmte und mit der Befragung loslegte.

»Miller, Sie arbeiten in der Klinik als Nachtwächter, ist das korrekt?«

»Das stimmt. Werfen Sie mir etwas vor?«

»Nur mit der Ruhe. Warum sind Sie heute nicht zur Arbeit erschienen?«

»Ich hab' mich krankgemeldet. Hab' mich nicht so gut gefühlt.«

»Was haben Sie denn? Sie sehen gar nicht krank aus.«

Miller knetete permanent seine Finger. »Kopfschmerzen«, antwortete er.

»Sie sehen blass aus.«

»Ich sagte doch, dass ich krank bin. Und die Befragung macht meine Kopfschmerzen nicht besser.«

»Wann ist Ihr Schichtbeginn und wann das Ende?«, wollte James wissen.

»Der Frühdienst geht um 5:15 Uhr los; der Nachtdienst beginnt um 20:00 Uhr und endet um 6:00 Uhr.«

»Das ist eine lange Zeit.« James ließ seine Bemerkung einige Zeit in der Luft schweben, bevor er weitersprach. Vor drei Tagen hatten Sie Nachtdienst – das war ein Dienstag. Ist Ihnen da irgendetwas Ungewöhnliches aufgefallen?«

»Nicht, dass ich wüsste.«

»Ihnen ist also um 22:00 Uhr der Stromausfall nicht aufgefallen?«

»Stromausfall? Das kann nicht sein; wir haben ein Notstromaggregat.«

Das bedeutete, wie vermutet, dass es kein Stromausfall gewesen sein konnte, dachte James.

»In Ordnung, Tobi. Ich darf Sie doch Tobi nennen? Wir sind schließlich im selben Team, wie Sie schon sagten. Die Sache sieht so aus: Sie haben das Licht um 22:00 Uhr ausgeschaltet, ließen Mr. Boyed aus Zimmer 210 aus der Klinik unbemerkt entkommen, um ihn ein paar Stunden später wieder hereinzulassen. Ihre Schlüsselkarte wurde zweimal am Haupteingang registriert.«

Miller blickte erschrocken auf. »Nein, so war das nicht«, stotterte er.

»Wie war es dann, Tobi?« James' Stimme wurde sanfter und sie war kaum mehr als ein Flüstern.

»Das kann ich Ihnen nicht sagen. Dann verliere ich meinen Job.« Er sank im Stuhl zusammen.

»Das werden Sie sowieso. Wenn Sie uns die Wahrheit sagen, können wir vielleicht die Anklage zur Beihilfe zum Mord unter den Tisch fallen lassen. Natürlich nur, wenn uns Ihre Antwort gefällt.«

»Mord?« Er wurde aschfahl im Gesicht. »Wer ist tot?«, fragte er heiser.

»Eine junge Frau wurde brutal gefoltert und ermordet. Und Sie haben dem Mörder geholfen – denn Sie haben ihm ermöglicht, aus der Klinik rauszukommen.«

»Nein, ich schwöre es, niemand hat die Klinik verlassen.«

»Wie kann es dann sein, dass Ihre Karte benutzt wurde? Sie wissen doch etwas.«

»Ich sollte einfach nur das Licht aus- und wieder einschalten und den Haupteingang öffnen und schließen.«

»Wozu? Und wer hat Ihnen das aufgetragen?«

»Das weiß ich nicht. Ehrlich.« Er bekam wieder ein bisschen Farbe im Gesicht.

»Was heißt *Ich weiß es nicht*. Irgendjemand hat Ihnen doch gesagt, Sie sollen das machen oder haben Gespenster Ihnen zugeflüstert?«, fragte James.

»Ich habe eine Nachricht auf meinem Schreibtisch bekommen – wenn ich mir Geld dazuverdienen wollte, dann sollte ich den Anweisungen, die dort aufgelistet waren, folgen. Ich hab' mir nicht viel dabei gedacht und es einfach gemacht.«

»Und wie wurden Sie bezahlt?«

»Das lag am nächsten Tag auf meinem Schreibtisch.«

»Haben Sie die Nachricht noch?«

Miller zögerte, wollte nicht darauf antworten.

»Ich frage Sie nicht zweimal, Miller. Raus mit der Sprache.«

»Den … den habe ich weggeworfen.« Miller duckte sich, als würde er jeden Moment einen Schlag kassieren.

»Na, großartig«, murmelte James und fuhr sich resigniert mit den Händen über das Gesicht.

»Können Sie sich an den Brief noch erinnern? Wie sah die Schrift aus?«, fragte Logan und lächelte Miller freundlich an.

James ärgerte sich kurz über sich selbst, nicht darauf gekommen zu sein und im anderen Moment war er froh, Logan zur Unterstützung dabei zu haben. Er wusste, dass Logan nicht so schnell aufgeben würde. Und vielleicht ließ sich ja etwas aus Miller herausholen, wenn er meinte, dass alle im gleichen Boot saßen.

»Na ja, eine normale Handschrift halt.«

Was für ein Idiot, dachte James. Ziemlich schwer von Begriff. Er sah Logan an, wie er sich dazu zwang weiterzulächeln und Geduld aufzubringen.

»War der Text schlampig oder schön geschrieben?«

»Es war irgendwie verschnörkelt. Wie von einem Schulmädchen.«

Das musste noch nicht viel heißen, aber es war auf jeden Fall ein wichtiges Detail.

»Miller, Sie bleiben erst mal hier«, sagte James. »Vielleicht haben wir später noch ein paar Fragen. Ich werde einem Kollegen auftragen, Ihnen ein Telefon zu bringen, damit Sie Ihren Anwalt anrufen können.«

»Anwalt? Wieso brauche ich einen Anwalt?«

»Das ist zu Ihrem eigenen Schutz. Wir werden uns später bestimmt noch einmal sehen«, gab James zurück und lächelte ihn an.

James und Logan verließen den Befragungsraum und ließen einen Kollegen vor der Tür postieren. Zurück im Büro, ließ sich James hinter seinen Schreibtisch auf den Stuhl fallen. »Wie kann man nur so dumm sein?«

Logan lehnte sich mit verschränkten Armen an die Glasfront. »Es kann nicht jeder so klug sein wie wir.«

»Das mit der Schrift war eine gute Idee. Ich wäre nicht draufgekommen«, gab James zu, obwohl es ihm schwerfiel, weil er versuchte, der bessere Ermittler von den beiden zu sein.

»Du hast den ersten Fall ohne mich aufgeklärt und du wirst in diesem Fall auch die Wahrheit herausfinden. Ich stehe dir lediglich zur Seite und gebe dir Rückendeckung.«

Es tat gut, seinen großen Bruder zur Unterstützung zu haben. Eine gewisse Normalität aus der Vergangenheit, die schon viel zu lange nicht mehr präsent war. Es gab unzählige Momente, in denen James Logan als Stütze gebraucht hätte, sich aber nicht überwinden konnte, den ersten Schritt zur

Wiederannäherung zu machen. Zu viel Hoffnung war aber nicht angebracht, denn die guten Zeiten dauerten meistens nur kurz an.

»Es ist gut wieder einen Partner an meiner Seite zu haben. Ich kämpfe mich schon zu lange allein durch. Obwohl mein vorheriger Partner auch nicht schlecht war«, sagte er mit einem Augenzwinkern.

»Wo ist er?«

Logan steckte sich – vermutlich aus alter Gewohnheit – wieder eine Zigarette hinters Ohr.

»Sie! Hat ein Kind bekommen und ist gerade in Mutterschutz. Ich vermisse sie – ist wirklich eine scharfe Partnerin. Also Ermittlungstechnisch!«

»Da kann ich leider nicht mithalten. Aber du hast ja immer noch Hope. Ich kann mir kaum vorstellen, dass deine Partnerin nur annähernd so gut aussieht wie sie.«

James schüttelte den Kopf. »Hope ist wie eine Schwester für mich. Die Schwester, die ich lieber hätte als einen großen Bruder, der einem die Unterhose bis über die Ohren zieht.«

»Ach komm, das war ein einziges Mal. Und zu meiner Verteidigung, du hast damals ziemlich genervt.«

James verdrehte die Augen. »Aber ja, du hast recht. Hope sieht wirklich gut aus. Apropos, wo steckt sie eigentlich?«

»Sie wird sich bestimmt einen Kaffee …«, Logan stoppte und verbesserte sich selbst »… einen Tee holen.«

Hope war wirklich eine Klasse für sich. James konnte sich glücklich schätzen, sie als Freundin zu haben. Andersherum aber sicher auch. James gab sich alle Mühe ein guter Freund zu sein.

»Ich ruf sie mal an – mal sehen, wo sie steckt.« James wählte ihre Nummer. »Mailbox.« Er versuchte es in ihrem Büro. Doch niemand hob ab.

Sorgen machten sich in ihm breit. Nervös versuchte er es erneut auf ihrem Handy – Mailbox. Er stand auf, trat aus seinem Büro ins Großraumbüro und fragte laut in die Runde: »Hat jemand von euch Dr. O'Reilly gesehen?«

Lediglich ein Schulterzucken und Kopfschütteln bekam er als Antwort.

Hektisch wählte er noch einmal ihre Nummer. Wieder Mailbox. Es wird schon alles gut gehen, dachte James, doch er traute Boyed alles zu und in seinen Augen war Hope keineswegs sicher. Sollte ihr je etwas passieren, würde er es sich niemals verzeihen können, ihr nicht geholfen zu haben.

»Höchstwahrscheinlich hat sie einen neuen Hinweis und ist dem auf der Spur. Du kennst sie besser als ich. Würde sie etwas Unüberlegtes tun?«, fragte Logan.

»Nein, aber Hope ist viel zu gutmütig. Auch gegenüber Boyed. Ich denke, sie will nicht wahrhaben, wie grausam er war. Und wir haben Boyed ja schon erlebt. Von einer Sekunde – in der er sehr höflich ist – zur nächsten Sekunde, greift er einen an. Man kann sich nicht sicher sein, was ihn aus der Fassung bringt und wie er dann reagiert.«

»Alles wird in Ordnung sein und sie wird sich melden, sobald sie kann. Überlegen wir uns besser, was unser nächster Schritt ist.«

James atmete tief durch, legte das Handy beiseite und versuchte seinen Puls zu verlangsamen.

»Wir sollten nochmal Boyeds Leben durchforsten. Möglicherweise befindet sich sein Komplize in seinem unmittelbaren Umfeld und ist uns eigentlich schon bekannt.«

»Du denkst also immer noch, dass er etwas damit zu tun hat?«

»So lange, bis mir das Gegenteil bewiesen wird. Wir sollten mit den Angestellten und den Patienten der Klinik sprechen. Green könnte uns auch behilflich sein. Er wird kooperieren, nachdem, was wir über ihn herausgefunden haben. Das Opfer sollten wir ebenso genauer betrachten. Es kann gut sein, dass die Todesart nur verschleiert wird, damit wir auf eine falsche Fährte gelockt werden und etwas ganz Anderes hinter dem Mord steckt. Etwas Persönliches? Eine Beziehungstat vielleicht. Ein eifersüchtiger Exfreund oder eine Exfreundin.«

»Könnte denkbar sein. Wir müssen checken, ob jemand anderer Zugang zu Boyed hatte und der ihm die Details darüber preisgegeben hat.«

»Moment mal.« James kramte in den Unterlagen. »Es gab damals einen Reporter, der von Boyeds Überzeugungskraft so fasziniert war, dass er alles über ihn wissen wollte. Sogar ein Buch wollte er über ihn schreiben; eine Biografie über sein Lebenswerk. Sie sprachen miteinander, doch Boyed blockte dann irgendwann ab. Die Sache war für ihn abgeschlossen und er hatte kein Interesse an der Veröffentlichung seines Lebens. Das muss den Reporter sehr wütend gemacht haben. Irgendwo hier habe ich seinen Namen.« Er kramte in den Akten und zog schließlich einen Notizzettel heraus. »Na, da haben wir's ja. David Anderson. Er arbeitete damals für den Boston Henderson, schrieb kurze Kolumnen über Gartenpflege. Das wurde ihm zu langweilig und er wollte mit Boyed eine Titelstory machen. Vermutlich um seiner Karriere einen Schubs zu geben, um groß rauszukommen. Ich kann mich noch gut an ihn erinnern. Ein komischer Kauz. Seine Faszination grenzte fast an Besessenheit. Mal sehen, was aus ihm geworden ist.« James tippte in den Computer und suchte nach dem Mann. Sekunden später ploppte ein Fenster auf. Der Führerschein erschien auf dem Bildschirm. James drehte den Monitor in Logans Richtung, damit er mitschauen konnte.

»Der sieht nach Serienmörder aus«, sagte Logan und James gab ihm recht.

»Laut Führerscheinzulassung wohnt er immer noch hier in Boston. Lass uns ihm einen Überraschungsbesuch abstatten.«

Sie packten ihre Sachen und gingen durchs Revier. Bei Clarkson, die gerade von ihrer Mittagspause zurückzukommen schien, machte James Halt und fragte sie, ob sie zufällig etwas von Hope gehört hatte.

»Ich habe nur mitbekommen, wie sie irgendwas mit »Boyed« und »Besuch« zu ihrem Hund sagte.«

»Scheiße!«, stieß James hervor und nahm sein Handy aus der Tasche. »Ich gebe den Sicherheitsleuten der Klinik Bescheid und du holst das Auto.« Er warf Logan die Schlüssel zu und brüllte in das Telefon, sie sollen Hope nicht allein in den Raum lassen.

*

Logan rannte los zur Tiefgarage und blickte sich suchend nach dem Auto um. Die breite orangene Nase des Camaro war nicht zu übersehen. Logan sprintete darauf zu und riss die Autotür auf. Er atmete einmal tief ein, um sich nicht von James' Hektik anstecken zu lassen, drehte dann den Schlüssel in der Zündung um und drückte auf das Gaspedal. Er konnte nicht zulassen, dass ihr etwas zustößt. Hope war James' Anker in schweren Zeiten, das hatte er bereits herausgefunden. Wenn er sich es vorher nicht eingestand, wurde ihm jetzt umso klarer, wie wichtig sein Bruder für ihn war. Mit quietschenden Reifen nahm der Wagen an Fahrt auf. Logans Herz pumpte schneller, als er mit Vollgas durch die Parkgarage raste.

Es war sicher alles in Ordnung, aber die Erkenntnis, dass Hope allein mit Boyed in einem Zimmer war, schnürte ihm fast die Luft ab. Man mochte vielleicht seine Reaktionen, Verhaltensweisen, Emotionen kennen, aber konnte man sich dabei sicher sein was sich im tiefsten Inneren verbarg?

Logan lenkte den Wagen vor den großen Platz vorm Revier, lehnte sich zur Beifahrerseite und öffnete diese. James kam aus dem Gebäude gerannt und ließ sich auf den Sitz fallen.

»Die Sicherheitskräfte wissen Bescheid. Sie haben nichts Ungewöhnliches bemerkt.«

Das konnte ein gutes, oder auch ein schlechtes Zeichen sein. Logan fädelte in den Verkehr ein, der ihm einiges abverlangte. Gerne hätte er Vollgas gegeben, doch Ampeln und andere Verkehrsteilnehmer hatten dafür selbstredend kein Verständnis. Sobald sich Lücken ergaben, gab er Gas.

Der Weg zur Klinik fühlte sich schier endlos an. In Notfallsituationen hatte man immer das Gefühl, die Zeit würde langsamer vergehen. James wählte erneut Hopes Nummer.

»Wieder nur die Mailbox«, sagte James mit zusammengebissenen Zähnen und pfefferte wütend das Smartphone in den Fußraum.

»Wenn er ihr nur ein Haar gekrümmt hat, bringe ich ihn um«, stieß James hervor.

»Beruhig' dich mal. Wenn er Hope mit seiner Tochter vergleicht, würde er ihr nie Leid zufügen«, entgegnete Logan, doch die Hand würde er dafür nicht ins Feuer legen.

Endlich kamen sie an der Klinik an. Das Tor zur Zufahrt stand offen, sodass Logan ohne abbremsen zu müssen auf das Gelände fahren konnte. Vor dem Haupteingang machte er eine Vollbremsung, die die Kieselsteine umherfliegen ließ.

Sie stiegen aus und rannten ins Gebäude und den ersten Stock hinauf.

Logan und James entdeckten die beiden Wachen vor Boyeds Zimmertür schon, als sie von der Treppe auf den Flur traten.

»Was zum Teufel machen Sie hier? Ich sagte doch, Sie sollen reingehen«, donnerte James.

Einer der Wachen entgegnete perplex: »Sie hat uns wieder rausgeschickt und uns verboten, das Zimmer noch einmal zu betreten.«

»Und Sie befolgen lieber den Befehl einer Psychologin als den eines Lieutenants?«

Der kleinere der beiden sagte: »Haben Sie diese Frau schon mal wütend erlebt? Da gefriert einem das Blut in den Adern.«

James schüttelte den Kopf, zog seine Waffe und riss die Tür auf, Logan stärkte ihm den Rücken.

Was James im Zimmer sah, ließ ihn erstarren. Er hatte zerstörte Möbel, Blut an den Wänden, Verletzte oder Tote erwartet. Doch es bot sich ein Bild eines zerbrochenen Mannes, der in Hopes Armen trauerte.

Boyed lehnte mit gesenktem Kopf an Hopes Schulter und bebte mit dem gesamten Körper in ihrer schützenden Umarmung. Dexter lag Boyed zu Füßen und schaute Logan neugierig an.

Hopes Augen verengten sich und deutete mit dem Finger zur Tür. Mit ihren Lippen formte sie ein stummes »Raus. Sofort.«

Logan schlug James auffordernd gegen den Oberarm, und deutete so an, mit ihm das Zimmer zu verlassen.

Nachdem die Tür wieder geschlossen war, nickte James dem Sicherheitsbeamten zu. »Jetzt verstehe ich, was Sie meinten.«

Er schob Logan ein Stück zur Seite, sodass sie ungestört sprechen konnten. »Hättest du das für möglich gehalten?«

»Was meinst du?«, fragte Logan.

»Dass es Hope schafft, ihn zu brechen.«

»Ich glaube nicht, dass sie ihn gebrochen hat. Eher hat sie es geschafft, dass er ihr vertraut und sich bei ihr voll und ganz fallen lassen kann. Das ist ein großer Vorteil für uns. Besser einen Freund als einen zerstörten Feind.«

»Klugscheißer«, sagte James.

»Fühlst du dich jetzt besser?«

»Mir ist ein Zentner großer Stein vom Herzen gefallen. Kennst du den Augenblick, wenn alles rot vor Augen wird? Die Vorahnung zu etwas Schrecklichem?«

Logan schwieg, auch wenn er genau wusste, wovon sein kleiner Bruder sprach. Viel zu oft hatte er diesen Moment erleben müssen. Der schlimmste von allen war der gewesen, als zwei Kollegen vom Revier ihres Vaters an die Tür klopften, um ihnen mitzuteilen, dass ihr Vater bei einem Einsatz ums Leben gekommen sei. Schwere Zeiten brachen damals für die ganze Familie an.

Logan wollte gerade nach draußen gehen, um eine Zigarette zu rauchen, als sich plötzlich die Tür zu Boyeds Zimmer öffnete und Hope mit Dexter auf den Flur trat. Sie zog die Tür leise ins Schloss und ging auf die beiden zu.

»Was hast du dir dabei gedacht?«, raunte James, als sie sie erreichte.

»Bei was?«, fragte sie.

»Dich einfach allein auf den Weg zu einem Mörder zu machen.«

»Ich verstehe dein Problem nicht, James.«

»Habe ich dir nicht gesagt, du sollst auf uns warten?«

»Soll das heißen, ich muss deine Befehle befolgen? Ich bin kein kleines Kind mehr. Ich kann auf mich selbst aufpassen und meine eigenen Entscheidungen treffen.«

»Dir hätte sonst was passieren können, verstehst du das denn nicht?«

»Wenn ich das Gefühl gehabt hätte, dass mir etwas zustoßen könnte, wäre ich nicht hergekommen«, entgegnete sie kühl. »Sag doch einfach, dass du dir Sorgen gemacht hast.«

James zögerte. »Ja, Hope, ich habe mir riesige Sorgen um dich gemacht«, sagte er dann. »Ich will nicht, dass dir etwas passiert. Ich wüsste nicht, wie ich damit umgehen soll, damit leben könnte.«

Hope machte einen Schritt auf ihn zu und umarmte ihn. Sie hielten eine Weile inne, bevor James mit seinem Kopf auf Logan deutete und sagte: »Der da übrigens auch.«

Hope löste sich aus der Umarmung und sah Logan in die Augen.

»Das ist lieb von Ihnen«, sagte sie und lächelte ihn an.

Logan sah verlegen zu Boden.

»Alles wieder gut?«, fragte sie nun wieder an James gerichtet.

»Ja, aber jetzt will ich wissen, was du erfahren hast. Du hast doch was erfahren, oder?«

Hope lächelte erneut. »Anscheinend wurde der Strom nur im Flur gekappt. Matthew hat mir erzählt, dass er gegen 22:00 Uhr noch ferngesehen hat.«

James verzog ungläubig das Gesicht und unterbrach sie: »Moment mal. Hast du gerade Matthew gesagt?«

»Er hat darauf bestanden. Sonst hätte er mir nicht eine Kleinigkeit verraten. Aber gut. Weiter im Text.«

Sie erläuterte den Brüdern kurz die Informationen, die sie von Boyed erhalten hatte. »Der Täter muss Zugang zu Boyeds DNA haben und will uns so auf eine falsche Fährte locken«, sagte sie abschließend.

»Auch wenn ich es nicht gerne tue, aber ich stimme dir zu. Ich glaube nicht, dass Boyed der Mörder ist. Wir haben Miller entlockt, dass er dafür angeheuert worden war, das Licht aus- und wieder einzuschalten. Einen wirklichen

Hinweis haben wir leider nicht. Er hat alle Beweise vernichtet. Das Einzige, was hilfreich sein könnte, ist seine Beschreibung der Schrift. Verschnörkelt, meinte er. Logan kam auf die Idee danach zu fragen.«

»Sehr clever, Chief Reynolds.« Hope zwinkerte ihm zu.

»Deswegen bin ich Chief geworden« entgegnete er und grinste dabei schelmisch.

»Seid ihr dann fertig mit eurer Flirterei?«, fragte James.

Hope küsste ihn versöhnend auf die Wange.

»Machen wir Feierabend für heute«, sagte James. »Morgen statten wir diesem Journalisten einen Besuch ab. Mal sehen, ob er ein paar Details aus dem alten Fall ausgeplaudert hat.«

»Sagt Bescheid, wenn ich euch helfen kann. Ich werde solange die neuen Informationen in meine Unterlagen aufnehmen und neu sortieren. Wir sehen uns dann morgen.« Sie drückte James' Schulter, reichte Logan die Hand und verließ mit Dexter das Gebäude.

James boxte Logan in die Seite. »Sie steht auf dich.«

»Was? Bist du bescheuert?«

»Nein, ich meine das ernst. Zu Fremden ist sie normalerweise arschkalt und sachlich und ich habe erst nach zwei Jahren das erste Mal ein Lob bekommen. Das muss man sich bei ihr erst einmal verdienen – du anscheinend nicht. Typisch. Dir kommt immer alles zugeflogen.«

»Das stimmt nicht, das weißt du. Du bist ein ausgezeichneter Cop, ein toller Freund und zudem ein erstklassiger Bruder.«

»Ich fühle mich geschmeichelt, aber lenk jetzt nicht vom Thema ab.«

»Was zum Teufel willst du von mir hören. Ich dachte, du hast mir verboten sie zu treffen?«

»Ja, ganz genau. Aber nur, weil ich weiß, wie du Frauen behandelst.«

James machte eine kurze Pause und dachte nach. »Irgendwas sagt mir, dass du es diesmal nicht vermasseln wirst.«

»Ach ja? Das kann ich nicht versprechen.«

»Doch, kannst du. Und jetzt los. Fahren wir nach Hause und nehmen uns unterwegs noch eine Pizza und ein paar Bierchen mit. Für mich natürlich nur ne Cola, oder so«, merkte James an.

*

Hope warf ihre Handtasche in eine Ecke und ließ sich auf die Couch fallen. Dexter hüpfte zu ihr und legte den Kopf auf ihren Schoß. Sie tätschelte ihn und kraulte ihn hinter dem Ohr. Er wedelte mit dem Schwanz und leckte ihre Hand.

»Na, was machen wir heute Abend? Soll ich uns eine Schüssel Popcorn machen und wir sehen uns einen Film an?«

Bei dem Wort *Popcorn* fing er an zu hecheln und es sah so aus, als würde er lächeln. Hope lachte und gab ihm einen Kuss.

»Wir könnten Zoe einladen. Na, wie siehst du das?« Sie legte den Kopf schräg und sah ihn fragend an. »Wusste ich es doch, dass du derselben Meinung bist.« Sie wählte Zoes Nummer und wartete auf das Freizeichen. Nach dem fünften Klingeln nahm Zoe ab. Sie klang außer Atem.

»Hey was gibt's?«

»Dexter und ich haben uns gedacht, wir laden dich zu einem Filmabend mit Popcorn ein«, sagte sie etwas sarkastisch.

»Du und dein Hund.« Zoe lachte. »Das ist lieb von euch, aber wir sind gerade beschäftigt, tut mir leid.«

»Was macht ihr denn?« Hope verstand erst, nachdem sie gefragt hatte, warum Zoe so aus der Puste war. »Oh, das ist jetzt peinlich.«

»Was ist dir peinlich? Wir spielen gerade Twister. Ziemlich anstrengend, das sag' ich dir.«

»Gott sei Dank, ich dachte schon, ihr seid mittendrin. Es läuft also besser zwischen euch?«

»Seit du bei uns warst und mit Tom gesprochen hast, ist er wie ausgewechselt. Er ist wieder wie der alte Tom. In den ich mich verliebt habe. Er ist aufmerksam, zärtlich und zuvorkommend. Ich weiß, es ist jetzt erst einen Tag her, aber ich spüre, dass er sich verändert hat.«

Hoffentlich hatte Zoe recht. Doch Hope wusste, dass es nicht so einfach sein würde.

»Na, dann will ich euch nicht weiter stören, meine Liebe.«

Hope legte auf und richtete den Blick auf Dexter. Er legte die Pfote auf Hopes Hand.

»Das wird schon gut gehen. Hoffe ich. Es muss einfach. Wenn er ihr noch ein einziges Mal weh tut, wird er das büßen. Dann holen wir Zoe zu uns und alles wird wieder gut.«

Hope erhob sich von der Couch und schlenderte in die Küche. Sie nahm eine Tüte Popcorn aus dem Hängeschrank, leerte die Maiskörner in einen Topf und stellte den Herd an. Es dauerte nicht lange bis sich der Topf erhitzte und die Körner poppten. Sie fügte ein paar Löffel Zucker hinzu und rührte um. Mit dem frischen Popcorn in einer Schüssel setzte sie sich wieder zu Dexter auf das Sofa und stellte den Fernseher an.

»Drama? Komödie? Oder Actionfilm?«

Dexter sah sie mit schrägem Kopf an.

»Alles klar. Komödie. Wie immer.«

Sie wählte den Film Marmaduke aus. Dexters Lieblingsfilm. Er kuschelte sich näher an sie heran und bettelte um ein Leckerchen. Sie reichte ihm ein Popcorn, welches er vorsichtig zwischen die Zähne nahm.

Hope konnte sich nicht auf den Film konzentrieren. Sie sah nach draußen. Die untergehende Sonne tönte den Himmel in ein prächtiges Farbenspiel aus rot und lila Tönen, welche sich an den Wolken widerspiegelten. Wie gerne sie in diesem Moment bei ihrer Familie in London wäre. Die Sorgen hinter ihr lassen. Zumindest für eine kurze Zeit. Sie fühlte sich plötzlich schrecklich einsam. Zuneigung war das, was sie sich im Augenblick am meisten wünschte. Sollte sie Tony vielleicht doch schreiben und zu ihm fahren? Besser nicht. Bedeutungsloser Sex war das Letzte, was sie nun brauchte. James würde mit Sicherheit noch im Revier sitzen und den gesamten Fall studieren, bis er ihn im Schlaf aufsagen konnte. Das war eine Eigenschaft, die sehr bewundernswert war. Wenn er sich einer Sache annahm, dann mit Herz und Seele. Auch wenn es beide meistens nicht unverletzt überstanden.

Sie wollte es sich selbst nicht eingestehen, aber Logan hatte es ihr angetan. Typisch. An den bösen Jungs hatte sie schon immer mehr Interesse als an denen, die ihr guttun würden. Blind wie die meisten Frauen. Sie sollte ihm zumindest eine Chance geben, wenn er denn genauso fühlte wie sie. Ein Versuch war es wert. Sie suchte die Visitenkarte, die Logan ihr am Vortag zusteckte und gab seine Nummer – nur vorsichtshalber – in ihre Kontakte ein.

*

James faulenzte in seinem protzigen Ledersessel, in der einen Hand eine Flasche Cola und in der anderen ein Stück fettige Peperonipizza. Im Fernsehen lief Sport. Er starrte auf den Bildschirm und war so vertieft in das Spiel, dass er nicht merkte, wie ein Stück Peperoni auf seine Hose fiel.

»James, du hast da was«, sagte Logan und zeigte auf James Schritt.

»Hast du das etwa nicht? Wie bekommst du dann immer so viele Frauen rum?«

»Idiot. Ich meinte die Peperoni.«

»So nennst du das also.«

James blickte nach unten und schaute verwundert drein. »Ups. Danke.« Er klaubte die Peperoni von der Hose und beförderte sie in den Mund.

»Sonst alles klar bei dir?«, fragte Logan.

»Ja, wieso? Habe ich noch irgendwo was hängen? Käse? Tomatensoße?«

»Nein, alles gut. Ich meine den Fall. Miller war kein direkter Reinfall, aber er war nicht das, was wir erwartet oder besser gesagt gehofft hatten.«

»Es war auch kein totaler Rückschlag. Nun wissen wir wenigstens, dass es Boyed sehr wahrscheinlich nicht war.«

»Seit wann?«

»Hast du schon einmal einen erwachsenen Mann so heulen gesehen? Der Mann ist am Ende. Der ist nicht mehr imstande, eine Tat wie diese zu vollbringen. Mich wundert es, dass er sich nicht schon längst umgebracht hat.«

»Du hast recht. Ich war von Anfang an nicht überzeugt davon.«

James verdrehte die Augen. »Das sagst du nur, weil es Hope gesagt hat.«

»Quatsch.«

»Dann hat es dir wohl deine weibliche Intuition mitgeteilt«, neckte James weiter.

»Ja, schon gut.« Logan winkte grinsend ab und nahm sich ein weiteres Stück Pizza. »Wie sieht's denn eigentlich bei dir und den Frauen aus?«

»Nicht wirklich eine in Aussicht.«

»Ach, komm schon. Ich habe einiges nachzuholen. Erzähl' mir einfach alles.«

James dachte nach und entschied sich dann anscheinend dafür, seinem großen Bruder eine zweite Chance zu geben.

»O.K. Nachdem es mit meiner Ex aus und vorbei war, war erst einmal nichts mehr. Dann bekam ich eine neue Partnerin. Mein Lieber, ich sage dir, als wäre sie frisch aus dem Himmel zu mir geschickt worden. Sie ist klug und nicht auf den Mund gefallen. Sie weiß, wie sie meinen blöden Sprüchen kontert.«

»Das klingt doch vielversprechend.«

»Nicht wirklich. Das ist die, die gerade in Mutterschaftsurlaub ist. Zudem ist sie auch noch verheiratet.«

»Glücklich verheiratet?«

»Ich denke schon.«

»Mhm. Wer weiß, was noch passiert.«

»Mal sehen. Aber Kinder?«

»Möchtest du keine Kinder?«

»Hab noch nie darüber nachgedacht. Als ich mit Kelly noch zusammen war, war es nie ein Thema. Wir hatten nur unsere Karrieren vor den Augen. Das stand an erster Stelle. Und zum anderen wären es nicht meine eigenen Kinder.«

»Je kleiner sie sind, desto besser kann sich die Beziehung entwickeln.«

»Seit wann bist du Profi in Sachen Kinder und Beziehung?«

»Ich komme langsam in ein Alter, in dem man sich über manche Sachen Gedanken macht. Ob der Lebensstil, den man führt, der Richtige ist. Entscheidungen, die man in der

Vergangenheit getroffen hat, falsch waren. Der Weg, den man eingeschlagen hat, der Richtige war.«

»Ich bereue nichts«, sagte James.

»Gar nichts?«

»Nein.«

»Nicht einmal deine Ex?«, fragte Logan.

»Auch wenn es nicht die schönste Zeit in meinem Leben war, hat sie mich zu dem gemacht, der ich heute bin.«

»Hast vermutlich recht.«

Logans Handy vibrierte. Er zog es aus der Hosentasche und entsperrte den Bildschirm. Eine Nachricht von Hope. *Noch wach? Hope.* Er lächelte und sendete ein kurzes *Ja* zurück. Was sie wohl von ihm wollte? Vermutlich hatte es mit dem Fall zu tun. Aber warum schrieb sie dann ihm und nicht James? Er schaute unentwegt auf den Bildschirm. Kurz darauf vibrierte es erneut. *Lust auf einen Film mit Dexter und Popcorn?*

»Wer ist das?«, fragte James.

Logan zögerte kurz, wusste nicht, ob die Wahrheit gut oder schlecht war – für James. Er entschied sich für die Wahrheit. »Es ist Hope. Sie möchte, dass ich vorbeikomme.«

»Ich sagte doch, sie steht auf dich.«

»Ach was«, sagte Logan und trotzdem hoffte er insgeheim, dass James recht hatte.

»Und was wirst du tun?«

»Ich weiß es nicht.«

»Aber ich weiß, was du tun wirst. Du fährst hin. Vergiss nicht … wehe, du brichst ihr das Herz.«

»Warum …?«, fragte Logan verblüfft.

»Du bist anders in ihrer Gegenwart. Sie tut dir gut. Und du ihr – glaube ich.« Er hob die Colaflasche. »Du hast meinen Segen.«

»Brauche ich also ab jetzt deinen Segen?« Logan lachte.

»Natürlich, du spielst in meinem Revier. Und nun los. Lass sie nicht warten, das ist unhöflich. Du kannst meinen Wagen nehmen.« James reichte ihm die Schlüssel, behielt sie aber in der Hand. Er musterte Logan und sagte: »Kein Sex auf der Rückbank.«

Logan schnappte sich die Schlüssel mit einem scherzhaft genervten Blick, erhob sich vom Sofa, zog die Lederjacke an und verließ die Wohnung.

Kurze Zeit später stand er vor dem Apartment-Komplex. Er grüßte den Concierge Paul, der ihn fröhlich zurück grüßte. Während er mit dem Aufzug nach oben fuhr, klopfte sein Herz immer schneller. Er kam sich vor, wie ein Teenager vor seinem ersten Date. Als er vor der Wohnungstür stand, zog er schnell sein Smartphone hervor und betrachtete sein Spiegelbild im Display. Logan fuhr sich mit der Hand durch die Haare und überprüfte den Atem. Plötzlich öffnete sich die Tür vor ihm und Hope schaute ihn mit dem bezauberndsten Lächeln an, das er je gesehen hatte.

»Wie lange stehen Sie schon da draußen?«

»Ein Weilchen«, gestand er und massierte verlegen den Nacken.

»Ich hätte Sie nicht schüchtern eingeschätzt. Mehr als ein Frauenheld.«

»Das trifft normalerweise auch besser auf mich zu.«

»Wollen Sie nicht reinkommen?«

Logan nickte und betrat die Wohnung. Dexter sah vom Sofa auf und checkte den Eindringling ab. Scheinbar war er zufrieden, denn er legte den Kopf wieder auf seine Pfoten. Aus den Augen ließ er ihn aber nicht.

»Da wir vermutlich noch einige Zeit zusammenarbeiten, würde ich vorschlagen, die Höflichkeiten beiseite zu lassen. Was halten Sie davon uns zu duzen?«, fragte Hope.

»Bin ich Ihrer Meinung.«

Hope lächelte scheinbar zufrieden und sagte: »Also gut, Logan. Schön, dass du kommen konntest. Möchtest du ein Bier?«

»Ja, gern.«

Er sah sich in der Wohnung um. Sie sah anders aus bei Dunkelheit. Der Kamin brannte und verströmte eine angenehme Wärme. Es roch nach Pinien und Weihnachten. Ein wohliges Gefühl breitete sich in ihm aus. Die Stehleuchten aus Schwemmholz waren gedimmt und machten eine romantische Stimmung.

»Wieso hast du deinen Hund eigentlich nach einem Serienmörder aus einer Fernsehserie benannt?«

»Nicht nur Michael C. Hall als Serienmörder trägt diesen Namen. Dexter ist ein ganz gewöhnlicher Name.« Unschuldig mit den Schultern zuckend fügte sie hinzu: »Außerdem finde ich die Serie einfach super.«

»Darf ich mich setzen oder frisst er mich dann?«

»Versuch es einfach.«

Eigentlich hatte Logan keine Angst vor Hunden. Aber Dexter war nun mal kein normaler Hund. Er schien abgerichtet zu sein und auf Kommando jemanden zerfleischen würde. Logan riskierte es und setzte sich. Dexter richtete sich auf und fixierte ihn mit seinen schwarzen Augen. Logan starrte nach vorne und blieb regungslos sitzen, während sich der Kopf des Rottweilers immer näher an ihn heran schob. Logan schloss die Augen. Als etwas Feuchtes seine Wange berührte, zuckte er zusammen. Kurz darauf hörte er Hope kichern.

»Du wirkst ein bisschen verspannt.«

»Ich glaube, er mag mich.«

»Oder er probiert erst, ob du seinen Geschmack triffst«, sagte Hope und ließ sich neben ihn auf die Couch fallen. Sie reichte ihm eine eiskalte Flasche Bier. »Jetzt schau mich nicht so an. Das war ein Spaß. Dexter ist ganz lieb. Außer ich gebe ihm einen Befehl.«

»Bitte tu das nicht«, flehte Logan übertrieben.

Hope lächelte und prostete ihm zu.

»Eine Frau, die Bier trinkt. Gefällt mir.«

»Wenn es nach meinem Vater ginge, müsste ich Whiskey trinken. Aber mal unter uns: Whiskey schmeckt nicht. Mir egal, wie lange es in irgendeinem Wunder-Holzfass gelagert war. Erzähl es nicht meinem Vater.«

»Werde ich nicht, versprochen! Was sehen wir uns da an?«

»Marmaduke. Dexter liebt diesen Film. Ist allerdings schon so gut wie zu Ende.«

»Du lässt deinen Hund entscheiden, welchen Film du dir ansiehst?«

Er starrte auf den Bildschirm und versuchte der Handlung zu folgen.

Logan bemerkte, dass Hope ihn von der Seite musterte. Sie sah aus, als hätte sie etwas entdeckt. Er wandte sich vom Fernseher ab und schaute sie an.

»Ist was?«

»Nein. Ich habe mir nur dein Gesicht und deine Augen genauer angesehen.«

»Ach ja? Gefallen sie dir?«

»Ja, sehr sogar.«

»Danke«, entgegnete er verlegen. »Eigentlich ist das ein Anmachspruch für Frauen, nicht für Männer.«

»Ich sage nur, was mir gerade durch den Kopf geht.«

»Das ist eine gute Eigenschaft.«

»Nicht immer«, gab sie zu. »Es hat mich schon des Öfteren in verzwickte Situationen gebracht.«

»In welche denn?«

Sie überlegte kurz. »Als ich noch studiert habe, hatte ich diesen verdammt strengen Professor. Wir hatten eine

Vorlesung bei ihm und ich saß in der ersten Reihe. Der Reißverschluss an seiner karierten Hose war offen und das Gelächter machte sich bis in die obersten Reihen breit. Er fragte, warum denn alle so lachen. Ich habe ihm dann ganz nüchtern gesagt, dass er gewisse Einblicke gewährt. Danach war ich nie besser als eine Zwei Minus.«

Logan prustete los. »Also gut. Es ist nicht immer gut, aber meistens würde ich sagen.«

»Na ja.«

Logan wischte die Tränen aus den Augen und wurde dann wieder ernst. »Kann ich dich was fragen?«

»Alles, was du willst.«

»Wieso wolltest du, dass ich herkomme?«

»Ehrlich?«

Logan nickte.

»Ich fühlte mich plötzlich einsam. Zoe hatte keine Zeit und James sitzt vermutlich immer noch vor den Unterlagen.«

»Also bin ich deine letzte Wahl?«

»Eigentlich ja.«

Logan war enttäuscht darüber, keine romantischen Gefühle in ihr geweckt zu haben, wie sie es bei ihm getan hatte. Niedergeschlagen nippte er an seinem Bier und schaute wieder zum Fernseher. Hope nahm sein Kinn zwischen die Finger und drehte seinen Kopf wieder in ihre Richtung. Seine Haut kribbelte unter ihrer Berührung.

»Ich wusste nicht, ob du kommen würdest und ging erst alle Alternativen durch, bevor ich mich überwand dir zu schreiben.«

Logan konnte sich ein Lächeln nicht verkneifen. »Mein kleiner Bruder hatte also doch recht.«

»Was meinst du damit?«

Er winkte ab. »Ach, nicht so wichtig.«

»Ich mag dich, Logan«, sagte sie und legte ihre Hand auf seine.

Er wusste nicht was er darauf antworten sollte. Gerade noch hatte er sich vorgenommen, es einfach sein zu lassen, dem alten Trott treu zu bleiben und im nächsten Moment warf er für sie alles über Bord. Logan streichelte sanft ihre Wange und sie rückte näher an ihn heran. Er strich ihr eine Haarsträhne hinters Ohr und schaute ihr tief in ihre ozeanblauen Augen.

»Ich mag dich auch. Sehr sogar.«

Logan nahm ihr Gesicht in die Hände und küsste sie. Ihre Lippen waren weich und schmeckten nach Zuckerwatte. Hope schlang ihm die Arme um den Hals und Logan drückte sie fest an sich. Eng umschlungen küssten sie sich leidenschaftlich. Ihre Zungen massierten sich. Es fühlte sich richtig an und er wollte sie. Jetzt auf der Stelle. Er schob seine Hand unter ihren Pullover und streichelte ihren Rücken. Gerade wollte er ihren BH öffnen als ein Handy vibrierte. Hope löste sich langsam von ihm und griff nach dem Smartphone.

»Tut mir leid, da muss ich rangehen.« Sie stand auf und nahm den Anruf an.

»Hey, was …« Sie schloss den Mund wieder und hörte zu.

Logan hörte eine verzweifelte Stimme aus dem Telefon.

»Sperr dich im Bad ein und lass ihn nicht rein. Ich bin sofort bei dir.«

Hope lief in den Flur und zog ihre Schuhe an.

»Was ist los?« Logan stand auf und folgte ihr.

»Tom dreht durch. Ich muss sofort zu Zoe.«

Ihre Hände zitterten. Sie hatte Schwierigkeiten mit dem Reißverschluss der Jacke. Logan nahm ihre Hand und schaute ihr in die Augen. »Durchatmen«, sagte er und versuchte sie zu beruhigen. Dann kümmerte er sich um die widerspenstige Jacke und sie ließ ihn gewähren.

»Ich fahr dich«, sagte er und holte seine Jacke.

»Ich danke dir.« Dann schaute sie zu Dexter. »Du bleibst hier. Wir sind bald zurück.«

Sie riss die Tür auf und stürmte ins Treppenhaus. Logan folgte ihr.

Kaum waren die Autotüren geschlossen, drückte Logan aufs Gas. Zum zweiten Mal an diesem Tag. Der Anfang war so vielversprechend, doch so schnell konnte sich alles ändern. Er hätte nicht gedacht, dass Hope so leicht aus der Fassung zu bringen wäre. War sie sicher auch nicht. Es musste also ernst sein.

Hope navigierte ihn durch die Straßen und er folgte den Anweisungen ohne Rücksicht auf Verluste. Stoppschilder und Geschwindigkeitsbeschränkungen zählten heute nicht.

»Die Nächste rechts. Das blaue Haus, da vorne.«

Logan brachte den Wagen vor dem Haus mit einer Vollbremsung zum Stehen.

»Es ist besser, wenn du hierbleibst«, sagte Hope.

Logan wollte ihr widersprechen, doch sie war schon aus dem Auto gesprungen. Er beobachtete, wie sie zur Tür lief und diese unsanft öffnete.

*

Hope lief in das Haus, durch das Wohnzimmer in Richtung Badezimmer. Sie hämmerte gegen die Tür.

»Zoe, ich bins. Mach auf. Es wird dir nichts mehr passieren.«

»Wo ist Tom?« Zoes Stimme klang dumpf durch die Tür hindurch.

»Ich habe ihn nirgends gesehen. Komm, wir müssen hier raus. Sofort!«

Das Schloss knackte und Zoe steckte vorsichtig den Kopf durch einen kleinen Spalt. Ihr linkes Auge war geschwollen und blutunterlaufen. Die Lippe aufgeplatzt.

Es machte Hope unglaublich wütend, ihre beste Freundin so zu sehen. Sie fühlte sich hilflos. »Zoe, komm schon raus.«

Zoe fing an zu weinen und rührte sich nicht. »Es war alles gut. Wir hatten einen tollen Abend und auf einmal ist er ausgeflippt. Ich konnte ihn nicht beruhigen. Alles was ich sagte, hat ihn nur noch zorniger gemacht. Und dann …« Zoe schluchzte, sie konnte nicht weitersprechen.

»Schon gut. Komm, wir müssen gehen. Schnapp dir ein paar Sachen und dann raus hier. Tom scheint sich aus dem Staub gemacht zu haben.« Hope reichte ihr die Hand und zog sie aus dem Bad. Zoe lief nach oben, sie hatte gerade erst die Hälfte der Treppe hinter sich gebracht, da kam ihr Tom von oben entgegen, packte sie am Arm und schleifte sie wieder nach unten.

»Zoe bleibt hier!«, brüllte Tom.

Hope sah, wie Tom Zoe fest in seinem Griff hatte und mittlerweile direkt vor ihr stand. Er drängte Hope vom Eingang wieder ins Wohnzimmer.

»Lass sie sofort los.«

»Das kannst du vergessen.«

»Sie kommt jetzt mit mir und du wirst sie nie wiedersehen. Hast du mich verstanden?«

»Halt dein Maul, du Miststück!«, brüllte er, stieß Zoe von sich weg und schlug in Richtung Hope.

Sie konnte gerade noch rechtzeitig ausweichen, sodass Toms Faust an ihr vorbeisauste. Sie nutzte seine Überraschung und stieß ihn von sich weg.

»Du wagst es, mich anzufassen?«, fragte Tom.

»Wenn du uns nicht gehen lässt, wage ich noch viel mehr, das schwöre ich dir. Geh uns aus dem Weg.«

»Was fällt dir ein, Schlampe.« Tom war diesmal schneller, packte Hope am Hals und drückte sie gegen die Wand. Sie versuchte sich aus dem Griff zu befreien, doch er packte nur noch kräftiger zu.

»Wie wäre es damit?«, zischte er. »Wenn du das Haus ohne einen weiteren Mucks von dir verlässt und mir nie wieder in die Quere kommst, kommst du lebend hier raus.«

»Leck mich!«, brachte sie keuchend hervor.

Tom verstärkte den Druck und schnürte ihr die Luft ab. Sie versuchte sich aus seinem Griff zu winden – vergebens. Hopes Blick verschwamm und wich langsam einem tiefen schwarz. Ihr Körper wurde leicht; so als würde sie schweben. In ihr breitete sich das Empfinden, endlich entkommen zu sein, aus. All dem Schmerz und Leid. Ihre Hände wurden schlaff, die Knie gaben nach. Endlich Frieden.

*

Gleich nachdem Hope im Haus verschwunden war, rief Logan James an.

»Hallo Brüderchen. Ist wohl nicht so gut gelaufen, wenn du jetzt schon anrufst.«

»James, schicke sofort einen Streifenwagen zu Zoes Haus.«

»Woher kennst du denn Zoe?«

»Das spielt jetzt keine Rolle. Mach was ich dir gesagt habe.«

»Was ist los?«

Logan atmete scharf aus. »Tom hat Zoe angegriffen. Wir sind sofort hergefahren. Hope ist gerade im Haus und holt Zoe.«

»Ich bin unterwegs.«

Das dauert zu lange, dachte sich Logan. Er stieg aus, näherte sich dem Haus und sah durchs Wohnzimmerfenster, um sich ein Bild von der Lage zu machen, um eventuell im Vorteil zu sein, wenn er einschreiten musste. Die Vorhänge waren zugezogen, nur noch ein kleiner Spalt ließ Einsicht gewähren. Das Wohnzimmer war leer. Logan veränderte den Blickwinkel, um mehr ins Hausinnere zu sehen. Er konnte einen kleinen Teil des Flures erhaschen. Zoe kauerte mit dem Gesicht in den Händen auf der Treppe und ein Mann – vermutlich Tom – der jemanden anschrie. Alles Weitere konnte er von hier draußen nicht erkennen. Logan konnte nicht mehr länger warten und Hope den Kampf alleine austragen lassen. Er zog seine Waffe und ging auf den Eingang zu. Plötzlich hörte er eine unbekannte Frauenstimme rufen: »Tom, lass sie los! Du bringst sie noch um!«

Adrenalin strömte durch seine Adern und jeder einzelne Muskel war angespannt. Er hämmerte gegen die hölzerne Eingangstür – es wurde still im Haus.

»Polizei, machen Sie die Tür auf!«

Logan wartete drei Sekunden, bis er sich entschloss, die Tür einzutreten. Gerade, als er mit dem Fuß ausholte, wurde sie geöffnet. Er sah kurz Zoes verletztes Gesicht, bevor sie sich hinter der Tür versteckte.

Als Logan Hope in Toms Würgegriff sah, ergriff ihn kurz die Panik, doch er hatte sich schnell wieder unter Kontrolle. Tom hatte sich nicht die Mühe gemacht wegzulaufen, was sehr dumm und selbstsicher war, dachte Logan. Mit schnellen Schritten war er direkt neben ihm und richtete die Waffe an dessen Schläfe.

»Lassen Sie sie los.«

»Ich habe mich nur verteidigt.«

»Sie sollen sie loslassen, habe ich gesagt – sonst puste ich Ihnen das Gehirn raus.«

»Schon gut, ist ja gut.« Widerwillig lockerte er seinen Griff. Hope glitt langsam zu Boden und rang nach Luft.

»Alles in Ordnung?«, fragte Logan Hope, ohne Tom nur eine Sekunde aus den Augen zu lassen und die Waffe immer noch auf ihn gerichtet.

»Ja, es geht schon«, antwortete sie mit heiserer Stimme.

Da es bereits fast Mitternacht und stockdunkel war, sah man die Blaulichter der Streifenwagen schon von weitem. Die Autos kamen mit quietschenden Reifen zum Stehen. Logan sah sich zur Tür um, die immer noch offen stand. Vier uniformierte Beamte und zwei Sanitäter bahnten sich den Weg ins Haus. Einer der Polizisten trat an Tom heran, befahl ihm sich umzudrehen und die Hände auf den Rücken zu nehmen. Als Tom sich nicht regte, drückte der Polizist ihn unsanft gegen eine Wand und legte ihm Handschellen an. Ein anderer kümmerte sich um die verängstigte Zoe, die immer noch in ihrem Versteck verharrte und wahrscheinlich hoffte, das alles würde bald vorbei sein.

Während einer der Sanitäter Zoe ins Wohnzimmer führte, kniete sich Logan zu Hope auf den Boden. Sie lehnte an der Wand und massierte den Hals.

»Das war knapp. Ich habe schon Sterne gesehen«, sagte sie.

»Bist du soweit in Ordnung?«

»Nur gut, dass es nicht Sommer ist und ich unauffällig einen Schal tragen kann.«

Logan sah den Schock in ihren Augen, den sie mit Scherzen zu überspielen versuchte. Diese Sache würde nicht spurlos an ihr vorbeigehen. Doch sie war eine starke Frau und würde bestimmt damit klarkommen.

»Hattest du denn keine Angst?«

»Doch, schreckliche sogar. Aber ich hatte glücklicherweise dich als Verstärkung dabei. Danke, Logan.« Sie deutete ihm näher herzukommen, legte ihm die Hand in den Nacken und gab ihm einen Kuss auf die Wange. Im nächsten Moment stürmte James herein.

»Was machst du denn, Hope? Wo ist Zoe?«

Beide deuteten aufs Wohnzimmer und James ging hinein, nachdem er sich vergewissert hatte, dass Hope soweit in Ordnung war und Logan die Lage im Griff hatte.

Logan half Hope auf die Beine und sie folgten ihm. Zoe machte gerade eine Aussage bei einem der Police Officer, einer der Sanitäter versorgte derweil ihre Wunden im Gesicht. Vorsichtig tupfte er das Blut von Zoes Lippe. Tom saß bereits in einem der Streifenwagen.

Als Zoe Hope sah, sprang sie auf und fiel ihr um den Hals.

»Es tut mir so wahnsinnig leid. Das wollte ich alles nicht. Wie konnte so etwas bloß geschehen?«

»Schon gut. Mir ist nichts passiert. Wir sollten uns lieber vorerst um dich kümmern.«

»Möchtest du Anzeige gegen deinen Ehemann erstatten?«, fragte James.

Ein »Nein.« kam wie aus der Pistole geschossen. Dann schüttelte sie den Kopf. »Ich weiß es nicht. Ich muss mir erst über Einiges im Klaren werden.«

»Lass dir so viel Zeit, wie du brauchst«, sagte James. »Das bekommen wir schon hin. Wo wirst du heute schlafen?«

»Du kannst bei mir im Gästezimmer bleiben«, sagte Hope. »So lange du möchtest.«

»Ich danke dir«, sagte Zoe.

»Sie wäre woanders sicherer«, entgegnete James. »Tom weiß vermutlich, wo sie die Nacht verbringen wird und ohne eine Anzeige kann ich ihn nicht ewig festhalten.«

»James hat recht, Zoe«, mischte sich Logan ein.

»Wir suchen dir eine sichere Unterkunft. Ich lasse dir ein paar Officer zur Wache da«, sagte James.

Zoe nickte zustimmend.

»Ich nehme dich mit aufs Revier, Zoe, und dann sehen wir weiter«, sagte James. »Und du kümmerst dich um Hope. Lass sie keine Sekunde aus den Augen. Hast du mich verstanden, Logan?« Dann wandte er sich an Hope und sagte: »Und morgen rupfe ich ein Hühnchen mit dir, meine Teuerste. Deine Aussage brauche ich dringend.«

Man konnte spüren, wie wütend und zugleich besorgt er war. Er drückte ihr einen Kuss auf die Stirn, sagte einem der Sanitäter er solle sich um Hope kümmern und verließ zusammen mit Zoe das Haus.

»Du hast ihn gehört. Ich darf dir nicht von der Seite weichen.« Logan zwinkerte Hope zu.

»Ich bin kein kleines Mädchen mehr«, sagte Hope amüsiert. Der Gedanke, Logan bei sich zu haben, schien ihr zu gefallen.

»Aber ein übermütiges.«

Der Sanitäter gab Hope ein Schmerzmittel und eine kühlende Salbe gegen die Blessuren auf ihrem Hals. Sie ging in die Küche, holte sich ein Glas Wasser und schluckte die Tablette runter.

»Komm, ich bringe dich nach Hause«, sagte Logan und legte ihr den Arm um die Schultern.

*

Hope war bereits bei der Rückfahrt im Auto eingeschlafen. Im Halbschlaf bugsierte Logan sie aus dem Wagen. Sie konnte kaum noch stehen, so müde war sie. Er führte sie durch die Eingangshalle zu einem der Aufzüge, in dem Hope im Stehen an seiner Schulter wieder weg döste. Das Schmerzmittel musste ziemlich stark gewesen sein. Vor ihrer Wohnung fummelte er in ihrer Jackentasche nach dem Schlüssel herum. Er schloss auf und sofort drückte Dexter seinen Kopf hindurch. Dexter tänzelte um sie herum und wedelte mit dem Schwanz. Mit geschlossenen Augen kraulte sie ihm halbherzig unter dem Kinn. Logan führte Hope zu ihrem großen Sofa, auf das sie sich einfach fallen ließ und sich hinlegte. Dexter legte sich zu ihren Füßen. Bevor sich Logan setzte, zog er ihr die Schuhe und die Jacke aus und warf sie auf den Boden. Er deckte sie zu, nahm auf der anderen Seite Platz und legte ihren Kopf vorsichtig auf seinen Schoß.

Angestrengt versuchte sie, wach zu bleiben und sagte schlaftrunken: »Was haben die mir da gegeben? Morphin?«

Logan lachte. »Das kann schon sein, so wie du drauf bist. Sag mal, nehmen die Abende mit dir immer so ein Ende?«

»Für gewöhnlich nicht. Sonst ist es hier ziemlich friedlich.«

Logan streichelte über die roten Striemen, die Tom an ihrem Hals hinterlassen hatte. »Wo hast du denn die kühlende Salbe hin?«, fragte er.

»In meine Gesäßtasche gesteckt.«

Logan sah das kleine Döschen und nahm sie aus der Tasche. Er öffnete sie und cremte Hopes Hals vorsichtig damit ein.

Hope stöhnte auf. »Das tut gut.«

Langsam massierte er ihren Nacken und betrachtete sie. Zu gern würde er wissen, was in ihrem Kopf vorging. Je mehr Zeit er mit ihr verbrachte, desto undurchsichtiger wurde sie. Welche Geheimnisse verbarg sie sonst noch? Logan wollte es herausfinden. Oder war es besser, es nicht zu ergründen? Wollte sie auch wissen, wie er wirklich war?

Wahrscheinlich war es besser so, dass zwischen ihnen nicht mehr als ein Kuss gewesen war. Hope hatte etwas Besseres als ihn verdient und war mehr wert als eine leidenschaftliche Nacht. Er würde ihr nicht das geben können, was ihr zustand. Innerlich war er zerrissen, verschlossen und fast unfähig, echte Liebe zu geben. Logan war sich noch nicht darüber im Klaren, ob er sein Inneres schon preisgeben wollte. Oder jemals. Doch er spürte, dass sie für ihn perfekt war, ihn dem Rückhalt gab, den er brauchte, aber er wollte sie um keinen Preis der Welt mit in seinen seelischen Abgrund ziehen. Niemanden. Es wäre das Klügste für beide Seiten, wenn sie es bei einer beruflichen Beziehung belassen würden, bevor sich Gefühle entwickeln konnten, wenn dies nicht schon zu spät war. Er konnte nicht zulassen, dass Hope zu seiner Schwäche wurde. Der Tod seines Vaters spielte eine zu große Rolle in seinem Leben. Die Lösung war Priorität. Und was danach kam, wusste er nicht.

Seit einer Weile hatte Hope nichts mehr gesagt und Logen bemerkte, dass ihr Atem regelmäßig ging. Er nahm ihre Hand, legte den Kopf in den Nacken und schloss die Augen.

Der nächste Morgen

Frischer Kaffeeduft stieg ihm in die Nase. Warme Sonnenstrahlen tanzten auf den Liedern. Sein Rücken schmerzte. Er streckte sich, richtete sich auf und blickte sich um. Das war nicht James´ Wohnung. Es roch zu gut und zudem war aufgeräumt.

Die Erinnerungen an die letzte Nacht kamen zurück. Hope. Gerade wollte er in die Küche gehen, um nach ihr zu sehen, da spürte er etwas Nasses an seiner Hand. Reflexartig zog er die Hand zurück. Dexter sah ihn verwirrt an, hechelte dann aber versöhnlich.

»Hast du gut geschlafen?«, fragte Hope. Sie stellte einen Becher Kaffee auf den Couchtisch, setzte sich zu ihm und lächelte ihn an.

Die roten Striemen an ihrem Hals waren fast nicht zu sehen.

»Der Rücken macht mir zu schaffen, aber sonst kann man es auf deinem Sofa gut aushalten.«

»Danke, dass du hiergeblieben bist.« Sie zögerte eine Sekunde. »Und danke für …«

»Dafür brauchst du dich nicht bedanken«, fuhr Logan dazwischen. »Ich hätte dich nicht allein da reingehen lassen dürfen.«

»Mach dir deswegen bloß keine Vorwürfe. Ich wollte es so und hätte es nicht zugelassen, dass du mitkommst. Dann hätte uns Tom vermutlich gleich umgebracht.«

»Dein Hals sieht besser aus.«

»Was Make-Up nicht alles vertuschen kann.« Sie zwinkerte ihn an. »Ich komme mir vor wie eine Teenagerin, die sich einen peinlichen Knutschfleck weggeschminkt hat.«

»Ich kann dir gerne noch einen verpassen«, schlug Logan vor.

Sie rutschte ein Stück näher an ihn heran, nahm seine Hand und sah ihm tief in die Augen.

»Vermutlich verlässt du ein Date nie ohne Sex, habe ich recht?«

Logan zuckte mit den Schultern. »Für gewöhnlich nicht«, gab er zu, obwohl ihm die Antwort unangenehm war. Noch vor einer Woche wäre er stolz drauf gewesen.

»Wenigstens bist du ehrlich. Aber ich bin auch keine gewöhnliche Frau, bei der du deine Nummer abziehen kannst. Ich bin besonders«, sagte sie mit einem sarkastischen Unterton.

Ja, das bist du auf jeden Fall, dachte sich Logan.

»Vielleicht kann man das ja nachholen«, sagte er, bevor ihm klar wurde, was er da gerade gesagt hatte und was er letzte Nacht entschieden hatte.

»Vielleicht«, gab Hope mit einem Augenzwinkern zurück. »Aber das muss leider warten. Die Realität sitzt uns im Nacken, wir haben den Fall noch nicht gelöst. Was ist euer nächster Schritt in den Ermittlungen?«

»James und ich werden diesem Journalisten auf den Zahn fühlen. Mal sehen, was er zu erzählen hat.«

»Soll ich mitkommen?«

»Mein kleiner Bruder wird dich nicht lassen, nach dem, was gestern vorgefallen ist.«

»Es ist nichts passiert. Mir geht es gut und ich möchte arbeiten. Dieser Fall muss schnell aufgeklärt werden, damit es keine weiteren Opfer gibt.«

»Er wird dir schon eine Aufgabe geben, da bin ich mir sicher. Vielleicht wäre es eine gute Idee, wenn du dich um Zoe kümmerst.«

»Wahrscheinlich hast du recht.« Sie wurde still und schien, als wäre sie in Gedanken versunken.

»Alles in Ordnung?«, fragte Logan und drückte ihre Hand.

Sie richtete den Blick wieder auf ihn.

»Was war das gestern? Ich meine zwischen uns. Da ist doch etwas, oder bilde ich mir das nur ein?«

»Ähm, ja …«, stammelte Logan und suchte nach den richtigen Worten oder nach einer Erklärung. Er hatte beides nicht. Die Peinlichkeit einer Antwort blieb ihm erspart, denn es klopfte.

Hope blieb sitzen, betrachtete ihn für eine gefühlte Ewigkeit. Dann stand sie auf und öffnete die Tür. James trat ohne jedes Wort, ohne ein Lächeln in die Wohnung.

»Dir auch einen guten Morgen, James«, sagte Hope und folgte ihm ins Wohnzimmer.

»Zoe hat mir alles gebeichtet. Wieso hast du mich nicht früher eingeweiht?«

»Ich habe lediglich Zoes Privatsphäre berücksichtigt. Sie wollte nicht, dass es jemand erfährt.«

»Wir hätten schon viel früher etwas dagegen unternehmen können. Ich bin enttäuscht von dir, dass du dich mir nicht anvertraut hast. Zudem, was hast du dir dabei gedacht, ohne Unterstützung dort hineinzumarschieren?«

»Das Einzige, was ich im Sinn hatte, war Zoe zu helfen und das habe ich getan.«

»Aber Tom hätte dich fast umgebracht«, sagte James mit hörbar besorgter Stimme.

»Dazu hatte er nicht den Mut.«

»Das sah aber ganz anders aus. Nicht wahr, Logan?«

»Es war knapp«, murmelte er.

»Ihr hättet genauso reagiert«, entgegnete Hope und schüttelte den Kopf. »Ich hasse es, wie ein rohes Ei behandelt zu werden.«

»Ich habe mir gestern den gesamten Tag Sorgen um dich gemacht, Hope. Tu mir das bitte nicht noch einmal an.«

Hope öffnete den Mund, schloss ihn jedoch gleich wieder. Dann nickte sie und drehte sich zur Seite. Logan sah trotzdem, dass sie sich verstohlen eine Träne aus dem Augenwinkel wischte. Die Sache hatte sie doch mehr mitgenommen, als Logan gedacht hätte.

»James, ich war schon immer mit meinen Problemen auf mich allein gestellt. Ich brauche keinen Aufpasser, der sich um mich kümmert und das wird auch so bleiben. Es gibt außerdem keinen Grund, dir Sorgen um mich zu machen. Ich kam bis jetzt ganz gut ohne deine Hilfe klar.«

Logan fragte sich, was sie schon alles erlebt hatte. Hope wandte den Blick ab und sah aus dem Fenster.

»Du bist sicher hier, um Logan abzuholen, damit ihr den Journalisten befragen könnt. Ihr solltet keine Zeit verlieren.«

Sie ging zur Tür, öffnete sie und blieb in der geöffneten Tür stehen.

Logan musterte Hope, bevor er James am Arm griff und hinter sich herzog.

»Ich melde mich später«, sagte Logan, als er an ihr vorbeiging.

Sie nickte, schaute ihn aber nicht an.

*

»Ist das zu fassen?«, zischte James, als er gegen den Knopf des Aufzugs hämmerte.

»Lass es gut sein«, sagte Logan. »Für Hope ist es mit Sicherheit schwieriger mit der Sache klarzukommen als für dich. Denkst du nicht auch? Ein wenig Verständnis könntest du ihr gegenüber aufbringen.«

Die Aufzugtüren öffneten sich. »Hast ja recht«, gab James widerwillig zu, ging hinein und hämmerte wieder auf den Knopf für das Erdgeschoss ein, als könnte der etwas für die ganze Situation. »Ich werde mich entschuldigen. Verstehen kannst du mich aber schon, oder?«

»Was denkst du, wie es mir ging, als ich gesehen habe, dass dieses Arschloch ihr die Luft abdrückt. Ich hätte ihm am liebsten jeden einzelnen Knochen gebrochen.«

»Schade, dass du's nicht getan hast. Er hätte es nicht anders verdient. Hoffentlich erstatten Zoe oder Hope Anzeige, damit wir den Drecksack für einige Zeit wegsperren können.«

»Das bezweifle ich«, sagte Logan. »Es ist doch immer die gleiche Geschichte.«

James nickte. Dann schaute er Logan direkt in die Augen und irgendetwas änderte sich in seinem Blick. So, als würde James etwas suchen.

»Was?«, fragte Logan.

»Ist zwischen euch was gelaufen?«

»Zwischen Hope und mir?«

»Blöde Frage. Zwischen Dexter und dir kann ich mir beim besten Willen nicht vorstellen.«

Logan dachte eine Sekunde darüber nach, welche Antwort für James momentan die beste wäre. »Nein, ich war kaum da, da hat Zoe angerufen«, sagte er schließlich.

James nickte und Logan hatte das Gefühl, dass James über die Antwort erleichtert war. Aber warum? Er hatte selbst gesagt, dass Hope auf ihn stand. Vielleicht wünschte sich James ja, dass Hope diese Gefühle für ihn hegte und nicht für Logan.

Sechs

Schon aus der Ferne wirkte das Haus, in dem der Journalist David Anderson wohnte, verlassen. Die Jalousien waren unten und versperrten ihnen die Sicht ins Innere. Im Gegensatz zum Haus wirkte der Vorgarten sehr gepflegt. James und Logan betraten die Veranda. Das verwitterte Holz knarzte unter den Schuhen. Logan sah sich um und entdeckte über ihnen eine Kamera, die Linse auf den Eingang gerichtet. Ein rotes Licht blinkte, was bedeutete, dass die Kamera aufzeichnete. Sie war hinter einem Balken versteckt, sodass man sie erst direkt vor dem Eingang erkennen konnte.

James drückte die Klingel, doch ein Ton war nicht zu hören, also klopfte er an. Stille. Er klopfte erneut, dieses Mal kräftiger. Von innen ertönte eine dumpfe Stimme, es hörte sich an, als würde jemand fluchen.

»Ich sehe mich mal um«, sagte Logan leise zu James und ging zur Rückseite des Hauses.

Offensichtlich kümmerte sich um diesen Teil des Gartens niemand. Gras wucherte in allen Ecken und der Zaun war an manchen Stellen eingebrochen. Ein verlassener Schuppen stand am Rande des Grundstücks.

Was sich wohl darin befindet?, überlegte Logan. Er ging auf den Holzschuppen zu, schaute über den nur hüfthohen Zaun und sah sich die benachbarten Häuser an, die in unmittelbarer Nähe um Andersons Haus standen. Diese waren deutlich gepflegter als dieses hier.

Er wandte sich wieder dem Schuppen zu, schob die klapprigen Bretter, die den Eingang versperrten, beiseite und lugte zwischen den Spalten der Holzbretter hindurch. Es war stockdunkel, obwohl es helllichter Tag war. Logan holte sein Handy aus der Jackentasche und schaltete die Taschenlampen App ein. Auf den ersten Blick war nichts Ungewöhnliches festzustellen. Vermutlich war es nur ein harmloser Geräteschuppen. Logan machte kehrt und ging zurück zum Haus. Beim Vorbeigehen fielen ihm die Kellerfenster auf, die komplett verdreckt waren. Er kniete sich hin, wischte mit dem Ärmel den Schmutz von einem der Fenster und spähte hindurch. Seine innere Alarmglocke schrillte.

*

In der Zwischenzeit wurde James von David Anderson am Eingang empfangen. Anderson stemmte die Hände in die Hüften. Er schien nicht erfreut über den unangemeldeten Besuch, bat James aber trotzdem hinein.

»Möchten Sie einen Kaffee?«, fragte Anderson merklich genervt, als würde er nur fragen, weil es die Höflichkeit so wollte.

»Nein, danke.«

»Sie standen ja eben zu zweit vor meiner Tür. Nun sind sie allein. Dann bin ich wohl richtig in der Annahme, dass ihr Kollege in der Zwischenzeit herumschnüffelt?«

»Er wird sicher gleich wiederkommen. Ich hätte da ein paar Fragen an Sie, wenn sie nichts dagegen haben.«

»Geht es um die Leiche im Park?«

James antwortete nicht. Musste er aber auch nicht. Denn Andersons Gesicht verzerrte sich zu einem spöttischen

Lächeln und drückte James die Tageszeitung in die Hand, die neben ihm auf der Kommode im Flur lag.

James las die Schlagzeile: Ermordete Studentin im Boston Public Garden gefunden.

»Es war Boyed, nicht wahr?«

»Wie kommen Sie auf Boyed?«, fragte James leicht verärgert. Anderson ging ihm bereits jetzt schon auf die Nerven, aber er blieb sachlich, wie immer.

»Ich weiß von dem Brandmahl. Und bevor Sie fragen, ich habe überall meine Augen und Ohren.«

James schluckte seinen Ärger hinunter. Er würde den Kollegen später schon ausfindig machen, der Informationen einer laufenden Ermittlung weitergab.

»Vielleicht hat Boyed auch gar nichts damit zu tun.«

»Ich weiß, dass er es war. Ich habe ihn interviewt, schon vergessen? Ich kenne ihn und das klingt genau nach seiner Vorgehensweise.«

»Darüber kann und werde ich nicht mit Ihnen sprechen. Sie wissen, dass ich über einen aktuellen Fall nichts sagen darf.«

»Wie kann ich Ihnen dann behilflich sein, wenn Sie meine Meinung nicht hören wollen?«, fragte Anderson und entriss James die Zeitung, die er sorgfältig wieder auf die Kommode zurücklegte.

»Sie hatten vor, eine Biographie über Boyed zu schreiben. Waren ganz besessen davon. Sie haben sicher Aufzeichnungen. Diese könnten uns weiterhelfen.«

Anderson lachte. »Keine Chance. Oder haben Sie einen Durchsuchungsbefehl?«

»Brauche ich denn einen?"

Anderson ließ die Frage unbeantwortet. Er zuckte mit den Achseln. »Ich weiß nicht mehr, als Sie wissen.«

»Hat er Ihnen Details über die Morde preisgegeben?«

»Mal ehrlich, Lieutenant Reynolds, dieses perverse Arschloch hat mir rein gar nichts gesagt. Er hat mich beschimpft, ich sei widerlich, dass ich seine Taten aufs Papier bringen wollte. Das Einzige, was ich über den Fall weiß, ist, dass er ein krankes Schwein ist. Wer bringt Menschen dazu, sich vor die Entscheidung zu stellen, sich selbst umzubringen? Das bezeichne ich als widerlich, sogar als abscheulich.«

James ließ sich das Gesagte durch den Kopf gehen. Es gab keine sichtlichen Hinweise, dass Anderson lügen würde. Aber den meisten Reportern konnte man nicht trauen, sie waren ausgezeichnete Lügner, um an alles heranzukommen, was sie wissen wollten. Manche waren auf der Seite der Polizei und andere machten ihnen das Leben schwer.

»Sie haben recherchiert und sind dabei sicher auf Hinweise gestoßen. Die würde ich gerne mit denen der Polizei abgleichen.«

»Wenn es sein muss. Ich möchte natürlich nicht die Ermittlung behindern.«

»Das ist sehr aufmerksam von Ihnen«, sagte James.

Als sich Anderson von ihm entfernte, um im Nebenraum vermutlich die Unterlagen zu holen, sah er sich im Wohnzimmer um. Die Einrichtung war die einer alten Frau. Vielleicht hatte Anderson das Haus der Großmutter geerbt. Die Sofakissen waren im kitschigen Blumenmuster, auf dem Couchtisch lag eine gestrickte Tischdecke. Der Kaminsims wurde mit abgegriffenen Fotos verziert. James trat näher heran und betrachtete die Bilder. Ein kleiner Junge mit stolzem Ausdruck im Gesicht hielt ein totes Tier in die Luft. Es war schwer zu erkennen, was es war, denn ihm wurde bereits das Fell abgezogen. Neben dem Bild befand sich ein weiteres, ebenso mit einem Jungen darauf – nur etwas älter. Es sah Anderson ziemlich ähnlich. Wahrscheinlich war er es

– nur ungefähr dreißig Jahre jünger. Oder es war Andersons Sohn.

Jemand legte James eine Hand auf die Schulter. James fuhr zusammen und drehte sich um. Logan stand hinter ihm.

»Verdammt noch mal, Logan, was …«

Logan legte den Zeigefinger vor den Mund und zeigte ihm so, dass er still sein sollte. Er beugte sich ganz nah an Logan heran. »Ich konnte durch eines der Kellerfenster hindurchsehen. In dem Keller ist eine Frau. Und ich glaube nicht, dass sie freiwillig auf dem Stuhl sitzt, an den sie gefesselt ist. Sie reagierte nicht auf mein Klopfen.«

Als Antwort zog James seine Waffe aus dem Halfter und entsicherte sie. Logan tat es ihm gleich.

»Ich übernehme Anderson und du gehst dort runter«, flüsterte James.

»Hast du immer noch Angst vor dunklen Kellern?«, scherzte Logan leise.

»Nein, aber du kannst einfach besser mit Frauen«, entgegnete er angriffslustig.

Logan schlich lautlos auf die Kellertreppe zu; er drehte den Türknauf. Verschlossen. Er wandte sich zu James und schüttelte den Kopf. James nickte und ging in die Küche. Er erwischte Anderson gerade dabei, wie er einen Benzinkanister auf dem Boden entleerte. Der stechende Geruch des Benzins juckte James in der Nase. James zielte mit der Waffe auf Anderson und dachte gerade dabei, es wäre nicht klug, abzudrücken, in einem Raum voller entzündlicher Dämpfe.

»Anderson, lassen Sie den Kanister fallen, legen Sie die Hände auf den Hinterkopf und drehen Sie sich um.«

»Sie machen alles kaputt, Sie Bastard. Sie zerstören mein Werk!«

»Keine Bewegung, Anderson, haben Sie verstanden?«

»Das werden Sie bereuen«, zischte Anderson, während er widerwillig die Hände hochnahm. Er ließ sich Zeit die Arme hinter dem Kopf zu verschränken. Als er sich umdrehte, steckte James seine Waffe zurück in den Holster, ging auf Anderson zu und packte unsanft seine Arme, um ihm Handschellen anzulegen. Er führte ihn zurück ins Wohnzimmer.

»Wo ist der Schlüssel zum Keller?«, knurrte Logan.

»Das geht Sie einen Scheißdreck an.«

Logan packte ihn am Kragen, schüttelte ihn und wiederholte: »Wo sind die verdammten Schlüssel!«

Anderson wandte das Gesicht ab und schwieg.

»Also gut. Dann machen wir es eben auf die gute alte Art.«

*

Logan steuerte auf die Tür zu und gab ihr einen kräftigen Tritt. Da diese nicht aus massivem Holz bestand, brach sie bereits nach dem ersten Tritt auseinander. Er tastete nach einem Lichtschalter, fand ihn, doch auch nach mehreren Versuchen blieb das Licht aus. Er nahm das Handy zur Hand, schaltet die Taschenlampen App ein und trat vorsichtig auf den Stufen nach unten in das schwarze Loch.

Stechender Uringeruch empfing ihn. Reflexartig würgte er und schirmte die Nase mit dem Ärmel der Jacke ab. Am Ende der Treppe angelangt, leuchtete er alle Ecken des Raumes aus, bevor er sich der Mitte widmete, in der eine, hoffentlich nur bewusstlose, Frau saß.

Folterbesteck war neben ihr auf einem Tisch ausgebreitet. Verschiedene Messer, Spritzen, Zangen, sogar eine Säge lag dort. Er wollte sich gar nicht vorstellen, was Anderson damit alles gemacht hatte. Vorsichtig bewegte er sich auf sie zu und legte ihr die Hand an den Hals und versuchte einen Puls zu ertasten. Er war da, wenn auch nur schwach.

»James!«, rief er nach oben. »Sie lebt! Ruf einen Krankenwagen!«

Die Frau – die Beine mit Kabelbinder an die Stuhlbeine gefesselt, die Arme hinter der Lehne zusammengebunden – war splitterfasernackt. Der Kopf ruhte auf ihrer Brust. Logan löste die Fesseln. Das harte Plastik der Kabelbinder hatte tief in ihre Haut geschnitten.

Logan betrachtete die Frau. Sie hatte zahlreiche Schnittverletzungen; sogar an den intimsten Bereichen. Ihm fiel auf, dass ihr eine Brustwarze fehlte. Es tropfte immer noch Blut aus der Wunde, was ebenso darauf hinwies, dass sie noch lebte.

So nah an ihr wurde der Geruch von Urin stärker und vermischte sich mit Exkrementen und Galle. Vermutlich war sie schon eine ganze Weile hier unten. Ihr Gesicht war verschmiert aus einer Mischung von schwarzer Schminke und Blut. Als er ihren Kopf anhob, offenbarte sich Schreckliches. Er musste den Blick abwenden, sonst hätte er sich nun endgültig übergeben. Ihre Augenlider waren entfernt worden und blutunterlaufene Augäpfel starrten ihn an. Er musste sich zusammenreißen, damit der Kaffee vom Morgen in seinem Magen blieb. Er berührte sie am Arm und rüttelte vorsichtig daran.

»Können Sie mich hören?« Keine Reaktion. Behutsam schüttelte er sie erneut. Immer noch keine Reaktion. Sie musste so schnell wie möglich in ein Krankenhaus.

»Unterstützung ist unterwegs«, hallte James` Stimme nach unten.

Plötzlich hörte er einen lauten Krach von oben.

»James? Alles in Ordnung bei dir?«

Keine Rückmeldung.

Logan wandte sich von der Frau ab. Er rannte nach oben, nahm mehrere Stufen auf einmal, verpasste eine davon, fiel, rappelte sich wieder hoch. Logan sah James sofort; er lag regungslos auf dem Boden. Neben ihm eine zerbrochene Vase. Von Anderson keine Spur.

Logan packte James und versuchte ihn wiederaufzurichten. Benommen kam er wieder zu sich, tastete verwirrt seinen Hinterkopf ab und betrachtete das Blut an der Hand. Er stöhnte auf.

»Was ist passiert?«, fragte Logan.

»Eine alte Frau. Sie hat mich von hinten überrascht und mir eins übergezogen. Hat sich angeschlichen wie ein Ninja.«

Logan schaute sich um. »Dein Ninja scheint weg zu sein. Du kommst alleine klar? Die Frau da unten ist in einem beschissenen Zustand.«

James nickte, worauf Logan ins Wohnzimmer ging, um eine Decke zu suchen, die er der Frau umlegen konnte.

Im nächsten Moment stürmten bewaffnete Polizisten das Haus, strömten auseinander, durchsuchten jeden Raum. Logan drückte einem Polizisten, der gerade auf dem Weg nach unten war, die Decke in die Hand.

»Sicher«, bellte der leitende Officer und wandte sich dann an Logan und James.

»David Anderson und vermutlich dessen Mutter sind auf der Flucht«, berichtete James. »Er wird verdächtigt, Jenny Blake getötet zu haben; ein weiteres Opfer befindet sich im Keller. Sie braucht sofort ärztliche Unterstützung. Geben Sie einen Haftbefehl an alle verfügbaren Einheiten raus.«

Der Officer nickte, gab einem seiner Leute den Befehl weiter. Dieser drehte sich zur Seite und forderte über Funk den Rettungswagen an.

»Anderson hat oberste Priorität. Wir brauchen Straßensperren im Umkreis von mindestens vierzig Kilometern. Er kann noch nicht weit sein."

James schien alles im Griff zu haben, also beschloss Logan, sich wieder um die Frau im Keller zu kümmern. Diese war bereits fürsorglich in die Decke eingewickelt worden und noch nicht wieder bei Bewusstsein. Er nahm ihr Handgelenk und überprüfte ihren Puls. Es hatte sich nichts an ihrem Zustand geändert. Wenig später kam der Notarzt des Rescue-Teams des Boston-Fire-Department, begleitet von zwei Feuerwehrmännern, in den Keller und kümmerten sich um die Frau. Der Notarzt tätschelte ihr Gesicht und versuchte sie wieder zu bewusst sein zu bringen. Als er keine Reaktion bekam, kniff er ihr in die Wange, um einen Schmerzimpuls zu erzeugen. Immer noch keine Reaktion. Mit Hilfe eines der Feuerwehrmänner legten sie sie auf den Boden. Der Notarzt öffnete ihren Mund, überstreckte ihren Nacken und überprüfte die Atmung. Er nickte, schien einigermaßen zufrieden zu sein und schloss sie an ein Pulsmessgerät an. Dann legte er ihr vorsorglich in der Armbeuge einen Zugang, um ihr eine Kochsalzlösung zu spritzen, sollte dies notwendig werden. Er nahm einen Verband aus dem Notfallrucksack und bandagierte ihr die Augen.

»Sie kann abtransportiert werden«, sagte der Notarzt zu seinen Kollegen, die sich sofort daranmachten, die Frau auf die Trage zu legen und zu fixieren.

Für Logan war hier nichts mehr zu tun und nahm die Treppe wieder nach oben. Der Einsatzleiter stand immer noch im Wohnzimmer und sprach in sein Funkgerät.

»Du solltest deinen Kopf besser auch untersuchen lassen«, sagte Logan, als er James in der Küche antraf.

»Ach, das ist nur eine kleine Wunde. Lass uns ein wenig umsehen.«

Als Erstes nahmen sie sich den ersten Stock vor. Es befand sich ein heruntergekommenes Bad am Anfang des Flures. Der Schimmel saß in jeder Ecke. Der Fliesenboden war von unzähligen Flecken übersäht. Logan wollte nicht wissen, wie die Flecken zustande gekommen waren. Sie bahnten sich den Weg zwischen übelriechenden Müllsäcken und durchgeweichten Pappkartonschachteln in den hinteren Teil der Etage. Zu ihrer Linken befand sich ein Schlafzimmer. Blumen waren das Hauptthema der Einrichtung. Vermutlich das Zimmer der Mutter. Sie hatte einen furchtbaren Geschmack – zumindest empfand das Logan so. Etwas Brauchbares gab es hier nicht. Der gleiche versiffte Boden, ein spartanisches Bett – natürlich mit geblümter Bettwäsche. Ein begehbarer Schrank, der bis auf ein paar Kleidern in Übergröße fast vollkommen leer war und ein Schaukelstuhl, auf dem sich Strickutensilien befanden. In den Nachttischen befanden sich leere Tablettenboxen und Taschentücher. Die Fenster waren hinter schrecklich gemusterten Vorhängen versteckt.

Logan betrat, gefolgt von James, den nächsten Raum. Dieser offenbarte sich als eine wahre Schatzkammer für jeden Kriminologen. In der Mitte des Raumes stand ein verwahrlostes Bett. Drumherum lagen verstreut Dokumente. Auf den ersten Blick war nicht zu erkennen, worum es sich genau handelte. Die Wände waren komplett mit Zeitungsartikeln, offiziellen Berichten der Polizei, Tatort- und Obduktionsfotos, die Anderson eigentlich gar nicht haben dürfte, beklebt. Von der Tapete war nichts mehr zu sehen, sogar die Decke war voll. Boyeds Gesicht war überall. Doch nicht nur Boyed. Auch James, Hope und weitere Personen die scheinbar an dem Fall gearbeitet hatten. Sogar private Fotos der Ermittler waren darunter. Anderson musste sie heimlich abgelichtet haben.

James widmete sich den Dokumenten am Boden, während Logan sich die Fotos genauer ansah. Auf einem der Bilder war James zu sehen – auf dem Sofa schlafend, mit einer Flasche Wodka in der Hand. Sein tiefster Abgrund eingefangen auf einem einzigen Bild. Ein anderes zeigte einen Kollegen beim Liebesakt – allerding war die Frau ganz sicher nicht seine, da sie eher wie eine Prostituierte aussah. Auch Hope war abgelichtet worden. In ihrer Wohnung, nur mit einem Handtuch bekleidet.

Die Fotos waren angsteinflößend, und das, obwohl Logan fand, dass es ein schönes Foto von Hope war. Ein schönes Foto in den falschen Händen. Zudem hatte Anderson Zugang zu vertraulichen Unterlagen.

»Wir hatten – und haben vermutlich immer noch – einen Maulwurf in unserer Abteilung«, flüsterte James. Während Logan weiter die Bilder anstarrte, zog er sein Telefon aus der hinteren Hosentasche und wählte. Nach einem kurzen Moment sagte er: »Wir könnten hier deine Hilfe gebrauchen.«

*

»Unfassbar«, sagte Hope. »Eine solche Obsession und Besessenheit sieht man selten. Er hat nichts ausgelassen. Alles ist hier. Als hätte er uns auf jeden Schritt verfolgt. Und nicht nur beruflich, sondern auch privat wie ich sehe.« Hope deutete auf das Bild, dass sie zeigte. Sie wirkte weder bestürzt noch erschrocken, sie schien fasziniert zu sein und das bereitete Logan Sorge, da sie anscheinend der Gefahr eines Irren nicht bewusst war. Ihr Blick wanderte zwischen der Decke und den Wänden hin und her, als würde sie alles in sich aufsaugen. Logan stellte sich neben sie und nahm ihre

Hand. Sie sah ihn kurz an, zog ihre Hand zurück und wandte sich wieder an James.

»Du solltest unbedingt mit dem Opfer sprechen, sobald sich ihr Zustand stabilisiert hat.« James drückte sich einen Beutel mit Eis an den Hinterkopf. »Anderson ist unser Mann. Jetzt müssen wir ihn nur noch schnappen.«

»Ich wäre nicht so voreilig, James«, widersprach ihm Hope. »Er hat das Opfer fast umgebracht. Wenn sie es in ihrem Zustand noch gekonnt hätte, hätte sie sich mit Sicherheit das Leben genommen. Ich glaube jedoch kaum, dass sie noch imstande war, nur den kleinen Finger zu heben, nach dem, was ihr mir berichtet habt. Anderson ist zwar besessen von Boyed, aber er hat nicht die Ruhe und die Geduld. So wie er das Opfer verstümmelt hat, war er nur auf Folter aus. Wenn wir uns die früheren Opfer in Erinnerung rufen, waren diese zwar auch entstellt, allerdings nicht annähernd so grausam gefoltert worden. Boyed war darauf aus, den Frauen seelischen Schmerz zuzufügen – die Folter war nur Mittel zum Zweck.«

»So sehr ich deinem Urteilsvermögen vertraue, hoffe ich dennoch, dass du Unrecht hast«, sagte James.

»Lass uns Andersons Befragung abwarten, sobald ihr ihn geschnappt habt. Ich möchte auf jeden Fall dabei sein. Zumindest hinter dem Spiegel. Könntest du mir die Fotos der Spurensicherung und die Akte von Anderson schicken?«

»Natürlich.«

»Danke. So wie es aussieht, kann ich hier nichts mehr tun«, sagte Hope und wandte sich zum Gehen. »Gib mir Bescheid, sobald du was Neues hast.« James hielt sie am Arm fest. »Warst du schon bei Zoe?«

»Nein. Ich werde jetzt zu ihr fahren.«

»Bestell ihr einen Gruß von mir.«

Hope verließ die beiden, ohne Logan noch einmal anzusehen. Sie verhielt sich, als wäre nichts zwischen ihnen gewesen. Logans Brust zog sich zusammen. Er wollte nicht, dass sie sich ihm gegenüber so kühl verhielt. Doch vermutlich war es besser so. Dann musste er nicht beenden, was noch nicht einmal richtig begonnen hatte.

»Lass uns zurück aufs Revier fahren und auf den Bericht der Spurensicherung warten«, sagte James und riss ihn damit aus seinen Gedanken.

Sieben

Warum ich das tue? Ich wollte ihm nahe sein. So viele Jahre musste ich im Hintergrund leben. Wie ein Geist. Nur eine Schattenkreatur. Ich wurde behandelt wie Dreck, wie Abschaum, als wäre ich nichts wert. Die Eifersucht und die Sehnsucht wurden unerträglich. Für lange Zeit haben wir uns aus den Augen verloren, doch dann habe ich ihn wiedergefunden. Mein ganzes Leben lang war er so unnahbar und jetzt bin ich ihm so nah, wie ich es mir immer gewünscht habe. Ich werde in seine Fußstapfen treten und ihm beweisen, dass ich genauso gut bin wie er, sogar besser, denn ich habe nur Gefühle für ihn und mich plagt kein schlechtes Gewissen. Ich habe aus seinen Fehlern gelernt und mein Tun perfektioniert. Niemals werde ich einknicken, so wie er es damals getan hat. Oft beobachte ich ihn, wenn er schläft. Seinen Seelenfrieden hat er noch nicht gefunden. Aber ich bin jetzt hier und es wird ihm bald gut gehen, er weiß es nur noch nicht.

*

Zoe ging in James` Wohnung auf und ab. Wie ein Raubtier in einem Käfig zog sie ihre Kreise. Sie wäre lieber in ein Hotel gegangen, aber James hatte darauf bestanden. Er meinte, hier würde Tom nicht nach ihr suchen, also wäre hier der sicherste Ort für sie. Und das Gefühl der Sicherheit benötigte Zoe im Moment am meisten. In diesem Apartmentkomplex wohnten fast ausschließlich Cops. Und allen war aufgetragen worden, Augen und Ohren offenzuhalten.

Hin und hergerissen sagte ihr Herz, sie soll zurück zu Tom, doch ihr Kopf teilte ihr mit, sie sollte so schnell wegrennen, wie sie nur konnte. Und sie sollte ihn hinter sich lassen, alle Brücken einreißen. Doch es war allseits bekannt, dass das Herz meistens die Oberhand gewann. Wie das alte Sprichwort so schön sagt: Blind vor Liebe. Acht Jahre Beziehung warf man nicht einfach so weg. Warum hatte sie nicht schon viel früher Anzeichen für Toms Gewalttätigkeit erkannt? War er immer so gewesen? Was er Hope angetan hatte, konnte sie ihm niemals verzeihen. Tom war zu weit gegangen. Wenn dieser Kerl nicht hereingestürmt wäre, hätte er sie umgebracht. Das hatte sie in seinen Augen gesehen. Und mit so jemanden wollte sie zusammen sein? Es war etwas Anderes, wenn er ihr wehtat, aber nicht ihrer besten Freundin. Die Gefühle für Tom waren zu stark, um ihn zu verlassen. Sie könnte es nicht ertragen, ihn mit einer anderen Frau zu sehen. Wie sehr hatte er sie bereits eingenommen, um so etwas auch nur zu denken? War sie wirklich wie all diese Frauen geworden, die sie im Gerichtssaal hatte leiden sehen? Zoe hatte sich geschworen, nie eine dieser eingeschüchterten Frauen zu werden, aber nun war es wohl doch dazu gekommen. Hope hatte vermutlich von Anfang an Recht gehabt. Zoe hätte es nicht so weit kommen lassen dürfen. Von nun an würde sie über das Thema schweigen. Die Zeit war gekommen, um Tom zu einem ernsten Gespräch zu bitten, um ihm zum gefühlt hundertsten Mal eine letzte Chance zu geben.

Es klopfte und Zoe zuckte zusammen. Ihr Herzschlag schnellte in die Höhe. Leise schlich sie an die Tür und hielt die Luft an, als sie durch den Spion schaute. Die Spannung fiel schlagartig von ihr ab. An ihrer Stelle kam Erleichterung und Zoe öffnete der Besucherin.

»Hey, meine Süße«, begrüßte sie Hope und nahm sie in die Arme.

Mit der Nähe zu Hope kamen all die schlimmen Bilder zurück. Die Angst um ihre beste Freundin und sich selbst rollte über sie hinweg. Zoe fing am ganzen Körper an zu zittern, die Tränen quollen ihr regelrecht aus den Augen.

»Alles wird gut, versprochen«, sagte Hope und strich ihr dabei über den Rücken.

»Es tut mir so leid.«

»Das muss es nicht.«

Hope führte sie zurück ins Wohnzimmer.

Zoe atmete tief durch und schnäuzte kräftig in ein Taschentuch, das sie aus ihrem Pullover-Ärmel hervorzog.

»Kann ich dir etwas anbieten?«, fragte Zoe, nachdem sie das Taschentuch wieder verstaut hatte. Sie hörte selbst, dass ihre Stimme belegt klang. »Viel gibt es hier nicht, aber ich habe vorhin Teebeutel gefunden. Ich kann dir aber nicht sagen, wie lange die da schon liegen.«

»Ich brauche nichts, danke.«

Zoes Augen fühlten sich trocken an und brannten – nicht verwunderlich, sie hatte schließlich die ganze Nacht wach gelegen und viel geweint. Zudem war die Haut um das linke Auge wund und dunkelblau gefärbt, wie sie vorhin im Spiegel sehen hatte können. Die Verletzung an ihrer Lippe war wieder aufgerissen und blutete ein wenig. Zoe leckte mit der Zunge darüber und verzog das Gesicht.

»Wie fühlst du dich?«

»Na ja, es fühlt sich an, als wäre ein Elefant über mein Gesicht getrampelt.«

»Zoe, ich möchte nicht über gestern sprechen. Ich würde nur zu gerne vergessen, was passiert ist, doch das kann ich nicht. Jedoch hoffe ich, dass es dir endlich die Augen geöffnet hat.«

»Was erwartest du von mir?«, fragte Zoe. Traurigkeit machte nun der Wut Platz.

»Ich möchte nur, dass du die richtige Entscheidung triffst«, sagte Hope ruhig.

»Ich weiß, ich sollte Tom verlassen. Aber ich weiß nicht, ob ich das will.«

Hopes Enttäuschung war in jeder Furche ihres Gesichtes zu sehen. Sie senkte den Blick und starrte auf den Boden.

Zoes Brust zog sich zusammen. Sie wollte niemals ihre beste Freundin mit ihrer Situation belasten. Aber konnte Liebe vielleicht wirklich so stark sein und alles überwinden?

»Egal, wie du dich entscheidest, ich stehe hinter dir«, versprach ihr Hope dann und gab Zoe einen Kuss auf die Wange.

»Danke.«

»Ich melde mich später, in Ordnung? Und wenn irgendetwas ist, egal was, rufst du mich an«, sagte Hope.

*

Enttäuscht über das Gespräch verließ Hope das Apartment. Sie musste nachdenken, brauchte Ruhe; ein bisschen Zeit für sich allein.

Aber natürlich klingelte ihr Handy – das war Murphy's Gesetz. Am liebsten hätte sie es einfach ignoriert, allerdings war ihr klar, dass es das nicht besser machte. Denn es war James.

»Was gibt's?«, fragte sie.

»Wir sind ihm auf der Spur. Könntest du in der Zwischenzeit zusammen mit Logan das Opfer befragen? Sie ist gerade aufgewacht. Logan wartet im Krankenhaus auf dich.«

»Ich verstehe«, sagte sie. »Ich mache mich sofort auf den Weg zum Krankenhaus.« Sie sah hinauf in den wolkenlosen Himmel und atmete tief durch.

*

Hope und Logan trafen sich vor der Notaufnahme. Die Umgebung war unheimlich leise. Ein ohnmächtiger, blutüberströmter Mann wurden auf einer Trage aus dem Krankenwagen gehievt und ins Gebäude geschoben. Die Ärzte fragten nach den Verletzungen. Schusswunde. Schlagartig wurde Logan in die Vergangenheit geschickt, an dem Tag, an dem sein Vater angeschossen wurde. Er war vierzehn, als seine Welt auf den Kopf gestellt worden war. Neben der Trage herlaufend hatte er sich an Johns Arm festgekrallt. Er hatte die Ärzte angefleht, sie sollten ihm helfen, doch keiner sprach mit ihm. Denn zu dem Zeitpunkt hatte es bereits festgestanden – sie konnten nichts mehr für seinen Vater tun.

Hope riss ihn aus den Gedanken, als sie seine Hand in die ihre nahm.

»Alles in Ordnung bei dir?«

Logan versuchte die Traurigkeit zu überspielen und winkte kopfschüttelnd ab.

»Wir kennen inzwischen ihre Identität«, sagte Logan. »Tiffany Peters, 27 Jahre, lebt in Boston. Lass uns behutsam mit ihr umgehen, damit erreichen wir am meisten.« Im nächsten Moment wollte er am liebsten im Boden versinken. Natürlich war das für Hope selbstverständlich. Doch sie tat es lediglich mit einem schmalen Lächeln ab.

Tiffany lag noch immer auf der Intensivstation. Schläuche und Kabel in verschiedenen Farben verbanden sie mit den umstehenden Apparaten. Trotz der Bettdecke, konnte man erkennen, wie abgemagert sie war. Vermutlich hatte sie während der Gefangenschaft kaum etwas zu Essen bekommen. Sie sah so hilflos aus. Der Kopf war fast komplett eingebunden, nur Nase und Mund waren frei. Logan bedankte sich still, dass er den Anblick ihrer Augen nicht ein zweites Mal ertragen musste. Er hielt sich im Hintergrund und ließ Hope ihren Job machen. Vorsichtig trat sie ans Bett heran und fragte sanft: »Tiffany? Sind Sie wach?«

»Wer ist da?«, sagte sie mit einer krächzenden Stimme. »Sind sie ein Doktor?«

»Mein Name ist Dr. Hope O'Reilly, ich bin Kriminalpsychologin und neben mir steht Captain Logan Reynolds. Er hat Sie gefunden.« Hope wies Logan mit einer Handbewegung an, etwas zu sagen.

»Hi Tiffany«, sagte er.

»Was ist mit mir passiert?« Man konnte die Tränen nicht sehen, aber in ihrer Stimme hören.

»Sie wurden entführt und gefangen gehalten. Können Sie sich daran erinnern? An irgendetwas?«

Tiffanys Lippen zitterten.

»Ganz ruhig, Tiffany, Sie sind in Sicherheit«, versprach Hope.

»Wie lange war ich gefangen?«

»Genau wissen wir es nicht, aber Sie wurden seit Montag letzter Woche nicht mehr gesehen.«

»Und welcher Tag ist heute?«

»Samstag«, entgegnete Hope.

Tiffanys Verzweiflung war deutlich spürbar. Logan hätte ihr gerne geholfen ihren seelischen Schmerz zu lindern.

»Haben Sie den Mann gefasst, der mir das angetan an?«

Hope wog vermutlich die Entscheidung ab. Logan fand, sie sollte Tiffany nicht anlügen, denn vielleicht strengte sie sich dann mehr an, wenn sie wusste, dass sie helfen konnte, den Täter zu schnappen. Hope war sichtlich der gleichen Meinung als sie sagte: »Wir haben eine Spur und mit Ihrer Hilfe können wir ihn sicher bald dingfest machen.«

»Was? Er läuft immer noch frei rum?« Ihr Körper bebte.

»Tiffany, Sie sind hier in Sicherheit. Ihnen kann nichts mehr passieren. Vor Ihrem Zimmer stehen rund um die Uhr Polizisten, die auf Sie aufpassen.«

Diese Tatsache schien sie zu beruhigen.

»Was ist das Letzte, an das Sie sich erinnern können?«, fragte Hope.

Tiffany kaute auf ihrer Lippe herum, dann sagte sie: »Ich ... ich war in der Uni; der Unterricht war gerade zu Ende und ich wollte nach Hause. Ein Typ hielt mich auf und sagte, er sei von einer Zeitung und würde gerne ein Interview mit mir machen – darüber, wie es ist, auf diese Uni zu gehen. Er wollte, dass ich zu ihm ins Auto steige und mit zum Zeitungsverlag fahre. Das war schon ein bisschen komisch, aber viel mehr habe ich mir nicht dabei gedacht.« Sie verzog den Mund, als wäre ihr gerade klargeworden, dass sie auf ihr Gefühl hätte hören sollen. Im nächsten Moment schien sie sich wieder gefasst zu haben und fuhr fort. »Nachdem wir ein Stück gefahren waren, wurde mir klar, dass es nicht in die Stadt ging, sondern raus. Ich fragte ihn, wo sich der Verlag befinde. Er antwortete nicht, und es war, als wäre er nur auf die Fahrbahn konzentriert. Dann fuhr er auf einen Parkplatz und hielt an. Von da an war mir endgültig klar, was Sache ist. Ich habe versucht zu fliehen, doch er hielt mich fest und drückte mir ein Tuch ins Gesicht. Dann wurde alles schwarz.«

»Sie machen das sehr gut, Tiffany. Wissen Sie, welches Auto er fährt?«

»Es war ein schwarzer Geländewagen.«

»Welche Marke?«

»Ich kenne mich mit Autos nicht gut aus.«

»Haben Sie das Kennzeichen gesehen?«

»Nein, darauf habe ich nicht geachtet. Können wir jetzt Schluss machen? Ich bin müde.«

Hope durfte es nicht überreizen, aber Logan hatte Sorge, dass wichtige Details verloren gingen, wenn sie jetzt aufhörten. Er tippte ihr auf die Schulter und zeigte ihr mit einer Handbewegung sie solle weitermachen. Hope verstand und sagte: »Nur noch ein paar Fragen, dann lassen wir Sie in Ruhe. Versprochen.«

Tiffany nickte langsam mit dem Kopf.

»Ich weiß, es ist schwer, und es ist viel verlangt von Ihnen, aber ich möchte, dass Sie sich zurückversetzen. Waren Sie wach, als Sie in dem Keller waren?«

»Nicht immer.«

»Und wenn Sie wach waren, konnten Sie etwas hören oder sehen?«

»Es war die meiste Zeit dunkel, nur, wenn er …«, sie ließ den Satz unbeendet.

»Ich bin hier. Wenn es Ihnen zu viel wird, hören wir sofort auf.«

Tiffany richtete sich auf. Hope half ihr, das Kissen hinter dem Rücken zu positionieren.

»Ich möchte Ihnen helfen, dieses Schwein zu finden. Viel konnte ich nicht verstehen. Das Meiste war nur Gemurmel. Aber er hat immer wieder einen Namen gesagt. Julia. Immer und immer wieder.«

Logan zog sein Handy heraus und tippte James eine kurze Nachricht, er solle nach einer Frau namens Julia in Andersons Bekanntenkreis suchen.

»War das immer nur seine Stimme oder haben Sie noch andere Menschen gehört?«

»Soviel ich erkennen konnte, waren es zwei verschiedene Stimmen. Eine Männer- und eine Frauenstimme. Mehr kann ich Ihnen leider nicht sagen.«

»Danke, Tiffany. Sie waren sehr mutig und stark. Ich bin ganz ehrlich mit Ihnen – das, was Ihnen passiert ist, wird Sie Ihr Leben lang begleiten. Sie werden mit Albträumen zu kämpfen haben und es wird Ihren Alltag beeinflussen. Aber es gibt Wege, damit umzugehen. Eine Therapie wird Ihnen helfen, das Erlebte zu verarbeiten und damit zu leben. Ich werde Ihnen ein paar erstklassige Psychotherapeuten empfehlen.«

Hope erhob sich und wollte sich gerade verabschieden, doch Tiffany hielt sie zurück. An ihren Fingern waren keine Nägel mehr.

»Kann ich nicht mit Ihnen reden?«

»Es ist leider nicht mein Fachgebiet, Tiffany«, sagte Hope.

»Das macht mir nichts. Ich mag Ihre Stimme. Und ich kann mich wieder daran erinnern. Ich meine, warum meine Augen verbunden sind. Er sagte, er möchte, dass ich ihm zusehe und damit ich die Augen nicht mehr verschließen oder wegsehen konnte, hat er …«, Tiffany machte eine kurze Pause, ihre Lippen bebten. »Mir wird vermutlich nichts mehr Anderes als zu hören übrigbleiben, bis das hier hoffentlich vorbei ist. Und Sie sind nett.«

»Tiffany, ich …«

Sie ließ Hope nicht ausreden. »Dann hören wir uns morgen? Vielleicht ist mir bis dahin noch etwas eingefallen.« Sie lächelte und das war sichtlich alles was Hope brauchte, um einzuknicken.

»Dann bis morgen, Tiffany. Versuchen Sie zu schlafen. Ich lasse den Schwestern meine Nummer da, falls Sie mich anrufen möchten.«

Hope und Logan waren schon fast aus der Tür, als Tiffany sie zurückrief.

»Dr. O'Reilly?«

»Ja?«

»Danke«, flüsterte sie.

Hope lächelte. »Bis morgen.«

Logan verließ mit ihr das Zimmer. Er hatte bereits Rückmeldung von James erhalten. Julia war der Name von Andersons Freundin und die wohnte nicht weit entfernt.

»Sie sind auf dem Weg zu ihr. Ach ja, bevor wir gehen, wollte ich dir noch sagen: Du warst gut da drinnen.«

»Danke – aber das ist schließlich mein Job.«

»Das ist nicht nur ein Job. Das bist du, mit Leib und Seele.«

Hope lächelte ihn an und drückte ihm einen Kuss auf die Wange, dann gingen sie getrennte Wege.

*

Für einen Herbsttag war es außergewöhnlich heiß. Zudem war es windstill. Das machte es dem sieben-köpfigen SWAT-Team nicht gerade leichter, denn die kugelsichere Kevlar-Weste brachte einen auch im Winter zum Schwitzen. James kauerte hinter dem weißen Gartenzaun, die Glock 9mm Luger in der Hand, für den Notfall. Er musste das Kommando für den Einsatz dem Leiter des SWAT-Teams überlassen, also hielt er sich im Hintergrund und beobachtete das Geschehen von sicherer Entfernung aus, trotzdem war er bereit zum Eingreifen.

Andersons Auto parkte in der Auffahrt. Die Spezialeinheit brachte sich in Position und wartete den Befehl des Leiters der Einheit zum Zugriff ab. Geduckt lief dieser in Richtung Haus, gefolgt von zwei Kollegen. Vor einem der Fenster blieb er stehen, spähte vorsichtig hinein. Die beiden Kollegen stellten sich zu beiden Seiten neben den Eingang zum Haus. Der Leiter gab James und dem Team zu erkennen, dass sich drei Personen im Haus aufhielten und signalisierte den restlichen vier Männern, die Stellung hielten, sie sollten sich ebenfalls nähern. Vermutlich waren Anderson, dessen Mutter und Julia drin. Sofort liefen die drei Männer mit der Ausrüstung leise und geduckt zu ihnen. Der Leiter der Einheit gab den Befehl zum Zugriff. Zwei von ihnen brachen mit einer geübten Bewegung des Rammbocks die Tür auf. Rauchbomben sorgten für Verwirrung. Einer nach dem anderen stürmte das Haus, gefolgt von James. Er hörte eine Frau schreien und im nächsten Moment fing Anderson an wild um sich zu schießen. Anderson stand von leichtem Rauch umgeben in der Mitte des Wohnzimmers. James brachte sich hinter der Wohnzimmertür in Deckung. Das SWAT-Team tat es ihm gleich und brachte sich hinter dem Wohnzimmerschrank, hinter dem Sofa und in der Küche in Sicherheit. Holzsplitter flogen durch die Luft. Es waren nur ein paar Querschläger, ein ungeübter Schütze. Niemand wurde getroffen, soweit James feststellen konnte, als er einen Blick ins Wohnzimmer wagte. Doch dann riss Anderson die junge Frau an sich und drückte ihr die Pistole an die Schläfe.

»Lasst mich gehen, sonst blase ich ihr den Schädel weg«, brüllte er und Spucke flog aus seinem Mund.

Die Frau schrie erschrocken auf. Das Team bewegte sich nicht. Alle Waffen waren nun auf Anderson gerichtet.

»Wollt ihr, dass sie stirbt? Aus dem Weg, sofort!«

James konnte nicht zulassen, dass diese unschuldige Frau starb, also ergriff er Eigeninitiative. Er ging aus dem Schutz seiner Deckung und hielt die Hände nach oben.

»Anderson, lassen Sie sie gehen«, sagte James in ruhigem Ton. »Sie hat Ihnen nichts getan. Legen Sie die Waffe weg.«

»Ja klar, damit Sie mich erschießen können!«

»Ich lege meine Waffe jetzt weg«, sagte James und legte die Glock langsam auf den Boden. »Ich kann Ihnen aus diesem Schlamassel raushelfen. Nur machen Sie es nicht schlimmer, als es schon ist.«

»Wenn Sie mich nicht gestört hätten, wäre dieser ganze Mist jetzt nicht.«

»Da haben Sie recht. Aber dann wäre die junge Frau in Ihrem Keller nicht mehr am Leben und Sie hätten eine Mordanklage am Hals.«

»Sie hätten mich nie erwischt!«

Endlich nahm Anderson die Waffe weg von der Frau und fuchtelte damit in der Luft herum.

»Ich hatte einen Plan. Alles war bis ins kleinste Detail durchdacht. Es wäre ein Meisterwerk geworden.«

Anderson war so auf James und seiner Ansprache fixiert, dass er die zwei Beamten hinter sich nicht bemerkte. Das war ihre Chance.

Als Anderson die Pistole weit von sich streckte, packte ein Beamter ihn am Arm und entriss ihm die Pistole. Anderson war sichtlich sehr überrascht, dass er die junge Frau aus seinem Griff entließ, welche daraufhin sofort die Flucht in James' schützende Arme ergriff. Der andere Kollege, der sich angeschlichen hatte, trat Anderson leicht in die Kniebeuge um ihn zu Fall zu bringen. Dieser knickte ein und landete mit den Knien auf dem Boden. Ihm wurden die Arme auf seinem Rücken fixiert und Handschellen angelegt. Anderson lachte, der Brustkorb bebte unter seinem Gewicht. Ein anderer Kollege kam mit einer alten Frau ebenso in Handschellen aus der Küche.

»Sie wollte sich gerade aus dem Staub machen«, sagte der Kollege.

Anderson wurde mit der alten Frau, die vermutlich dessen Mutter war, aus dem Haus abgeführt.

»Sind Sie Julia?«, fragte James die weinende Frau in seinen Armen und daraufhin nickte sie zaghaft.

»Nehmen Sie sie bitte auch mit aufs Revier«, sagte James zu dem Leiter des SWAT-Teams.

*

James zog es vor, die Befragung allein durchzuführen. Er wollte sich voll und ganz auf Anderson konzentrieren und ihn auf seine ganz eigene Weise in die Mangel nehmen. Anderson saß bereits im Verhörraum, die Hände am Tisch mit Handschellen fixiert.

»Mr. Anderson, wurden Ihnen Ihre Rechte verlesen?«, fragte James ohne den Blick von den Papieren abzuwenden.

»Alles nach Vorschrift, Lieutenant.« Auf seinem Gesicht erschien ein spöttisches, fast schon bedrohliches Grinsen.

»Nehmen Sie die ganze Sache nicht ernst, Mr. Anderson?« Nun sah James auf und schaute seinem Gegenüber direkt in die dunklen Augen. Sie hatten etwas Dämonisches an sich.

»Oh, das, was ich mit der Kleinen gemacht habe, war mir sehr ernst«, kicherte er.

James ließ sich Zeit, betrachtete Anderson eingehend. »Sie gestehen also, dass Sie Tiffany entführt und gefoltert haben?«, fragte er schließlich.

»Das ist also ihr Name. Tiffany. Ein schöner Name. Passt zu ihr.«

Und wieder das selbstgefällige Grinsen.

»Wieso Tiffany?«

»Ich habe sie lange beobachtet. Sie war perfekt für meine Forschung.«

»Forschung? Was erforschen Sie denn?«, fragte James.

»Die Grenzen des menschlichen Willens.«

James zog die Augenbrauen nach oben. »Das bedeutet konkret?«

»Wie viel Schmerz kann ein Mensch ertragen, bis er freiwillig stirbt. Haben Sie sich darüber schon einmal Gedanken gemacht, Lieutenant?«

James antwortete nicht.

»Nein?« Anderson zog das Wort gekünstelt in die Länge. »Ach, geben Sie es doch zu, dass das Thema sehr interessant ist. Mr. Boyed hat es drei Mal geschafft, durch Folter und die dadurch entstehenden Schmerzen den Willen zu Leben zu brechen. Und da er nie mit mir persönlich sprechen wollte, habe ich meine eigenen Experimente in Angriff genommen.«

»Und wie sind Ihre Forschungen verlaufen?«

»Leider kam ich bis jetzt zu keinem Ergebnis, da ich meine Forschung durch Sie nicht abschließen konnte. Ich hatte gerade erst begonnen.«

»Das verstehe ich nicht«, sagte James und spielte den Verwirrten. »Einmal haben Sie es doch geschafft.«

»Wie meinen Sie das, Lieutenant?«

»Na, die Kleine, die Sie gefoltert und dann tot im Boston Public Garden abgelegt haben.«

»Sie denken, das war ich?«

»Ist es denn nicht so? Ihr erstes Forschungsopfer?«

»Tiffany ist meine erste Teilnehmerin gewesen.«

James breitete die Tatortfotos vom Park vor Anderson aus. Voller Faszination betrachtete er die Bilder.

»Wunderschön. Vielen Dank für Ihr Kompliment, ich wünschte, ich wäre es gewesen, aber ich war die ganze Woche mit Tiffany beschäftigt.«

»Wie Sie sich sicher denken können, wir haben Ihren ...«, James neigte seinen Kopf ein wenig zur Seite, »... wie sollen wir es nennen? Showroom? ... gefunden.«

Anderson setzte sich aufrechter hin, gerade so, als würde er vor Stolz seine Brust herausstrecken.

»Umfassend, nicht wahr? Ich wollte keine wichtigen Details verpassen. Ich musste mich doch voll und ganz in Mr. Boyed hineinversetzen. Vielleicht hatte ihn irgendetwas in seiner Umgebung angespornt. Oder verweichlicht. Sie und Ihr Team werden nichts zu befürchten haben. Es handelt sich lediglich um Recherche. Übrigens, Lieutenant Reynolds, haben Sie Ihr Alkoholproblem wieder im Griff?«

James wollte die Fäuste ballen, wehrte sich mit aller Kraft dagegen. Anderson hatte einen wunden Punkt bei ihm getroffen. Bewusst ignorierte er die Frage und stellte eine Gegenfrage.

»Von wem haben Sie die Akten bekommen?«

»Von einem Freund.«

»Aha. Und wer ist der Freund?«

»Das werde ich Ihnen sagen, aber vorher möchte ich noch ein bisschen mit Ihnen plaudern.«

Er rieb sich die Handgelenke, welche von den Handschellen mittlerweile aufgescheuert waren.

»Wie sind Sie auf mich gekommen?«

»Ehrlich gesagt, war das purer Zufall.«

»Ach, kommen Sie – habe ich mich irgendwie verraten?«

»Nein, wir wollten Sie dazu befragen, ob Sie im Besitz von Fallakten sind. Apropos Fallakten, Anderson?«

»Ja, ja, schon gut. Ich habe die Akten von ...« Das Klopfen an der Tür unterbrach ihn. Clarkson schob den Kopf in den Vernehmungsraum.

»Was ist denn?«, erkundigte sich James. Er merkte selbst, dass es genervt klang.

»Es ist wichtig.« Sie sprach jedes Wort überdeutlich aus, sodass auch James klar war, dass es wirklich wichtig war.

Er trat mit ihr vor die Tür, damit Anderson nicht mithören konnte.

»Wir haben eine weitere Leiche gefunden«, berichtete Clarkson.

James schloss die Augen und atmete tief durch. Dann ging er wieder zu Anderson und sagte: »Wir müssen unser Kaffeekränzen verschieben. Detective Clarkson wird Ihre Aussage aufnehmen. Wir sprechen uns später.«

»Was? Aber wir sind noch gar nicht fertig.«

Ohne ein weiteres Wort verließ James den Verhörraum und ging in das Nebenzimmer. Logan stand neben Hope, die Anderson konzentriert durch den Spiegel beobachtete.

»Es wurde eine weitere Leiche gefunden«, sagte James.

*

Der Mond leuchtete stärker als die Laternen und tauchte den Boston Public Garden in ein schummriges Licht, welches einen unwohl fühlen ließ. Raschelnde Blätter fegten durch die Bäume und bedeckten die Spazierwege. Das Wetter hatte sich zum Abend hin schlagartig verändert.

»Was ist passiert?«, fragte James mit rauer Stimme Dr. Murphy, die mit ihrem neuen Assistenten in voller Schutzkleidung neben der Leiche kniete.

James zog seinen Mantel enger um sich, versuchte die Kälte auszusperren. Aber diese Kälte war in ihm drin und ließ sich nicht vertreiben.

Mit ihren geschulten Augen und weißen Latexhandschuhen an den Händen, untersuchte Murphy den leblosen Körper. Die Art und Weise, wie sie die

Untersuchung durchführte, stimmte dieses Mal nicht mit dem Prozedere überein, wie sie es normalerweise machte. Etwas passte nicht. Eine Gänsehaut machte sich auf James Rücken breit.

»Sie ist noch warm. Du solltest sofort Leute rausschicken, die die Umgebung durchforsten.« Sie sagte es mit einer Schlichtheit, mit der man auch den Wetterbericht hätte vortragen können.

James zog sein Telefon aus der Tasche und wählte. Er forderte drei Teams an, die den Park und das angrenzende Waldstück durchsuchen sollten.

Hope und Logan, die nun auch den Tatort erreichten, traten neben James.

»Ich werde vorausgehen«, sagte Logan zu James. »Bis die Teams hier eintreffen, könnte unser Täter schon über alle Berge sein. Bleib du bei Dr. Murphy.«

»Nimm Dexter mit«, schlug James vor und zeigte auf den Rottweiler, der in aufrechter Haltung neben Hope stand. Man konnte ihm seine Anspannung regelrecht ansehen. Die Anspannung, die sie vermutlich alle empfanden.

»Ohne mich geht Dexter nirgends hin«, sagte Hope.

»Das geht nicht, das weißt du genau«, sagte James.

»Dann geh ich eben mit dem Hund im Park spazieren«, sagte sie. »Könntest du mir deine Taschenlampe leihen? Es ist wirklich schon dunkel.«

Widerwillig reichte James ihr die Lampe und sagte zu Logan: »Pass ja auf sie auf!«

*

Zu dritt liefen sie in den Wald hinein, leuchteten den Weg ab. Der Wind nahm zu, obwohl sie von den Bäumen geschützt waren. Das Licht der Taschenlampen warf schaurige Schatten und ließ einen bei jeder Bewegung zusammenzucken. Als sie einen Trampelpfad entlangliefen, blieb Hope plötzlich stehen.

»Was ist? Hast du was gesehen?«, fragte Logan.

Hope antwortete nicht, sondern ging auf einen Busch zu.

»Hope?«

Sie bückte sich, hob etwas auf, drehte sich zu ihm um und hielt es Logan entgegen. Ein Sicherheitsausweis. Logan nahm ihn ihr ab und zeigte mit der Maglite darauf, um ihn besser zu erkennen.

»Tobi Miller«, flüsterte Hope.

Hinter ihnen raschelte es. Dexter stand steif da und knurrte in Richtung Gebüsch.

»Miller!«, rief Logan in die Dunkelheit. »Kommen Sie raus. Es ist vorbei.« Ein paar Meter von ihnen entfernt raschelte es erneut im Gebüsch. Dexter richtete sich auf und stürmte darauf los. Logan folgte ihm mit gezogener Waffe. Langsam näherte sich Logan dem Geräusch und wiederholte: »Miller, kommen Sie raus!« Dexter bellte.

Aus dem Busch stürmte eine Kreatur und Logan hielt die Taschenlampe darauf. Eine sehr kleine Kreatur war das – ein Eichhörnchen, das mit einer Nuss im Maul davonrannte.

Logans Armmuskulatur entspannte sich wieder.

»Beinahe hätte ich ein unschuldiges Eichhörnchen erschossen«, sagte Logan tadelnd zu Dexter. Er drehte sich um, um Hope einen lockeren Spruch über Dexter entgegenzurufen, doch in dem Moment tauchte eine Gestalt hinter ihr auf, riss sie zu Boden und verschwand gleich darauf in der Schwärze der Umgebung.

»Lauf ihm hinterher!«, rief Hope. Dexter blieb an ihrer Seite und Logan rannte los. Dürre Äste schlugen ihm ins Gesicht und zerkratzten seine Haut, als er sich durch den Wald kämpfte. Der Lichtkegel der Taschenlampe hüpfte auf und ab, man konnte nur verschwommene Umrisse erkennen. Die Gestalt konnte er mit der Maglite nicht erfassen, doch er hörte Schritte vor ihm, das raschelnde Laub und knackende Äste. Er hörte die Person keuchen und wusste, er hatte den Abstand zwischen ihnen verringert. Fast hätte er die Person erreicht, da blendete ihn ein grelles Licht. Logan riss den Arm nach oben, um seine Augen zu schützen, dabei wurde er automatisch langsamer, denn das Licht machte ihn blind.

Dann war es weg, keine Schritte und kein Keuchen mehr. Logan stand allein da. Die Spur zu der Gestalt hatte er verloren. Enttäuscht kehrte er zurück zu Hope, die sich gerade den Dreck von der Kleidung klopfte.

»Ich habe ihn verloren.«

»Immerhin haben wir den Ausweis gefunden«, sagte Hope aufmunternd.

Dann hörten sie aus der Ferne ein Hundegebell. Es kam nicht von Dexter, denn der saß mit gespitzten Ohren neben ihnen. Dexter schnupperte in die Luft, nahm eine Fährte auf und lief los. Logan und Hope tauschten einen Blick und verstanden sich ohne Worte. Sie liefen ihm hinterher. Kurz darauf verlangsamten sie ihre Schritte, da sie den Sichtkontakt zu Dexter verloren hatten.

»Dexter! Wo steckst du?«, rief Hope in den Wald und drehte sich im Kreis, um Ausschau nach ihm zu halten.

»Hier drüben!«, rief ihr jemand zu. Logan zog die Waffe, nur zur Sicherheit. Sie näherten sich einer Lichtung, die vom Mond erhellt wurde und konnten eine Person ausmachen. Es war ein großer Mann, der mit einem Dackel an der Leine vor ihnen stand, den Dexter schwanzwedelnd begrüßte.

»Können Sie sich ausweisen?«, fragte Logan.

»Nein, Mann«, antwortete die Person mit rauchiger Stimme. »Ich bin nur kurz mit Toni raus und da nehme ich für gewöhnlich keinen Ausweis mit!« Logan sparte es sich, ihn zu belehren, dass man sich jederzeit ausweisen können musste.

»Wie heißen Sie?«, fragte er stattdessen.

»Mein Name ist Max. Max Marrow. Und das ist Toni mein Dackel.«

Logan steckte die Waffe wieder zurück in den Holster und ging auf den Mann zu.

»Sie sind also nur spazieren?«

»Ja. Toni musste nochmal raus und ich wohne hier gleich um die Ecke.«

»Ist ihnen in der Weste nicht kalt?«, fragte Hope.

»Ne ne, die trage ich immer. Egal, ob Sommer oder Winter. Die gehört zu mir wie mein Dackel.«

Hope trat näher, ging in die Hocke und streichelte den Dackel. Er wuselte freudig um sie herum und drehte sich dann auf den Rücken, damit sie den Bauch kraulen konnte. Dexter drückte seinen Kopf dazwischen, um die Aufmerksamkeit wieder auf ihn zu lenken. Hope musterte den fremden Mann und dessen Weste, auf der Aufnäher verschiedener Bands aufgenäht waren. »Sie hören Iron Maiden? Coole Band«, sagte sie zur Marrow.

»Meine Lieblingsband«, entgegnete er mit einem breiten Lächeln.

Logan schaute sie verwundert an. »Du kennst Iron Maiden?«

»Ich mag jede Musikrichtung«, entgegnete sie unschuldig. Sie wandte sich wieder dem Dackel zu, der immer noch darauf wartete, an seiner Lieblingsstelle gekrault zu werden. Logan ließ die Taschenlampe sinken, deren Lichtstrahl auf den Dackel traf. Dadurch entdeckte Hope Blut an einer Lefze. »Woher stammt das Blut im Maul von Toni?«, fragte sie.

»Irgendein Volltrottel hätte uns fast über den Haufen gerannt. Er kam aus dem Nichts. Toni war so erschrocken, dass er ihm hinterher ist und ihn ins Bein gebissen hat.«

»Braver kleiner Toni. Das hast du ganz toll gemacht.«

Tonis Zunge fiel an der Seite heraus, als er ihr sein schönstes Lächeln gab.

»Können wir eine Probe von dem Blut nehmen?«, fragte Logan.

»Hä? Blutprobe? Wovon reden Sie da, Mann?«

Logan war klar, dass er ohne eine Erklärung nicht aus der Sache rauskam.

»Der Volltrottel, den Toni gebissen hat, könnte ein Zeuge in einem Mordprozess sein.«

»Dann ist mein Toni ja sowas wie ein Held! Na, dann legen Sie mal los.«

»Folgen Sie der jungen Dame – wir nehmen einen Abstrich davon«, sagte Logan.

»Was ist mit dir?«, fragte Hope.

»Ich werde noch weitersuchen, bis die Verstärkung da ist. Der Täter ist jetzt verletzt.«

»Nimm bitte Dexter mit. Der passt auf dich auf.«

Logan nickte und suchte die Lichtung nach Blutspuren ab. Mit dem zusätzlichen Licht des Mondes konnte er eindeutig mehr erkennen als im Wald. Dexter hatte die Nase am Boden und schnüffelte herum. Die Blutspur, die sich Logan erhoffte zu finden, war nicht da. Die Umgebung war totenstill, bis er mehrere Lichtkegel vom Wald aus auf ihn zukommen sah. Die Verstärkung war eingetroffen. Logan ging ihnen entgegen und zeigte ihnen, in welche Richtung der Täter wahrscheinlich geflohen war und kehrte zu James zurück. Hope hatte James bereits ins Bild gesetzt und Max war mit Toni zur Spurensicherung geschickt worden.

Der Tatort wurde weiträumig abgesperrt. Heiße Getränke wurden bereitgestellt. James nahm sich einen

Pappbecher mit Kaffee und reichte Hope und Logan ebenso einen Becher.

»Also hat er doch mehr mit der Sache zu tun. Ich wusste gleich, dass mit ihm etwas nicht stimmt«, sagte James.

Er wählte eine Nummer und gab einen Haftbefehl für Tobi Miller raus.

»Besorgt dem kleinen Dackel ein saftiges Steak, das größer ist als er selbst und lasst Mr. Marrow eine Aussage auf dem Revier machen«, wies er einen Kollegen an.

»Nimmt die Spurensicherung Abdrücke der Fußspuren, die sie auf dem Weg finden werden? Denn vielleicht stimmen sie mit denen vom letzten Tatort überein«, sagte Hope.

»Das machen sie gerade. Du denkst schon wie ein Detective«, scherzte James und knuffte ihr in die Seite. »Du solltest zur Polizei wechseln – bei uns im Revier ist bestimmt eine Stelle frei.«

»Sie würde dir nur deinen Titel streitig machen, Bruderherz.«

Logan grinste ihn herausfordernd an.

Hope lächelte Logan an und entdeckte scheinbar etwas an seiner Stirn.

»Du blutest. Lass mich mal sehen.«

Logan berührte die Wunde. »Habe ich nicht bemerkt. Das ist bestimmt von der Verfolgungsjagd.«

»Finger weg«, drohte sie ihm und musterte die Wunde. »Genäht werden muss es nicht, aber dringend desinfiziert.«

Sie ging auf den Krankenwagen zu, mit dem sich Sanitäter vorsichtshalber am Tatort positionierten. Kurz tauschte sie ein paar Worte mit den Sanitätern aus, bis sie ihr bestimmte Utensilien in die Hand drückten. Sie kam wieder zurück und befeuchtete eine Kompresse. Logan musterte sie misstrauisch.

»Ich bin zwar keine Ärztin in diesem Sinn, aber desinfizieren und Pflaster aufkleben schaffe ich gerade noch. Das könnte jetzt ein wenig brennen.«

»Das halte ich locker … Autsch!«, zischte er, als Hope die Wunde säuberte. Sie lachte auf und sagte: »Du Memme!«

Logan beobachtete, wie liebevoll sie sich um ihn kümmerte. Daran könnte er sich gewöhnen, doch seine Entscheidung stand fest. Zuerst musste er den Tod seines Vaters aufklären, erst dann würde er Platz für jemand anderes haben. Vielleicht würde sie solange auf ihn warten.

»Seid ihr dann bald fertig?«, fragte James. »Dr. Murphy möchte uns sprechen.«

Hope nickte und sie ging zusammen mit James und Logan zu Dr. Murphy. James fragte: »Was hast du für mich, Mathilda?«

»Du weißt, dass ich dir nicht viel sagen werde, bevor ich sie nicht genauer untersucht habe. Aber die offensichtlichen Merkmale kann ich dir erläutern. Unser Opfer ist weiblich, weiß, das Alter schätze ich auf zwischen zwanzig und dreißig Jahre jung. Der Körper zeigt einige Schnittwunden und Blutergüsse auf. An ihrem Hals befinden sich Würgemale«

Logan bemerkte im Blickwinkel, wie sich Hope an den eigenen Hals fasste. Murphy zeigte mit dem Finger an der Linie entlang.

»Wenn ich mich nicht täusche, wurde sie entweder stranguliert oder erhängt. Aber später kann ich dir bestimmt mehr sagen. Und jetzt zum spannenden Teil: ihre Körpertemperatur beträgt immer noch dreißig Grad, das heißt, sie kann nicht länger als zwei Stunden tot sein, wenn man die Kälte mit einberechnet.«

»Das bedeutet«, sprach James seine Gedanken laut aus, »Anderson kann nicht der Mörder sein. Er befand sich zu dieser Zeit im Vernehmungsraum. Ein besseres Alibi als mich gibt es wohl nicht.«

Murphy gab ihrem Assistenten die Anweisung die Leiche auf den Transport vorzubereiten und erhob sich.

»Seit wann hast du einen Assistenten?«, fragte James.

»Du weißt, dass ich langsam auf meine Pension zugehe. Ich muss einen Nachfolger anlernen. Du möchtest doch nicht mit diesem Schwachkopf Jackson zusammenarbeiten, oder?«

Sie spielte auf den Kollegen an, der sich das Leichenschauhaus mit ihr teilte, und der ihrer Meinung nach null Kompetenzen hatte.

»Kyle, mein Handlanger dort drüben, ist lange nicht so weit, meinen Platz einnehmen zu können, aber dazu werde ich ihn noch bringen.«

Hope stellte sich neben Murphy, nahm herzlich Mathildas Hand in die ihre und fragte: »Wie geht es Ihnen, Dr. Murphy?«

»Die alten Knochen spürt man von Tag zu Tag mehr, aber was soll man machen? Es freut mich, Ihr freundliches Gesicht an einem so tristen Ort wie diesen zu sehen. Man trifft Sie an einem Tatort nur selten an – normalerweise beschäftigen Sie sich doch mit den Lebenden.«

»Da haben Sie Recht«, sagte Hope. »Wie Sie es aber bestimmt schon selbst festgestellt haben, ist dieser Fall anders. Kein Detail darf ausgelassen werden. Und zu sehen, wie das Opfer positioniert wurde, hilft mir bei der Erstellung eines Täterprofils.«

»Fachlich wie immer«, sagte Dr. Murphy. »Das gefällt mir an Ihnen. Zurück zum Thema«, fügte sie hinzu und wandte sich wieder James zu. »Wir werden sofort mit der Autopsie beginnen. Ich rufe dich an, wenn wir so weit sind.«

»Danke, Mathilda. Was würde ich bloß ohne dich tun?« James drehte sich zu Logan um und richtete das Wort an ihn.

»Kommst du mit? Die Teams können mit Sicherheit Hilfe gebrauchen. Und Hope, geh du nach Hause. Ich rufe dir ein Taxi. Ich werde mich bei dir melden, sobald ich mehr Infos habe.«

»In Ordnung. Aber versuch wenigstens, ein bisschen Schlaf zu bekommen«, entgegnete Hope.

*

Als sie zurück in James Büro waren, aktualisierte er das Mordfallbrett. Es füllte sich langsam, aber stetig und das Gesamtbild schien klarer zu werden. Logan stand hinter ihm und schaute ihm über die Schulter. James betrachtete ein Foto von Boyed, welches in der Mitte war und von weiteren Bildern der Opfer, der Verdächtigen Anderson und Miller, umkreist wurde. Er fügte weitere Notizen hinzu, markierte Zusammenhänge zwischen den Personen und befestigte Fotos der neuen Beweise. Ein Telefon auf dem Schreibtisch neben ihm klingelte ununterbrochen – er versuchte es zu ignorieren. James rieb sich die Schläfen, das wilde Klingeln bereitete ihm Kopfschmerzen. Er ging hinüber zum Pausenraum und nahm sich eine Tasse Kaffee. Schon die sechste an diesem Tag. Oder besser gesagt der Nacht. Schlaf würde er sowieso keinen mehr finden. Normalerweise fühlte man sich total gerädert, wenn sich das Adrenalin abbaute, doch James putschte das nur noch mehr auf. Mittlerweile war er seit knapp achtundvierzig Stunden wach. Die dicken Tränensäcke unter seinen Augen fühlten sich heiß an. Trotzdem konnte er jetzt nicht schlappmachen. Dass es bald vorbei war, hatte er im Gefühl.

»Lass uns nach Hause fahren«, sagte Logan.

»Geh du schon voraus, ich bleibe noch.«

Logan klopfte ihm auf die Schuler. »Nicht zu lange, Kumpel.«

*

Das war knapp. Fast hätten sie mich geschnappt. Aber ich bin viel klüger als sie und habe immer einen Plan B parat. Blöd nur, dass diese dumme Töle im Weg stand. Hat mich sogar gebissen. Ich blute. Aber in ein Krankenhaus kann ich nicht – die würden Fragen stellen. Dann muss es eben von allein verheilen. Ich hätte mich fast verraten, als ich diese dürre Schlampe in den Dreck geworfen habe und mir ein Lachen unterdrücken musste. Was findet er bloß an ihr? Diese eingebildete, oberkluge Art, die sie an den Tag legt. Als wäre sie die Großartigste auf der gesamten Welt. Der Gedanke an sie lässt mich Galle aufstoßen. Ich sollte sie mir vorknöpfen und ihm zeigen, dass sie genauso schwach ist, wie es seine Mary war. Und bei den kleinsten Unannehmlichkeiten oder Schmerzen den Stecker ziehen würde. Ich weiß einiges über sie. Anscheinend stört es ihn nicht. Oder vielleicht ist er nur blind. Damit würde ich ihn nur verärgern und ich will doch, dass er mich liebt und bewundert. Ob sie wohl an meinem Köder anbeißen? Sie werden sicher auf die falsche Fährte hereinfallen. Der Lieutenant ist nicht schlau genug für mich. Nun werde ich zurück in meine Wohnung kehren und mir ein heißes Bad einlassen, zur Belohnung meiner geleisteten Arbeit.

Mir kam es so vor, als würde es meiner neuen Spielgefährtin nichts ausmachen, dass ich sie mir gepackt und vergewaltigt habe. Vermutlich hatte sie gedacht, dass ich nur auf dreckigen Sex aus war und sie dann gehen lassen würde. Aber das hat sie schnell gemerkt, dass das nicht der Grund war und sie nie mehr hier rauskommen würde. Ich habe es genossen, die scharfe Klinge durch ihre weiche Haut zu führen. Wie sich die Haut öffnete und sich die

Wunde mit Blut füllte. Ich drückte meinen Finger hinein. Es war angenehm warm. Ich schloss die Augen und genoss den Moment der Überlegenheit. Nur den Lärm, den sie machte, störte mich. Ich dachte plötzlich an meine Mutter. Sie hatte drei Jobs, um uns ein ärmliches Leben ermöglichen zu können, nachdem Vater uns verlassen hatte. Natürlich war ich ihr dankbar und ich wollte sie bei mir haben, Zeit mit ihr verbringen. Ich bekam sie kaum zu Gesicht. Dann war es zu spät. Sie wurde mir, wie alles andere genommen. Ich hatte nichts mehr.

Die Schreie meiner Spielgefährtin machten mich so wütend, also bohrte ich meinen Finger weiter in die Wunde hinein. Wollte sie schreien und betteln hören. Nachdem ich ihr die Finger einzeln gebrochen und sie aufgeschnitten habe, hatte ich sie schon fast am Haken. Aber sie war trotzig und hat geschrien wie am Spieß. Gespuckt hat sie nach mir, dann habe ich ihr auch noch ein paar Zähne gezogen. Danach ist sie mir weggekippt. Konnte ich ihr nicht verdenken. Bloß gefiel es mir gar nicht mehr, es machte mich nur noch wütender. Schwäche macht mich wütend. Also habe ich ihren Kopf in einen Eimer voll eiskaltem Wasser getaucht, bis sie wieder da war. Sie schnappte gierig nach Luft, nachdem ich sie zu lange unter Wasser drückte. Ich wollte, dass sie alles genau mitbekommt. Sie war nicht wie das Mädchen davor – Jenny hieß sie. Ihr kam es gerade recht, sich zu töten. Anders war es bei dieser. Widerwillig. Wollte nicht gehorchen. Kurzerhand habe ich sie gepackt und auf einen Stuhl gestellt. Es war gar nicht so leicht ihr die Schlinge um den Hals zu legen. Sie hat sich heftig gewährt, um sich getreten. Faszinierend, wie der Körper kurz vor seinem Ende nochmal alle Kraft sammelt. Nichtsdestotrotz, irgendwann baumelte sie von der Decke und versuchte sich mit den Zehenspitzen auf dem Stuhl auszubalancieren. Eine ganze Stunde lang hing sie da, bis die Knie nachgaben und ihr eigenes Gewicht ihr das Genick gebrochen hat. Ich befreite sie aus der Schlinge und brachte sie in den Park. Auf meine Bühne, wie ich den Platz gerne nenne. Ich richtete sie hübsch her, damit man mein Werk bewundern und die wahre Schönheit dahinter erkennen konnte. Von nun an werde ich mir eine neue Bühne suchen müssen. Aber das hat erst mal Zeit. Morgen ist ein neuer Tag.

Acht

Obwohl es kurz vor Mitternacht war, schlief die Stadt noch lange nicht. Männer in Anzügen, vermutlich Geschäftsleute, tummelten sich in den Kneipen, um sich ein paar ausgedehnte Feierabendbierchen zu gönnen. Manche von ihnen ein paar zu viel, was man an den schwankenden Bewegungen gut erkennen konnte. Bäume wogen sich im Wind hin und her und boten ein Schattenspiel auf den Gebäuden. Logan lenkte den Wagen durch die Straßen, auf dem Weg ins Hotel. Seit Zoe bei James übernachtete, hatte er sich ein Zimmer in einem Low Budget Hotel gemietet.

Seine Gedanken waren bei Hope. Wenn er sich selbst ehrlich gegenüber war, dachte er ständig an sie, seit er sie kennengelernt hatte. Sie wollte ihm nicht aus dem Kopf gehen, egal wie sehr er sich anstrengte. Er stellte sich vor, wie es wäre, einer von den Geschäftsleuten zu sein, ohne schrecklicher Vorgeschichte, einfach ein normaler Mensch, der nach der Arbeit zurück nach Hause zu seiner großen Familie fuhr. Ein Leben wie dieses gönnte er sich jedoch selbst nicht. Ständig auf Achse, um das Böse zu bekämpfen, wie ein Superheld, nur ohne Superkräfte und Strumpfhosen. Solange er nicht wusste, was damals mit seinem Vater passiert war, würde er nie seinen Frieden finden. Konnte er ihn überhaupt jemals finden?

Er hatte das Gefühl, mit Hope wäre alles möglich. Beschämt erinnerte er sich an das erste Mal, als er sie getroffen hatte. Vor wenigen Tagen war er noch fest davon überzeugt, dass es Liebe auf den ersten Blick nicht gab.

Darüber war er sich inzwischen nicht mehr ganz so sicher. Schleichend würde sie ihn verweichlichen. Das konnte er überhaupt nicht gebrauchen. Seine Sinne mussten geschärft bleiben, um sich auf seinen Vater zu konzentrieren. Dafür müsste er aber Hope aus seinen Gedanken verdrängen – auch wenn ihm das schwerfiel. Er war über sich selbst erstaunt, dass er sich – obwohl er sich doch zwang, nicht an sie zu denken, vor ihrer Tür wiederfand. Auch wenn er wusste, dass es nicht gut war, für sie nicht und für ihn auch nicht, klopfte er und hoffte, sie würde noch wach sein.

War sie, denn sie öffnete ihm – lediglich mit einem Pullover und einem knappen Höschen bekleidet stand sie vor ihm. Logan ließ keine weitere Zeit verstreichen, nahm ihr Gesicht in die Hände und küsste sie. Hope wich nicht zurück, sie erwiderte den Kuss. Widerwillig ließ sie von ihm ab, um die Tür zu schließen und stürzte sich wieder auf ihn. Logan packte sie an den Hüften und hob sie hoch. Leidenschaftlich und voller Lust küsste er sie weiter, während Hope ihm das Shirt auszog und auf den Boden warf. Ihre Zungen erforschten den anderen. Das Verlangen brannte in jeder von Logans Zellen. Er trug sie zur Küchentheke und setzte sie ab. Keuchend griff sie nach seinem Gürtel und zerrte an der Schnalle. Sie fasste in die offene Hose und griff nach ihm. Logan stöhnte auf. Eigentlich konnte es nicht schnell genug gehen, ihr den Pullover vom Leibe zu reißen, doch er ließ sich Zeit, stand vor ihr und betrachtete sie von Kopf bis Fuß. Er stellte fest, dass ihm jeder Zentimeter ihres Körpers gefiel. Behutsam ließ er die Finger über ihren Körper gleiten bis er seine Lieblingsstelle fand. Langsam ließ er die Finger kreisen und massierte sie. Hope legte den Kopf in den Nacken und stöhnte. Er küsste sie am Hals und knabberte an ihrem Ohr.

Plötzlich stieß sie ihn von sich weg. Sie nahm seine Hand und führte ihn ins Schlafzimmer. Mit einem kräftigen Stoß beförderte sie ihn aufs Bett. Bewusst langsam öffnete sie den Verschluss vorne am BH. Nun stand sie völlig nackt vor ihm. Hope ließ sich Zeit, als sie auf allen vieren auf ihn zu kroch. Sie zog ihm die Jeans herunter und liebkoste ihn mit ihrem Mund. Ein Feuerwerk aus Lust und Begierde explodierte in Logans Kopf. Er war so erregt, dass er sich kaum zurückhalten konnte. Sie ließ von ihm ab und krabbelte nach oben bis sie auf ihm lag. Die schweißnassen Körper klebten aneinander. Als Hope ausatmete, spürte er die warme Luft auf der Haut prickeln. Mit einem Ruck packte er sie, drehte sie und lag auf ihr. Unter ihm spreizte sie die Beine und ließ ihn in ihre Mitte gleiten. Ihre Körper bebten. Sie wälzten sich in den Laken hin und her. Logan wollte sie nicht mehr loslassen. Nie wieder. Das erste Mal im Leben spürte er diese Geborgenheit, eine wohlig warme Empfindung, die sich im Inneren ausbreitete. Fühlte sich so absolute Hingabe an? Erschöpft ließ er sich neben sie fallen und legte die Arme um sie. Hope kuschelte sich auf seine feuchte, muskulöse Brust. Logan konnte ihr noch rasendes Herz spüren und ließ sich vom gleichmäßigen Rhythmus ihrer Atmung in den Schlaf wiegen.

*

Logan blinzelte den Sonnenstrahlen entgegen. Die Laken fühlten sich auf der nackten Haut kühl an. Er drückte das Gesicht in das Kissen und konnte Hopes Duft riechen. Eine Zeitlang verweilte er in dieser Position, bis er das Wasserplätschern aus dem anliegenden Raum wahrnahm. Er schwang sich aus dem Bett und ging ins Badezimmer. Eine Wand aus Dampf schlug ihm entgegen. Hope stand unter der Dusche und schäumte sich ein. Logan stand einfach nur da und betrachtete sie. Die langen, schlanken Beine, die wohlgeformten Brüste, der feste Hintern. Sofort kam die Erregung zurück.

»Willst du da nur rumstehen oder kommst du rein?«

Ohne zu zögern bewegte er sich auf die Dusche zu und stieg zu ihr hinein. Sie musste sich auf Zehenspitzen stellen, um ihn zu küssen. Er zog sie nahe an sich heran und verweilte in der innigen Umarmung. Das heiße Wasser rieselte auf sie herab. Dann schob er sich zwischen ihre Beine und drückte sie gegen die kalten Fliesen und sie setzten fort, womit sie in der Nacht geendet hatten. Er konnte nicht genug von ihr bekommen.

Nachdem sie aus der Dusche gestiegen waren, fragte Hope: »Willst du Frühstück?«

»Mir reicht ein Kaffee und eine Zigarette.« Er wickelte sich ein Handtuch um die Hüfte.

»Das ist nicht sehr gesund, mein Lieber.«

»Dafür war die sportliche Betätigung gestern Nacht sehr gut für meine Gesundheit.« Er zog sie an sich heran, sah ihr in die Augen und lächelte.

»Es war eine wunderschöne Nacht.«

»Ja, das war sie«, versicherte sie ihm.

Hope löste sich aus der Umarmung, schlüpfte in den Bademantel und ging in die Küche. Logan konnte den Wasserkocher hören, wie er sich erhitzte. Geschirr klapperte. Logan folgte ihr – immer noch lediglich mit dem Handtuch bekleidet – in die Küche. Er setzte sich auf den Barhocker und beobachtete sie. Sie bewegte sich mit einer Beschwingtheit durch den Raum, stellte Dexter, welcher um sie herumtänzelte, einen Napf mit Fressen hin. Rohes Fleisch. Dann füllte sie die italienische Kaffeemaschine mit frisch gemahlenem Kaffee. Brummend floss eine cremig braune Flüssigkeit durch das Sieb in eine Tasse. Hope platzierte die Tassen auf dem Tresen und gesellte sich zu ihm.

»Es war bestimmt gemütlicher, im Bett als auf der Couch zu schlafen«, stellte Hope fest.

»Die Couch war auch nicht schlecht. Mir ist egal, wo ich schlafe, Hauptsache, du liegst neben mir.« Logan sah sich um. »Und wenn ich das anmerken darf – ich passe perfekt in deine schicke Wohnung. Ich bin genauso attraktiv anzusehen wie deine Einrichtung.« Er präsentierte sich selbst, dann fing er an zu lachen und Hope stimmte ein.

Das Klingeln von Logans Handy unterbrach sie. Er suchte es, folgte dem Ton und fand es zwischen den am Boden verstreuten Kleidungsstücken. Auf dem Display wurde James` Name angezeigt.

»Brüderchen, gibt's was Neues?«, fragte Logan

»Dr. Murphy hat die Autopsie abgeschlossen«, sagte James am Telefon.

»Verstehe. Ich treffe dich dort in einer halben Stunde.«

»Alles klar, dann rufe ich noch Hope an und sage ihr Bescheid.«

»Du brauchst sie nicht anzurufen, sie sitzt neben mir.«

Mit diesem Satz fing er sich einen Klaps auf den Arm ein.

»Was? Wie ist denn das passiert?«, fragte James.

»Das erzähl ich dir später. Ich bringe sie mit. Bis dann.« Logan legte auf.

»Was hast du ihm erzählt?«, fragte Hope.

»Hast du doch gehört. Ich habe ihm gar nichts erzählt.«

»Du weißt ganz genau, was ich meine. Hat er Verdacht geschöpft?«

»Wäre das so schlimm?«

Hope schien zu überlegen. »Nein, eigentlich hast du recht.«

»Und das aus dem Munde einer Frau«, sagte er und lachte dabei. »Wie dem auch sei, wir sollen zu Dr. Murphy. Sie hat die Autopsie abgeschlossen.«

*

Logan lenkte den Wagen in die Tiefgarage des Polizeireviers und stellte ihn auf einem freien Parkplatz ab. Er öffnete Hope die Fahrzeugtür und reichte ihr die Hand. Ein Gentleman höchstpersönlich. Dexter musste in der beheizten Garage bleiben, da er in der Gerichtsmedizin logischerweise nicht gestattet war. Sie nahmen das Treppenhaus und erreichten den Platz zwischen Revier und Gerichtsmedizin. Der Wind fegte an ihnen vorbei. Logan bemerkte, dass Hope fröstelte und legte ihr schützend den Arm um die Schultern.

Konnte es möglich sein, für jemanden schon nach drei kurzen Tagen etwas zu empfinden? Logan war lange nicht mehr so verliebt gewesen und hatte beinahe vergessen, wie es sich anfühlte.

Am Vorplatz der Gerichtsmedizin huschten Menschen in dicken Jacken an ihnen vorbei. Die Temperatur hatte sich innerhalb von einem Tag um zehn Grad abgekühlt. Der Herbst war über die Stadt hereingebrochen wie ein Wirbelsturm.

Logan und Hope betraten die Eingangshalle und wandten sich an den Empfang. Die hübsche Frau saß wieder hinter'm Tresen und zwinkerte Logan zu. Es war ihm äußerst unangenehm und versuchte es zu ignorieren.

Sie schrieben sich ein und nahmen den Aufzug nach unten in die Gerichtsmedizin. Der vertraute Geruch von Desinfektionsmittel lag in der Luft.

James erwartete sie bereits. »Was hat denn so lange gedauert?« Im nächsten Moment hob er die Hand und schüttelte den Kopf. »Nein, ich will es lieber gar nicht wissen.« Er hielt ihnen die Tür auf.

»Nun sind wir endlich vollzählig, Mathilda. Du kannst anfangen.«

Sie verteilten sich um den Tisch herum und begutachteten die Leiche.

»Das Opfer wurde als June Canter identifiziert; 27 Jahre, wohnhaft in Boston. Fangen wir mit dem hässlichen Teil an. Der unterscheidet sich nicht groß von Opfer Nummer eins. Tiefe Schnittwunden am gesamten Oberkörper, überwiegend im Brustbereich. Eine der Wunden wurde ausgeweitet. Man sieht das am Bindegewebe, es wurde gerissen, nicht geschnitten. Alle zehn Finger sind gebrochen. Den Knochen zufolge wurden sie mit bloßer Kraft nach oben gedrückt.« Dr. Murphy demonstrierte es an ihrer eigenen Hand und bog den Zeigefinger nach oben.

James verzog das Gesicht.

»Sie wurde missbraucht. Wie auch bei dem ersten Opfer benutzte der Täter dazu einen Gegenstand. Was es genau ist, kann man nur schwierig beantworten. Ein großes hartes Objekt, vermutlich mit abgerundeten Kanten. Sperma war keines zu finden. Auf dem Schulterblatt haben wir wieder die eingebrannten Initialen »MB«. Nun zum erschreckenden Teil, schaut euch ihren Rücken an.« Dr. Murhpy drehte den Körper zur Seite, um freie Sicht auf die Hinterseite zu bieten. »Geschenk« war in die Haut geritzt worden.

Was hatte das zu bedeuten, fragte sich Logan.

»Der toxikologische Bericht zeigt wieder eine hohe Dosis LSD an sowie die bereits bekannte Krokodil-Droge. Nun zu den guten Neuigkeiten. Wir haben Haare auf der Leiche gefunden. Eines war weiblich, das andere männlich. Das weibliche Haar konnten wir nicht zuordnen. Es könnte von einer Freundin stammen. Oder unser Mörder ist eine Frau.«

»Ich werde prüfen, ob sie eine Mitbewohnerin hatte, dann könnten wir die Proben vergleichen«, sagte James.

»Doch die andere DNA ist im System gespeichert.« Dr. Murphy hielt ihnen den Ausdruck hin. Eine nur allzu bekannte Visage grinste ihnen entgegen.

»Haben wir dich, Tobi Miller«, sagte James mit triumphierender Stimme und fragte dann: »Hast du sonst noch etwas für uns?«

»Mehr kann ich dir leider nicht liefern.«

»Danke, Mathilda. Das hilft uns schon sehr weiter. Ich melde mich.«

Mathilda griff nach Hopes Arm und sagte lächelnd – ohne leiser zu sprechen: »Schön, dass Sie jemanden gefunden haben, der Sie glücklich macht.«

Hope sah sie überrascht an. »Woher wissen Sie das?«

»War nur eine Vermutung, die sich gerade bestätigt hat«, entgegnete Murphy.

*

Die drei machten sich auf den Weg zum Revier. Hope machte einen Umweg zur Tiefgarage, um Dexter aus dem Wagen zu holen und stieß dann wieder zu ihnen. Der Gang durch das Großraumbüro war wie immer sehr unangenehm für Hope. Obwohl sie an abwertende Blicke und Schikane schon hätte gewohnt sein müssen, war der Gang durch das Büro für sie sehr anstrengend. Sie erinnerte sich kurz an diese eine Nacht, in der ihr Charakter auf ewig geformt wurde und sie zu der Person machte, die sie heute war. Stark, treu und entschlossen. Mittlerweile wusste sie, warum Menschen manchmal so auf sie reagierten. Sie hatte gelernt, damit umzugehen und darüber hinwegzusehen. Der

Schmerz war immer noch da, doch dieser machte sie nur noch stärker.

Also richtete sie sich auf und marschierte zielstrebig mit Dexter an der Seite auf James' Büro zu.

James klebte bereits Bilder an das Mordfallbrett und ergänzte die Notizen. Es sah aus wie eine riesige Mindmap aus handfesten Beweisen und Verdächtigen.

»Fassen wir zusammen«, sagte James. »Wir haben zwei Leichen, welche gleich wie bei den Boyed-Morden zugerichtet wurden. Bei beiden fanden wir Botschaften: »Ich bin zurück« und »Geschenk«.« James zeigte auf die Fotos. »Das obligatorische »MB« war auch auf den Leichen zu finden. Daraus schließe ich, es war wirklich Boyed, oder jemand, der Zugang zu den Akten hat. Damit kämen wir, unsere gesamten Kollegen und die Mitarbeiter der Klinik in Frage. Ich schließe uns drei schon mal aus. Als die zweite Leiche gefunden wurde, waren wir alle zusammen und der Todeszeitpunkt fällt genau in das Zeitfenster der Befragung von Anderson. Somit schließe ich ihn als Täter aus, wobei wir sein Alibi für das erste Opfer noch prüfen müssen. Er läuft uns ja nun nicht mehr weg. Ein Motiv hat er auf jeden Fall. Die alte Lady ist seine Mutter und sagte aus, sie habe nie gewusst, was er im Keller treibt. Ach übrigens, wie geht es Tiffany?«, fragte er an Hope gewandt.

»Den Umständen entsprechend. Ich werde heute wieder zu ihr fahren. Vielleicht ist ihr noch etwas eingefallen.«

James nickte und begann sich die Schläfen zu massieren.

»An beiden Tatorten konnten wir Schuhabdrücke sicherstellen, welche laut Spurensicherung übereinstimmen. Sie stammen von einem Stiefel Größe 38. Das Gewicht der Person beträgt ungefähr 75-80 Kilo, was für diese Schuhgröße eigentlich zu schwer ist, es sei denn, die Person ist übergewichtig, oder die Proportionen stimmen nicht – also Körper zu groß, Füße zu klein.« James machte ausladende Armbewegungen, um es zu verdeutlichen. »Diese passen aber leider nicht zu Millers Schuhgröße. Vielleicht ein Komplize? Zudem fanden wir Millers Ausweis nicht weit vom Tatort und ein Haar auf der Leiche. Gelegenheit hatte er dazu, aber was ist sein Motiv? Hope, kannst du weiterhelfen?«

Hope näherte sich dem Mordfallbrett und studierte die Fakten.

»Wenn Miller öfter in Kontakt mit Boyed war, könnte es sein, dass er eine Beziehung zu ihm aufgebaut hat. Boyed kann sehr charmant sein, wenn er will. Vielleicht sieht Miller eine Vaterfigur in ihm und möchte ihn stolz machen, indem er ihn nachahmt. Wir müssen seine Eltern überprüfen und nachforschen, wie die Kindheit verlief. Andererseits gibt es einen wichtigen Unterschied zwischen diesen und Boyeds Taten. Boyed vergewaltigte seine Opfer nicht. Es ging ihm nur darum, Rache für seine Tochter auszuüben. Im Allgemeinen ist Verlangen meist nicht das Motiv einer Tat wie dieser. Es scheint sich hierbei mehr um die Erniedrigung der Opfer, sowie Hass und Machtgefühl zu drehen. Das ist für das Profil des Täters sehr ausschlaggebend. Doch da der Täter nicht in dem Sinne vergewaltigt, behält er sich eine gewisse Distanziertheit vor. Auch die Botschaften sind unterschiedlich. Die Erste sollte uns wissen lassen, dass Boyed wieder zurück sei um uns auf eine falsche Fährte zu locken, oder der Täter gibt sich als Boyed aus und denkt, er sei wie er. Die zweite Botschaft ist persönlicher. Ich denke nicht, dass es ein Geschenk für uns ist, sondern für Boyed. Wir sollten Boyed darauf ansprechen, vielleicht kann er uns dazu mehr sagen. Eventuell fällt ihm eine Person ein, die so handeln könnte.«

Logan klopfte James auf die Schulter.

»Ich sagte dir doch, ihre Ansichtsweise ist sehr hilfreich.«

James verdrehte bloß die Augen und setzte die Zusammenfassung fort: »Also gut. Die Beweise gegen Miller verdichten sich. Jetzt müssen wir ihn nur noch finden. Statten wir seinen Eltern einen unangemeldeten Besuch ab, falls er sich dort versteckt und checken das Umfeld des zweiten Opfers. Ich schätze ich habe mich wohl in die Theorie, Boyed hätte es getan, verrannt.« Er zuckte entschuldigend mit den Schultern. »Trotzdem müssen wir die Überwachungsbänder der Klinik überprüfen.«

*

Millers Elternhaus, in dem seine Eltern noch wohnten, wie in der Akte stand, befand sich in einer typisch amerikanischen Wohnsiedlung außerhalb der Stadt. Häuser, die oft wie ein Ei dem anderen glichen, mit hübschen Vorgärten, darin Spielzeug verstreut, mit weißen Lattenzäunen. Ein bescheidenes Haus, das gehegt und hie und da renoviert wurde. James und Logan parkten auf der anderen Straßenseite. Keine Spur von Tobi Millers Auto.

Es könnte aber in der Garage stehen, dachte Logan.

Die beiden suchten die Fenster nach Bewegungen ab. Lediglich die Spiegelung des Fernsehers war in einem der Fenster im Erdgeschoss wahrzunehmen.

»Willst du mir erzählen, was zwischen dir und Hope läuft?«, platzte es aus James heraus, gerade so, als würde er die Frage schon seit Stunden zurückhalten und es nun nicht mehr aushalten.

Logan atmete tief ein und ließ die Frage auf sich wirken. Die Antwort darauf wusste er selbst nicht genau.

»Also ist es was Ernstes?«

»Kann man das denn nach drei Tagen schon beurteilen?«

»Ja, durchaus. Das Herz merkt so etwas sofort.«

Logan verdrehte die Augen. »Du bist und bleibst ein hoffnungsloser Romantiker.«

»Ist das eine schlechte Eigenschaft?«, fragte James, wartete die Antwort aber nicht ab, sondern stieg aus und ging zur Haustür der Millers und Logan folgte ihm.

Da James keine Klingel finden konnte, klopfte er. Kurz darauf öffnete ihnen eine ältere Frau und sah sie warmherzig an.

»Guten Tag, meine Herren, kann ich Ihnen helfen?«

»Sind Sie Mrs. Miller?«

»Ja, die bin ich.«

James zeigte Mrs. Miller seine Marke.

Der warmherzige Ausdruck wich der Beunruhigung. »Sind Sie Kollegen meines Sohnes? Ist Tobi etwas passiert?«

»Ihr Sohn ist also nicht zu Hause?«

»Nein, der ist bei der Arbeit.«

»Dürfen wir kurz reinkommen? Wir hätten ein paar Fragen an Sie.«

Mrs. Miller ging einen Schritt zur Seite und ließ sie herein. Sie deutete auf das Wohnzimmer.

»Doug, komm doch bitte mal«, rief sie in die Küche. Dann sagte sie wieder an James und Logan gewandt: »Nehmen Sie bitte Platz. Möchten Sie einen Kaffee?

James und Logan lehnten ab und gingen ins Wohnzimmer. Der scheinbar frisch gebohnerte Dielenboden knarzte unter ihren Schuhen. Sie nahmen auf dem Sofa Platz und Mrs. Miller setzte sich auf einen gemütlich aussehenden Sessel gegenüber von ihnen. Sie stellte den Fernseher auf leise und setzte sich ebenfalls. Die Einrichtung schien noch aus den 80ern zu stammen. Eine kitschig geblümte Tischdecke zierte den Beistelltisch. Darauf standen Kekse und eine halb leer getrunkene Tasse Kaffee. Vermutlich verbrachte Mrs. Miller die meiste Zeit im Wohnzimmer.

Mr. Miller Senior kam aus dem anderen Raum und schaute sie mit hochgezogenen Augenbrauen an.

»Diese Männer sind von der Polizei. Sie möchten uns ein paar Fragen stellen.«

»Was hat er denn diesmal wieder angestellt?«, fragte er genervt und ließ sich neben seiner Frau nieder.

Aus der Reaktion des Vaters konnte Logan schließen, dass Tobi sich schon öfter nicht an die Regeln gehalten hatte.

Das Gespräch könnte interessant werden, dachte Logan.

James erläuterte ihnen grob, worum es sich bei dem Besuch handelte, ohne zu erwähnen, dass Tobi unter Mordverdacht stand. Denn solche Informationen durfte er während einer laufenden Ermittlung nicht preisgeben. Er ließ die Eltern im Glauben, ihr Sohn könnte ein wichtiger Zeuge in einem Mordfall sein.

»Wann haben Sie Ihren Sohn zuletzt gesehen?«

»Vorgestern war er zum Mittagessen bei uns«, sagte Mrs. Miller.

»Haben Sie in der Zwischenzeit Kontakt mit ihm gehabt? Haben Sie mit ihm vielleicht telefoniert?«

»Nein, ich nicht. Was ist mit dir, Doug?«

Dieser schüttelte den Kopf. James wandte sich an Mr. Miller.

»Sie haben angedeutet, dass Tobi schon öfter in Schwierigkeiten steckte?«

»Das ist richtig. Er war noch nie der Mustersohn, den man sich wünschte. Schummeln in der Schule, immer wieder wechselnde Jobs, weil er keinen Respekt vor Autoritätspersonen hat. Wir dachten, als er zur Polizei ging, würde sich das ändern. Doch er blieb der Gleiche. Beeinflussbar und dumm.«

»Doug!«, sagte seine Frau leise und scharf.

»War Tobi jemals gewalttätig?«, fragte James.

»Unser Tobi?« Mrs. Miller übernahm das Gespräch wieder. »Er war vielleicht nicht immer der Netteste, aber mit Gewalt hat er nichts am Hut. Das schwöre ich Ihnen. Aber was hat das damit zu tun? Er ist doch nur ein Zeuge, oder nicht?«

»Wir dürfen mit Ihnen nicht über eine laufende Ermittlung sprechen, doch wir haben Grund zur Annahme, dass Ihr Sohn vielleicht in Schwierigkeiten steckt.«

Mrs. Miller knabberte offensichtlich nervös auf der Unterlippe herum.

James legte die Visitenkarte auf den Tisch. »Sollte Tobi nach Hause kommen, rufen Sie mich bitte an.«

Logan und James standen auf und wandten sich zum Gehen, als man an der Haustür hörte, wie sich das Schloss entriegelte. Tobi Miller betrat hektisch das Haus und verriegelte hinter sich die Haustüre. Mit dem Blick auf sein Handy rief er in Richtung Wohnzimmer: »Mam, Dad, seid ihr zu Hause? Ihr müsst mir helfen, ich habe Mist gebaut.«

Erst nachdem er ausgesprochen hatte, richtete er seinen Blick auf und bemerkte James und Logan, die neben seinen Eltern im Wohnzimmer standen.

Tobi Miller ließ vor Schreck das Handy fallen. Hastig fummelte er mit den Schlüsseln am Schloss rum, doch zum Glück für James und Logan steckte Tobi den falschen Schlüssel hinein und er verkeilte sich. James schnellte auf Tobi zu und drückte ihn an die Wand. Er wehrte sich nicht und ließ sich Handschellen anlegen.

»Officer Tobi Miller, Sie sind festgenommen.«

Tobis Eltern beobachteten die Szene und hielten sich erschrocken an den Händen. James führte Tobi Miller hinaus und Logan drehte sich noch einmal zu den Eltern um.

»Es wäre klug, Ihrem Sohn einen Anwalt zu besorgen. Und vielen Dank für Ihre Gastfreundschaft.«

*

Auf dem Revier erfuhr James von Clarkson, David Anderson habe ausgesagt, dass Tobi Miller ihm die Fallakten zugespielt habe. Die Schlinge um Millers Hals wurde immer enger. James nahm die Beweismittelbeutel, in dem sich Millers Ausweis und ein Haar von ihm befand, mit in den Vernehmungsraum. Er ließ sich auf den Stuhl fallen und musterte Miller, der sichtlich beschämt auf seine Hände starrend, vor ihm saß. Miller verharrte mittlerweile seit über einer Stunde in dem kalten, trostlosen Raum.

James legte ihm nun die Beweismittelbeutel vor und wartete auf eine Reaktion. Millers Augen weiteten sich und er rutschte nervös auf dem Stuhl herum. Man spürte, wie der letzte Funke Zuversicht aus ihm entwich.

»Können Sie mir das erklären?«

Miller schüttelte den Kopf.

»Schade. Ich hätte Ihnen gerne die Chance gegeben, mir die Sache zu erklären. Aber wenn Sie nicht aussagen wollen, dann kann ich Sie gleich wegen Mordes verhaften. Obwohl ich nicht denke, dass Sie June Canter umgebracht haben.«

Abwehrend hob Miller die Hände. »Das habe ich auch nicht.«

»Wie erklären Sie dann das Haar, welches wir auf der Leiche gefunden haben? Noch dazu Ihr Sicherheitsausweis der Klinik am Tatort?«

»Das kann ich sogar erklären.« Er hielt kurz inne und überlegte. »Zumindest einen Teil davon.«

»Ich höre zu.«

Miller schloss für einen Moment die Augen und atmete tief durch. »Ich war nur dort, um mir meine Bezahlung abzuholen.«

»Von welcher Bezahlung sprechen wir?«

»Na, von der, die ich bereits beim letzten Mal erwähnt habe. Dafür, dass ich das Licht ausgeschaltet habe.«

»Sie wurden zweimal bezahlt?«

»Ich sollte das Gleiche noch einmal machen.«

Er sagte das, als würde es auf der Hand liegen.

»Kommen Sie schon Miller, reden Sie mit mir.«

Langsam, aber sicher riss James der Geduldsfaden, der über die letzten Tage immer spröder geworden war.

»Er wollte, dass wir uns dort treffen und die Geldübergabe machen. Hat mich ehrlich gesagt gewundert, warum er sich diesmal persönlich treffen wollte. Bloß, es ging um's Geld, also bin ich da hin. Er wollte mir gerade den Umschlag geben, als wir Polizeisirenen hörten. Wir bekamen Panik und liefen davon. Dabei hab' ich wohl meinen Ausweis verloren.«

»Der Geldgeber ist also ein Mann?«

Miller überlegte.

»Hören Sie, es war dunkel, arschkalt und gesehen hab' ich ihn nicht wirklich. Er trug eine Kapuze, das Gesicht konnte ich nicht sehen, aber von der Statur her würde ich sagen, dass es ein Mann war.«

»Fällt Ihnen sonst noch irgendetwas ein?«

Verlegen schaute er zu Boden. »Ja – er hat gut gerochen.«

James stutzte kurz, versuchte es sich aber nicht anmerken zu lassen.

»Nach was hat er denn gerochen?«

Millers Augen leuchteten. »Nach einem ganzen Feld voll frischer Blumen.«

»Das ist normalerweise kein Männerduft, denken Sie nicht auch?«

»Vermutlich nicht. Aber es gibt schließlich auch Männer, die darauf stehen.«

»Gehören Sie dazu?«

»Was? Nein, sind Sie verrückt?«

James nickte langsam.

»Jetzt haben wir geklärt, wie der Ausweis an den Tatort kam. Doch wie erklären Sie das Haar?«

»Das weiß ich nicht. Ehrlich. Da will mir jemand was in die Schuhe schieben.«

»Sie haben Anderson die Fallakte zugespielt. Warum?«

Miller knetete unentwegt seine Hände.

»Anderson hätte fast ein Mädchen umgebracht. Er hat sie übel zugerichtet. Hat ihr die Augenlider abgeschnitten. Können Sie sich das vorstellen?«

Miller wurde blass.

Für Gewalttaten braucht man starke Nerven, die scheint Miller nicht zu haben, dachte James. Hoffentlich präsentierte er nicht gleich seinen Mageninhalt.

»Was hat Ihnen Anderson dafür angeboten, dass Sie ihm die Fallakten geben?«

Miller antwortete nicht, er brauchte scheinbar Zeit, um sich wieder zu fangen. James gewährte sie ihm.

»Und?«, fragte er nach ungefähr dreißig Sekunden.

»Geld, was denn sonst?«

»Sind Sie so knapp bei Kasse, dass Sie das Leben anderer aufs Spiel setzen?« James schnaubte verächtlich. »Sie stecken knietief in der Scheiße, Miller.« James sammelte die Beweismittelbeutel ein und verließ den Verhörraum.

Vor dem Spiegelraum wartete Logan auf ihn. »Ich glaub nicht, dass er es war.«

»Ich denke, du hast recht«, stimmte James ihm zu und ging gefolgt von Logan zurück in sein Büro.

»Aber wie ist dann das Haar auf die Leiche gekommen?«, fragte Logan. »Es wurde eindeutig vor der Geldübergabe platziert, danach war keine Zeit mehr. Und nicht grundlos, sondern um Verwirrung zu stiften und uns in eine falsche Richtung zu führen. Wieder einmal.«

»Die Sache ist bis in kleinste Detail durchgeplant.«

James kniff die Augen zusammen und massierte die Schläfe, wie er es in letzter Zeit öfter machte. »Es muss jemand aus der Klinik sein. Wir müssen jeden Einzelnen überprüfen. Vor allem direkte Arbeitskollegen, mit denen er Kontakt hat, aber auch diejenigen, mit denen er keinen hatte.« Er kratzte sich am Kopf.

James machte sich daran, ein Team zusammenzustellen, welches er sofort zur Klinik schickte, um Aussagen aufzunehmen und Alibis zu kontrollieren. Er trug ihnen auf, ihm die Berichte so schnell wie möglich zu schicken. Nach dem kurzen Briefing wandte er sich wieder an seinen Bruder.

»Hast du Hunger?«

»Sieht man das nicht? Ich habe bestimmt in den letzten drei Tagen zehn Kilo abgenommen.«

James tat es mit einem Lachen ab und begleitete ihn in die Kantine. Das kleine Restaurant im Erdgeschoss war spartanisch eingerichtet, mit heller Holzgarnitur und mit rotem, mit Kunstleder bezogenen Stühlen. Es wurde von einer übergewichtigen Köchin betrieben. Und wenn man ihr Essen kostete, wusste man, warum die Köchin nicht spindeldürr war. Als Tagesmenü gab es frisch gegrillte Burger mit fettigen Fritten, dazu einen Blaubeer-Muffin – selbst gebacken – wie sie extra betonte. Die Köchin zwinkerte James zu und kleckste ihm eine extra Portion Mayo auf den Teller.

James und Logan setzten sich an einen Zweiertisch am Ende des Raums, um ungestört reden zu können.

»Die Hinweise häufen sich«, stellte James fest. »Aber langsam haben wir keinen Verdächtigen mehr. Es ist zum Mäuse melken! Irgendetwas sagt mir, dass es nicht um das Morden an sich geht, sondern viel mehr um Boyed. Er ist unser Hauptdarsteller. Wer möchte ihn beeindrucken? Er hat keine Familie, keine Freunde. Dann kann es nur ein armseliger, kranker Spinner sein, der Zugang zu den Akten hatte. Vielleicht hat Anderson einen Partner.«

»Das ist eine gute Theorie«, sagte Logan. »Er ist sehr von sich überzeugt. Wenn du ihm Honig um's Maul schmieren würdest, könnte ich mir gut vorstellen, dass er uns seinen Plan verraten würde. So sehr wie er hinter seiner …«, Logan setzte das Wort mit den Fingern in Anführungszeichen, »*Forschung* steht.«

»Ein Versuch ist es wert«, stimmte ihm James zu und biss trotz Appetitlosigkeit in den saftigen Burger. Er musste sich zusammenreißen, durfte es nicht zulassen, wieder in den selben tiefen Abgrund zu fallen, wie beim ersten Mal, als er mit Boyed in Kontakt gekommen war. Womöglich war das auch der Grund, warum seine Ehe damals gescheitert war. Jeder Detective wusste nur zu gut, wie mühsam es war, bei diesem Beruf eine aufrichtige Beziehung zu führen. Die Dramen und Grausamkeiten, mit denen man täglich kämpfen musste, gingen nicht spurlos an einem vorbei. Es war schwierig, die Gedanken und das Gesehene in der Arbeit zu lassen und nicht mit nach Hause zu nehmen. Auch wenn jeder behauptete, er oder sie würden diese Gedanken an der Tür des Reviers zurücklassen.

James blickte zu seinem Bruder, der allem Anschein nach mit seinen Gedanken ebenfalls wo anders war, denn ein unwillkürliches Lächeln breitete sich in dessen Gesicht aus. Er gab Logan einen Stoß gegen die Schulter, der ihn aus seinen Tagträumen riss. Verdutzt schaute er James an.

»Was ist los mit dir?«, fragte James lachend. »Hast wohl gerade wieder an sie gedacht, habe ich recht?«

Logan runzelte die Stirn und wollte gerade etwas erwidern, als ihm James zuvorkam. »Hörst du das?«

»Was?«, fragte Logan.

»Tick, tick, tick. Das ist deine biologische Uhr. Ich kann sie schon ganz deutlich hören.«

»Ach, du Schwachkopf.« Logan lachte, doch James sah es ihm an, dass er recht hatte.

*

Die beiden Reynolds-Brüder standen mit verschränkten Armen vorm Mordfallbrett.

»Ich ruf mal die Mitbewohnerin von June an«, sagte James. »Vielleicht ist ihr noch etwas eingefallen, was uns weiterhelfen könnte.«

Logan fand es sehr gut von seinem Bruder, die Opfer immer bei ihrem Vornamen zu nennen. Für James waren die leblosen Körper nicht nur Opfer, sie waren Menschen mit Herz und Seele und verdienten es, mit Anstand und Respekt behandelt zu werden. Er war zu einem anständigen Mann herangewachsen, dachte sich Logan.

Er nickte James zu und blieb weiter vor den grausamen Bildern stehen und betrachtete diese Millimeter für Millimeter. Wenn er in L.A. mit einem schwierigen Fall beschäftigt war und sich einfach keine Lösung auftat, starrte er solange auf die Fakten, bis die Bilder und Notizen zu einem großen Ganzen verschmolzen. Aber in diesem Fall geschah nichts. Es war zu früh. Der ausschlaggebende Hinweis war noch nicht gefunden worden und er schweifte vom Thema ab.

Die Rache, die er für den Tod seines Vaters wollte, brodelte tief in seinem Herzen, ließ ihn jedes Leid überstehen. Die Kraft, die ihn antrieb, die er auf jeden seiner Fälle projizierte, um den Mörder zu finden, war schier grenzenlos.

Doch zum ersten Mal wollte er nicht an seinen Vater denken. Bislang wusste er nicht, wie es sich anfühlte, zu Hause zu sein. Mit James und Hope in seinem Leben war er angekommen. Endlich.

James riss ihn aus den Gedanken, wieder einmal.

»Junes Mitbewohnerin sagte, dass sie sich mit einer Journalistin getroffen hat. Sie wollte mit ihr ein paar Tests machen. Es handelte sich um einen Bericht über Lernverhalten an Unis. Die Journalistin hieß Price. Das habe ich schon gecheckt. Es gibt in Boston keine Journalistin namens Price. Aber das ist doch trotzdem was, oder?«

»Na und ob. Anderson hat eine ähnliche Masche benutzt. Ruf Jennys Mitbewohnerin noch mal an. Vielleicht kann sie sich an so etwas Ähnliches erinnern.«

James drehte wieder um und verschwand in seinem Büro. Es dauerte nicht lange, bis er wieder zurückkam.

»Rate, was sie gesagt hat.«

»Ich vermute … das Gleiche?«

»Oh ja. Wie bei Jenny, als auch bei June. Beide wurden zuletzt mit der angeblichen Journalistin gesehen. Ich glaube kaum, dass es zwei verschiedene Frauen waren. Das könnte Andersons Partnerin sein. Sie bringt ihm die Testobjekte, sie fällt nicht auf, und wenn es sein muss, erledigt sie die Drecksarbeit. Ich fahre gleich mal rüber zum Studentenheim und zeige den Mitbewohnern ein Foto von Andersons Freundin Julia. Du kannst dir in der Zwischenzeit Anderson nochmal vorknöpfen.«

Eine Synapse in Logans Gehirn schlug Alarm. Jenny, June und Julia. Logan hielt James am Arm fest, bevor dieser in die Tiefgarage loslief. Er zeigte auf die Namen. James stand verblüfft vor dem Mordfallbrett.

»Das ist mir noch gar nicht aufgefallen. Wenn das kein Zufall ist, dann kündige ich auf der Stelle und lass mich in einem Strandhaus nieder.«

Er drehte sich um und war schon verschwunden. Logan trug die neuen Daten in die Timeline der Opfer ein. Ein weiteres Puzzleteil aufgestöbert und an den richtigen Platz gebracht. Plötzlich nahm er den Duft von frischen Früchten, gemischt mit süßer Vanille, wahr. Eine Hand fügte sich sanft in seine und durchflutete ihn mit Wärme. Er schloss die Augen und genoss die zärtliche Berührung. Dann drehte er sich um, zog Hope in eine innige Umarmung und küsste sie. Ihm war scheißegal, was die Cops über ihn dachten. Sie kannten Hope nicht so wie er sie kannte. Er wollte im Moment mit niemandem tauschen. Hope löste sich aus der Umarmung. »Nicht so stürmisch, Captain. Alle können uns sehen«, sagte sie mit einem Augenzwinkern.

»Als ob dir das nicht egal wäre, was die anderen denken«, entgegnete ihr Logan mit einem Lächeln.

»Gibt's was Neues?«, erkundigte sie sich.

Logan brachte sie auf den aktuellen Stand und erzählte ihr von den Namen der Opfer und Andersons Freundin, die alle den gleichen Anfangsbuchstaben hatten. Hope stimmte zu, dass dies wahrscheinlich kein Zufall sei. Unter anderem erwähnte er noch die Journalistin, die sie als Andersons Partnerin bei den Verbrechen vermuteten und vermutlich auch seine feste Freundin sein könnte.

»Ich habe da so eine Idee«, sagte Logan. »Willst du Anderson verhören? Vielleicht kannst du ihm die Wahrheit entlocken, wenn du dich verletzlich gibst.«

»Könnte funktionieren«, pflichtete Hope ihm bei.

»Wenn du mich brauchst, ich stehe auf der anderen Seite des Spiegels«, sagte Logan.

Sie gingen den Flur hinunter zum Vernehmungsraum, vorbei an den Polizisten, welche kurz aufhörten zu arbeiten und sie angafften. Die Luft im Büro wurde dicker. Logan sagte ihr, sie solle schon vorgehen. Als sie die Tür hinter sich verschloss, wandte er sich an die Polizisten. Er klatschte in die Hände um ihre Aufmerksamkeit zu erlangen.

»Wenn Sie sich, anstatt auf andere zu schauen und sich die Mäuler zu zerreißen auf den Fall konzentrieren würden, hätten wir den Fall vermutlich schon gelöst. Bisher kommen alle dienlichen Hinweise von Dr. O'Reilly, nicht von Ihnen, meine Damen und Herren. Zudem sollte in einem Revier immer der gegenseitige Respekt und die kollegiale Zusammenarbeit an erster Stelle stehen. Davon habe ich in diesem Revier noch nichts bemerkt.«

Diese Standpauke brachte ihm verwirrte Blicke ein.

Es hat keinen Sinn, dachte er und ging ins Spiegelzimmer.

Hope saß Anderson bereits gegenüber und ließ die Schultern hängen. Ihre sonst so selbstbewusste Haltung wich einer zerbrechlichen Statur. Logan wusste, dass es nur gespielt war, doch er hätte sie am liebsten in den Arm genommen und sie an sich gedrückt. Offensichtlich erzielte es bei Anderson einen ähnlichen Effekt. Er lehnte sich nach vorne, näher an Hope heran, um sie besser mustern zu können. Sein Blick wanderte über ihren Körper. Er ließ sich Zeit und Hope ließ ihn gewähren. Logan spürte ein beklemmendes Gefühl in seiner Brust. Wieso hatte er das vorgeschlagen, dass Hope mit diesem Ekel sprach, wenn er es nicht ertragen konnte, sie in Andersons Nähe zu sehen. Wenigstens waren Andersons Hände mit Handschellen am Tisch fixiert.

*

Anderson leckte sich scheinbar unbewusst über die Lippen. »Was führt Sie zu mir, Dr. O'Reilly?«

Hope verschränkte die Hände im Schoß; unterwürfig, nicht selbstbewusst. »Sie wissen noch, wer ich bin?«

»Natürlich.«

»Wenn Sie gestatten, würde ich Ihnen gerne noch ein paar Fragen stellen.«

»Haben Sie mein Zimmer gesehen? Großartige Bilder habe ich von Ihnen gemacht. Finden Sie nicht auch?« Anderson lachte. »Nur am Rande erwähnt, Sie sind eine wunderschöne Frau.«

Hopes Gesicht färbte sich dunkelrot. Das war nicht gespielt, die Fotos waren ihr äußerst unangenehm.

»Darf ich Ihnen sagen, wie beeindruckend ich Ihre Leidenschaft für Ihre Arbeit finde?«

»Sie können gerne mit dem verletzlichen Getue aufhören. Ich weiß ganz genau, dass Sie das Gegenteil davon sind. Ich habe Sie lange genug beobachtet.«

Na gut, dachte sich Hope. Wenn er auf diese Weise spielen wollte, würde sie darauf eingehen. Sie brachte ihr Rückgrat in eine aufrechte Position und saß nun in ihrer vollen Größe vor Anderson. Ihr Selbstvertrauen und ihr Mut konnten einen wirklich einschüchtern.

»Mr. Anderson, wie ist Ihre Beziehung zu Julia? Sollte Sie ein weiteres Forschungsobjekt sein oder spielt sie eine ganz andere Rolle in Ihrem Leben?«

»Julia?« Für einen kurzen Moment konnte man ein Flackern in seinen Augen wahrnehmen.

Hope wusste, dass sie Andersons Mauer um ihn herum mit Julia zum Einsturz bringen konnte.

»Was hat sie mit alldem zu tun?«, fragte er.

»Sie haben sich bei ihr versteckt. Im Moment sitzt sie in Untersuchungshaft und wartet darauf, dass ihr jemand erklärt, was hier vor sich geht und warum man sie festgenommen hat. Ich hoffe, dass ich mit ihr sprechen kann und ihr jedes kleine noch so scheußliche Detail über Ihre Tat zeigen darf.«

Panik blitzte in Andersons Augen auf. »Nein, das dürfen Sie nicht. Sie hat nichts damit zu tun.«

»Julia hat also keine Ahnung, was sie im Keller getrieben haben? Und Sie hat Ihnen nicht geholfen, die jungen Frauen zu Ihnen zu bringen?«

»Wovon sprechen Sie? Wie ich schon diesem Schönling erzählt habe, habe ich niemanden umgebracht. Ich schwöre Ihnen, wenn Sie Julia nur ein Wort davon erzählen, dann ...« Anderson griff über den Tisch und versuchte sie zu erreichen, doch die Handschellen hielten ihn zurück.

Hope blieb ruhig in der gleichen Position sitzen und musterte ihn.

»Lassen Sie sie gehen«, sagte er. »Sie hat rein gar nichts damit zu tun. Ich schwöre es.«

Vermutlich würde er auf die Knie fallen und betteln, wenn er das könnte, dachte Hope. Sie nickte fast unmerklich. Für sie gab es hier im Moment nichts mehr zu tun. Daher stand sie auf.

»Bitte, warten Sie! Ich wollte Ihnen nicht drohen«, rief Anderson.

Aber Hope wartete nicht, sondern verließ den Raum und ging zu Logan.

»Julia ist vielleicht seine Geliebte, allerdings nicht seine Partnerin in Sachen Folter.«

»Das sehe ich auch so. Wenn er die anderen Frauen getötet hätte, wäre er stolz darauf und würde es nicht leugnen. Die Gefühle zu Julia sind sehr intensiv. Er möchte sie beschützen und sie von seinen kranken Fantasien fernhalten und er könnte ihr kein Haar krümmen. Wie du weißt, haben einige Serienmörder Frau und Kind und würden der eigenen Familie niemals etwas antun. Und keiner konnte sich je vorstellen, dass er ein Mörder ist.« Hope verschränkte die Arme vor der Brust. »Mir fehlt der persönliche Aspekt. Anderson ist zwar fasziniert von Boyed, jedoch hat er keine emotionale Beziehung zu ihm aufgebaut.

Und dann sind da noch die Botschaften. Wir müssen in Boyeds Umfeld tiefer graben.«

James kam zurück auf das Revier und teilte ihnen mit, dass keine der Mitbewohnerinnen Julia auf dem Foto als die Journalistin erkannt hatten. Er hatte bereits einen Phantomzeichner zu der Universität losgeschickt.

»Mal sehen, ob uns das weiterhilft. Sie können sich nur noch schemenhaft an die Frau erinnern. Aber ein Versuch ist es wert. Habt ihr etwas herausgefunden?«

»Lass uns in dein Büro gehen«, sagte Logan.

Gerade als sie die Hälfte des Großraumbüros passiert hatten, rief Clarkson plötzlich nach Hope.

Erschrocken drehte sich Hope um. Sie machte sich auf einen verbalen Angriff gefasst. Ihr wurde bewusst, ohne Dexter fühlte sie sich schutzlos ausgeliefert.

»Hope, könntest du mir kurz helfen? Ich stecke hier mit etwas fest«, fragte Clarkson.

Verwirrt schaute Hope sie an, doch Clarkson lächelte und Hopes Sorgen waren wie weggefegt. Sie freute sich immer sehr darüber, wenn jemand ihre Hilfe wollte.

»Natürlich kann ich dir helfen.« Hope setzte sich neben sie.

*

Logan schob James in Richtung Büro um Clarkson und Hope sich selbst zu überlassen.

»Seit wann möchte hier einer Hilfe von Hope?«, fragte James verwundert.

»Vielleicht habe ich eine Predigt gehalten«, entgegnete Logan.

»Du hast was? Was hast du ihnen denn gesagt?«

»Nur, dass sie ihre Kollegin ist, sich den Arsch aufreißt und sie endlich so behandelt werden soll, wie sie es verdient.«

»Das sind ganz neue Seiten von dir, die kenne ich noch gar nicht. Du hast sie echt gern, oder?«

Logan zögerte, bevor er mit der Sprache herausrückte. »Irgendwie schon.«

»Mein Bruder wird erwachsen«, witzelte James.

Logan wechselte das Thema und kam auf die Befragung von Anderson zurück. Er erzählte James alles, was Anderson gesagt hatte. Es dauerte nicht lange, bis Hope dazu kam und sich zu ihnen setzte. Niemand sprach an, was gerade vorgefallen war.

Hope setzte sich auf einen der Stühle vor James' Schreibtisch. »Anderson ist besessen von ihm und will alles über ihn wissen. Es könnte sein, dass er auf etwas gestoßen ist, von dem wir noch nichts wissen.«

»Guter Punkt, Hope«, bestätigte James.

Logan fuhr mit der Berichterstattung fort, als plötzlich Hopes Handy ein »Ping« von sich gab. Ihr Gesicht wurde aschfahl, als sie die Nachricht auf dem Bildschirm las.

Logan legte ihr eine Hand auf die Schulter und sah sie besorgt an.

»Was ist los?«

Hope reichte ihm ihr Handy, ohne etwas zu erwidern.

Hey Süße,
es tut mir alles so leid. Alles was passiert ist, ist meine Schuld. Ich möchte dir nicht länger eine Last sein und habe entschlossen, die Stadt zu verlassen. Ich kann mir nicht vorstellen, was gewesen wäre, wenn er dir etwas angetan hätte. Das würde ich nicht überstehen.

Tom und ich wollen einen Neuanfang wagen und uns aufeinander konzentrieren. Vielleicht kommt die Zeit, in der ich wieder bereit bin, mit euch Kontakt aufzunehmen. Aber vorerst brauche ich Zeit für mich und für Tom. Ich hoffe du verstehst das. Aber ich weiß, dass du es bereits tust.
Richte James meinen Dank aus.
Hab dich lieb. Deine Zoe.

»Das darf doch nicht wahr sein«, stieß James hervor und legte das Handy zur Seite. Er griff zum Telefonhörer. Bei den Kollegen der Untersuchungshaft fragte er nach, ob Tom noch in der Zelle saß. James Gesicht lief rot an und das war Antwort genug.

»Zoe hat keine Anzeige erstattet, sondern die Kaution bezahlt und ihn abgeholt.« Mit ausgestrecktem Finger zeigte er auf Hope. »Und du hast auch keine Anzeige erstattet. Wir hätten ihn wegen versuchten Mordes für lange Zeit aus dem Verkehr schaffen können. Na, das hat mir gerade noch gefehlt. Ich werde eine Fahndung herausgeben.«

»Lass es sein«, flüsterte Hope. »Wir sollten ihren Willen respektieren.«

»Hörst du dir eigentlich zu, was du da sagst? Er hat Zoe geschlagen und dich fast umgebracht.«

»Ja, das ist richtig. Er hätte MICH fast umgebracht. Nicht dich. Es war meine Entscheidung ihn nicht anzuzeigen. Zoes Wunsch nach. Denkst du, ich bin begeistert davon? Auf keinen Fall. Aber ich weiß, dass die Zeit kommt und sie wieder zu uns zurückkehrt, sobald sie es in ihren Kopf bekommt, dass Tom ein gewalttätiges Arschloch ist.«

»Ich fasse es nicht.« Er schnappte sich einen Stapel Akten von seinem Schreibtisch und stürmte frustriert hinaus.

Hopes Augen füllten sich mit Tränen. Logan zog sie zu sich und strich ihr beruhigend über das Haar.

Sie versuchte James Vorwürfen standzuhalten, doch sie wusste ganz genau, dass es ein Fehler war, Zoe gehen zu lassen. Aber sie musste Zoes Entscheidung akzeptieren, auch wenn jede Faser ihres Körpers sich dagegen wehrte. James hatte vollkommen recht, doch nun war es zu spät. Man konnte nur noch hoffen, Zoe lebend wiederzusehen. Hope wischte sich die Tränen weg, raffte sich auf und wollte sich wieder auf den Fall konzentrieren, denn hier konnte sie noch einwirken, etwas zum Besseren zu wenden. Sobald dieser Fall aufgeklärt war, würde sie sich freinehmen. In den letzten Tagen war viel zu viel vorgefallen.

»Ich muss zu James«, sagte Hope und schob Logan von ihr weg.

»Lass diesem Hitzkopf Zeit. Er kriegt sich wieder ein. Gehen wir einen Kaffee trinken?« Er legte den Kopf ein wenig schräg. »Du Tee, ich Kaffee?«

Hope zögerte, sie wollte das Problem zwischen James und ihr aus der Welt schaffen. Sie konnte nicht damit umgehen, wenn ein Freund böse auf sie war.

»Es tut mir leid, aber ich würde gerne nach Hause.«

»Soll ich dich fahren?«

»Nein, danke. Ich komm schon klar.«

Hope packte ihre Tasche, gab Logan einen Kuss auf die Wange und war verschwunden.

*

Logan war enttäuscht, denn er wäre gern für sie da gewesen. Um ehrlich zu sein, wäre er einfach gerne in ihrer Nähe gewesen. Stattdessen suchte er James, ging dabei durch das Revier und beobachtete die Menschen. Die meisten saßen vor den Bildschirmen und tippten Informationen ein. Logan war so gedankenverloren, dass er nicht bemerkte, wie er in der Kantine angekommen war. Er ließ den Blick durch den Raum schweifen und erblickte James an dem gleichen Tisch, an dem sie zuvor gegessen hatten. Dutzende Akten lagen vor ihm und er studierte jedes einzelne Wort genau. Logan holte sich einen Kaffee und setzte sich zu ihm. Bilder von Andersons Zimmer waren vor ihm ausgebreitet.

»Was suchst du?«, fragte Logan. Er bekam ein Brummen als Antwort.

»Na, komm schon, Mr. Schmollmund. Klar, es ist eine Scheißsituation, das steht außer Frage. Hope geht es ziemlich nahe, denn immerhin ist Zoe ihre beste Freundin. Es ist auch nicht einfach für sie. Sie macht sich bestimmt größere Vorwürfe als du.«

»Das geht dich nichts an. Das ist eine Sache zwischen Hope und mir.«

»Der Fall geht dir an die Nieren, das weiß ich. Du solltest dir nicht auch noch ein Problem in deinem Privatleben schaffen, indem du wahrscheinlich die beste Freundin vergraulst, die du je hattest.«

»Was weißt du schon über mein Privatleben?«, spottete James.

»Könntest du aufhören, so verletzend zu sein? Ich versuche nur zu helfen und dir das Leben leichter zu machen.«

»Vielen Dank«, sagte James zynisch. »Bevor du kamst, lief alles erste Sahne.«

»Schieb die Schuld nicht auf mich.«

»Das Erste, was du getan hast war, dir den Fall unter den Nagel zu reißen und dir meine beste Freundin zu krallen.«

Langsam verlor Logan allmählich die Geduld. »Jetzt hör mir mal zu. Ich bin hier, um dir den Rücken freizuhalten. Dich in allem zu unterstützen. In deinem Leben wieder eine Rolle zu spielen. Wir haben zu viel Zeit verloren und irgendwann brauche ich deine Hilfe und erwarte, dass du das Gleiche dann für mich tust. Das mit Hope passt mir genauso wenig in den Kram, wie dir. Ich fühle mich wohl mit ihr, ehrlich, aber ich denke darüber nach, es zu beenden, bevor es richtig anfängt.« Logan atmete scharf aus. Es war endlich draußen.

James starrte betreten seine Hände an. »Man könnte mich wohl gerade nicht als ausgeglichen bezeichnen. Was ich gesagt habe, tut mir leid. Wirklich. Ich möchte genauso für dich da sein, wie du für mich da bist. Also: Wieso willst du es beenden? Ihr seht glücklich miteinander aus.«

»Das bin ich auch … irgendwie …« Nun war der Moment gekommen, in dem Logan James über ihren Vater aufklären musste. Er dachte, er hätte noch ein bisschen mehr Zeit gehabt.

»So hart es klingen mag, aber ich kann sie momentan nicht gebrauchen. Die Akten von Dad sind freigegeben worden. Ich muss mich darauf konzentrieren und möchte Hope nicht in Schwierigkeiten bringen. Und dafür wollte ich dich um deine Hilfe bitten. Meine Assistentin hat mir die Unterlagen geschickt. Vermutlich treffen sie in den nächsten Tagen hier ein. Wärst du bereit dazu, mir zu helfen?«

Logan erwartete ein abwertendes *nein*.

»Sind schon so viele Jahre vergangen? Gut, dass wir sie nun einsehen können. Selbstverständlich helfe ich dir dabei. Er war auch mein Dad und ich habe ihn ebenso geliebt wie du. Und was Hope angeht, ich bin froh, sie an meiner Seite zu wissen. Sie ist immer für mich da, wenn ich sie brauche und weiß auf alles eine Antwort. Was zugegeben manchmal nervt.« Er lachte, wurde aber sofort wieder ernst. »Aber du darfst dir deine Zukunft nicht von deiner Vergangenheit verbauen. Endlich hast du jemanden gefunden, der dir etwas bedeutet. Du solltest sie nicht einfach so gehen lassen. Wenn es gefährlich wird, wird sie dir den Rücken freihalten, komme was wolle.« James drückte Logans Schulter, um ihm Mut zu machen.

»Du weißt wohl auch auf alles eine Antwort«, sagte Logan und lächelte.

Aber James hatte vollkommen recht, er durfte sie nicht gehen lassen.

Neun

Hope beschloss, Boyed einen Besuch abzustatten, anstatt nach Hause zu fahren. Er schien momentan der Einzige zu sein, der sie verstand und der ihr zuhörte, der wusste, was sie fühlte. Sie hatte die gesamte Taxifahrt hindurch geweint. Ihr war es egal, wenn Fremde sie weinen sahen, aber nicht ein Mensch, den sie kannte. Ihre Gedanken drehten sich immer wieder im Kreis und keinen bekam sie zu fassen. Alle hatten mit dem Fall, dem Revier oder ihren Freunden zu tun und schlussendlich mit ihrer Verletzlichkeit, die nie jemand sehen durfte, denn dies würde sie nur angreifbar machen.

An der Zufahrt der Klinik wurde sie schon gar nicht mehr nach dem Grund des Besuches gefragt und gleich durchgewunken. Die Sonne ging langsam unter und tauchte die Klinik in ein blutrotes Licht. Die Stimmung war unwirklich, angsteinflößend und doch hatte sie auch irgendwie etwas Tröstliches an sich. Trotzdem … wenn Hope nicht wüsste, dass sie nicht allein war, würde sie auf der Stelle kehrtmachen und hinauslaufen.

Hope klopfte an Boyeds Tür und wartete auf das mürrische Brummen. Als sie es nicht hörte, steckte sie den Kopf durch die Tür.

»Ich bins. Darf ich?«

»Hope, wie schön, Sie zu sehen. Gerne. Kommen Sie herein.«

Boyed saß an dem kleinen Kaffeetisch. Staub fiel von dem Plastikblumenbukett, als Boyed aufstand, den Tisch mit dem Bein rammte und die Vase zum Wackeln brachte.

»Ich muss Sie warnen, Matthew. Ich bin nicht in offizieller Angelegenheit hier.«

Boyed schaute verwundert drein und bot ihr den Platz ihm gegenüber an. »In welcher Angelegenheit denn sonst?«

Hope überlegte, warum sie eigentlich hierher gekommen war. Es schien lächerlich, einem Serienmörder über die eigenen Probleme zu berichten, doch irgendetwas verband sie. Möglicherweise hatte sie einen Vaterkomplex. Nein, eher einen Großvaterkomplex. Welch ein Schwachsinn, dachte Hope. Boyed war einfach genauso seelisch verkorkst wie sie. Nur nutzte sie ihre eigene Verkorkstheit gegen das Böse. Und Boyed war das Böse.

»Kann ich mit Ihnen reden? Einfach nur reden. Ich brauche jemanden, der mich versteht. Und ich glaube, Sie wissen, was in mir vorgeht.«

Ein schmales Lächeln zeichnete sich auf seinen Lippen ab. Vielleicht stellte er sich gerade vor, wie Mary ihm dort gegenübersaß und er sich die Probleme seiner Tochter anhörte, dachte Hope.

»Nur zu, meine Liebe. Wie kann ich Ihnen helfen?«

Die Wörter kamen aus Hopes Mund wie ein Wasserfall. Sie beschwerte sich über Dr. Green, der sie als unfähig bezeichnete, schimpfte über James, der sie für alles verantwortlich machte und ihre Entscheidungen in Frage stellte. Sie hielt eine Hasspredigt über Tom, der ihre beste Freundin verletzte und sie ihr wegnahm und sie sich nun Vorwürfe machte, da sie nichts dagegen unternommen hatte und Zoe wahrscheinlich niemals lebendig zurückkommen würde. Und dann war da noch Logan. Welcher ihr Herz im Sturm eroberte und ihr nicht mehr aus dem Kopf gehen wollte. Und Sie nicht wusste, ob sie bereit dazu war.

»Das ist ganz schön viel Ballast für eine junge Frau wie Sie. Verstehen Sie mich nicht falsch, aber Sie haben das unter Kontrolle, nicht wahr?« Boyed zeigte auf Hopes

Handgelenk. »Sonst müsste ich mir ernsthafte Sorgen um Sie machen.«

Es war ihr sonst immer unangenehm darüber zu sprechen, doch Boyed gegenüber war es ihr nicht einmal peinlich. Er verstand, wie ein Mensch sich das Leben nehmen konnte, weil er selbst an einem tiefen Abgrund stand und niemand ihn festhielt.

»In dieser Hinsicht ist alles in Ordnung. Ich gebe zu, dass ich manchmal daran denke, doch ich bin viel stärker geworden, als ich es damals war.«

Hope streichelte sich über die dicke, blasse Narbe.

»Dann bin ich beruhigt. Es wäre schade um Sie. Sie machen die Welt schließlich um ein ganzes Stück besser.«

»Na ja, ich versuche es zumindest. Im Moment ist es nicht so einfach. Dieser Fall zerrt an meinen Nerven.« Sie hob eine Hand und fuhr sich mit den Fingern durch die Haare.

»Wir haben eigentlich keinen vernünftigen Verdächtigen und es scheint, als würde sich nicht so schnell einer auftun.«

Sie durfte eigentlich keine Details über eine laufende Ermittlung ausplaudern, aber sie erhoffte sich dadurch den ausschlaggebenden Hinweis, den, den Boyed ihr von Anfang an nicht hatte preisgeben wollen.

»Sie denken also, es ist ein Trittbrettfahrer, der mich beeindrucken will?«

»Das ist natürlich bisher nur eine Vermutung, doch ich bin mir sehr sicher dabei. Können Sie sich wirklich niemanden vorstellen, der Ihnen unbedingt gefallen möchte? Moment …« Sie stockte. Auf einmal war da diese Idee. »Könnte es sein, dass wir die erste Botschaft falsch interpretiert haben? Vielleicht sollte es nicht heißen, dass Sie als Mörder zurück sind, sondern eine Person, die lange aus Ihrem Leben verschwunden war und nun wieder aufgetaucht ist und die Morde für Sie begeht. Jetzt verstehe ich auch den Zusammenhang der Botschaften. Die Zweite war »Geschenk«. Der Mord war ein Geschenk für Sie. Fällt Ihnen jemand ein? Jemand, mit dem sie lange keinen Kontakt mehr hatten?«

Hope sah ein leichtes Zucken an Boyeds Mundwinkel. Sie war sich sicher, ihm war jemand eingefallen.

»Matthew, wenn Sie wissen, wer es sein könnte, ist es außerordentlich wichtig, es mir zu sagen. Ich habe keine Zweifel, dass weitere Morde geschehen werden. Wir müssen verhindern, dass ein weiteres junges Mädchen sterben muss.«

Boyed schüttelte den Kopf.

»Tut mir leid, Hope. Ich wüsste niemanden.«

»Ich verstehe, dass Sie nicht darüber reden wollen und ich respektiere es. Aber wenn Sie bereit sind, es mir zu sagen, bin ich da.«

Sie streichelte behutsam über Boyeds Handrücken und lächelte ihn an. »Ich muss jetzt gehen, werde mich aber bald wieder bei Ihnen melden. Danke für Ihre Zeit und Ihr offenes Ohr.«

Hope verließ das Zimmer und wählte James Nummer, während sie die Treppe nach unten nahm.

»Hope, es tut mir leid«, meldete sich James ohne eine Begrüßung.

»Nicht jetzt, James, wir müssen reden. Ich bin da auf etwas gestoßen. Ich fahre los, wir sehen uns gleich im Revier.«

*

Sie hat ihn vollgejammert – über ihr lächerliches Leben. Und er hörte ihr sogar zu. Es schmerzt, ihn so vertraut mit ihr zu sehen. Er sollte mit mir so vertraut sein. Aber bald wird es so weit sein.

Nur noch er und ich. Wenn diese blöde Schlampe ihm weiterhin zu Füßen liegt und ihm den Fortschritt der Ermittlungen preisgibt, kann es nur einfacher für mich werden. Sie war mir dicht auf den Fersen, das kann ich spüren. Das ist schlecht. Ich muss ab jetzt besser aufpassen. Aber ich bin klüger als sie. Sie wird nie auf mich kommen.

Doch das Gespräch hatte auch etwas Gutes. Er hat sich durch sie an mich erinnert. Ich konnte es an seinen Augen sehen. Und er hat mich nicht verraten. Vielleicht liegt das daran, dass er nicht weiß, wie ich aussehe. Bald wird es Zeit für ein weiteres Geschenk. Und ich weiß auch schon wer. Diese blonde Schlampe würde ich zu gerne aufschlitzen und die Angst in ihren hübschen Äugelein sehen. Mir fallen tausend Sachen ein, die ich mit ihr anstellen würde. Aber ich muss meine Eifersucht zügeln. Sie kann kein Geschenk sein. Er wäre nur sehr, sehr böse auf mich. Trotz allem werde ich ihr einen Mordsschrecken einjagen, damit sie weiß, wer am längeren Hebel sitzt. Gerade geht sie an mir vorbei und lächelt mich höflich an. Ich muss mich konzentrieren, freundlich zu sein und aufhören, sie mir nackt, in Blut getränkt, vorzustellen. Ihre Zeit wird kommen, wenn nicht durch meine Hand, dann durch eine andere.

*

»Wir suchen nach jemandem, der Boyed sehr nahestand. Vermutlich ist das schon länger her.« Hope stand vor dem Mordfallbrett, zwei Finger ruhten mittig auf ihrem Mund. »Möglicherweise wissen Boyeds Schwiegereltern etwas darüber. Nur weil er keinen Kontakt mehr zu ihnen hat, heißt das nicht, dass sie nichts mehr aus vergangenen Tagen wissen.«

»Wieso haben wir nicht früher in Boyeds Vergangenheit gesucht?«, brummte James.

»Wir haben uns zu sehr auf Boyed als Mörder versteift. Natürlich denkt jeder bei dieser Botschaft, er sei wieder zurück. Dabei hatte es eine vollkommen andere Bedeutung. Ich stürze mich heute Nacht auf Boyeds Leben. Von Geburt an. Gut, dass ich alle Informationen schon in meiner Wohnung habe. Ich muss die Notizen nochmal durchgehen, vermutlich habe ich etwas übersehen. Dort ist jemand und Boyed weiß, wer es ist. Nur wollte er es mir nicht sagen, … weil?« Hope fing an, laut zu denken. Das war eine Macke von ihr. Wenn sie laut dachte, konnte sie ihre Gedanken besser hören. Sie kaute auf ihrer Lippe. Fast hätte sie sich gebissen, als James auf einmal von dem Stuhl hochschnellte. »Weil die Person ein Familienmitglied ist!«, rief er triumphierend. »Hope, du sagst doch immer, Familie sei alles für ihn. Er würde also nie ein Familienmitglied verraten.«

»Das ist es«, stimmte Hope ihm zu. Doch ihre Freude verlor gleich wieder an Kraft. »Aber wer? Er hat doch keine Familie mehr … es sei denn, jemand, von dem wir nichts wissen.«

James packte Hope und drückte ihr einen dicken Kuss auf die Wange.

»Ist das immer so zwischen euch?«, fragte sich Logan verwundert.

»Was denn?«

»Diese Ich-beende-die-Gedanken-des-Anderen-Strategie.«

James und Hope lachten. »Für gewöhnlich schon. Aber kein Grund, eifersüchtig zu sein, großer Bruder. Das ist rein beruflich.«

»Das bin ich nicht, keine Sorge«, sagte er.

James wandte sich an Hope und wurde nun wieder ernst. »Ich muss mich für vorhin bei dir entschuldigen. Wieder einmal. Meine Gedanken und Gefühle spielen derzeit ziemlich verrückt und ich lasse meinen Frust an den falschen Menschen aus. Das mit Zoe geht mir an die Nieren, ich möchte gar nicht erst wissen, wie es dir dabei geht und darüber habe ich nicht nachgedacht. Ich bin einfach nur unendlich wütend auf dieses Schwein, der Zoe verletzt und dich beinahe … du weißt schon. Ich habe nicht einmal dran gedacht, dich zu fragen, wie's dir geht.«

»Ich bin nur froh, dass du nicht böse auf mich bist. Du weißt, dass ich das nicht ertragen kann. Natürlich würde ich diesen Scheißkerl gerne hinter Gittern wissen, doch ich habe es für Zoe getan, ihn nicht anzuzeigen. Kannst du dir vorstellen, welche Vorwürfe ich mir mache? Nichts dagegen unternommen zu haben und sie gehen lassen. Ich hätte mehr für sie da sein müssen. Ich …«

»Das ist doch Mist«, schnitt James ihr das Wort ab. »Sorry, aber wer würde sich jemanden in den Weg stellen, der mehr als das Doppelte wiegt und gewalttätig ist? Du hast ihr an dem Abend vermutlich das Leben gerettet. Auch wenn es ein bisschen dumm von dir war, einfach so blind dort hineinzustürmen, bewundere ich deinen Mut und bin stolz darauf, dich meine Kollegin und zugleich beste Freundin nennen zu dürfen.«

»James, hör auf. Du bringst mich zum Heulen.« Hope senkte den Blick, denn ihre Augen wurden feucht. Einen Freund wie James an ihrer Seite zu wissen, erfüllte sie mit einem Gefühl der Sicherheit und mit Stolz.

»Tu nicht so, als würdest du das nicht wissen, du Neunmalklug.«

»Es tut trotzdem gut, es zu hören.« Hope lächelte ihn an.

»Langsam werde ich doch etwas eifersüchtig«, kam es von Logan. »Könnten wir uns wieder dem Fall widmen? Er schlägt mir auf den Magen«, meckerte er.

»Seit wann bist du denn so empfindlich?«, scherzte James und drehte sich wieder zum Mordfallbrett.

*

Logan dachte, er hätte seinen Platz endlich gefunden, doch plötzlich wurde ihm klar, dass er hier gar nicht gebraucht wurde. James und Hope kamen perfekt ohne ihn zurecht. Er war nutzlos. Es war nicht nur die Eifersucht, die er für die Nähe der beiden zueinander empfand, die aus ihm sprach, sondern auch Verzweiflung, nie irgendwo anzukommen. Nirgends ein Teil von einem Ganzen zu sein. Er besaß kein Zuhause. Keinen Zufluchtsort. Niemanden, bei dem er in schwierigen Zeiten Trost fand. Er war dazu bestimmt, die Welt allein zu retten. Ein Einzelkämpfer. Gefürchtet und einsam. Ein Außenseiter. Es mochte übertrieben sein, doch genau das war er und zwar schon sein Leben lang. Logan hätte nicht herkommen sollen, das war ihm jetzt klar. Für ihn würde es kein Happy End geben.

Plötzlich verspürte er eine wohltuende Wärme auf seiner Wange und das holte ihn aus seinen Gedanken zurück. Hope strahlte ihn mit einem bezaubernden Lächeln an. Warum reagierte sein Körper immer so anders, als es ihm sein Kopf vorgab?

»Kommst du mit zu mir? Wir könnten die Unterlagen gemeinsam durchgehen.«

»Klingt verlockend.« Logan zwang sich zu einem Lächeln. Er sollte Hope diese Nacht sagen, dass er wieder zurück nach L.A. fliegen würde, sobald der Fall abgeschlossen war. Und wie jeder weiß, Fernbeziehungen hielten nur in seltenen Fällen. Doch im Moment sollte er sich mehr auf den Fall konzentrieren und James dabei helfen, Fortschritte zu machen und dem Ganzen ein Ende zu bereiten.

»Wir sehen uns dann morgen, frisch und ausgeruht auf dem Revier«, ordnete James an, packte die Aktentasche und machte sich auf den Heimweg. Hope und Logan taten es ihm gleich und begleiteten ihn in die Tiefgarage. Unten im Keller verabschiedeten sie sich und fuhren getrennte Wege.

Logan machte es sich in Hopes Alfa Romeo gemütlich, indem er die Sitzheizung anstellte. Hope fuhr den Wagen, als würde er auf Schienen gleiten. Die sanften Kurven machten ihn schläfrig, doch er zwang sich wach zu bleiben. Als Hope ihn antippte, wachte er auf und bemerkte, dass er doch eingeschlafen war und sie bereits auf dem für Hope reservierten Parkplatz im Wohnkomplex angekommen waren. Er rollte sich aus dem Sportsitz und folgte Hope in das Gebäude. Sie grüßten einen Nachtportier, welchen Logan noch nie gesehen hatte und betraten den Aufzug.

An der Wohnung angekommen, konnte man Dexter hören, wie auf dem Holzboden scharrte. Er freute sich sehr, sein Frauchen wieder zu sehen und leckte ihre Hand, als sie das Apartment betraten. Hope nahm ein Post-It von der Tür, auf dem stand: »Ich war mit ihm eine Runde Gassi. LG Yasmine«.

»Yasmine ist meine Nachbarin und wenn ich länger nicht zu Hause bin, geht sie mit Dexter raus, wenn ich sie darum bitte«, erklärte sie Logan. »Der Portier weiß Bescheid und öffnet ihr dann mein Apartment.«

»Nett von ihr.«

»Möchtest du eine Tasse Kaffee?«, fragte sie, während sie den Wasserkocher anstellte, ohne ihn anzusehen.

»Eine Tasse wird nicht reichen, bei dem, was du dir vorgenommen hast.«

Schmunzelnd lehnte sie an der Küchenzeile und setzte eine ganze Kanne Kaffee auf. Logan wühlte sich in der Zwischenzeit durch den Papierhaufen, der einem Schlachtfeld glich und immer noch auf dem Wohnzimmerboden verstreut war. Wie sollte man in dieser Unordnung etwas finden? Er warf ein großes Sofakissen auf den Boden und setzte sich ungeschickt darauf. Seine Knie machten jetzt schon nicht mehr das, was sie tun sollten, obwohl er noch keine zehn Jahre von seinen Zwanzigern entfernt war. Dexter legte sich neben ihn und beobachtete ihn. Er kramte in dem Haufen und fand kurz darauf, was er gesucht hatte. Boyeds Akte. Besser gesagt, Boyeds Leben. Von Anfang an bis zum bitteren Ende. Hope hatte alle Informationen, die sie bekommen konnte, fein säuberlich zusammengetragen, mit Randbemerkungen verziert und in dieser Akte abgelegt. Logan begann zu lesen.

Boyed wuchs in einer Adoptivfamilie mit fünf weiteren Kindern auf. Beiliegend war ein Foto der glücklichen, achtköpfigen Familie zu sehen, die auf einer satten, saftigen Wiese standen und lächelten. Seine Eltern schienen nette Leute gewesen zu sein, denn sie wollten laut Hopes Notizen verstoßenen und verlassenen Kindern eine bessere Zukunft ermöglichen. Der Familie ging es nicht schlecht, sie hatten alles, was sie zum Leben brauchten, mussten dafür aber hart arbeiten. Sie wohnten auf einer ausrangierten Farm außerhalb der Stadt Boston. Viele Tiere wurden auf dem kleinen Stück Land gehalten. Mit dem Verkauf von Käse aus eigener Produktion, Eiern, Gemüse und selbstgebackenem Brot verdienten sie sich den Lebensunterhalt. Und alle Kinder musste nach der Schule mithelfen. Hope hatte jedes noch so kleine Detail nachrecherchiert, fiel Logan auf. Boyed besuchte staatliche Schulen und schnitt durchschnittlich ab. Er hatte keine Vorstrafen aus der Jugend.

Entweder war er ein braves Kind oder er war clever genug gewesen, sich nicht erwischen zu lassen, dachte sich Logan.

Mit sechzehn machte er eine Ausbildung zum Schreiner und arbeitete seitdem in diesem Beruf. Mit zwanzig lernte er seine Frau kennen. Ein paar Jahre danach heirateten sie. Später eröffnete er dann seine eigene Schreinerei mit drei Angestellten. Mit dreißig erreichte er den Höhepunkt des Lebens, als er stolzer Vater wurde. Damals konnte niemand wissen, welch schreckliches Ende ihr bevorstand. Allen bevorstand.

Logan nahm ein Polaroid-Foto in die Hand und betrachtete es mit einer Spur von Trauer. Mary war ein zuckersüßes Mädchen mit blondem Haar und Sommersprossen auf der Nase. Die eisblauen Augen schienen einem sagen zu wollen: Mir gehört die Welt und niemandem sonst. Wenn sie nicht dieser schreckliche Tod ereilt hätte, hätte sie sicher eine große Karriere gemacht. Doch jemand führte das Schicksal in die falsche Richtung und radierte eine gesamte Familie aus. Als Mary sechzehn war, starb ihre Mutter und ihr Tod führte zum ersten Einsturz von Boyeds Gefühlen. Logan bemerkte eine Randnotiz von Hope auf dem Bericht des Gerichtsmediziners. Neben der Todesursache stand: *Vergiftet durch Atropa belladonna (Beeren der Schwarzen Tollkirsche), führte zum Herzstillstand, war aber in der Kräuterheilkunde tätig. Vermutlich Selbstmord. Laut ihrer Familie litt sie schon immer unter Depressionen. Was war der Auslöser? Gab es einen Abschiedsbrief?*

»Hast du schon herausgefunden, warum sich Mrs. Boyed das Leben genommen hat?«, wollte Logan wissen.

»Nein. Nachdem wir Boyed geschnappt hatten, spielte das keine Rolle mehr.«

»Das sollten wir vielleicht nachholen. Lebt ihre Familie noch?«

»Soweit ich weiß, ja«, sagte Hope, ging auf ihn zu und gab ihm eine Tasse Kaffee. »Eventuell weiß Boyed die Ursache und hat es bis jetzt immer für sich behalten. Vielleicht, weil er der Grund war.«

»Der Sache sollten wir unbedingt nachgehen. Wäre es möglich, dass sich Boyeds Frau das Leben genommen hat, weil er sie betrogen hat?«

»Da sie depressiv war, könnte das ihr Fass zum Überlaufen gebracht haben. Es gibt viele Gründe, warum sich Menschen das Leben nehmen. Ab und zu sind es nur Kleinigkeiten. Schon minimale Veränderungen können Selbstmordgedanken auslösen. Das kommt natürlich darauf an, welche psychischen Störungen vorliegen.«

Logan bemerkte, wie sich Hope fast unmerklich mit den Fingern über ihr Handgelenk streichelte.

»Obwohl mir Boyed nicht als der typische Fremdgeher erscheint«, sagte Hope.

»Wir wissen doch, wie schnell Ausrutscher passieren.« Logan kratze sich verlegen am Kopf, so als hätte er gerade ein streng gehütetes Geheimnis gelüftet.

Hope musterte ihn aufmerksam. »Du sprichst also aus Erfahrung?« Das war mehr eine Feststellung als eine Frage.

»In gewisser Art und Weise.«

Hope nickte. Das Thema war von ihrer Seite beendet. Mehr wollte sie anscheinend nicht wissen. Logan fragte sich, was sie gerade dachte. Verurteilte sie ihn? Wenn, dann würde sie es nie zugeben. Dafür war sie zu nett. Für Logan war Sex nur ein Mittel der Befriedigung, weiter nichts. Mit Gefühlen hatte er noch nie viel anfangen können.

Logan versuchte, sich nicht von Hope ablenken zu lassen um sich wieder auf die Akte zu konzentrieren, was gar nicht so leicht war, während man angestarrt wurde. Er konnte Hopes Blicke im Rücken spüren, als würden sich tausend spitze Nadeln in sein Fleisch bohren. Mit der Hand schirmte er den Blickwinkel ab und versuchte weiterzulesen.

Boyed ging regelmäßig mit seiner Tochter zur Familientherapie, um den Schmerz des Verlustes zu verarbeiten und zu lernen, mit dem Tod weiterzuleben. Es klappte gut, bis auf Boyeds Wutausbrüche. In jeder stressbedingten Situation verlor er die Nerven, indem er um sich schlug und ab und an eine Person zu Schaden kam. Das hatte Logan bereits in der Klinik mitbekommen. Boyed machte einen netten Eindruck. Man konnte sich kaum vorstellen, dass er zu einem Monster mutieren konnte. Egal, wie sehr Boyed ausrastete, handgreiflich gegenüber Frauen wurde er nie. Wie James vor ein paar Tagen schon sagte, Boyed war zwar gefährlich, würde Hope jedoch nie etwas antun oder überhaupt jemandem. Na ja, das stimmte nicht ganz. Immerhin hatte er drei junge Frauen umgebracht. Darüber, ob diese schuldig oder unschuldig waren, ließ sich streiten. Logan fing langsam an, Boyed zu verstehen. Es war nicht dasselbe, doch, wenn er darüber nachdachte, was er demjenigen antun würde, der seinen Vater auf dem Gewissen hatte, konnte er diese Wut nur zu gut nachvollziehen.

Logan ging mit einer Tasse Kaffee hinaus auf den Balkon, um eine zu rauchen. Hope blieb drinnen und verbrachte ihre Pause damit, Dexter zu kraulen. Logan holte sich eine weitere Tasse Kaffee aus der Küche, für den Notfall, und las weiter. Mary und Boyed zogen in ein kleines Zwei-Zimmer-Apartment in der Stadt. Zu viele schmerzhafte Erinnerungen an Ehefrau und Mutter befanden sich in dem Haus. Boyed verkaufte es so schnell er konnte, dort weiterzuleben hätte ihn verrückt gemacht.

Logan kam auf den Gedanken, dass Boyed ein schlechtes Gewissen plagte und deshalb so schnell von dort verschwunden war. Boyed war ihnen auf jeden Fall ein paar Antworten schuldig. Hoffentlich Antworten, die sie der Wahrheit aus Boyeds Vergangenheit ein Stück näherbrachten und auf den richtigen Weg des Täters führten.

Die neue Wohnung hatte sich in der Nähe der Universität, auf der Mary später Psychologie studierte befunden. Hope hatte die Befragung von Boyed mit der Hand mitgeschrieben. Anfangs schien alles gut in Marys Uni zu laufen. Die Professoren mochten sie für ihren Scharfsinn und den Ehrgeiz. Bis sich Mary ihrem Vater gegenüber immer mehr zu verschließen schien und sich ihre Noten verschlechterten. Marys Vertrauenslehrerin versuchte, zu ihr durchzudringen. Ohne Erfolg. Niemand konnte sie mehr erreichen und niemand wusste, was los war. Bis auf ein paar Studentinnen, die so böse und zu egoistisch waren, um zu sehen, wie sehr sie Mary näher an den Hang drückten, bis sie schließlich selbst dem tiefschwarzen Schlund entgegenlief und sich hineinstürzte.

Wieder eine Randnotiz von Hope. Man konnte erkennen, wie fest sie mit dem Stift auf das Papier gedrückt hatte, während sie diese Notiz verfasst hatte. Als wäre sie zutiefst wütend gewesen.

Studentinnen spielten Psychospielchen mit Mary und überzeugten sie davon, dass sich ihre Mutter wegen ihr umgebracht hat.

Wie konnte man nur so abscheulich sein, dachte sich Logan.

Eines Nachts, als Boyed später von der Arbeit nach Hause gekommen war, fand er seine Tochter mit aufgeschnittenen Pulsadern in der Badewanne liegen. Er rief sofort den Notarzt und versuchte sie wiederzubeleben. Vergeblich.

Logan brauchte erneut eine Pause. Dies zu lesen war nur schwer zu verdauen. Er ging ins Bad und wusch sich Hände und Gesicht mit kaltem Wasser. Zurück im Wohnzimmer las er weiter.

Nachdem Boyed seine Frau verloren hatte, verlor er noch sein Kind. Er war allein. Logan konnte sich nicht vorstellen, wie groß der Schmerz und die Schuldgefühle für ihn gewesen sein mussten. Niemand sollte seine Kinder sterben sehen. Boyeds Sicherungen brannten durch und er verschanzte sich in der Wohnung. Nur ein paar Monate später, genügend Zeit um seinen – im wahrsten Sinne des Wortes – Schlachtplan auszuarbeiten, fing er an zu morden. Er bestrafte diejenigen, die seine Tochter in den Tod getrieben hatten. Hilfe bekam er von seiner Tochter, denn sie hatte in ihrem Abschiedsbrief die Studentinnen beim Namen genannt und schilderte deren Taten bis ins Detail.

Logan rieb sich die brennenden Augen. Er hatte bereits die vierte Tasse schwarzen Kaffee getrunken und fühlte sich kein bisschen wacher.

Leise Schritte kamen auf ihn zu und er spürte eine Hand auf seiner Schulter.

»Es ist schon spät. Schlafen wir eine Runde und machen morgen weiter. Es ist sinnlos, wenn du weiterliest und nichts davon behalten kannst«, belehrte ihn Hope.

»Alles klar, Frau Lehrerin«, witzelte Logan.

Logan versuchte, so vorsichtig wie möglich aufzustehen, sein linkes Bein war eingeschlafen.

»Möchtest du, dass ich das Gästezimmer nehme?«

Hope sah ihn verdutzt an. »Soll das ein Scherz sein?«

»Dein Blick vorher, als wir über das Fremdgehen gesprochen haben … es sah für mich so aus, als würdest du mich verurteilen.«

»Wirklich?«

»Ja.«

»Also schön. Hier hast du meine Meinung.« Hope nahm Logans Hände und drückte sie. »Was du früher gemacht hast, hat rein gar nichts mit mir zu tun. Wie du dein Leben lebst, geht mich nichts an, denn wir beide führen keine Beziehung. Zumindest haben wir darüber noch nicht gesprochen. Du kannst also tun und lassen, was du willst. Du bist ein freier Mann.«

Logan sah ihr in die Augen. »Du hast ja keine Ahnung«, war alles, was er dazu sagte, bevor er sie fest an sich drückte und leidenschaftlich küsste. Auch wenn seine Bedenken noch so groß waren, er wollte mit ihr zusammen sein, komme was wolle. Alles andere könnten sie regeln, wenn es soweit war. Logan führte sie ins Schlafzimmer und legte sie behutsam auf das weiche Bett. An schlafen, dachten beide nicht mehr. Sie umschlungen einander und liebten sich.

*

Die Wohnung fühlte sich leer an. Kein Geräusch war zu hören, außer dem Blut, das durch seine Ohren rauschte. James lag auf dem Sofa und starrte an die Decke. Er konnte nicht schlafen. Zu viel schwirrte ihm im Kopf herum. Seine Gedanken verknoteten sich und ließen sich nicht mehr entwirren. Er war es gewohnt, allein in seiner Wohnung zu sein, doch in dieser Nacht fühlte es sich anders an. Es fühlte sich falsch an. James versuchte die aufkommende Sehnsucht nach seinem Leben als Partner zu unterdrücken. Er dachte immer, er könnte ein normales Leben führen. So sehr er sich auch anstrengte, mit seiner Traumfrau eine Familie zu gründen, kam ihm doch immer wieder die Arbeit dazwischen. James hatte niemals erfahren, warum seine Ehefrau sich hinter seinem Rücken einen anderen Mann gesucht hatte, aber tief im Inneren wusste er, dass es sein Job war, der sie auseinanderbrachte.

Logan war ganz anders. Manchmal beneidete James ihn, denn für ihn war nur die Arbeit wichtig. Doch er konnte nicht von ihrem Vater loslassen. Auch wenn sie wüssten, was damals geschehen war, konnte das ihren Vater nicht mehr lebendig machen. Und für Rache war James die falsche Person.

James dachte über seine Vergangenheit nach, seine Kindheit, Kelly und ihre Beziehung. Über Boyed, und wie der Fall an seinen Nerven gezerrt hatte und nur der Alkohol ihn beruhigen konnte. Darüber, dass Hope in sein Leben getreten war, die ihn vom Alkohol weggebracht hatte und seitdem sein Fels in der Brandung war.

James fühlte sich besser, seit Logan in der Stadt war. Immer wieder griff er damals zum Telefon, legte dann aber wieder auf. Doch jetzt war er voller Optimismus, dass er die Beziehung mit Logan kitten konnte.

Vielleicht wäre es sogar denkbar, dass Logan hier in Boston bliebe. Vor allem, da sich Hope und Logan annäherten, wäre es möglich, Logan noch länger in seiner Nähe zu haben.

Sobald sie den Mörder schnappten, würde er ein neues Leben beginnen. Sich mehr um seine Familie kümmern. Mama mal wieder anrufen. Sie vielleicht sogar besuchen. Doch im Augenblick drohte die Welt wieder über ihn hereinzustürzen. Er war abermals gereizter geworden. Ließ die Wut an den Menschen aus, die er liebte. Er hasste sich dafür. Das alte Spiel, die Liebsten mussten immer darunter leiden. James konnte sich nicht zurückhalten, es platzte einfach aus ihm heraus, ob er wollte oder nicht. Dabei wollte er doch nur, dass es jedem gut geht. Aber nicht mal das brachte er auf die Reihe.

Nichtsdestotrotz sollte er sich auf den aktuellen Fall konzentrieren und verhindern, dass weitere Frauen sterben mussten. Als er gerade die Akten noch einmal durchgehen wollte, fiel er in einen tiefen Schlaf.

*

Da war er wieder. Der Knall, der das Mark erschüttern ließ. Die Motorengeräusche. Das Blut. Und der Mann. Die kleine Hope stand da und beobachtete den blutenden Mann. Dann versuchte sie, zu ihm zu gelangen. Die wütenden Leute schienen sie jedes Mal mehr davon abhalten zu wollen, den Mann zu erreichen. Sie zogen an ihren Haaren, gruben ihr die Fingernägel in die Haut. Nur mit großer Mühe drängelte sie sich durch die Menge. Der Himmel verdunkelte sich. Färbte sich dunkelrot. Wie das Blut, das aus der Wunde des Mannes strömte. Kalter Regen prasselte auf sie herab. Elektrisierte sie. Die nasse Straße erschwerte ihr Vorankommen. Das Wasser wurde zu einer zähen Masse. Hope konnte kaum ihre kleinen Beine vom Boden heben. Sie versuchte, sich an den vorbeilaufenden Menschen zu klammern, um weiter zu kommen. Plötzlich spürte sie ein Stechen im Magen. Sie sah nach unten und erblickte den roten Fleck auf dem Shirt, der sich langsam ausbreitete. Sie musste diesen Mann erreichen. Und zwar schnell. Hope schaffte es, endlich die Füße aus dem Matsch zu ziehen und stolperte durch die Menge. Sie fokussierte den Verwundeten, der meilenweit entfernt schien. Langsam, aber sicher erreichte sie ihn und fiel vor ihm auf die Knie. Er legte ihr eine Hand unter's Kinn und hob ihren Kopf an, sodass sie ihn ansehen musste. Er lächelte sie an. Wunderschöne braune Augen starrten sie an und gaben ihr ein Gefühl der Geborgenheit. Doch das war nicht der Mann, den sie abermals versuchte zu retten. Es war Logan, der sie blutüberströmt in den Armen wog.

Hope erwachte schreiend aus ihrem Traum. Es dauerte, bis sie sich an die Dunkelheit gewöhnte und sie erkennen konnte, dass sie sich in ihrem eigenen Schlafzimmer befand. Kalter Schweiß stand ihr auf der Stirn und sie atmete schnell. Logan saß neben ihr im Bett, seine Hand auf die ihre gelegt und musterte sie. Das war das erste Mal, dass sich der Albtraum veränderte und sie das Gesicht des Mannes erkennen konnte. Was zur Hölle war hier los? Und warum erschien Logan in ihrem Traum? Noch mehr Fragen, die sie nicht beantworten konnte. Logan rückte näher an sie heran und legte ihr den Arm um die Schultern. Hope brachte keinen Ton heraus. Sie konnte nur in Logans tiefbraune Augen starren.

»Was hast du geträumt?«, fragte er vorsichtig.

Hope schüttelte nur den Kopf. Wie sollte sie ihm das erklären? Dass er plötzlich in ihrem Albtraum erschienen war, der sie schon heimsuchte, seit sie ein kleines Kind war? Nein. Bevor sie irgendetwas sagte, musste sie erst herausfinden, was das zu bedeuten hatte. Sie atmete ein paar Mal tief durch und fand endlich ihre Stimme wieder.

»Ich weiß es nicht. Irgendetwas machte mir Angst.« Hope schaute ihn von oben bis unten an. Die Bilder spielten sich in ihrem Kopf noch einmal ab. Logan war voller Blut, doch es schien ihm nichts auszumachen. Er lächelte sie nur an und tröstete sie. Hopes Brust zog sich bei dem Gedanken zusammen, Logan sterben zu sehen. Sie musste dieses grausame Hirngespinst vertreiben. Und zwar sofort, bevor es sich fest in ihre Erinnerung verankerte.

Hope griff nach dem Laken, mit dem Logan sich bedeckte, setzte sich auf ihn und schlang ihre Beine um seinen Rücken. Ruhig ließ sie ihre Fingerspitzen über Logans Körper gleiten. Über die muskulöse Brust, über jeden einzelnen Bauchmuskel, bis hin zu ihm. Logan stöhnte lustvoll auf und griff nach ihrem Hintern. Er zog sie fest an sich heran. Vergrub die Finger in ihrem vollen, weichen Haar und küsste sie. Er hob ihren Hintern und drang in sie ein. Hope drückte ihm erregt ihre Fingernägel ins Fleisch. Rhythmisch bewegte sie sich auf und ab. Dann richtete sich Logan auf, drehte sich samt Hope um und legte sie auf den Rücken. Ihr Körper reckte sich ungeduldig unter ihm, als er wieder in sie eindrang. Sie krallte sich am Laken ein und stöhnte auf. Logan küsste sie heißblütig am Hals, biss ihr ins Ohr und hauchte: »Du bist …« Doch er konnte nicht weitersprechen. Hope drückte ihn von sich weg und setzte sich wieder auf ihn. Logan nahm ihre Brüste in die Hände und massierte sie. Sein Stöhnen wurde intensiver und ihres wurde leidenschaftlicher. Sie liebkoste ihn mit ihren Lenden, bis er in ihr zum Höhepunkt kam. Ihre Bewegungen wurden langsamer, bis sie sich erschöpft neben ihn fallen ließ. Ihre Brust bebte. Logan schlang die Arme um sie und zog sie fest an sich. Ihr nackter Hintern fügte sich perfekt in seinen Schoß. Hope wollte etwas sagen, entschied sich dann doch dafür, einfach den Moment zu genießen. Fest aneinander geschmiegt wogen sie sich gegenseitig in den Schlaf.

*

Am nächsten Morgen wachte Logan allein im Bett auf. Er griff nach der Armbanduhr auf dem hölzernen Nachttisch. Halb sieben. Draußen war es immer noch dunkel und es würde den gesamten Tag nicht aufhellen, da eine Regenfront über Boston zog, von welcher in den Nachrichten berichtet wurde. Große Regentropfen prasselten gegen die Fensterscheiben und weckten ein behagliches Gefühl in ihm. Er stellte sich vor, gemeinsam mit Hope, eingewickelt in eine weiche Decke, kuschelnd vor dem Kamin zu verbringen. Wie war er bloß auf einen Gedanken wie diesen gekommen? Hope machte sein Gemüt sanft, was so gar nicht zu ihm passte. Doch genau das war es, was er sich gerade wünschte und er würde es tun, wären da nicht die Morde, die sie schnellstmöglich aufklären mussten.

Mit Genuss streckte er die Gliedmaßen und schwang sich aus dem Bett. Ein Duft von knusprig gebratenem Speck und frisch gekochtem Kaffee stieg ihm in die Nase und zauberte ihm ein Lächeln ins Gesicht. Logan schlenderte zu der Sporttasche, in der er kurzerhand ein paar Kleidungsstücke gepackt hatte, bevor er mit James aufs Revier fuhr. Nur zur Sicherheit. Er zog sich eine Jogginghose an und warf sich ein T-Shirt über. Vorsichtig schlich er zur Tür und lugte hindurch. Hope stand am Herd, rührte in Töpfen und schwenkte eine Pfanne. Sie trug den übergroßen Pullover, mit dem sie ihm vor ein paar Tagen mitten in der Nacht die Tür öffnete. Der Pulli stand ihr ausgezeichnet, fand er und ging zu ihr in die Küche.

Ohne den Blick abzuwenden, sagte sie: »Du bist gerade rechtzeitig aufgestanden.«

»Kochst du mir etwa Frühstück?«

»Das letzte Mal wolltest du keines. Heute hast du keine andere Wahl«, antwortete sie.

Logan kratzte sich am Kinn. Eine Rasur war dringend nötig. »Du musst mir nicht extra Frühstück machen.« Er machte eine kurze Pause. »Aber ablehnen werde ich es mit Sicherheit nicht. Was kochst du da? Es riecht köstlich.«

»Full Englisch Breakfast. Mit allem Drum und Dran.«

»Mir läuft das Wasser schon allein von deinen Worten im Mund zusammen. Wann bist du fertig? Dauert es noch lange?«

Hope drehte sich zu ihm um, stellte ihm erst eine Tasse dampfenden Kaffee auf die Theke, danach den heißen Teller voll Köstlichkeiten. Baked Beans, Speck, gebratene Tomaten, Kartoffeln, Spiegeleier und ein paar Scheiben Toast. Logan schloss die Augen und schnupperte an den Leckereien. Dexter erhob sich aus seinem Korb und setzte sich erwartungsvoll neben ihn. Bevor Logan begann das Festmahl zu verspeisen, richtete er sich an Hope.

»Komm mal her.«

Sie ging um die Kochinsel herum und stellte sich zwischen seine Beine. Zärtlich schlang er die Arme um ihre Hüfte und zog sie an sich.

»Was war los letzte Nacht?«

Sie löste sich aus der Umarmung und machte eine abwehrende Handbewegung. »Nichts. Da war nichts. Wahrscheinlich nur ein schlechter Traum.«

Logan erkannte eine Lüge schon, bevor sie ihm erzählt wurde. Sie wollte sich ihm nicht anvertrauen und spielte die Sache herunter.

»Ich geh schon mal voraus ins Bad«, sagt sie mit einem sichtlich gezwungenen Lächeln. »Ich brauche schließlich länger als du. Guten Appetit.« Und schon war sie aus dem Raum verschwunden.

Logan spürte, dass da etwas nicht stimmte, doch er drängte sie nicht dazu, es ihm zu erzählen. Er würde warten, bis sie sich ihm von selbst öffnete. Eigentlich war ihm der Appetit vergangen, als er den Schmerz in Hopes Gesicht sah, trotzdem aß er den großen Teller leer, um nicht unhöflich zu sein.

Nach einer Stunde waren beide zum Aufbruch bereit. Sie trafen sich mit James auf dem Revier und tauschten

Informationen aus. James fügte neue Notizen dem Mordfallbrett hinzu und betrachtete das Gesamtwerk.

»Der nächste Schritt ist also mit Boyeds Schwiegereltern zu sprechen, um den wahren Grund für den Selbstmord seiner Frau Susan herauszufinden, mit dem Ziel, auf ein uneheliches Kind zu stoßen.«

Hope reagierte als Erste. »Richtig. Vielleicht sollten wir uns aufteilen. Ihr beide könntet zu den Schwiegereltern fahren und ich versuche die ganze Wahrheit aus Boyed herauszubekommen.« Diesen Vorschlag machte sie nur aus einem Grund. Sie brauchte Zeit zum Nachdenken. Ein bisschen Zeit für sich allein. Sie wollte mit Boyed nicht nur über den Fall sprechen, sondern ihm von ihrem Traum erzählen.

Welche Sorgen sollte eine Psychologin schon haben? Man konnte sich selbst therapieren und wüsste sofort den Grund für die eigenen Gedanken. Jedoch war das nicht so einfach. Es ließ sich nicht alles mit Fachbüchern begründen. Hope verabschiedete sich knapp von James und Logan und verließ das Büro.

*

James schaute verdutzt drein. Dieses Verhalten war er von Hope nicht gewohnt. »Alles in Ordnung bei euch?«, fragte er daher Logan.

»Eigentlich schon«, sagte der. »Allerdings ist letzte Nacht etwas Seltsames passiert. Wir haben ganz friedlich nebeneinander geschlafen, als sie plötzlich schreiend im Bett saß.«

»Ein Albtraum?«

»Bevor ich sie fragen konnte, packte sie mich und wir schliefen miteinander.«

»Mann, das ist zu viel Information. Zurück zum Thema – sie hat dir nicht gesagt, wovon sie geträumt hat?«

»Heute früh habe ich versucht, mit ihr darüber zu reden, aber sie hat ziemlich abweisend reagiert und ist im Badezimmer verschwunden. Ihrem Gesichtsausdruck nach, hat ihr der Traum Angst gemacht, und das nicht erst seit gestern. Hat sie dir nie davon erzählt?«

»Nein. Einen Albtraum oder Ähnliches hat sie nie erwähnt. Irgendwann wird sie es dir oder mir sagen, mach dir keine Gedanken. Und jetzt lass uns zu Boyeds Schwiegereltern fahren.«

Logan überlegte die gesamte Fahrt über, ob er Hope eine »Alles gut?«-Nachricht schicken sollte, entschied sich dann dagegen, um ihr Zeit zu lassen.

Zwanzig Minuten später befanden sie sich vor dem heruntergekommenen Wohnkomplex, in dem das Ehepaar Robert und Iris Hale den Lebensabend verbrachten. Die Luft stank nach vergammeltem Müll, der seit Wochen nicht mehr entsorgt worden war. Die Bewohner betrachteten sie mit argwöhnischen Blicken. Polizei war hier nur selten anzutreffen und wurde nicht gern gesehen. Das Tagesgeschäft im Viertel beschäftigte sich mit Drogenhandel und nachts kam die Prostitution dazu. Kaum zu glauben, dass hier ein älteres Ehepaar lebte. Die Wohnungen waren sehr billig und so konnten sich Senioren die Miete leisten. Familie Hales Vierzig-Quadratmeter-Apartment befand sich im fünften Stock. Logan drückte den losen Knopf für den Fahrstuhl. Als dieser krächzend und krachend im Erdgeschoss zum Stehen kam und sich die Kabine öffnete, trat James einen Schritt zurück. »Ich nehme wohl besser die Treppe. Scheint mir sicherer zu sein. Ich habe noch ein paar gute Jahre vor mir, die möchte ich in diesem Todesschrank nicht auf Spiel setzen.«

Logan lachte auf, folgte ihm dann aber zum Treppenhaus. Leicht aus der Puste drückte James die Klingel. Nichts rührte sich in der Wohnung. James wollte gerade erneut klingeln, als die Tür einen Spalt geöffnet wurde. Ein kleiner grauhaariger Mann musterte die beiden durch den Schlitz.

»Was wollen Sie?«, fragte er mit mürrischem Ton.

James hielt ihm seine Dienstmarke vor die Nase und stellte sich vor.

»Wir würden gerne mit Ihnen über Ihren Schwiegersohn sprechen. Wäre es in Ordnung, wenn wir reinkommen?«

»Bringen Sie uns die Neuigkeiten, auf die wir schon so lange warten?«, fragte Mr. Hale mit einem Anklang von Hoffnung in seiner Stimme. »Ist der Bastard endlich tot?«

»Ich muss Sie leider enttäuschen. Dürfen wir trotzdem kurz reinkommen?« James sprach ruhig, aber mit einem Hauch von Dringlichkeit. Der alte Mann starrte sie eine Weile an und entriegelte dann widerwillig die Eingangstür. James dachte daran, mit wie vielen Eltern er noch über die Taten ihrer Kinder oder Schwiegerkinder – oder wie in diesem Fall über beides – sprechen musste. Wie viele verbannte Erinnerungen musste er wiederaufleben und die Betroffenen den Schmerz noch einmal durchstehen lassen.

»Mr. Hale, ist Ihre Frau auch zu Hause?«, fragte James.

Dieser gab lediglich ein Grummeln zur Antwort und führte sie in die Küche, wo Mrs. Hale am Tisch saß und eine Zigarette rauchte. Beide waren gepflegt und zeigten keine Anzeichen von Drogenmissbrauch. Nicht einmal Mrs. Hales Fingernägel waren gelb, wie man es von Kettenrauchern gewohnt war. Mr. Hale stellte seiner Frau James und Logan vor und deutete ihnen, sich zu setzen.

Um die Spannung etwas zu mildern, fragte Logan: »Mrs. Hale, stört es Sie, wenn ich Ihnen Gesellschaft leiste?« Er zog die Zigarettenschachtel aus der Jackentasche und nahm sich eine heraus.

»Nur zu, junger Mann. Ich freue mich über Gesellschaft. Mein Mann hasst den Geruch und verbringt die meiste Zeit im Wohnzimmer.«

Das war eine günstige Gelegenheit, dachte sich Logan. Vielleicht würde das Ehepaar getrennt voneinander mehr über Susan und Boyed rausrücken.

James verstand ihn auch ohne Worte und da Logan bereits eine Verbindung zu Mrs. Hale aufgebaut hatte, begleitete James Mr. Hale ins Wohnzimmer.

Logan setzte sich ihr gegenüber und sah sich um. Die Küche war klein und schlicht eingerichtet. Sie bestand nur aus einer hellbraunen Küchenzeile, mit jeglichen Kochutensilien sowie einem Herd und einem Kühlschrank. Gelbliche Fließen verbanden die Arbeitsplatte mit den Hängeschränken. Ob sie schon immer gelb waren oder sich vom Nikotin verfärbt hatten, war schlecht zu beurteilen. Am Ende des schlauchartigen Raumes füllte eine Sitzecke den Platz vor dem Fenster aus. Mrs. Hale saß mit dem Rücken zum regnerischen Wetter. Logan bemerkte, erst als er sich setzte, dass auf der Fensterbank ein Bild von Mary und Susan, mit einer brennenden Kerze daneben, stand. Man konnte sehen, dass die Schönheit von Generation zu Generation weitergegeben worden war. Bevor Logan auf das eigentliche Thema zu sprechen kam, versuchte er Mrs. Hale ein wenig besser kennenzulernen und fragte nach dem Leben in dieser Gegend.

»Wir kommen zurecht. Aber Sie wissen sicher«, sagte sie, »dieses Viertel ist nicht besonders sicher und das Haupteinkommen der Anwohner stammt vermutlich aus der Kriminalität. Ich backe unseren direkten Nachbarn in der angrenzen Wohnung ab und zu Kekse und Kuchen, das macht sie umgänglicher und sie lassen uns unseren Frieden.«

»Das ist sehr nett von Ihnen.«

»Ich habe ja sonst keine Freude mehr in meinem Leben.« Mrs. Hale zog an der Zigarette bis die Glut zum Anfang des Filters reichte.

»Keine Eltern sollten ihre Kinder überleben. Haben Sie denn Kinder, Detective?«

Logan verbesserte sie nicht, dass er eigentlich Captain war, denn das tat nichts zur Sache. »Nein, noch nicht.«

Mrs. Hale blaffte: »Dann lassen Sie's lieber bleiben. Kinder bringen nur Schmerz.«

»Es gab bestimmt viele schöne Momente mit Ihrer Tochter.«

Die gebrechliche Frau lachte kurz auf. »Natürlich gab es die. Aber die schönen Zeiten löschen die schlechten Zeiten nicht einfach aus. Sie zeigen einem, was man verloren hat, was einem genommen wurde. Die Zeit, die einem genommen wurde. Und wenn man dazu noch weiß, von wem, dann ist es noch unerträglicher. Und dieser Jemand konnte es nicht bei meiner Tochter belassen. Meine Enkelin, meine wunderschöne Enkelin, hat er auch noch auf dem Gewissen. Er würde uns allen einen Gefallen tun, wenn er endlich tot umfallen würde.«

»Sie sprechen von Ihrem Schwiegersohn, nehme ich an.«

»Von wem sonst?«

Logan nahm an, dass sie nun bereit dafür war, in der Vergangenheit rumzustochern. »Warum war es Mr. Boyeds Schuld? Es war doch Selbstmord, oder nicht?«

»Selbstmord?«, sie lachte erneut laut auf und schüttelte den vor Zorn rot gewordenen Kopf. »Nein, nein. Das war vorsätzlicher Mord, wie Ihr Cops das so schön sagt.«

»Im Bericht stand nichts über Anzeichen für einen Mord.«

»Offiziell nicht. Offensichtlich wollte es niemand sehen. Nachdem, was dieser Mensch in Susans Kopf angerichtet hat, kann es nur Mord gewesen sein. Er… «, sie spuckte das Wort förmlich aus, »trieb sie in den Selbstmord.«

»Wie meinen Sie das?«

Resigniert schüttelte sie den Kopf.

»Mrs. Hale, ich möchte es nur verstehen. Es wurden wieder junge Frauen umgebracht. Frauen wie Ihre Enkelin Mary. Helfen Sie mir den Mörder zu fassen und weiteren Frauen das Leben zu retten.«

Mrs. Hale zündete sich eine nächste Zigarette an. Die Hand, in der sie das Feuerzeug hielt, zitterte.

»Die anderen Frauen sind mir egal. Mir sind nur meine Susan und meine Mary wichtig.« Sie machte eine Pause und zog fest an ihrer Zigarette. »Aber ich bin kein Unmensch und sie scheinen ein anständiger Mann zu sein. Also gut.« Mrs. Hale inhalierte noch einmal tief den Rauch, bevor sie fortfuhr: »Ihre Ehe war nicht immer der Himmel auf Erden. Aber welche Ehe ist das schon. Natürlich hatten die beiden Probleme. Meistens ging es um Susans Depressionen. Es war nicht leicht mit ihr. Aber dieser Mann machte einen großen Fehler. Hatten Sie schon einmal einen Seitensprung?«

Logan verspürte einen dicken Kloß im Hals. Schon wieder kam seine Untreue zur Sprache, obwohl sie es nicht einmal wusste. Zu lügen wäre die beste Option, vermutete er.

»Guter Mann. Dann gehören Sie zu den wenigen Gentlemen, die noch übriggeblieben sind.«

Es war im äußerst unangenehm ein Kompliment zu ernten, welches er nicht verdiente. »Ihr Schwiegersohn hatte also eine Affäre?«

»Laut Susan war es ein einmaliger Ausrutscher. Doch für sie bedeutete es die Welt. Sie war geplagt von unsichtbaren Schatten in ihrem Kopf. Als Mary kam, schien es ihr besser zu gehen und die Depressionen waren fast verschwunden. Ein Lichtblick am Ende des Tunnels. Doch ER musste es zerstören. Musste meine Susan zerstören. Einen Fehltritt konnte man vielleicht verzeihen, doch wenn ...« Sie hielt inne.

Logan schlussfolgerte und brachte ihren Satz zu Ende: »Wenn dabei ein Kind herauskommt.«

Mrs. Hale nickte und sprach weiter: »Das ist eben nicht mehr so einfach aus der Welt zu schaffen. Ich hätte alles dafür getan, diesen schwarzen Fleck aus Susans Leben zu radieren. Matthew ...« Zum ersten Mal sprach sie seinen Namen aus. »... versprach Susan hoch und heilig, er würde nichts mit dem Kind zu tun haben wollen. Er regelte die Zukunft des Balgs mit der Hurenmutter und sie versprach ihm, sie würde dem Kind nie erzählen, wer ihr Vater sei. Doch all das brachte nichts. Susan war am Boden zerstört. Sie konnte sich nie von dem Schmerz erholen. Er zerfraß sie innerlich. Sie redete nicht mehr, ging nicht mehr aus dem Haus, aß nichts mehr, zog sich völlig in sich zurück. Bis zu dem Tag ...« Nun liefen Tränen über Mrs. Hales Wangen. Logan wusste, dass keine weiteren Worte über ihre Lippen kommen würden. Er berührte tröstend ihre Schulter und verließ den Raum. Im Flur wartete James bereits mit einem zerknüllten Zettel in der Hand. »Susans Abschiedsbrief«, flüsterte er.

*

In Boyeds Zimmer war es eiskalt. Das Fenster stand sperrangelweit offen. Sofort breite sich eine Gänsehaut auf Hopes Armen aus und sie ging daraufhin zum Fenster und schloss es.

Boyed schien, trotz des schlechten Wetters, gut gelaunt zu sein. Er erzählte ihr einmal, dass bei Regen die Freigänge gestrichen wurden und diese mochte er sehr gerne. Vermutlich durften die Insassen nicht nach draußen, da sie sonst mehr Putzpersonal einstellen mussten und Green würde keinen Penny zu viel ausgeben, den er sich sonst in die eigene Tasche stecken könnte. Allein der Gedanke daran machte Hope wütend. Psychopaten waren genauso Menschen wie die außerhalb der Klinik. Sie haben spezielle Probleme, bei denen man ihnen helfen sollte und nicht versuchen, so viel Profit wie möglich aus der Klinik zu schlagen. St. Elisabeths war zwar eine staatliche Anstalt, dennoch gab es auch hier Bereiche, bei denen man Geld abzweigen konnte. Man könnte viel aus der Klinik machen – wenn man wollte – das ging aber nur, wenn St. Elisabeths eine vernünftige Leitung bekam. Für Außenstehende war es schwer zu verstehen, dass man Mördern ein schöneres Leben bereiten mochte, doch es gab eine Menge Unterschiede zwischen den Auslösern, zwischen der eigentlichen Tat und dem Verstand der Mörder. Einfach erklärt: Es gab Soziopaten, die Spaß daran hatten, einer Person Schmerzen zuzufügen. Dann gab es diejenigen, die aus den falschen (gab es denn überhaupt richtige?) Absichten töteten, welche jedoch hier nicht untergebracht waren, sondern in einem staatlichen Gefängnis die Haftstrafe – meist bis zu ihrem Tod – absaßen. Die letzte Kategorie der Mörder, diese, die sich ihrer Tat gar nicht bewusst waren und immer noch nicht waren. Diejenigen, die leicht gesagt, den Verstand verloren haben. Genau diesen Menschen musste man helfen, den Kopf und die Seele wieder in Einklang zu bringen. Das funktionierte jedoch nur mit den fachgemäßen Therapien und Umgangsweisen, welche hier unter keinen Umständen vorhanden waren, was sie bisher aus ihren Quellen mitbekommen hatte. Hope war sich nicht einmal sicher, ob es die passenden Therapeuten dafür waren.

Hope setzte sich. »Matthew, wie geht es Ihnen?« Sie plagte sofort ein schlechtes Gewissen, sie hörte sich an wie eine Psychologin bei einer Therapie-Sitzung. Na ja, im Grunde genommen war sie das ja auch und Boyed würde es ihr nicht übelnehmen oder falsch verstehen.

»Mir geht es immer gut, wenn ich mit jemandem sprechen kann, der mich nicht für verrückt hält. Auch mit mir kann man eine normale Unterhaltung führen. Was führt Sie zu mir, meine Liebe?«

Mittlerweile störte es Hope nicht mehr, wenn Boyed sie so nannte. Es war weder abfällig, noch anmachend gemeint. Es war einfach nur lieb und sie fühlte sich wohl dabei. Als wäre sie wieder fünf Jahre alt und ihr geliebter Großvater, der immer ein wenig nach Whiskey gerochen hatte, hob sie auf, setzte sie auf seine Knie und las ihr eine Geschichte vor.

Kurz überlegte sie sich, ob es besser wäre, nicht mit Boyed über private Anliegen zu sprechen, doch dies war bereits zu spät. Sie kniff die Augen zusammen und schüttelte den Kopf, um die Bedenken abzuwerfen. Es schien, als würde ihr ihr Verstand mitteilen wollen, sie müsse keine Angst haben, wenn sie mit ihm sprechen mochte.

»Ich weiß nicht, ob es unangebracht ist, mit Ihnen darüber zu sprechen, aber Sie scheinen mir wie gesagt der Einzige zu sein, der mich in irgendeiner Art und Weise verstehen kann, also …«

Boyed griff über den Kaffeetisch und tätschelte tröstend ihre Hand. »Sie brauchen keine Angst zu haben, Sie können mit mir über alles sprechen. Jedoch kann ich Ihnen nicht versprechen, eine Lösung parat zu haben. Ich höre lediglich zu und sage Ihnen meine Meinung dazu.«

»Also gut. Seit ich denken kann, hält mich der gleiche Traum wach, immer und immer wieder. Auch wenn ich ihn schon so oft durchträumt habe, jagt er mir trotzdem jedes Mal Angst ein. Ich bin wieder ein kleines Kind. Um mich herum ist es laut, ich höre einen Schuss und sehe einen Mann, der blutet. Er lächelt mich an und ich versuche, mich durch die Menschenmenge zu kämpfen. Es scheint, als würde sie mich aufhalten wollen, den Mann zu erreichen. Aber wieso? Irgendwann schaffe ich es trotzdem und stehe vor dem lächelnden Mann. Er hat braune Augen und sie kommen mir so bekannt vor. Plötzlich schaue ich an mir hinunter und sehe einen großen Blutfleck auf meinem Bauch. Dann wache ich auf.«

»Vor diesem Traum hätte ich auch Angst. Warum denken Sie, dass Sie immer wieder den gleichen Traum haben? Sie sind die Psychologin, die Antwort wissen Sie vermutlich besser als ich. Gehen Sie aus sich heraus und betrachten die Situation von außen.«

Hope schloss die Augen und konzentrierte sich.

»Zu einem Patienten würde ich sagen, dass er in der Kindheit ein schlimmes Ereignis durchlebt hatte und damit noch nicht abgeschlossen hat.«

»Aber?«, fragte Boyed.

»Ich habe meine Mutter und meine gesamte Familie gefragt. Niemand kann sich an ein derartiges Erlebnis erinnern. Ich war nie alleine draußen. Zumindest nicht in diesem Alter.«

»Wie alt schätzen Sie sich in dem Traum?«

»Vier oder vielleicht fünf Jahre?«

»Und wann hatten Sie den Traum zum ersten Mal?«

»Vermutlich seit ich vier oder fünf war.«

»Und was schlussfolgern Sie daraus?«

»Dass ich als kleines Kind eben doch ein schlimmes Erlebnis hatte, obwohl niemand aus meiner Familie etwas darüber weiß.«

»Es sei denn?«

Diese drei Worte brachten eine so klare Erkenntnis, dass Hope sich fragte, wie sie all die Jahre nur so naiv gewesen sein konnte. So blauäugig.

»Es sei denn, meine Familie hält es vor mir geheim, um mich zu schützen. Aber … wie kann mir meine Familie bloß so etwas antun?«

»Ich hätte das Gleiche für meine Tochter getan«, gab Boyed zu.

Trotzdem blieb eine Frage unbeantwortet. Wieso tauchte plötzlich Logan in ihrem Traum auf. In dem Traum, der sich kein einziges Mal veränderte und es dann schlagartig doch tat.

»Es geht noch weiter. Sie haben bereits James` Bruder Logan kennengelernt?«

»Der Mann, der in Sie verliebt ist?«

»Verliebt? Wie kommen Sie denn darauf?«

»Ist Ihnen denn nie aufgefallen, wie er Sie ansieht? Das ist nicht zu übersehen, selbst als ich ihn nur das eine Mal gesehen habe.«

Hope errötete. Vielleicht empfand Logan doch mehr für sie, als sie dachte.

»Letzte Nacht hatte ich wieder den Traum, nur war er anders«, sagte sie, um das Thema wieder auf den Punkt zu bringen. »Die Umgebung veränderte sich, die Leute um mich herum und der blutende Mann ebenso. Die gleichen braunen Augen, nur, dass mich Logan anstarrte und nicht mehr der fremde Mann. Ich kann mir nicht vorstellen, was das zu bedeuten hat.«

»Das ist äußerst seltsam. Vielleicht ist es nur etwas Harmloses. Es könnte an den Augen liegen, die sie an den

Mann erinnern und er wurde einfach von Ihrem Unterbewusstsein ausgetauscht. Ohne jegliche Bedeutung. Oder Sie haben Angst, Logan könnte etwas zustoßen und vermischen Ihre Erinnerungen und Ihre Ängste in Ihrem Traum.«

Das war nicht die Antwort, die sich Hope erhoffte. Doch welche Antwort hatte sie denn erwartet? Sie musste mit ihrer Familie sprechen, um endlich die Wahrheit zu erfahren. Das hatte jedoch noch Zeit. Im Moment gab es Wichtigeres.

»Danke, Matthew. Sie haben mir sehr geholfen. Sie müssen mir noch in einer anderen Sache helfen«, sagte sie und wechselte damit erneut das Thema. »Ich hoffe, dass Sie mit mir darüber reden werden.«

Boyed setzte sich aufrecht auf und hörte ihr aufmerksam zu. Hope ahnte, dass er wusste, was jetzt kommen würden. Diese Frage hatte schon viel zu lange auf sich warten lassen.

»Susan begann Selbstmord. Erzählen Sie mir, warum.«

Ganz und gar nicht überzeugend antwortete er lediglich mit einem Achselzucken. Daraufhin sagte Hope: »Ich kann mir nicht vorstellen, wie es ist, den Ehepartner auf so eine tragische Weise zu verlieren. Das Einzige, was ich mir vorstellen kann, sind unerträgliche Schmerzen. Herzschmerzen. Bitte, Matthew, wir brauchen Ihre Hilfe, um es zu verstehen. Ich brauche Ihre Hilfe, um unschuldigen jungen Frauen das Leben zu retten und Ihren Tod zu rächen.« Vermutlich hatte sie mehr Chancen, wenn sie die Rachekarte ausspielte, als auf eine Mitleidstour zu machen. Die Abrechnung hatte Boyed schließlich zu seinen Taten bewegt.

Hope konnte sehen, wie sehr er mit sich kämpfte. In seinem Kopf stritt er vermutlich mit Engelchen und Teufelchen und es sah danach aus, als wäre es eine heftige Auseinandersetzung. Er räusperte sich – was Hope befürchten ließ, dass das Engelchen wohl den Kampf verloren hatte.

»Dafür muss ich von vorne anfangen. Ich weiß, ich muss Ihnen nichts vormachen, aber ich will nicht, dass Sie noch schlechter über mich denken.« Boyed griff zum Glas und nahm einen großen Schluck Wasser.

»Es war knapp ein Jahr nach Marys Geburt. Das Leben von Susan und mir wurde anstrengend und unsere Beziehung litt sehr darunter. Mary hat nur geschrien, die ganze Nacht und den ganzen Tag. Wir konnten keinen Schlaf finden und wurden beide immer gereizter. Nicht, dass Sie das falsch verstehen, Susan war eine großartige Mutter, tat alles für unser Kind, aber sie hatte irgendwann nur noch die Kleine im Sinn und sprach nicht einmal mehr mit mir. Als wäre ich Luft oder ein ausrangiertes, nutzloses Möbelstück. Wenn sie an mir vorbeiging, machte sie einen großen Bogen um mich herum, um mich bloß nicht zu berühren. Allmählich fühlte ich mich einsam und das Gefühl wurde zunehmend schlimmer, als ich dann auch Mary kaum zu Gesicht bekam. Ich wollte an dieser Ehe festhalten, ich liebte Susan so sehr, das tue ich heute noch. Um wenigstens ein bisschen Zuwendung zu bekommen, setzte ich mich jeden Abend in die Bar um die Ecke, trank mein Glas Bier und ging wieder nach Hause zu meiner Familie. Nach ein paar Wochen freundete ich mich mit der hübschen Barkeeperin an. Sie war ein paar Jährchen jünger als Susan und ich. Anfangs unterhielten wir uns nur. Ich erzählte von meinem Kummer, der zu Hause auf mich wartete und sie hörte zu. Sie war wirklich bezaubernd«, Boyed musste unweigerlich lächeln, während er in Gedanken wieder in dieser Bar saß, vor vielen Jahren. »Auf jeden Fall wurde es zwischen uns immer persönlicher. Bitte glauben Sie mir, wenn ich Ihnen sage, ich war kein schlechter Ehemann und

Vater. Ich war für meine Familie da, sie stand an erster Stelle.«

Beschwichtigend hob Hope die Hände. »Matthew, Sie müssen sich nicht vor mir rechtfertigen.«

Boyed nickte dankend und fuhr fort: »Irgendwann führte eins zum anderen und ich ließ mich zu einem Ausrutscher verleiten. Es war ehrlich nur eine einmalige Sache. Doch ein paar Wochen später teilte sie mir mit, sie sei schwanger. Erst wollte ich es Susan nicht beichten, aber ein Kind änderte die Situation gewaltig. Ich wollte für das Kind da sein, genauso wie ich es für Mary war. Und vielleicht würde ich mehr zur Erziehung beitragen können, als ich es bei Mary konnte, denn Susan machte alles allein. Aber Susan drehte komplett durch und verbot mir, mich um das Kind zu kümmern. Also traf ich mit der schwangeren Frau eine Vereinbarung. Ich gab ihr eine Menge Geld, für das ich sogar einen Kredit aufnahm und verabschiedete mich aus ihrem Leben. Ich sah weder sie noch das Kind je wieder. Susan hat mir den Ausrutscher nie verziehen – sie konnte es nicht ertragen, dass ich sie betrogen hatte. Ihr psychischer Zustand verschlechterte sich von Jahr zu Jahr. Sie kümmerte sich nicht mehr um Mary, verkroch sich im Bett, aß kaum etwas. Ich hatte ihr Herz unwiderruflich gebrochen und sie bestrafte sich, Mary und mich mit ihrem Selbstmord. Diese Worte standen in ihrem Abschiedsbrief. Ich brachte es nicht übers Herz, Mary die Wahrheit zu sagen. Dass sie nicht die geringste Schuld traf am Selbstmord ihrer Mutter. Und nur wegen meiner Feigheit musste sie auch sterben. Hätte ich es ihr doch bloß gesagt. Wie konnte ich nur so egoistisch sein.« Boyed schluchzte und vergrub das Gesicht in den Händen. Hope berührte sein Knie und ließ ihn spüren, dass sie für ihn da war.

»Ich muss Sie das fragen, Matthew. Wissen Sie, wer Ihr Kind ist? Oder wo ich Ihr Kind finden kann?«

Boyed versuchte seine Fassung wiederzuerlangen, brachte jedoch nur ein paar Worte heraus. »Ich weiß nur, dass ich irgendwo noch eine Tochter habe.«

»Eine Tochter?« Welch Ironie des Schicksals. Er hatte eine Tochter verloren, es gab aber noch eine zweite. Vielleicht eine zweite Chance, dachte Hope. »Ich werde sie suchen und ich hoffe für Sie, dass sie nichts mit der ganzen Sache zu tun hat.«

Hope drückte Boyed, verabschiedete sich und verließ die Klinik.

*

Schon wieder war die dürre Schlampe bei ihm. Ich frage mich, was sie dieses Mal von ihm wollte. Leider konnte ich ihre Unterhaltung nicht hören. Mir wurde verboten, in seiner Nähe zu sein, wenn diese Schlampe ihn besuchte. Ich musste in meinem Zimmer ausharren. Genau das hat mich so wütend gemacht. Ich spüre diese Wut in jeder Faser, vom Scheitel bis zum Fuß. Ich muss dringend etwas dagegen unternehmen, sonst drehe ich durch. Es ist an der Zeit, diesem Miststück eine Lektion zu erteilen. Aber ich kann ihr nichts antun, das wäre zu auffällig. Vielleicht sollte ich mir diesen Schönling vorknöpfen oder sogar den Kerl, der die Schlampe vögelt. Die letzten zwei Nächte hat er bei ihr verbracht. So, wie sie sich widerlich einander in die Augen schauen, scheinen sie ziemlich verliebt zu sein. Ekelhaft. Ja, das ist es. Ich schnappe mir ihren Lover und tu ihm ein bisschen weh. Da fallen mir schon ein paar Sachen ein, wie ich ihn quälen kann. Aber das wäre auch wieder zu auffällig, wenn er auf einmal verschwindet. Es muss nach einem Unfall aussehen. Meiner Fantasie bin ich jeden Tag dankbarer. Als Erstes hole ich mir meine nächste Spielgefährtin und lasse meine Wut an ihr aus, bevor ich es an diesem Arschloch auslasse. Ich darf keinen Fehler machen. Ach, wem mache ich hier was vor? Ich mache keine Fehler. Nie. Niemals. Diese Schlampe sollte sich zurückhalten, sonst steht sie doch noch auf meiner Liste. Meiner wunderschönen Liste. Die so endlos ist, wie die unendliche Geschichte. Ich muss ihn stolz machen. Und das werde ich. Ich freue mich so sehr auf den Moment, wenn ich ihm sage, wer ich bin und was ich für ihn getan habe. Ja, er wird so stolz auf mich sein. Dann wird er mich in die Arme nehmen und sich entschuldigen, dass er mich mein ganzes Leben lang im Stich gelassen hat. Und dann werden wir den Rest unseres Lebens miteinander verbringen. Nur wir zwei. Ganz allein. Na ja, nicht ganz allein. Natürlich mit unseren Spielgefährtinnen. Es wird noch viel schöner werden, als ich es mir ausmale. Das weiß ich bestimmt. Und er wird sich auch darauf freuen. Ich sollte lieber los und das junge Fräulein abholen, das schon so sehnsüchtig auf mich wartet. Mir wird es mehr Freude bereiten als ihr. Aber das weiß sie nicht. Auch nicht, dass sie nie wieder nach Hause kommen wird. Heute wird ein großartiger Tag.

*

Zurück im Revier breitete James den Abschiedsbrief auf dem Schreibtisch aus und Logan und er lasen schweigend, jeder für sich. Der Brief war an Susans Tochter gerichtet.

Mein Liebling, mein allerliebster Schatz, Mary,

dieser Brief ist nur für dich, mein kleiner Engel. Ich liebe dich so sehr. Ich wünschte, ich könnte dich aufwachsen sehen. Deine großen Schritte in dein eigenes Leben. Meine inneren Dämonen lassen das nicht zu. Es ist einfach zu viel für mich. Dich trifft keine Schuld. Du bist der Lichtblick in meinem Leben gewesen. Durch dich verspürte ich Mut,

mich wieder an das Leben zu klammern und es festzuhalten. Ich konnte durch dich wieder Farben sehen. Das Schwarz habe ich ganz hinten in meinem Kopf verstaut. Ich hatte so viele Pläne. Mein Wille zu leben war wieder da. Wir hatten eine kleine perfekte Familie. In den ersten Jahren lief es nicht perfekt, doch ich habe nie die Hoffnung verloren, dass alles wieder gut wird.
Aber mein Ehemann ließ das nicht zu. Dein Vater hat mir alles genommen. Er hat mich betrogen. So sehr betrogen. Ich kann nicht damit leben, dass er mit einer anderen das Gleiche teilt, wie mit mir. Nur du, ich und dein Vater. Du bist mein einziges Kind und du hättest unser einziges Kind bleiben sollen. Aber dein Vater hat alles zerstört. Indem er mit einer anderen ein Kind zeugte, mit der Liebe, mit der wir dich gezeugt haben. Es ist unerträglich. Wenn ich an diese andere Frau denke, wird mir schlecht. Ich kann Matthew nicht verzeihen. Ich werde es nie vergessen können. Die Schatten sind wieder zurück und werden von Tag zu Tag stärker. Das Schwarz breitet sich aus. Ich kann nicht mehr kämpfen. Meine Kraft ist aufgebraucht. Ich kann es nicht zulassen, dass ich dich in dem Wahn oder der Verzweiflung verletze. Bevor es zu spät ist, werde ich es beenden.
Ich liebe dich, mein Schatz, vergiss das nie.

James holte als erster wieder Luft. Nur selten liest man einen Abschiedsbrief und dabei sollte man gar keinen lesen müssen. Die letzten Worte sprachen aus dem tiefsten Inneren der Seele und dem Herzen. Doch kein Brief ließ einen so nahe an einen Menschen heran, wie ein Abschiedsbrief. Kein Brief ließ einen mehr über die Person sehen. Selbst wenn man den Verfasser dieser Zeilen nicht kannte, fühlte man den Schmerz mit ihm, den er durchlebt hatte. Wenn man einen Abschiedsbrief liest und die letzten Gedanken teilt, fühlte man sich schuldig, nichts unternommen zu haben, um das Unvermeidliche zu verhindern. Einer, der noch nie daran dachte, sich das Leben zu nehmen, würde es nur schwer nachvollziehen, geschweige denn verstehen können, wie man diesen Schritt machen könnte. Wenn das Herz in tausend Teile zerspringt und man weiß, es gibt kein Zurück mehr, an dieser Klippe steht und sich versucht zu erinnern, was es noch Lebenswertes gibt und feststellt, dass da nichts mehr ist. Viele werden sich wahrscheinlich denken, es gibt immer einen Ausweg, doch manchmal gibt es für diesen Menschen keinen Grund mehr weiterzukämpfen, er gibt auf und verliert den Glauben an sich selbst. Die Schlacht war nicht zu gewinnen. Man möchte meinen, ein Kind wäre ein guter Grund, aber irgendwann ist nicht einmal mehr das genug.

James rieb sich die Augen. Seine Coolness war wie weggefegt. »Wow … Das war hart. Ich glaube, ich brauche erst mal eine Pause.«

»Verständlich, aber wir müssen unsere Gefühle wegpacken und sachlich an die Sache herangehen. Dieser Brief hat uns einige Hinweise gebracht.«

James wusste, Logan hatte recht, doch so leicht wie er konnte er sein Empfinden nicht abstellen. Wenn er nicht zu trinken aufgehört hätte, hätte er jetzt eine Flasche Bier gebraucht.

»Susan hat sich umgebracht, weil Boyed mit einer Anderen ein Kind gezeugt hat. Was schließen wir daraus?«

»Das unser Verdacht richtig war. Boyed hat ein uneheliches Kind, von dem wir bisher nichts wussten.«

»Es müsste mittlerweile über zwanzig, knappe dreißig Jahre alt sein«, mutmaßte Logan. »Wie alt war Mary?«

»Vierundzwanzig. Also ist Boyeds Kind ungefähr neunundzwanzig.«

»Versuchen wir die Bar zu finden, in der Boyed die Mutter seines Kindes kennengelernt hat. Vielleicht arbeitet sie noch immer dort.«

Logan trommelte mit den Fingern auf den Tisch.

»Eins geht mir durch den Kopf. Warum hat sich Mary von ihren Mitschülerinnen so provozieren lassen, wenn sie wusste, dass sie nicht Schuld an dem Selbstmord ihrer Mutter hatte?«

»Weil sie es nicht wusste«, sagte Hope, als sie James` Büro mit Dexter an ihrer Seite betrat. »Boyed hat Mary den Brief nie gezeigt, geschweige denn ihr mitgeteilt, dass einer existiert. Seine Schuldgefühle waren zu groß.«

»Verständlich. Wie lief es sonst bei dir? Hast du mehr als wir herausgefunden?«, fragte James.

Hope nahm in James Bürosessel Platz. Dexter legte sich schnaubend neben sie.

»Ob ich mehr weiß, kann ich nicht beurteilen. Wisst Ihr, dass er eine uneheliche Tochter hat?«

»Wir wissen, dass er ein Kind hat. Aber jetzt wissen wir, dass es ein Mädchen ist.«

Hope korrigierte ihn: »Na ja, eher eine junge Frau. Wir müssen sie finden. Und zwar schnell. Auch sie könnte als Täterin in Betracht kommen. Boyed hat mir gesagt, er hätte nie Kontakt zu ihr gehabt. Kinder, die in schwierigen familiären Verhältnissen aufwachsen, entwickeln häufig Störungen. Vor allem Bindungs- oder Beziehungsstörungen. Zum Beispiel bei einem gewalttätigen Vater werden sie häufig auch handgreiflich und verhalten sich genauso, wie sie es sich abgeschaut haben. Wobei dies natürlich nicht immer der Fall ist. Vielleicht hat sie einen Zeitungsartikel über ihn gelesen. Kinder, die ohne Ersatz für einen fehlenden Elternteil aufwachsen, versuchen oft, alles richtig zu machen und perfekt zu sein. Sie haben das Gefühl, wegen ihnen ist der Elternteil nicht mehr da und versuchen so mit ihrer Perfektheit aufzufallen. In unserem Fall weiß Boyeds Tochter vielleicht, wer ihr Vater ist und versucht in seine Fußstapfen zu treten um ihn stolz zu machen.«

»Mit Mord?«, fragte James.

»Ja, durchaus auch mit Mord.«

»Für mich klingt das auf verquere Art logisch«, sagte Logan. »Jetzt müssen wir sie nur noch finden. Und Boyed weiß wirklich nicht, wer sie ist? Hat er denn nie versucht, sie zu finden?«

»Nein. Sein schlechtes Gewissen ließ es nicht zu, Susan noch einmal zu hintergehen. Selbst nach ihrem Tod nicht.«

»Wie geht es ihm?« James war erstaunt, dass ihm diese Frage überhaupt in den Sinn kam, obwohl er stets gemischte Gefühle für Boyed hatte.

»Das Ganze macht ihm ziemlich zu schaffen. Zu wissen, Mary könnte vielleicht noch leben, wenn er nicht so egoistisch gewesen wäre, verkraftet selbst ein Mörder nicht.«

Clarkson streckte den Kopf ins Büro. Sie hatte ihr Haar zu einem unordentlichen Dutt zusammengesteckt und lose schwarze Strähnen fielen ihr ins Gesicht. In der Hand hielt sie Papiere, mit denen sie herumwedelte. »Der Bericht der Forensik über den Hundebiss ist gerade reingekommen. Oh, hi Hope. Ich hab' dich gar nicht reinkommen sehen«, trällerte Clarkson.

»Hi Lucy.« Hope lächelte ihr zu.

James ging zu Clarkson und griff nach dem Bericht. »Danke. Haben Sie schon reingesehen?«

»Ja.«

Clarkson war eine gute Ermittlerin, sie ließ sich aber alles aus der Nase ziehen, was James oft auf die Palme brachte. Genervt atmete er aus und fragte: »Und? Steht etwas Interessantes drin?«

Clarkson nickte.

James zählte in Gedanken bis zehn.

»Danke, Clarkson, Sie können gehen.«

Sie nickte ihnen zu und fegte aus dem Raum.

James schlug den Bericht auf und las jede Zeile sorgfältig, fuhr mit dem Finger unter den Wörtern entlang, um kein Detail zu übersehen.

»Wir haben die DNS im System. Der kleine Dackel hat saubere Arbeit geleistet. Seht euch das an.« James legte ein Bild auf den Schreibtisch. Es zeigte ein damals fünfzehnjähriges Mädchen, mittlerweile war sie 27, das böse dreinschaute, als das Polizeifoto für die Verbrecherkartei gemacht wurde. An der Stirn hatte sie eine sichelförmige Narbe. Hope erinnerte sich, diese Narbe schon einmal irgendwo gesehen zu haben, wusste aber nicht mehr wo. Also sah sie sich den Namen des Mädchens an. Deborah Barnes. Der Name kam Hope nicht bekannt vor.

»Wissen wir, wo sie sich aufhält?«, wollte Logan wissen.

»Leider nein. Seit ihrem achtzehnten Lebensjahr haben wir keine aktuelle Wohnadresse von ihr. Führerschein hat sie auch keinen«, antwortete James

»Wer war damals ihr Vormund?«, fragte Logan.

James suchte den Bericht durch, bis er einen weiteren Namen fand. »Marcie Pierce. Sie hat damals die Kaution bezahlt. Man hat Deborah damals verhaftet, als man sie erwischte, wie sie dabei war, einen Supermarkt auszurauben. Sie war unbewaffnet und es war ihr erstes Vergehen, deshalb gestattete der Richter die Kaution.«

»Und wer ist Marcie Pierce?«, wollte Hope wissen.

»Moment, ich suche im System nach ihr.« Er drehte den Bildschirm und die Tastatur in seine Richtung und tippte den Namen ins System im Zusammenhang mit Deborah Barnes. Es dauerte ein paar Sekunden, bis der Computer ein Ping von sich gab.

»Sie ist die Tante«, verkündete James. »Und …«, sagte er und zog das Wort gekünstelt in die Länge, »… sie lebt hier in Boston.«

»Wo arbeitet Pierce?«, wollte Logan wissen. »Wir sollten sie befragen und sollten diesen Besuch besser nicht ankündigen. Wenn Barnes zu den Verdächtigen zählt, dürfen wir es nicht riskieren, dass Pierce sie informiert.«

»Du hast recht, Brüderchen. Ich schau mal, wo sie arbeitet.« James haute in die Tasten. Nach ein paar Sekunden sagte er: »Sagt euch Clarkson & May etwas?«

Hope rieb sich den Nacken und verdrehte die Augen. Anders als Hope schaute Logan verwirrt drein und hatte offensichtlich keine Ahnung, was ihm der Name sagen sollte. Um ihn aufzuklären sagte ihm James, dass Clarkson & May die gewieftesten und arrogantesten Anwälte Bostons waren. Pierce war zwar keine Anwältin, sondern die Sekretärin, kannte sich aber bestimmt trotzdem bestens mit ihren Rechten aus. Es würde schwierig werden, von ihr Informationen zu bekommen. Sie auf der Arbeit aufzusuchen wäre keine gute Idee. James sah auf seine Armbanduhr. Er nahm das Telefon zur Hand und wählte die Nummer der Anwaltskanzlei.

»Guten Tag, ich möchte gerne mit Marcie Pierce sprechen.«

Die Frau am anderen Ende der Leitung teilte ihm mit, dass Pierce gerade in ihrer Mittagspause war. »Verstehe. Vielen Dank ich versuche es später wieder«, sagte er und legte auf.

»Vielleicht schaffen wir es noch, bevor sie aus der Mittagspause kommt, ansonsten warten wir, bis sie Dienstschluss hat. Pierce hat oberste Priorität.« Die beiden Brüder packten sich die Jacken und waren startklar. »Kommst du mit?«, fragte Logan an Hope gerichtet.

Sie zögerte. »Nein, ihr schafft das schon ohne mich. Ich bin zu Hause, wenn Ihr mich braucht.«

»Sehen wir uns später?«, wollte Logan wissen.

»Ja, vielleicht«, sagte Hope knapp, gab den beiden einen flüchtigen Kuss auf die Wange und ging.

Nachdem sie den Raum verlassen hatte, fragte James: »Bist du dir sicher, dass du nichts angestellt hast?«

»Nicht mehr so sicher, wie heute früh.«

James klopfte ihm auf die Schulter und machte sich auf den Weg zum Wagen. Die Kanzlei Clarkson & May befand sich direkt in der Innenstadt im Ortsteil Back Bay. Die Straßen schienen wie leergefegt, der Dauerregen mit stärkeren Böen war nicht gut fürs Geschäft. Lediglich die Restaurants und Cafés profitierten davon. Sie waren brechend voll und hatten nur noch Stehplätze frei. Die frischgebackenen Mütter guckten mürrisch drein und beschwerten sich vermutlich untereinander über die gestörte Ruhe, die sie sonst kurz vor der Mittagszeit genossen. Die Arbeitstätigen wiederum beschwerten sich über die langen Wartezeiten der Mahlzeiten.

James stellte den Wagen gegenüber des Bürokomplexes, in dem sich die Kanzlei befand, ab. Hier hatten sie die beste Sicht auf das Gebäude, besser gesagt auf die Menschen, die es verließen. Das Führerscheinbild von Pierce lag auf dem Armaturenbrett um das Gesicht mit den Frauen auf der Straße vergleichen zu können, damit ihnen Pierce auf keinen Fall durch die Lappen ging.

»Hat deine Clarkson mit den Anwälten Clarkson zu tun?« erkundigte sich Logan.

»Meine Clarkson, wie du sie so schön nennst, ist die Enkelin.«

»Was für ein praktischer Zufall. Können wir daraus keine Vorteile ziehen?«

»Wohl eher nicht. Clarkson hätte auch Anwältin werden sollen, hat sich aber dann für die Polizei entschieden. Kam bei dem lieben Opa gar nicht gut an.«

James packte Sandwiches aus und bot seinem Bruder eines an, um die Wartezeit zu überbrücken. »Hast du das selbst gemacht?«

»Natürlich«, antwortete James. Seine selbstgemachten Sandwiches waren legendär. Die eigens kreierte Barbecuesoße umschmeichelte den gebratenen Speck und passte wunderbar zum Brötchen. Gesund war es zwar ganz und gar nicht, aber es schmeckte einfach fabelhaft. Sie aßen und vertrieben sich die Zeit schweigend.

Eine knappe halbe Stunde verbrachten sie wartend im Auto, bis sie die Frau entdeckten und sprinteten los. Sie schlängelten sich durch den Verkehr, mit größter Vorsicht, nicht von einem fahrenden Auto erfasst zu werden. Gerade, als Pierce ihren Regenschirm am Eingang ausschüttelte und zusammenklappte, waren die Brüder schon hinter ihr und hielten sie auf.

»Mrs. Pierce?«, rief James ihr durch den Wind zu.

Sie drehte sich ruckartig um, sichtlich erschrocken, von jemand Fremdem aufgehalten zu werden. James zeigte ihr den Polizeiausweis und stellte sich vor.

»Was wollen Sie von mir?«, fragte sie. »Brauche ich einen Anwalt?«

»Ich denke nicht. Wir wollen Ihnen nur ein paar Fragen stellen.«

»Machen Sie es kurz, ich muss wieder zurück an die Arbeit. Um was geht es denn?« Der Wind zerzauste ihr Haar und klatschte ihr feuchte Strähnen ins Gesicht.

»Um Ihre Nichte Deborah.«

All ihre Gesichtszüge entglitten ihr und sie wurde blass. »Gehen wir rein«, sagte sie dann und ging durch die Schwingtür.

Von allen Seiten ragten dicke saftig-grüne Pflanzen in die Halle, sperrten das Tageslicht aus und erinnerten an einen Dschungel. Es fehlten nur noch die Tiere. Man wartete darauf, dass exotische Vögel herumflatterten und sich giftige Schlangen um die dicken Äste wickelten. Die Namen der Anwälte waren neben dem Eingang der Lobby auf einer steinernen Tafel eingemeißelt. In der Mitte der Empfangshalle befand sich die Rezeption. Von hier aus wurden die Klienten in die richtige Etage gewiesen und der Besuch angemeldet. Die Lobby war in dunklem Holz gehalten und der Boden mit hellgrauem Marmor ausgelegt.

Pierce führte sie zu einer ruhig gelegenen Sitzecke, die in der gesamten Halle ohne spezielle Anordnung verstreut waren. Sie setzte sich hin und deutete den Brüdern, ebenfalls Platz zu nehmen. Logan hielt sich wie immer im Hintergrund und beobachtete. Es war James` Befragung.

»Was wollen Sie von meiner Nichte?«

»Wissen Sie, wo sich Deborah im Moment aufhält?«, fragte James.

Pierce senkte den Blick und zupfte an einem abgerissenen Fingernagel herum. Sie nahm eine Nagelfeile aus der Tasche und machte sich an die Maniküre. »Nein. Hat sie wieder was angestellt?«

»Das wissen wir noch nicht«, sagte James und versuchte dabei so sanft wie möglich zu klingen. »Sie haben damals die Kaution für Ihre Nichte bezahlt. Hat Deborah bei Ihnen gelebt?«

Pierces Blick sagte, *Sie wissen davon?* Doch dann erinnerte sie sich sichtlich wieder daran, dass sie mit Polizisten sprach und sie vermutlich mehr wussten als sie es tat.

»Anfangs hat sie das.«

»Das heißt?«

»Sie hat für ein paar Monate bei mir gelebt, bis sie einfach verschwunden ist. Ich habe sie schon lange nicht mehr gesehen. Mal überlegen. Seit über zehn Jahren nicht mehr.«

»Wie ist Ihr Verhältnis zu ihr?«

»Wie gesagt, haben wir uns schon sehr lange nicht mehr gesehen. Von einem Verhältnis kann also nicht die Rede sein. Damals, als sie noch bei mir lebte, kamen wir eigentlich gut miteinander aus. Aber wie es bei Teenagern so ist, war nicht immer alles harmonisch.«

»Wissen Sie, wer Deborahs Vater ist?«

Ihre Augen weiteten sich und ihre Mimik verriet, dass sie wusste, wer der Vater war. Sie schüttelte den Kopf und antwortete zu schnell. »Ihre Mutter hat es mir nie gesagt.«

Also schön, dachte James, versuchen wir es anders.

»Erzählen Sie uns, wie Deborah als Teenager war.«

Die Frage löste anscheinend keine schönen Erinnerungen hervor, denn Pierce verzog ihr Gesicht, als würde ihr etwas Schmerzen bereiten. »Sie hatte keine großartige Kindheit. Keinen Vater, keine Mutter.«

»Heißt das, Deborahs Mutter ist tot?«

»Ha, das wäre eine Erleichterung. Sie ist ein Junkie. Es überrascht mich, dass sie immer noch lebt. Das arme Kind wuchs zwischen Nadeln und Fixern auf. Kein Wunder, dass Deborah auf die schiefe Bahn geriet. Zwar ließ sie wenigstens die Finger von den Drogen, aber alles andere machte sie mit. Von Körperverletzung bis hin zu bewaffnetem Raubüberfall.«

James stutzte. »Im offiziellen Polizeibericht stand nichts von bewaffnetem Raubüberfall.«

»Das stimmt. Der Polizist, der sie damals verhaftet hat, wollte ihr eine zweite Chance geben. Die hat sie anscheinend auch ergriffen, denn seither habe ich nichts mehr von ihr gehört. Irgendwie verstehe ich sie auch. Ihr gesamtes Leben lang hat sie versucht, ihren Vater zu finden. Vergeblich.

Meine Schwester wollte es ihr nie verraten. Sie schwieg darüber wie ein Grab – als wollte sie die Wut, die sie für den Vater hatte, an dem armen Mädchen auslassen. Das machte Deborah immer sehr zu schaffen. Sie dachte, sie könnte bei ihrem Vater ein besseres Leben haben. Vermutlich war es gut so, dass sie ihren Vater nicht gefunden hat.«

»Also wissen Sie doch, wer der Vater ist?«

Pierce nahm einen tiefen Atemzug, als müsste sie sich auf die Überbringung einer schlechten Nachricht vorbereiten. »Ich wollte nicht, dass Sie das Mädchen mit ihm in Verbindung bringen. Vielleicht hat sie es doch zu etwas gebracht.«

»Mrs. Pierce, wer ist der Vater von Deborah?«

»Matthew Boyed.« Sie faltete die Hände wie zu einem Gebet und flehte James an: »Bitte tun Sie meiner kleinen Deborah nichts. Sie hat mit alldem nichts zu tun. Wieso wollen Sie sie so dringend finden?«

»Sie könnte uns eventuell bei einem aktuellen Fall helfen. Wir möchten ihr nur ein paar Fragen stellen«, log James.

»Ich weiß wirklich nicht, wo sie ist. Ich wünschte, ich wüsste es. Wenn Sie sie finden, sagen Sie ihr, ihre Tante wartet sehnsüchtig auf sie.«

James dachte nach. Das konnte noch nicht alles an Informationen sein, die Pierce hatte.

»Auch wenn Sie sie seit dem Raubüberfall nicht mehr gesehen haben, hat Deborah je Kontakt zu Ihnen aufgenommen?«

Pierce zögerte. Sie schien mit sich selbst im Konflikt zu stehen. Dann öffnete sie die Handtasche und holte einen leicht zerknüllten Briefumschlag heraus. Unwillig überreichte sie ihn James.

»Ich habe ihn immer dabei. Ein Andenken an meine Nichte. Ich vermisse sie. Vor ein paar Jahren hat sie mir diesen Brief geschickt. Es steht nicht viel drin. Aber es lag noch ein Bild von ihr dabei. Es steht auf meinem Schreibtisch, ich kann es holen, wenn Sie …« Plötzlich wurde sie von dem lauten Klackern von Absätzen unterbrochen. Eine Frau in einem maßgeschneiderten Kostüm und giftig roten Lippen kam direkt auf sie zu. Vor ihr würde wahrscheinlich sogar der Teufel in die Knie gehen.

»Marcie, sagen Sie kein Wort mehr.« An James und Logan gewandt sagte sie: »Die Befragung ist beendet. Wenn Sie Mrs. Pierce noch einmal ohne ihren Anwalt sprechen, leite ich Beschwerde gegen Sie ein. Komm, Marcie, wir gehen.«

Entschuldigend sah Pierce James an und folgte dann der Anwältin.

»Warum hast du dir die nicht für deine Scheidung geholt?«, fragte Logan.

»So eine würde mich mein gesamtes Jahreseinkommen kosten«, sagte James kopfschüttelnd.

»Ich denke, Clarkson muss ihrem Großvater ein wenig Honig um's Maul schmieren. Wir brauchen dieses Bild. Immerhin haben wir den Brief. Den können wir Miller zeigen, ob er die Schrift wiedererkennt. Für mich sieht alles danach aus, dass Boyeds Tochter seine Komplizin außerhalb der Anstalt ist. Wir müssen ihn befragen. Ob es ihm oder Hope passt oder nicht.«

»Das wird sie ja wohl verkraften, oder nicht?«, fragte Logan.

»Da bin ich mir nicht so sicher. Mir scheint, in den letzten Tagen haben Boyed und sie einen guten Draht zueinander gefunden.«

»Was für uns nur von Vorteil wäre«, meinte Logan.

»Es könnte ihr aber auch den Blick für das Offensichtliche verschleiern und dann wäre sie keine großartige Unterstützung mehr.«

»Ist uns das nicht allen schon irgendwann mal passiert?«, versuchte Logan Hope zu verteidigen. »Hast du noch nie die Augen vor dem verschlossen, was du nicht wahrhaben wolltest?«

»Doch, habe ich schon.«

»Na also, dann gib ihr eine Chance.«

»Du spielst dich ganz schön auf, großer Bruder.«

»Ach was, ich zeige dir nur das Offensichtliche«

»Und was Miller angeht, den können wir, glaube ich, als Verdächtigen streichen. Er sollte uns nur auf eine falsche Fährte locken und wurde zum Sündenbock gemacht.«

»An das Gleiche habe ich auch schon gedacht.«

James Telefon klingelte und gab einen unangenehmen Sirenenton von sich. Das Revier. Er hob ab und Clarkson überbrachte ihm eine schreckliche Nachricht.

»Es wird wieder eine Frau vermisst.«

*

Hope brauchte eine Auszeit. Sie musste sich erst im Klaren werden, wieso Logan auf einmal in ihrem Traum auftauchte. Doch die Frage, die sie am meisten beschäftigte war: Wie sehr hatte sie sich schon in ihn verliebt?

Der Mensch entscheidet in den ersten paar Sekunden, ob er jemanden sympathisch findet oder nicht. Aber ihrer Meinung nach, entwickelte sich richtige Liebe erst im Laufe der Zeit. Ob man jemanden aufrichtig liebt, zeigt sich erst, wenn man die Macken und die nicht so rosigen Seiten eines anderen kennt und diese ebenso schätzt, wie die guten. Hopes Problem war, dass sie zu viel in etwas hineininterpretierte und sich hineinsteigerte. Egal, was. Sei es der Blick eines Fremden oder die Taten eines vermeintlichen Liebhabers.

Hope wollte sich auf Logan einlassen, da war sie sich felsenfest sicher. Eine Beziehung zu ihm konnte sie nur aufbauen, wenn sie von Anfang an ehrlich zueinander waren. Und das war der springende Punkt. Sie war sich nicht sicher, ob sie ihm jetzt schon ihr dunkles Geheimnis offenbaren konnte. Nicht, weil sie ihm nicht vertrauen würde, sondern weil sie es einfach nicht konnte. Nur eine einzige Person wusste davon und diese Person war sie. Boyed ahnte es zwar, aber er kannte nicht die ganze Geschichte. Diese würde sie für immer begraben, doch alles kam irgendwann an's Tageslicht und vor diesem Moment hatte sie große Angst.

Eigentlich wollte sie sich darüber keine Gedanken machen, wollte einfach an nichts denken. Jedoch war ihr anscheinend keine Pause gegönnt, denn ihr Handy klingelte – James. Kurz überlegte sie, ob sie drangehen sollte, drückte den Anruf dann aber weg und schaltete das Handy ab. Das tat sie normalerweise nie. Sie war immer und überall erreichbar. Aber nicht heute. Heute würde sie sich ein heißes Bad mit viel Schaum einlassen und es bei einer übergroßen Tasse Tee genießen. Und so tat sie es auch.

*

James und Logan eilten zur Boston University, vor der mehrere Streifenwagen standen. Polizeibeamte hatten bereits mit Befragungen begonnen. Ein Officer wartete auf ihre Ankunft und brachte sie sofort zur Hauptzeugin. Der unheilschwangere Sturm und die Wassermassen, die vom Himmel hinabstürzten, tauchten die Universität in eine bedrohliche Dunkelheit. James war zum Kampf bereit. Mit geschärften Sinnen und Adrenalin in seinen Adern machte er sich auf in die Schlacht. Er war bereit, dem ganzen Grauen ein Ende zu setzen.

Der Officer brachte sie ins Bild. Das vermisste Mädchen war Jodie Carter. Schon wieder ein Name mit dem Anfangsbuchstaben »J«. Jodie studierte im zweiten Semester und stammte aus North Carolina. Ihre Freundin Lorie stand zitternd unter einem Regenschirm und wusste nicht, wohin mit sich. James ging auf sie zu und zeigte ihr seinen Ausweis.

»Lorie, ich bin Lieutenant Reynolds, du kannst mich James nennen und das ist mein Bruder Logan. Lorie, was hast du gesehen? Versuch dich genau daran zu erinnern. Jedes noch so winzige Detail kann uns helfen, Jodie wiederzubekommen.«

Lorie schniefte laut und Logan reichte ihr ein Taschentuch.

»Alles ging so schnell«, schluchzte sie. »Jodie war so aufgeregt, sie wollte unbedingt bei diesem Projekt mitmachen.«

»Welches Projekt?«

»So eine Journalistin wollte irgendwas machen, ich hab' nicht genau zugehört, weil es mich nicht interessierte«, sagte sie. »Hätte ich doch bloß besser aufgepasst.«

»Was ist passiert?«

»Sie stieg zu der Frau in den Wagen. Erst wechselten sie ein paar Worte, dann haben sie sich auf einmal gestritten und Jodie wollte aussteigen. Aber diese Journalistin hielt sie fest und drückte ihr ein Tuch aufs Gesicht und Jodie wurde bewusstlos. Ich wollte hin und ihr helfen, doch die Tür war verriegelt. Was hätte ich denn tun sollen?« Lorie sah ihn mit großen Augen an. Ihre Mascara zog schwarze Linien über ihr Gesicht.

James nahm ihre Hand und versuchte sie zu trösten. »Lorie, du hättest nichts tun können, um es zu verhindern.« Er wartete ab, bis sie sich wieder beruhigt hatte und fuhr dann mit der Befragung fort. »Welches Auto fuhr die Journalistin? Welche Marke? Hast du ihr Nummernschild gesehen?«

»Das Nummernschild habe ich nicht gesehen, aber es war ein grauer VW Jetta. Meine Eltern haben auch so einen, deswegen hab' ich das Auto erkannt.«

Großartig, dachte James. Halb USA fuhr einen VW Jetta.

»Konntest du die Frau im Wagen genauer erkennen?«

»Nein, es war zu dunkel im Wagen und durch den Regen konnte ich sie nicht richtig sehen. Es tut mir leid. Es tut mir so leid.« Lorie brach erneut in Tränen aus.

»Hör mir genau zu, Lorie. Wir werden deine Freundin finden. Mein Kollege hat deine Eltern angerufen, sie werden gleich hier bei dir sein. Das ist Officer Thompson, sie wird bei dir bleiben und mit dir warten, in Ordnung?«

Lorie nickte knapp und vergrub das Gesicht in ihrer dicken Jacke.

James und Logan entfernten sich ein paar Schritt von ihr. »Die Zeit läuft uns davon. Wir müssen Jodie finden. Es wird nicht noch ein Mädchen sterben. Das werden wir verhindern«, kündigte James an.

»Auf dem Campus gibt es sicher Kameras. Wir sollten versuchen, den VW über die Straßenkameras zu verfolgen.«

James blickte in Richtung Straße. »Ah, schau mal, da ist Clarkson. Genau sie brauchen wir jetzt. Clarkson ist absolut spitze, wenn es um Videoaufnahmen geht. Sie soll sich die Bänder schnappen und aufs Revier bringen. Zudem soll sie alle Straßenkameras im Umkreis von fünfzehn Kilometern überprüfen.« James winkte Clarkson heran und gab ihr die Anweisungen. Clarksons dicke Daunenjacke war völlig durchnässt, als sie sie erreichte, was ihr nichts auszumachen schien. Sie nahm die Anweisungen konzentriert und nickend an und entfernte sich sofort wieder.

Danach suchten James und Logan das Gespräch mit Jodies Eltern. Er fragte, ob Jodie Feinde hätte. Diese verneinten die Frage und flehten, dass sie etwas unternehmen sollten, anstatt nur blöde Fragen zu stellen. James versicherte ihnen, alles in seiner Macht stehende zu tun, um ihre Tochter heil nach Hause zu bringen. James überlegte, ob es ein Fehler gewesen war, nicht an die Presse gegangen zu sein. Dann hätte man die Entführungen vielleicht verhindern können. Es war lediglich ein kleiner Bericht in den Zeitungen mit wagen Mutmaßungen herauskommen, der keine Aufmerksamkeit erregte.

James wollte anfangen, sich nicht die Schuld für alles zu geben und versuchte einen anderen Denkansatz. Wenn die Presse es öffentlich gemacht hätte, würde sich der Täter einen anderen Weg suchen, um an seine Opfer zu kommen. So schrecklich es auch klang, sie hatten jetzt wenigstens eine Bestätigung zur Spur der Täterin. Logan und James sprachen noch mit anderen Zeugen, die dasselbe aussagten, wie Lorie. Nur in den Details waren sie sich nicht einig. Manchmal war es ein silberner VW, manchmal ein brauner oder ein ganz anderes Auto. Auf Zeugenaussagen konnte man sich nie hundertprozentig verlassen. Zudem war die Anteilnahme bei einer Entführung einer jungen Frau jedes Mal sehr groß und jeder versuchte zu helfen. Die Hinweise, die in die Zentrale eingingen, waren unendlich, jedoch meist nur ein kleiner Teil davon brauchbar. Noch während sie auf dem Campus waren, telefonierte James noch einmal mit dem Revier. Er wollte auf Nummer sicher gehen, dass alle Freundinnen der Opfer eine Frau im Wagen gesehen und dass sie dasselbe Auto gesehen haben. Die Geschichten waren fast identisch. Bis auf die Situation mit Jodie. Die anderen Opfer waren einfach mitgefahren. Jodie wurde betäubt.

Etwas musste schiefgelaufen sein, dachte James. Der Täterin war ein Fehler passiert. Das konnte nur bedeuten, dass sie unsicher wird.

James ging mit den Officers das weitere Vorangehen durch. Sie sollten den Studenten Sicherheit vermitteln und Streifengänge über das gesamte Gelände ausführen. Für jegliche Fragen wurde ein Büro im Universitätsgebäude eingerichtet, das die gesamte Zeit über besetzt war. Als alle Einheiten einen Auftrag erhalten hatten, gingen James und Logan zurück zum Wagen.

Clarkson rief James auf dem Handy an. Sie sollen sich später auf dem Revier treffen, um die Bänder durchzugehen.

Es war bereits abends, als sie von der Universität zum Revier kamen. Die Kollegen saßen an den Schreibtischen, durchkämmten sämtliche Zeugenaussagen nach hilfreichen Anhaltspunkten, telefonierten und suchten den VW Jetta. Alle waren auf der Suche nach Jodie. Man merkte, wie müde sie bereits waren, wie sich die Schatten unter den Augen ausbreiteten, aber sie alle hielten sich jedoch tapfer mit Kaffee und Energiedrinks wach. Jeder von ihnen wollte das Mädchen finden. Lebend.

Die Brüder traten an Clarksons Schreibtisch im Technikraum heran. Sofort startete sie die zusammengeschnittenen Aufnahmen und führte sie vor, als würde sie eine Präsentation über zunehmenden Straßenverkehr halten. Sie zeigte, wie der VW das Universitätsgelände mit schlitterndem Heck verließ und in Richtung Westen auf der Commonwealth Avenue fuhr. Dann jagte der Jetta den Highway 20 hinauf und nahm die Naples Road Richtung Griggs Park. Danach raste er auf die Beacon Street und an der Kreuzung zur Washington Street verloren sie den Sichtkontakt. James forderte Streifenwagen in der Nähe an, um herumzufragen, ob jemandem etwas Ungewöhnliches aufgefallen war und ob sie irgendwo den grauen VW Jetta gesichtet hatten. Es war kein überwältigender Erfolg, aber ein Anfang. Sie gingen erschöpft in James Büro und ließen sich in die Sessel fallen. Logan schloss die Augen und verschränkte die Arme auf der Brust. James rieb sich die rot unterlaufenden Augen. Viel Schlaf bekam er in der letzten Woche nicht ab und das zerrte an den Nerven. Er musste sich unbedingt ausruhen, damit er einen klaren Kopf bewahren konnte und den Durchblick nicht verlor.

Doch anstatt nach Hause zu gehen, wählte er die Nummer eines Kollegen aus der IT-Abteilung. Dieser benutzte ein spezielles Programm, mit dem er Gesichter auf dem Bildschirm altern lassen konnte. Möglicherweise waren sie der Täterin bereits über den Weg gelaufen. Der IT-Kollege kündigte sich für den nächsten Morgen an, früher konnte er nicht kommen, da er bereits an einem anderen Fall ermittelte. Bevor James nicht beweisen konnte, dass Deborah Barnes die Täterin war, hatte er nichts in der Hand.

James sollte sich Boyed vorknöpfen, vor allem ohne Hope. Boyed musste endlich auspacken und die Wahrheit sagen. Und wenn er sie aus ihm herausprügeln musste. Er musste Jodie lebend finden. Zu jedem Preis.

Erneut versuchte er Hope zu erreichen. Der Anruf ging direkt an die Mailbox. Er konnte es gar nicht ertragen, wenn er sie nicht erreichen konnte. Auch wenn er es nicht mehr zulassen konnte, dass Hope ihm sagte, wie man mit Boyed umgehen sollte, wollte er sie trotzdem über das weitere Verfahren informieren.

James schaute zu seinem Bruder und stellte fest, dass er eingeschlafen war. Mit einem präzisen Wurf warf er ihm einen Bleistift gegen den Kopf. Hektisch richtete sich Logan auf und schaute ihn benommen an.

»Was ist los?«

»Fahr auf dem Heimweg bei Hope vorbei«, sagte James.

»Ich lass dich jetzt nicht im Stich. Ich bleibe so lange wie du.«

»Schon gut. Ich fahr noch rüber zu Boyed. Er muss endlich den Mund aufmachen. Das mach ich lieber alleine.«

»Bist du dir sicher, alleine zu Boyed zu fahren? Ich würde lieber mitkommen.«

»Nein, ich mache das ohne dich.«

Logan schnaubte unbefriedigt und antwortete: »Wenn du unbedingt meinst. Aber wenn etwas ist, ruf mich sofort an. Und mach keinen Scheiß, hast du gehört?«

»Na klar. Kannst meinen Wagen nehmen. Ich nehme einen aus der Flotte.«

Auf dem Weg in die Tiefgarage sagte James: »Rede mit ihr darüber, dass du dir überlegst, hier zu bleiben. Vielleicht bringt sie das auf andere Gedanken.«

»Dass ich was?«

»Tu nicht so. Du weißt es, ich weiß es. Außerdem wäre es für mich, na ja, nicht ganz so unangenehm, wenn du hierbleiben würdest.«

Ehe Logan etwas darauf antworten konnte, stieg James in einen zivilen Polizeiwagen und schlug die Tür zu. Als er den Motor startete, zwinkerte er Logan zu und fuhr an ihm vorbei.

*

Logan schloss James` 69er Chevy Camaro auf, blieb aber an den Wagen gelehnt stehen. James hatte recht, er wollte nicht mehr zurück in sein altes Leben. Er hatte keine Lust mehr auf Korruption und Schönheitswahn. Ihre Mutter würde es ihm nicht übelnehmen, wenn er aus L.A. wegziehen würde. Logan wäre wieder bei seinem Bruder und sie konnten eine Menge verlorene Zeit nachholen. Und wer wusste das schon … vielleicht entwickelte sich etwas Ernstes zwischen Hope und ihm. Er hatte sich fest vorgenommen, ihr heute Abend zu sagen, dass er sie sehr gerne hatte. Und wenn er den Mut aufbringen konnte, würde er ihr noch sagen, dass er es gerne mit ihr versuchen mochte, wenn sie es natürlich auch wollte.

Logan stieg ein und fuhr aus der Tiefgarage. Er kam vorbei an schummrig leuchtenden Bars, vor denen sich betrunkene Gäste aufhielten. In den Fast Food Restaurants waren bereits die Stühle auf die Tische gestellt, damit die Reinigungskräfte an die Arbeit gehen konnten.

Gedankenverloren fuhr er durch die nächtlichen Straßen und war noch nervöser als beim ersten Mal, als er zu Hope gefahren war. Im Rückspiegel sah er die Scheinwerfer eines anderen Autos. Es fuhr nah auf und es nervte Logan, denn er konnte Drängler nicht ausstehen.

Schlagartig blendete ihn ein Blitz im Rückspiegel und ließ ihn kurz erblinden. Logan hörte einen lauten Aufprall und im nächsten Moment knallte er mit der Stirn auf das Lenkrad auf. Das Auto drehte sich um die eigene Achse und schleuderte seitlich auf einen Kleinlaster auf der Gegenfahrbahn. Mit einem harten Knall schlug er mit dem Kopf gegen die Seitenscheibe. Glas splitterte und flog ihm ins Gesicht. Benommen versuchte er sich zu orientieren, doch es gelang ihm nicht. Es hieß doch immer, das Leben würde wie ein Film an einem vorbeiziehen, aber bei Logan wurde alles nur tief schwarz.

*

Die Tore der Klinik schienen wie ein aufgerissenes Maul zu sein, dass jeden darin verschlucken würde. James wurde am

Sicherheitstor sofort hineingelassen. Die Therapiesitzungen waren längst zu Ende und die Patienten auf den Zimmern eingeschlossen. Nur die Sicherheitsangestellten und das Pflegepersonal waren anwesend. Die Doktoren längst zu ihren Familien heimgefahren. James erkundigte sich trotzdem am Empfang, ob Dr. Harson noch anwesend war. Ihm wurde mitgeteilt, dass sich Dr. Harson den Tag freigenommen hatte. Nachdem er darum gebeten hatte, Boyed zu sehen, wurde er von einem Sicherheitsangestellten zu dessen Zimmer begleitet.

Die Flure wirkten gespenstisch. Eine Neonröhre an der Decke flackerte. Der perfekte Ort für düstere Gestalten. Gegen eine Zimmertür wurde ständig gehämmert, danach folgte ein Hilfeschrei. Man konnte nicht beurteilen, ob es sich um eine Person handelte die tatsächlich Hilfe benötigte oder es nur ein Irrer war, der die Kontrolle über seinen Verstand verloren hatte. Plötzlich fühlte es sich so an, als würde eine fremde Hand auf James' Schulter liegen. Er fuhr herum und holte zum Schlag aus, doch da war niemand. In diesen Wänden wurde sogar er verrückt. Er schloss für einen Moment die Augen und atmete tief durch. James, du siehst Gespenster, sagte er zu sich selbst. Der Sicherheitsangestellte hatte es glücklicherweise nicht bemerkt, andernfalls wäre es James sehr peinlich gewesen. James ging zu Boyeds Zimmertür und der Angestellte schloss sie auf.

Boyed war bereits zu Bett gegangen und James weckte ihn unsanft indem er das Licht anschaltete und sich laut ankündigte. »Mr. Boyed, wir müssen uns unterhalten. Sofort.«

Boyed sah verschlafen aus und versuchte sich vermutlich daran zu erinnern, wo er sich befand. Die Erkenntnis überkam ihn sichtlich viel zu schnell. »Ist etwas passiert? Geht es Hope gut?«

»Ihr geht es gut, keine Sorge. Es geht um etwas anderes. Wo ist Ihre Tochter?«

»Meine Tochter? Soll das ein schlechter Scherz sein? Sie wissen, dass Mary tot ist. Was fällt Ihnen überhaupt ein, hier mitten in der Nacht in mein Zimmer zu platzen.«

»Sie wissen ganz genau, wovon ich rede. Ihre zweite Tochter. Wo ist sie?« James hörte selbst, dass sich der Ton seiner Stimme veränderte, aggressiver wurde.

»Ich habe sie noch nie gesehen und zudem weiß ich auch nicht, wo sie ist. Wie ich bereits ausgesagt habe, ich hatte noch nie Kontakt zu ihr.«

»Heute Nachmittag wurde eine junge Frau entführt. Ich muss sie finden. Und zwar lebend. Also hören Sie auf mit diesen kranken Spielchen und rücken Sie endlich mit der Wahrheit raus.«

»Aber das ist die Wahrheit. Ich kenne sie nicht.«

»Wie kann es dann sein, dass sie Sie zum Vorbild nimmt? Sie stecken beide unter einer Decke. Sie haben hier das Kommando und Ihre Tochter macht für Sie die Drecksarbeit.«

Boyed schüttelte den Kopf. »Wie oft soll ich Ihnen das noch sagen. Ich weiß nicht, wer sie ist, verdammt. Ich kann Ihnen nicht helfen.«

»Können Sie nicht oder wollen Sie nicht?« James presste die Worte zwischen seinen mahlenden Zähnen heraus.

»Ich KANN nicht. Sie verstehen es immer noch nicht, was? Soll das ein persönlicher Rachefeldzug gegen mich sein? Wenn ja, dann können Sie damit aufhören. Ich bekam meine gerechte Strafe.«

»Boyed, ich will diese junge Frau lebend zu ihrer Familie zurückbringen. Stoppen Sie den Wahnsinn und helfen Sie mir.«

»Das kann ich nicht.«

James packte ihn am Kragen und schüttelte ihn.

»Wollen Sie mich umbringen? Dann nur zu. Ich wäre Ihnen sehr dankbar.«

James sah die Trauer in Boyeds Augen und ließ ihn augenblicklich los. Plötzlich verstand er, was Hope in ihm sah. Er war nicht mehr das Ungeheuer. Er war ein Mann, der schreckliche, unentschuldbare Fehler gemacht hatte und die Strafe dafür der Tod seiner geliebten Frau und Tochter war. Ein Mann, der bereit war zu sterben.

Boyed wendete den Kopf von James ab und sah aus dem Fenster, als würde er in der Finsternis irgendetwas erkennen können. »Verschwinden Sie«, flüsterte er und James kam seinem Wunsch nach.

Auf dem Flur vibrierte sein Handy. Unbekannte Nummer. Er nahm ab.

*

Ich war gut. Es hat Disziplin erfordert. Und sich selbst zu verletzen ist kein Problem für mich. Ich hab' mein Gesicht beim Rausspringen geschützt, dass man auf den ersten Blick keine Verletzungen sieht. Nur mein Knöchel scheint verstaucht zu sein. Das ist kein Problem. Wenn der Polizist nun draufging, war die Sache perfekt. Im Gegensatz zu heute Nachmittag. Das war für meine Verhältnisse eher schwach. Doch ich konnte das Ruder noch herumreißen. Weil ich auf jede Situation vorbereitet bin. Die junge Dame sitzt mittlerweile brav auf dem Stuhl. Es bleibt ihr nichts anderes übrig, weil sie sich nicht bewegen kann. Mein Folterwerkzeug habe ich schon vorbereitet. Fein säuberlich neben ihr aufgebahrt. Scharfe Messer in klein und groß, einen Bohrer, eine Knochensäge, ein Skalpell für den Feinschliff, eine Pinzette und einen Hammer. Es ist bereit, benutzt zu werden. Genauso, wie ich bereit bin, dieser kleinen Hure den Garaus zu machen. Sie wird mein Meisterwerk sein. Anstatt rumzuheulen, sollte sie sich lieber geehrt fühlen, dass ich sie ausgewählt habe. Aber das verstehen sie alle nicht. Sie wollen immer nur nach Hause und bitte, tun Sie nichts, ich flehe Sie an! Immer wieder die gleiche Leier. Langsam wird es langweilig. Ich bin das Gejammer leid und klebe ihr den Mund zu. Zwar kann ich ihre leidenden Schreie nicht mehr hören, aber damit komme ich zurecht. Das Wimmern reicht mir, um auf Touren zu kommen. Höchstleistung zu erbringen. Ich denke, ich fange heute mit dem Hammer an. Der macht mir am wenigsten Spaß. Das, was mir richtig Freude bereitet, ist das Skalpell. Das hebe ich mir für das Finale auf. Daddy, du wirst stolz auf mich sein.

Zehn

Eingekuschelt in eine weiche Wolldecke lag sie mit Dexter auf dem Sofa. Das Holz im Kamin knisterte vor sich hin. Auch wenn sie ein schlechtes Gewissen hatte, weil sie nicht abnahm, wenn James anrief, genoss sie die Zeit für sich allein. Seit langem hatte sie sich mal wieder eine Gesichtsmaske aufgelegt, den Spliss von den Haaren geschnitten und die Nägel lackiert. Nun lag sie da, gemütlich vor dem offenen Feuer mit einem guten Buch in der einen Hand, einen Gin Tonic in der anderen. Sie nahm sich viel zu wenig Zeit, um ein Buch zu lesen, stellte sie fest. Ihre Gedanken schweiften jedoch immer wieder ab.

Sie schlürfte an ihrem Drink und dachte über einen Urlaub am Strand nach. Den ganzen Tag in der prallen Sonne faulenzen, sich einen Cocktail nach dem anderen zu gönnen und jeden Abend schick auszugehen. Trotzdem dachte sie immer wieder an den Fall. War es ein Fehler, sich auszuklinken? Sie wurde das Gefühl nicht los, James im Stich gelassen zu haben. Sie war seine Partnerin, wenn auch nicht offiziell, doch sie hielten sich gegenseitig den Rücken frei und ermittelten gemeinsam an den Fällen. James würde sie nie im Leben hängen lassen. Aber sie tat es. Und so war es vorbei mit der Entspannung. Sie schaltete ihr Telefon wieder ein und umgehend erschienen auf dem Display drei verpasste Anrufe und eine Nachricht. James schrieb, sie solle sich melden, ob alles in Ordnung wäre. Nein, war es eigentlich nicht. Ihr wuchs die Sache über den Kopf. Sie konnte nicht mehr mit Boyed sprechen. Jedes Mal, wenn sie ihn ansah, konnte sie den unerträglichen Schmerz sehen, den er ununterbrochen mit sich rumschleppen musste. Wahrscheinlich war sie doch nicht für die Psychologie gemacht. Hope dachte, ihr würde das Leid nichts ausmachen, sie würde damit fertig werden. Offensichtlich war es aber ganz anders. Es ging ihr unter die Haut; ihr Herz schnürte sich zusammen. Am liebsten wäre sie einfach in Tränen ausgebrochen und hätte mit den Angehörigen, die gerade einen geliebten Menschen verloren hatten, geweint. Aber sie sprach mit den Psychopathen, als wären sie normal und verteidigte sie noch dazu. Sogar ihre Gefühle offenbarte sie ihnen. Sie war selbst nicht normal im Kopf. Was hatte sie geritten, mit Boyed über ihre Probleme, ihre Gedanken und ihre Träume zu sprechen? Was erwartete sie sich davon? Besaß sie denn keine Freunde, mit denen sie darüber sprechen konnte? Die Angst, nicht verstanden zu werden, hinderte sie daran, sich zu öffnen. Zu oft war es ihr schon passiert, dass sie danach alleine dastand, außer bei James. Auf keinen Fall wollte sie, dass sich die Geschichte wiederholte.

Ihr Handy klingelte. James. Hope überlegte, ob sie drangehen sollte, aber sie hatte im Moment einfach nicht die Kraft dazu. Dann klingelte es wieder und Hope drückte ihn weg. Im nächsten Augenblick rief er nochmal an. Langsam war sie genervt. Sie entschloss sich dem Ganzen ein Ende zu setzen und nahm ab.

»James, ich bin gerade nicht in Stimmung.«

»Logan.«

Hopes Herzschlag schnellte in die Höhe. Sie konnte hören, wie sich James zusammenriss, um die Worte aussprechen zu können.

»Logan war auf dem Weg zu dir. Er hatte einen Unfall.«

»Was? Wie geht es ihm?«

»Komm einfach zu der Adresse, die ich dir geschickt habe.«

Hopes Hände zitterten. Sie konnte kaum die richtigen Tasten auf dem Handy drücken. Schnell rubbelte sie die Gesichtsmaske mit einem Handtuch ab, zog sich einen Mantel und Schuhe an, suchte die Autoschlüssel und rannte auf den Flur hinaus. Hastig drückte sie den Knopf, um den Fahrstuhl zu rufen. Dieses Scheißding brauchte eine Ewigkeit, also entschied sie sich für das Treppenhaus. Sie nahm zwei Stufen auf einmal und rannte die Treppe hinunter in die Tiefgarage. Die Gedanken kreisten in ihrem Kopf. Sie malte sich die schlimmsten Situationen aus. Sie stand kurz vor einer Panikattacke. Das war ein weiterer Grund, warum sie niemanden wirklich nahe bei sich haben wollte. Ihre krankhafte Verlustangst. Sie wurde ihr immer wieder zum Verhängnis. Benebelte ihr Gehirn, bis sie nicht mehr klar denken konnte. Alles, was sie fühlte, war Angst. Schlagartig drang es in ihr Bewusstsein, wie schnell und vor allem, wie stark sie für Logan empfand.

Endlich war sie am Auto. Heulend startete der Motor und der Wagen schoss mit quietschenden Reifen auf die Straße hinaus. Die Adresse, die ihr James geschrieben hatte, war eine Kreuzung und ungefähr zehn Minuten von ihr entfernt. Sie drückte das Gaspedal durch und flog über die Kreuzungen. Die Ampeln waren meistens auf Rot, doch um diese Uhrzeit waren nicht mehr viele Autos unterwegs und die Wahrscheinlichkeit, jemandem die Vorfahrt zu nehmen, sehr gering. Trotz allem versicherte sie sich zuerst, ob dort mit Sicherheit kein anderes Auto war, bevor sie über die Kreuzungen fuhr. Der Regen klatschte gegen die Windschutzscheibe und erschwerte ihr die Sicht. Es war ihr egal, Hauptsache sie war schnell bei Logan. Ihr Herz schlug so heftig, als würde es jeden Moment aus ihrer Brust platzen. Die Augen füllten sich mit Tränen. Hope tätschelte sich auf die Wangen, sie durfte jetzt nicht die Nerven verlieren. Es würde schon schiefgehen. Aus der Ferne sah sie bereits unzählige Blaulichter. Es schien, als würden sich die Lichter weiter von ihr entfernen, obwohl sie direkt auf sie zufuhr. Sie erreichte die Absperrung, die die Polizei eingerichtet hatte. Mit schlitternden Reifen kam sie zum Stehen und stieg hastig aus dem Wagen. Sie lief auf die Absperrung zu und wollte sich gerade hindurch ducken, als sie von einem Polizisten aufgehalten wurde.

»Sie dürfen hier nicht durch, Miss.«

Hope wusste nicht, was sie darauf antworten sollte, also rief sie verzweifelt nach James.

»James! James!« Ihre Stimme zitterte. Sie wollte sich doch unter Kontrolle halten. Das gute Zureden hatte nichts gebracht. Plötzlich sah sie James um die Ecke kommen und auf sie zurennen.

»Lassen Sie sie durch«, befahl er dem Polizisten. Dieser hielt das Band hoch, damit Hope hindurchgehen konnte. Hope folgte James zur Unfallstelle. Auf der Straße lagen Trümmer von Autos verstreut. Das zersplitterte Glas reflektierte das Blaulicht der Rettungskräfte. Man konnte einen Kleinlaster erkennen, der mitten auf der Kreuzung stand. Die Windschutzscheibe war mit Sprüngen durchwachsen, ansonsten sah er unversehrt aus, was man auf den ersten Blick erkennen konnte. Als sie näher herankamen und einem Polizeifahrzeug, welches die Sicht auf den Unfall versperrte, auswichen, kam ein weiteres Auto zum Vorschein, und zwischen diesem und dem Kleinlaster war James` Wagen. Der Camaro war nur noch ein Wrack. Der Wagen wurde auf die Hälfte seiner eigentlichen Größe zusammengeschoben. Aus diesem Haufen Blech, würde niemand lebend herauskommen. Hope lief darauf zu. Der Regen hatte mittlerweile ihre Kleidung komplett durchnässt. Ihr Haar hing ihr in einzelnen, nassen Strähnen ins Gesicht.

Das Glas knirschte unter den Schuhsohlen. Als sie näher an den Camaro herankam, verlangsamte sie ihre Schritte. Im Wagen war Blut. Sehr viel Blut. Ihr wurde übel und sie stützte sich an dem verbeulten Wagen ab, damit sie nicht in die Knie ging. James trat an ihre Seite und hielt sie fest.

»James, wo ist er?«, flüsterte sie.

»Komm mit, das musst du dir nicht ansehen.«

Er nahm sie an die Hand und führte sie zu einem Rettungswagen. Hope machte sich auf das Schlimmste gefasst und bereitete sich auf ein Lebewohl vor. Aus dem hinteren Teil des Rettungswagens baumelte ein Stiefel. Hope ging um die offene Tür herum und beinahe wäre ihr Herz stehen geblieben. Logan saß auf den Stufen des Krankenwagens, die linke Seite seines Gesichts blutüberströmt, mit der Hand presste er eine Kompresse fest auf den Kopf, den anderen Arm in einer provisorischen Schiene und schmunzelte ihr unschuldig entgegen. Hope rannte auf ihn zu und fiel ihm um den Hals.

»Autsch«, stöhnte er.

»Oh, tut mir leid«, sagte sie erschrocken und wich zurück, aber Logan zog sie wieder zu sich heran, hielt sie, so fest es ging, mit einem Arm umschlungen und vergrub das Gesicht in ihrem Hals.

»Das ist viel besser als Schmerzmittel«, nuschelte er durch ihre Haare hindurch.

Hope löste sich und sah ihn verängstigt an. »Geht es dir gut?

»Kann ich nicht genau sagen, gerade bin ich mit Schmerzmittel vollgepumpt, aber sonst ist alles in Ordnung. Der Camaro sieht schlimm aus, ich weiß. Man kann sich gar nicht vorstellen, dass ich fast nichts abbekommen habe. Die Sanitäter meinten, der Arm sei gebrochen, Verdacht auf Rippenfraktur und diese Platzwunde am Kopf. Ich Glückspilz.«

Hope nahm ihm die Kompresse ab, begutachtete die Wunde und drückte ihm dann wieder den Verband darauf.

»Weißt du noch was passiert ist?«

»Ich kann mich nur noch an ein Arschloch erinnern, der hinter mir gedrängelt hat. Dann wurde es schwarz.«

»Die Spurensicherung sieht sich gerade den unfallverursachenden Wagen an. Er wurde am Unfallort stehen gelassen. Es ist ein grauer VW Jetta«, sagte James.

»Das kann kein Zufall sein«, bestätigte ihn Logan.

»Was kann kein Zufall sein? Was habe ich verpasst?«

James informierte Hope und berichtete ihr von der Entführung auf dem Universitätsgelände mit dem grauen VW Jetta.

»Wir sind fest davon überzeugt, dass es Boyeds vermisste Tochter ist.«

»Denkst du, sie beobachtet uns?«, fragte Hope.

»Das ist durchaus möglich. Wer weiß, auf wen sie einen Hass hegt. Vielleicht ist sie auch auf dich eifersüchtig, weil du einen guten Draht zu ihrem Vater hast. Wir sollten die Augen offenhalten, bis wir sie geschnappt haben. Ich mach mich wieder an die Arbeit«, sagte James.

»Ich komme mit dir mit.« Logan stöhnte, als er versuchte aufzustehen.

»Ganz langsam, Großer. Du fährst schön ins Krankenhaus und lässt dich durchchecken«, befahl James und ging davon.

Sichtlich gegen seinen Instinkt nickte Logan. Die Schmerzen schienen doch unangenehmer geworden zu sein, als er dachte, sonst hätte er nicht so schnell klein beigegeben.

Logan ergriff Hopes Hand. »Kannst du mitkommen?«

»Mit ins Krankenhaus?«

»Ich habe schlechte Erfahrungen mit Krankenhäusern. Und mit einer vertrauten Ärztin würde ich mich sicherer fühlen.« Er lächelte verschmitzt und versuchte lässig die Ängstlichkeit mit Scherzen zu überspielen.

»So eine Ärztin bin ich aber nicht. Das habe ich dir schon mal gesagt.«

»Ist mir egal. Ich will trotzdem, dass du auf mich aufpasst.«

»In Ordnung, ich komme mit. Und jetzt sei still und küss mich.«

Logan zog sie zu sich, streichelte ihr Gesicht und presste ihre Lippen auf seine. Sie küssten sich solange, bis einer der Sanitäter sagte, dass er Logan ins Krankenhaus bringen würde. Hope versprach ihm, ihnen mit dem eigenen Auto zu folgen. Als sie nach wenigen Minuten am Krankenhaus angekommen waren, brachten sie Logan sofort in die Radiologie, in der er geröntgt wurde. Die Verletzung am Arm war ein glatter Bruch. Das Blut wurde weggewaschen, die Platzwunde am Kopf genäht und der Arm mit einem Gipsverband versorgt. Danach brachten sie ihn auf das Zimmer, vor dem zwei Polizisten von James zu seinem Schutz abgestellt worden waren. Hope wartete bereits auf ihn.

Logan legte sich ächzend aufs Bett.

»Wie fühlst du dich?«, fragte Hope.

»Es lässt sich aushalten. Ich hoffe, ich habe dir keinen Schrecken eingejagt.«

»Ich bin nur froh, dass es dir gut geht.«

»Wenn du da bist, geht es mir immer gut.«

Hope griff nach der Krankenakte und blätterte darin.

»Was suchst du?«, fragte Logan.

»Ich schaue nach, wie heftig deine Gehirnerschütterung ist. Es kommt mir so vor, als hätte dein »Charmeur-Teil« im Hirn einen Schlag abbekommen«, antwortete Hope und sah ihm ernst in die Augen. Dann brachen beide in Gelächter aus und Logan fasste sich an die angebrochenen Rippen. »Komm her.«

Hope zog die Schuhe aus und stieg zu ihm ins Bett. Zuerst begutachtete sie seine Wunden, bevor sie sich an ihn schmiegte. Sie genoss seine Nähe und wollte ewig in seinen Armen liegen.

*

Auf dem Revier ging James zum hundertsten Mal jedes noch so kleine Detail durch. Er versuchte immer noch einen Zusammenhang zwischen den Opfern herzustellen. Allesamt hatten den Anfangsbuchstaben »J« im Vornamen. War es ein Hinweis, oder wollte die Täterin sie nur auf eine falsche Fährte locken? James schaute zum Fenster hinaus, auf das der Regen wie kleine Kieselsteine prasselte. Er konnte sich nicht richtig konzentrieren. Logans Unfall war ein Schock, der ihm tief im Mark steckte. Zum ersten Mal hatte es ein Mörder auf seine Familie abgesehen. Am sichersten würde er sich fühlen, wenn Logan und Hope, ja, Hope gehörte ebenso zur Familie, ständig in seiner Nähe wären.

James holte sich einen Kaffee und traf in der Küche auf Clarkson.

»Ah, Lieutenant Reynolds, gut, dass Sie hier sind. Ich wollte gerade zu Ihnen. Schauen Sie sich mal die Videos der Verkehrskameras von der Unfallstelle an. Das werden Sie mir nicht glauben.« James folgte ihr in den Technikraum. Clarkson setzte sich vor den Computer und ließ das Video laufen. Auf mehreren Bildschirmen, die je einen anderen Straßenabschnitt zeigten, sah man den Camaro auf den Straßen. Logan hielt sich nicht an die

Geschwindigkeitsbegrenzung, wobei man in diesem Falle darüber hinwegsehen konnte. Plötzlich tauchte der VW auf. Man konnte gut erkennen, wie nah der VW auf den Camaro auffuhr. Dann ließ er sich zurückfallen, um direkt danach Vollgas zu geben. Er rammte den Camaro von der Seite, damit Logan ins Schleudern kam. Der Kleinlaster fuhr gerade auf die Kreuzung zu und konnte nicht mehr rechtzeitig bremsen. Logan krachte in ihn hinein. Der Fahrer des VW sprang aus dem Auto, es rollte nur noch langsam dahin. Auch wenn das Video keine gute Qualität hatte, konnte man deutlich die Rundungen der Fahrerin erkennen. Das Gesicht und die Haare wurden von einer Kapuze verdeckt. Die Fahrerin rappelte sich auf und lief humpelnd Richtung Fluss davon. Zwei Querstraßen konnte man sie verfolgen, bis sie in eine Gasse einbog. Dort verlor man ihre Spur.

»Das sieht nicht wie ein Unfall aus«, sagte Clarkson. »Das war Absicht.«

James klopfte ihr auf die Schulter. »Sehe ich auch so. Gut gemacht, Clarkson. Danke!« James drehte sich um. Bevor er aus der Tür hinaus war, fügte er hinzu: »Auf wen ist der Wagen zugelassen?«

»Autovermietung. Ich bin schon dran, herauszufinden, wer das Fahrzeug gemietet hat.« Clarkson grinste und wandte sich wieder dem Computer zu.

Das Gefühl der Rache und Gerechtigkeit packte James und er war gewillt, diesem Miststück endlich das Handwerk zu legen, bevor es noch mehr Verletzte oder Tote gab. Doch zuerst sollte er sich dringend aufs Ohr hauen. Der IT-Experte mit dem Gesichtsalterungsprogramm kam erst in ein paar Stunden. Solange hatte James Zeit, sich auszuruhen.

Elf

Hope blieb die Nacht über bei Logan im Krankenhaus. Viel Schlaf bekam sie nicht, denn die Sorge, dass es wieder einen Anschlag auf Logan geben könnte, war zu groß. Das Adrenalin flaute langsam ab, trotzdem zitterten ihre Hände noch immer. Vorsichtig streichelte sie Logans Wange und betrachtete ihn. Logan war derjenige, den sie von ganzem Herzen wollte. Er verkörperte alles was sie sich vorstellte. Er war charmant, zuvorkommend, konnte gut zuhören, wusste was er wollte. Ihre Gefühle zu Logan waren stark. Sie hatte schreckliche Angst, dass sie ihn verlieren könnte, denn sie wollte den Schmerz des Verlustes nie wieder spüren. Er zerfraß sie innerlich. Zoe zu verlieren war ganz und gar nicht einfach. Es fühlte sich an, als wäre ihr ein Stück von sich selbst entrissen worden. Doch dieser Verlust war anders als der, bei dem man Lebewohl sagen musste. Für immer. Sie könnte es nicht ertragen. Nicht noch einmal.

Hope schaute aus dem Fenster. Das Dunkel der Nacht verschwand allmählich, doch mehr als grau brachte der Morgen nicht. Die Sonne wurde von dicken Wolken verdeckt – es hatte nicht eine Minute aufgehört zu regnen. Das passte zu ihrer Stimmung. Doch keiner von ihnen durfte jetzt aufgeben. Es lag an jedem von ihnen, die Täterin zu finden.

Hope würde sich kurz zu Hause umziehen und zu Boyed in die Klinik fahren. Irgendetwas gab es da noch zu holen, vermutete sie. Im Kopf ging sie die Unterlagen durch. Es gab keinen Hinweis auf Boyeds Tochter. Sie schien wie vom

Erdboden verschluckt zu sein. Miller war eindeutig von ihr benutzt worden, um von ihr abzulenken. Ein kluger Schachzug, doch sie bedachte nicht, dass sie es mit ausgezeichneten Ermittlern zu tun hatte. James war ihr auf den Fersen und Boyeds Tochter spürte das. Sie verlor langsam die Kontrolle über ihre Taten. Der inszenierte Unfall von Logan war ein Fehler. Nur noch ein kleines bisschen mehr und sie würden sie schnappen. Aber sie mussten sich beeilen, um Jodie zu finden und zwar bevor sie zu Tode gefoltert wurde. Sie sollten sie irgendwie aus der Reserve locken. Hope rief das Bild von Deborah auf ihrem Handy auf. Wo hatte sie diese Narbe schon einmal gesehen? Sie wusste, dass sie ihr irgendwo aufgefallen war. Gedankenverloren stand sie am Fenster und merkte nicht, wie sich Logan an sie heranschlich. Sie fuhr herum und landete direkt in seinen Armen.

»An was denkst du?«, fragte er.

»An diese Narbe auf der Stirn von Boyeds Tochter. Die kommt mir so bekannt vor, aber mir will nicht einfallen, wo und wann ich sie schon mal gesehen habe.«

»Du wirst es herausfinden.«

»Hoffentlich nicht zu spät. Wie geht es dir?«

»Ich fühle mich wie durch den Fleischwolf gedreht und in meinem Kopf wird unablässig mit einem Presslufthammer gearbeitet.«

»Ist dir noch übel?«

»Mhm«, brummte er.

»Na, dann sofort wieder zurück ins Bett.«

»Jawohl!«, sagte er und salutierte.

»Kann ich dich eine Weile alleine lassen? Ich möchte mich umziehen und nochmal zu Boyed fahren.«

»Du kannst dich hier umziehen«, sagte er und lächelte verschmitzt.

»Das hättest du wohl gern.«

»Nein, jetzt mal im Ernst. Du solltest dich lieber von Boyed fernhalten.«

»In der Klinik kann mir nichts passieren. Ich weiß, dass er James etwas verheimlicht hat und ich muss wissen, was das ist.«

»Sag James Bescheid, vielleicht kommt er mit.«

»Ich ruf ihn an.«

»Sei vorsichtig und halt die Augen auf.«

»Mach ich«, antwortete Hope und streichelte sein Gesicht.

*

Hope öffnete ihren Kleiderschrank, holte neue Klamotten heraus und zog sich um. Dexter drängelte, also machte sie mit ihm noch einen kurzen Spaziergang, schließlich war er die ganze Nacht alleine gewesen. Er spürte, dass mit ihr etwas nicht stimmte und wollte unbedingt mit ihr kommen. Doch bevor sie sich auf den Weg in die Klinik machte, ging sie in die Küche, klappte ihren Laptop an der Theke auf und versuchte etwas über Dr. Harson herauszufinden. Hope wollte etwas entdecken, eine Doktorarbeit oder Ähnliches, mit dem sie ihr Vertrauen oder zumindest ihre Sympathie gewinnen konnte. Leicht möglich, dass Boyed unbewusst etwas zu ihr gesagt hatte, was ihr jetzt vielleicht helfen könnte. Zuerst suchte sie auf der Homepage der Klinik. Natürlich waren keine Bilder zu finden, um die Angestellten vor rachsüchtigen Angehörigen zu schützen, es waren lediglich Namen. Dr. A. Harson war auf der Seite aufgeführt. Hope gab in die Suchmaschine *Google* »Dr. A. Harson, Boston« ein. Die Suche ergab nur wenige Treffer im Zusammenhang mit dem Namen. Sie fand ein paar Artikel und Berichte in Fachmagazinen. Ein Link davon führte auf die Website einer ihr sehr bekannten Fachzeitschrift, auf der sie die Berichte nachlesen konnte. Es handelte sich um die Forschung über Altersdemenz. Hope war nicht überrascht, dass sich Dr. Harson mit diesem Thema befasste, da es normal war, wenn sich Ärzte mit mehreren Fachgebieten beschäftigten. Sie las sich den Artikel bis zum Ende durch und fand ihn sehr informativ. Am Ende der Seite war ein Bild von Dr. Harson zu sehen. Diese sah der Psychologin in der Klinik nicht einmal annähernd ähnlich. Hope überkam ein ungutes Gefühl und sie versuchte die aktuelle Arbeitsstelle von Dr. Harson herauszufinden. Auf der gleichen Seite war ein Verweis auf das städtische Krankenhaus. Hope wählte die Nummer des Krankenhauses und nach dem dritten Klingeln meldete sich eine Schwester.

»Guten Tag, Dr. O'Reilly vom Boston Police Department. Ich möchte gerne mit Dr. Harson sprechen.«

Am anderen Ende der Leitung entstand eine längere Pause.

»Hallo? Sind Sie noch dran?«

»Ähm, ja, tut mir leid, aber Dr. Harson wird vermisst.«

Hopes Vermutung wurde ihr hiermit bestätigt. Boyeds Psychologin Dr. Harson, war nicht die, die sie vorgab zu sein. Doch Hope fand nicht, dass sie eine ältere Version von Deborah sein könnte. Dann wählte sie James' Nummer. Es ging sofort die Mailbox dran. Also schickte sie ihm eine Nachricht, da sie wusste, dass er nie seine Mailbox abhörte. Hope schrieb: Dr. Harson ist eine Betrügerin. Die echte Dr. Harson wird vermisst.

Heute war Sonntag und sie vermutete, dass Dr. Harson, oder wer auch immer sie war, sich nicht in der Klinik aufhielt, denn an Sonntagen wurden keine Sitzungen abgehalten. Also beschloss Hope, nicht auf James' Antwort zu warten, sondern alleine loszufahren.

Sie nahm ihre Schlüssel und ging mit Dexter zum Auto. Die Fahrt dauerte nicht lange, die Straßen waren frei.

Hope parkte ihr Auto wieder auf dem Mitarbeiterparkplatz. Langsam fühlte sie sich auch wie eine. Sie stieg aus, ließ Dexter aus dem Wagen und ging mit ihm zur Klinik. Hope war fest davon überzeugt, Boyed alles entlocken zu können, denn dieses Mal würde sie nicht lockerlassen.

Gerade, als sie am Empfangsschalter vorbeiging, hörte sie jemanden hinter ihr her rufen: »Hunde dürfen …«

Hope winkte ab. »Weiß ich und es ist mir immer noch egal.«

Unbeirrt setzte sie ihren Weg fort und ging in den ersten Stock. Wie immer klopfte sie erst vorher an, bevor sie in Boyeds Zimmer ging.

»Hope, schön Sie zu sehen. Ich nehme an, dieses Gespräch ist nicht über Privates? Lieutenant Reynolds war erst vor kurzem hier.«

»Das ist mir bekannt, er hat mir davon berichtet.«

»Ich habe Lieutenant Reynolds bereits alles gesagt, was ich weiß.«

»Das glaube ich nicht, Matthew. Sie wissen wo Ihre Tochter ist. Sagen Sie mir, wo ich sie finden kann.«

»Es ist besser, wenn Sie sich da raushalten. Ich könnte es mir nicht verzeihen, wenn Ihnen etwas zustößt.«

»Keine Chance. Ich will die Wahrheit. Ich kann sehen, dass Sie es wissen. Jodie, die junge Studentin, die entführt wurde, ist noch irgendwo da draußen und erleidet Höllenqualen. Bitte. Sie können nicht ungeschehen machen, was Sie getan haben, aber jetzt haben Sie die Möglichkeit, einem Menschen das Leben zu retten.«

»Das versuche ich gerade«, flüsterte er. »Sie sollten hier verschwinden, so schnell Sie können.«

»Wieso?«

Im nächsten Moment wurde die Tür aufgerissen und Dr. Harson kam mit einem Aktenkoffer herein. Hopes Muskeln spannten sich an. Auf dieses Treffen war sie nicht vorbereitet und ohne Verstärkung. Was, wenn es nun doch Boyeds Tochter war? Durch ihren Pony konnte sie nicht sehen, ob sie eine Narbe hatte oder nicht.

»Dr. O'Reilly. Wie nett, Sie hier anzutreffen. Ich wollte mich sowieso noch bei Ihnen entschuldigen, wie ich mich das letzte Mal aufgeführt habe. Ich will nur das Beste für meine Patienten, das verstehen Sie doch, oder?«

»Nur zu gut, Dr. Harson. Dafür müssen Sie sich nicht entschuldigen.«

Hope versuchte ihre Angst mit übermäßiger Freundlichkeit zu überspielen und spähte heimlich auf ihr Handy. Keine Nachricht von James. Ihre Hände zitterten und sie verschränkte die Arme.

Harson schloss die Tür hinter sich und blieb davor stehen.

»Wie kann ich Ihnen helfen?«

»Verstehen Sie mich bitte nicht falsch, ich möchte nicht unhöflich sein, aber dies ist eine offizielle Befragung und Mr. Boyed hat sich dafür entschlossen, allein mit mir zu sprechen.«

»Das ist in Ordnung, Dr. Harson«, mischte sich Boyed ein.

»Nein, das sehe ich anders. Jedes Wort, das Sie mit Mr. Boyed sprechen, geht mich sehr wohl etwas an.«

Hope spürte die Abneigung, die Dr. Harson ihr gegenüber ausstrahlte und dass Dexter langsam nervös wurde. Erstmals musterte Hope Harson. Sie war definitiv nicht diejenige auf dem Bild des Berichts. Dafür war sie viel zu jung. Harson war um die 1,70 Meter groß und sehr zierlich. Ihre Hände waren mit Schürfwunden und Kratzern übersät. Diese konnten aber auch von der Gartenarbeit stammen. Harson bemerkte offensichtlich, wie Hope sie anstarrte und versuchte, die Hände schnell in den Jackentaschen zu verstecken und blies sich dabei eine Haarsträhne aus dem Gesicht. Entweder war die Wunde an ihrer Stirn, die sie sich als Teenager zugezogen hat, sehr gut verheilt, oder es war ein weiteres Indiz, dass sie nicht Boyeds Tochter war. Hope schaute wieder auf ihr Handy: immer noch nichts! Aber sie hatte James eben nur gesagt, dass Dr. Harson eine Betrügerin sei, und nicht, dass sie in die Klinik fahren würde. Der Einzige, der davon wusste, war Logan. Und sie hoffte inständig, dass er James darüber informieren würde. Hope konnte jetzt nicht einfach fliehen, denn sie war Boyeds Tochter auf der Spur und nun war nicht mehr Boyed der Schlüssel, sondern Harson.

»Was halten Sie von ein bisschen Smalltalk? Vielleicht können wir unsere Unstimmigkeiten beilegen, wenn wir uns etwas besser kennen lernen. Wo haben Sie eigentlich studiert, Dr. Harson?«

Harson war sichtlich überrascht über die Frage.

»Hier in Boston.«

»Dann waren wir vermutlich auf der gleichen Uni. Auf welches Fachgebiet haben Sie sich spezialisiert?«

»Posttraumatische Belastungsstörung.«

»Ah, sehr schön. Dann ist Mr. Boyed bei Ihnen in guten Händen. Ich habe erst vor kurzem einen Bericht von Ihnen gelesen. Sehr informativ und interessant. Legasthenie. Gab es jemanden in Ihrer Familie, der an Legasthenie litt?«, fragte Hope mit dem Wissen, dass der Bericht von Demenz handelte. Sie wollte Harson aus der Reserve locken. Ihr würde nichts passieren, die Sicherheitsleute waren im gesamten Gebäude und es gab einen Notrufknopf in jedem Zimmer. Trotzdem war sie angespannt.

Im Gegensatz zu ihr entspannte sich Dr. Harson. Hope hatte anscheinend zufälligerweise das richtige Thema gewählt.

»Mein Bruder litt unter Legasthenie. Das Thema hat mich also schon von klein auf interessiert«, erzählte Harson.

»Verstehe. Ist ihr Bruder älter als Sie?«

»Nein, er ist fünf Jahre jünger.« Harson lächelte beim Gedanken an ihren Bruder.

»Ich habe eine kleine Schwester. Ein Leben ohne sie könnte ich mir nicht vorstellen.«

»Da gebe ich Ihnen recht.« Harsons Gemüt war nun sehr sanft und nicht mehr aufgebracht.

Das war die perfekte Überleitung. Hope versuchte ihr Glück.

»Wollen Sie das aufs Spiel setzen?«

»Wie meinen Sie das?«, fragte Harson.

Mit einem weichen Ton sagte Hope: »Wenn Sie vorgeben, Ärztin zu sein, zieht das eine lange Gefängnisstrafe nach sich. Ist Ihnen das bewusst?«

Harson blieb stumm und schaute aus dem Fenster.

»Wer sind Sie wirklich?«, fragte Hope vorsichtig.

Harson wirkte mit einem Mal sehr müde.

»Ich bin Dr. Harson, das …«

»Sie können sich mir anvertrauen. Ihnen wird nichts passieren«, fiel ihr Hope ins Wort.

»Sie wissen rein gar nichts. Sie haben keine Ahnung. Wenn ich auch nur ein Wort sage, dann bringt sie mich um und Sie beide ebenso.«

»Und wer ist *sie?*«

»Ich kann nicht darüber sprechen. Hören Sie auf, Fragen zu stellen und verschwinden sie einfach.«

»Sagen Sie mir wenigstens, wie Sie wirklich heißen.«

Harson war merklich angespannt und hin und her gerissen.

»Isabelle.«

Hope entspannte sich ein wenig und hatte das Zittern ihrer Hände wieder unter Kontrolle.

»Danke, Isabelle. Ich kann Ihnen helfen, wenn Sie mir sagen, wie.«

»Niemand kann mir helfen. Ich habe gerade mein Todesurteil unterschrieben.«

Isabelle stand auf und ging im Raum auf und ab. Das machte Dexter nervös und er beobachtete sie mit gespitzten Ohren. Boyed saß immer noch stumm in seinem Sessel und wagte sich kaum zu bewegen.

»Es ist bestimmt nicht so schlimm, wie Sie denken«, versuchte Hope sie zu beruhigen.

»Wenn sie herausfindet, dass Sie wissen, wer ich wirklich bin, wird sie erst mich töten und dann Sie. Verstehen Sie das denn nicht?«

»Soweit wird es nicht kommen, das verspreche ich Ihnen. Ich werde meinen Freund Lieutenant Reynolds anrufen und er wird die Sache regeln.«

Gerade als Hope das Handy aus der Tasche holen wollte, stürmte Isabelle zu ihrer Aktentasche und zog eine Pistole hervor. Mit zitternder Hand zielte sie auf Hope. Abwehrend hielt Hope die Hände in die Höhe und Dexter gab ein bedrohliches Knurren von sich.

»Nein! Sie rufen nicht die Polizei!«

»Isabelle, nehmen Sie die Waffe runter. Lassen Sie uns reden.«

»Auf keinen Fall. Ich habe schon viel zu viel riskiert. Aber ich kann die Situation noch retten. Wir werden jetzt hier rausspazieren, ohne dass sich jemand etwas anmerken lässt.«

»Mr. Boyed kann nicht einfach die Klinik verlassen«, stellte Hope fest.

»Sie sind doch von der Polizei oder nicht? Also können Sie ihn mitnehmen.«

»So einfach ist das nicht. Zudem wird dem Sicherheitspersonal auffallen, dass hier etwas nicht stimmt.« Hope gab ihr Bestes, um Isabelle von ihrem Plan abzubringen.

»Das klären wir, wenn es soweit ist. Also los, aufstehen.« Isabelle fuchtelte mit der Pistole herum. Hope und Boyed taten, wie ihnen geheißen und standen auf. Dexter wurde immer unruhiger, darum entschied Hope, ihn hier zu lassen. Wenn James in die Klinik fuhr und Dexter alleine in Boyeds Zimmer vorfand, würde er sofort Bescheid wissen. Hope gab Dexter das Zeichen für »Platz« und dieser legte sich widerwillig hin. Isabelle drückte Hope den Lauf der Waffe fest in den Rücken und schob sie nach vorne. Die Härchen in Hopes Nacken stellten sich auf. Die pure Angst war jetzt in jedem ihrer Knochen.

»Aufmachen«, befahl Isabelle.

Hope folgte der Anweisung und öffnete die Tür. Sie hoffte inständig, dass sie auf dem Flur das Sicherheitspersonal antreffen würde. Entmutigt starrte sie den menschenleeren Korridor entlang.

»Hände runter und vorwärts«, kam es wieder von Isabelle.

Was hatte sich Hope nur dabei gedacht. Sie hatte zwei Menschenleben in Gefahr gebracht. Fieberhaft überlegte sie, wie sie unverletzt aus der Sache wieder herauskamen. Doch ihr wollte nichts einfallen, ihr Gehirn schien von der Angst gelähmt zu sein.

»Was haben Sie mit uns vor?«, fragte Boyed.

»Wir fahren zu einem abgelegenen Ort, wo Deborah dann entscheidet, was mit Ihnen passiert.«

Alarmglocken schrillten in Hopes Kopf. »Haben Sie *Deborah* gesagt?«

»Halten Sie die Klappe.«

Boyed berührte Hope am Arm und sah sie direkt an.

»Wer ist Deborah?«

»Klappe halten, habe ich gesagt«, zischte Isabelle und bohrte Hope die Pistole tiefer in den Rücken. Hope schloss kurz die Augen, um sich selbst zu beruhigen und ging auf wackeligen Beinen weiter.

»Bitte«, flüsterte Boyed ihr flehend zu.

»Sie ist Ihre Tochter, Matthew«, antwortete Hope. Im gleichen Atemzug spürte sie einen heftigen Schlag auf den Hinterkopf und kam ins Straucheln. Ihr wurde bedrohlich schwindelig, sie versuchte irgendwo Halt zu finden, doch sie griff nur ins Leere. Boyed kam ihr sofort zu Hilfe, fing sie auf und stütze sie.

»Lassen Sie sie los!«, sagte Isabelle warnend und zielte mit der Waffe auf Boyed. Dieser ließ sich nicht beirren und führte Hope langsam und vorsichtig zu Boden. Behutsam lehnte er sie gegen eine Wand und ließ von ihr ab. Hope spürte, wie eine heiße Flüssigkeit an ihrem Nacken entlang ran, wagte es aber nicht, die Stelle zu berühren.

»Wissen Sie, was sie da gerade getan haben?« fragte Isabelle Hope scheinbar verzweifelt. »Sie haben Deborahs große Überraschung zerstört. Sie wollte es ihm selbst sagen und dabei sein Gesicht sehen. Sie dummes Stück! Deborah wird mich umbringen.«

Man konnte an Isabellas Stimme erkennen, wie sie immer mehr die Fassung und die Kontrolle verlor. Sie wurde hektisch und ging hin und her. Schlagartig zielte sie mit dem Lauf wieder auf Hope.

»Deborah muss nichts davon erfahren. Es tut mir leid, Dr. O'Reilly, aber Sie müssen sterben«, sagte Isabelle, bevor sie die Pistole entsicherte. Hope war zu benommen, um zu reagieren. Sie wusste, dass sie sich bewegen musste, aber sie schaffte es nicht. Isabelle zielte auf Hopes Kopf und Boyed stellte sich ihr in den Weg.

»Gehen Sie weg von ihr, sonst erschieße ich Sie auch«, drohte Isabelle.

Doch Boyed bewegte sich nicht.

»Dann tun Sie's. Ich lasse nicht zu, dass Sie ihr weh tun.«

»Aus dem Weg!«, brüllte Isabelle und fuchtelte wild mit der Waffe herum.

Plötzlich durchfuhr ein lauter Knall die Luft, danach wurde es totenstill.

Hope wagte es kaum die Augen zu öffnen, aber ihr Überlebensinstinkt war stärker. Sie sah wie Boyed vor ihr auf dem Boden lag und aus der Seite seines Oberkörpers blutete. Isabelle stand wie angewurzelt da und hatte die Pistole fallen lassen. Hopes Sinne waren jetzt wieder voll da und sie stürzte sich zu Boyed. Er atmete schnell und hektisch. Hope versuchte die Blutung zu stoppen, oder zumindest einzudämmen. Sie zog schnell ihre Jacke aus und drückte sie fest auf die Schusswunde.

Im nächsten Moment öffnete sich eine Tür im Flur und eine Schwester spähte heraus. Sofort rannte sie auf den Verwundeten zu. Hope erkannte Schwester Suzi von dem Tag, an dem sie die erste Befragung mit Boyed durchgeführt hatte und war froh, sie zu sehen.

»Rufen Sie das Sicherheitspersonal«, trug Hope der Schwester auf. Doch diese blickte nur schockiert auf den verletzten Mann.

»Es wird nicht kommen«, gab die Schwester zurück.

»Was soll das heißen? Er muss sofort in ein Krankenhaus«, sagte Hope.

Die Schwester wandte den Blick zu Hope und starrte sie wütend an. Eine sichelförmige Narbe war auf ihrer Stirn zu sehen und das Blut in Hopes Adern schien daraufhin zu gefrieren.

»Du dumme Schlampe. Was hast du bloß angerichtet?«, fragte die Schwester drohend.

Mit einem Satz war die Schwester bei der Pistole und nahm sie an sich. Isabelle stand perplex neben ihr. Panik machte sich in Hope breit. »Deborah.« Ihre Stimme war lediglich ein Flüstern.

»Ganz richtig. Du hattest mich die gesamte Zeit über im Nacken, ohne es zu wissen.«

Hope schluckte trocken und spürte, wie sich Boyed bewegte. Die Wunde an ihrem Kopf pochte wie verrückt und erschwerte es ihr, klare Gedanken zu fassen.

»Du bist meine Tochter?«, sagte Boyed gequält und versuchte sich aufzusetzen.

»Daddy, bleib liegen. Ich werde dir helfen.« Auf einem Mal schien Deborah sehr fürsorglich und ihre Wut war scheinbar verpufft.

»Isabelle, hol den Verbandskasten«, befahl Deborah.

Wie in Trance, ging Isabelle zum Schwesternzimmer zurück und holte den Verbandskasten. Deborah stieß Hope zur Seite, warf ihre Jacke weg und verarztete Boyed so gut es ging. Sie gab ihm Tabletten, welche sie in ihrer Kitteltasche hatte.

»Kannst du aufstehen, Daddy? Wir müssen hier weg. Die Sicherheitsleute werden es längst bemerkt haben, dass ich falschen Alarm ausgelöst habe.«

»Ich versuche es.« Doch bevor er sich aufrappelte, sagte er: »Deborah, bitte, lass Hope gehen. Ich komme mit dir mit.«

»Kommt nicht in Frage.«

Aus ihrer Schockstarre erwacht, sagte Isabelle: »Es tut mir so leid, Deborah. Das wollte ich nicht. Ich wollte dich nur von dieser Frau befreien.«

Deborah entsicherte die Pistole, zielte auf Isabelle und sagte: »Du hast schon viel zu viel vermasselt.«

»Nein! Bitte nicht!«, flehte Isabelle, doch es hatte keinen Zweck. Deborah schoss ihr in die Brust. Hope schrie auf, drückte sich gegen die Wand und schlang automatisch ihre Arme um sich herum, um sich zu schützen. Mit einem dumpfen Schlag kam Isabelle auf dem Boden auf und stöhnte. Nach einem leichten Zucken blieb sie regungslos, in einer sich schnell ausbreitenden Blutlache, liegen. Fassungslos starrte Hope auf die tote Isabelle.

»Steh auf und hilf mir«, sagte Deborah zu Hope.

Zögernd erhob Hope sich und half Deborah Boyed auf die Beine zu stellen.

Mit einem schmerzerfüllten Stöhnen hielt sich Boyed gerade so aufrecht. Hope und Deborah stützen ihn von beiden Seiten. Wackelig gingen sie auf den Notausgang zu. Gedanklich schickte Hope ein Stoßgebet an James, er sollte endlich auftauchen.

Gerade, als sie die Tür zur Nottreppe öffneten, rannten zwei Sicherheitsleute von der Treppe den Flur entlang. Sie entdeckten die Leiche und im nächsten Moment fiel ihr Blick auf die Flüchtigen. Deborah gab einen Warnschuss ab.

»Ich habe Geiseln. Wenn ihr mich nicht gehen lässt, werden sie sterben.«

Hope kam die Situation vor, wie in einem amerikanischen Actionfilm. Sie hoffte, dass sie Deborah im richtigen Moment überwältigen konnte, um sich selbst und Boyed zu retten.

Mit den Waffen im Anschlag standen ihnen die Sicherheitsleute gegenüber. »Wir können das regeln, ohne dass jemand verletzt wird. Nehmen Sie die Pistole runter und wir sprechen in Ruhe«, sagte einer der Sicherheitsleute.

»Halten Sie den Mund und gehen Sie mir aus dem Weg!«

Da Deborah gerade abgelenkt war, versuchte Hope ihre Chance zu ergreifen um zu flüchten. Sie ging ihre Möglichkeiten durch. Doch in jede Richtung in die sie abhauen konnte, würde sie sich nicht rechtzeitig in Sicherheit bringen können, bevor Deborah ihr in den Rücken schoss.

»Ich sage es nicht noch einmal!« Deborah drückte Boyed die Pistole an den Kopf und die Sicherheitsleute entschieden, sie gehen zu lassen.

Die Treppe am Notausgang befand sich im Freien und der Regen prasselte auf sie herab. Die Flucht über die Treppe gestaltete sich mit einem verletzten Mann schwierig. Geschätzte 90 Kilo über Stufen nach unten zu bringen, war eine Herausforderung. Hope hielt sich am Geländer fest und stützte Boyed mit aller Kraft. Deborah tat es ebenso. Das Scheppern, welches die Pistole von sich gab, jedes Mal, wenn sie gegen das Geländer stieß, signalisierte Hope die ständige Gefahr, die sie begleitete.

Die Hoffnung auf ein Entkommen starb, als sie unten ankamen und weder Sirenen zu hören waren, noch Blaulichter zu sehen waren. Boyed wurde spürbar schwächer, er lehnte sich immer weiter in Hopes Arme. Ihre Beine drohten unter der Last zu brechen. Zudem war ihr furchtbar kalt ohne ihre Jacke. Sie schleppten Boyed über den Kiesparkplatz bis hin zu Deborahs Auto. Mühsam bugsierten die Frauen Boyed auf die Rücksitzbank.

»Du fährst«, sagte Deborah und warf Hope die Schlüssel zu.

Widerwillig stieg sie in den Wagen und startete den Motor. Bevor sie losfuhr, schaute sie sich noch einmal um. Warum hielt sie das Sicherheitspersonal nicht auf? Ein gezielter Schuss … für so etwas waren die doch ausgebildet.

Deborah nahm auf dem Beifahrersitz Platz und richtete die Waffe auf Hope.

»Fahr los. Ich sag' dir, wohin. Und mach bloß keine Dummheiten.«

Hope atmete tief durch, schluckte die Angst hinunter und fuhr los. Ihre Gedanken waren bei Dexter, der alleine in Boyeds Zimmer war, Logan, der verletzt im Krankenhaus lag und Boyed, der auf der Rücksitzbank sterben würde.

Deborah lotste sie durch die Innenstadt.

»Wieso tun Sie das?«

Deborah lachte abfällig. »Du bist die Psychologin. Sag du es mir.«

»Sie möchten Ihrem Vater imponieren«, entgegnete Hope und sah besorgt in den Rückspiegel. Boyeds Atmung war flach. Er würde es nicht überleben, wenn er nicht gleich in ein Krankenhaus gebracht würde.

»Das ist richtig.«

»Wenn Sie Ihren Vater so sehr lieben, wieso lassen Sie ihn dann auf der Rücksitzbank sterben?«

»Sei still. Er ist stark und wird das schaffen. Sobald wir angekommen sind, kümmere ich mich um ihn.« Deborah machte eine kurze Pause, lächelte. »Und um dich auch.«

Hope konnte die Tränen nicht mehr zurückhalten. Sie wollte nicht sterben und sie wollte nicht, dass Boyed wegen ihrer Naivität und Dummheit sterben musste. Boyed hatte ihr das Leben gerettet, dafür wollte sie ihn in Sicherheit bringen. Sie wusste nur noch nicht wie.

»Haben Sie Isabelle in die Klinik geschleust?«, fragte Hope mit zittriger Stimme. Sie versuchte Deborah dazu zu bringen, mit ihr zu sprechen. Vielleicht konnte sie so zu ihr durchdringen.

»Natürlich. Mit gefälschten Unterlagen kann man alles werden. Es war ganz leicht. Green ist sowieso nicht der Hellste und hat das gar nicht gemerkt.«

»Was wollten Sie damit bezwecken?«

»Isabelle sollte meinen Vater im Auge behalten, während ich auf Jagd war. Übrigens, du wirst mein nächstes Geschenk und deine Freunde werden dich nicht wiedererkennen.«

Das werden wir sehen, dachte Hope und musste sich zwingen, es nicht laut auszusprechen. Ob sie es schaffen würde, aus dem Wagen zu springen, bevor Deborah sie erschießen könnte? Vermutlich nicht. Und Boyed würde sie im Stich lassen, das wäre keine Option.

Deborah befahl ihr, an der nächsten Kreuzung nach links abzubiegen. Sie fuhren Richtung Westen aufs Land.

»Wie haben Sie Isabelle dazu gebracht, bei Ihrem kranken Spiel mitzuspielen?«

»Wir haben uns geliebt. Sie hat alles für mich getan.«

»Warum haben Sie sie dann erschossen?«

»Sie wusste, wenn ich Vater finde, brauche ich sie nicht mehr.«

»Sie sind grausam, Deborah«, sagte Hope und bekam nur ein Lachen als Antwort.

Von der Rückbank hörte man ein klägliches Stöhnen.

»Wie geht es Ihnen, Matthew?«, fragte Hope besorgt und machte sich darauf gefasst, Matthews Stimme das letzte Mal gehört zu haben.

»Nicht … gut …«, entgegnete ihr Boyed und brach in ein fürchterliches Husten aus.

»Deborah, wenn Sie Ihren Vater lieben, bringen Sie ihn in ein Krankenhaus. Er wird sonst sterben.«

Deborah schien einen kurzen Moment darüber nachzudenken.

»Nein, wir sind gleich da. Dann werden wir ihn versorgen.«

»Sie sind keine Chirurgin, haben keinen OP, keine Hilfsmittel.«

»Woher willst du das wissen?«

Hope gab den letzten Funken Hoffnung, Deborah umzustimmen, endgültig auf und versuchte zu akzeptieren, alles in ihrer Macht Stehende getan zu haben, um Boyeds Leben und auch ihres zu retten.

»Fahr links auf diesen Feldweg.«

Die Kiesstraße führte tief in einen Wald hinein. Die dicken Tannen sperrten jegliches Tageslicht hinaus. Nach geschätzten zwei Kilometern war ein Holzhaus zu sehen. Es stand verlassen zwischen wildwachsenden Sträuchern und ließ vermuten, dass sich hier schon seit Längerem niemand mehr aufgehalten hat. Deborah befahl ihr, in den efeubewachsenen Schuppen neben dem Haus zu parken. Hope stellte den Motor ab und blieb sitzen.

»Auf was wartest du? Steig aus und hilf mir meinen Vater ins Haus zu bringen.«

Hope folgte der Anweisung und öffnete die hintere Wagentüre.

»Können Sie aussteigen?«, fragte sie Boyed. Dieser schüttelte nur den Kopf. Deborah kam an ihre Seite, nahm Boyed an den Schultern und half ihm in eine aufrechte Position. Dann schlang sie seine Arme um sich und zog ihn aus dem Auto. Ein schmerzerfüllter Schrei zerriss die Luft.

»Ist alles o.k., Daddy?«, fragte Deborah mit einer schon fast kindlichen Stimme.

»Schon gut«, presste Boyed heraus.

Hope trat an ihn heran und half Deborah, Boyed ins Haus zu bringen. Nur mit Mühe und Not brachten sie Boyed auf dem schmalen Weg zwischen stacheligen Sträuchern die Verandatreppe hinauf. Während Deborah das Schloss entriegelte sah sich Hope um. Sie bezweifelte, dass sich im Inneren in Telefon befand und ihr Handy befand sich in ihrer Jacke, welche sie in der Klinik zurückgelassen hatte. Sie hätte sich für ihre Dummheit selbst ohrfeigen können.

Zwölf

»Lieutenant Reynolds«, stellte sich James dem Bildbearbeitungs-Profi vor, der nun endlich aufgetaucht war.

»Nennen Sie mich einfach Nolan. Ihre Kollegin hat mir schon ein paar Einzelheiten mitgeteilt. Es geht um ein altes Polizeifoto, das ich bearbeiten soll? Wieso haben Sie es mir nicht einfach gemailt?«

»Ich habe in letzter Zeit Vertrauensprobleme. Folgen Sie mir.«

James geleitete ihn in den Technikraum, in dem Clarkson schon Platz gemacht hatte und auf sie wartete. Nolan stellte sich kurz vor, klappte seinen Laptop auf und machte sich sofort an die Arbeit.

»Das kann ein wenig dauern«, sagte Nolan. Er nahm das Foto aus der Datenbank und transferierte es in das Bearbeitungsprogramm. James holte ihnen währenddessen Kaffee und setzte sich dann wieder neben Nolan. Gespannt verfolgte er die einzelnen Schritte – wie in wenigen Mausklicks aus einem Teenager eine erwachsene Frau wurde. Der Rechner verarbeitete die eingegebenen Daten und der Ventilator im Gehäuse drehte sich schneller unter der hohen Anforderung, die Daten zu verarbeiten. Langsam veränderten sich die Gesichtszüge, wurden kantiger und die Haut wurde blasser.

»Das war's.«

»Was? Das war's?«

»Was haben Sie sich erwartet? Es ist kein großer Altersunterschied. Ich kann selbst noch Änderungen vornehmen wie zum Beispiel die Haare ändern. Lassen Sie uns die verschiedenen Versionen durchgehen.«

Nolan klickte sich durch unzählige Frisuren. Von langen, gewellten schwarzen Haaren, sogar grüne Stoppelhaare, bis hin zu unauffälligen, hellbraunen, kinnlangen Haaren.

»Stopp!«, sagte James. »Das ist es. Irgendetwas klingelt bei mir, aber ich weiß nicht, was. Wo habe ich sie schon mal gesehen?«

Clarkson mischte sich ein und sagte: »Das ist die süße Schwester aus der Klinik. Ich habe sie befragt. Bei dem Gespräch kam nichts raus, alles unauffällig.«

»Sind Sie sich da sicher?«

»Voll und ganz, Lieutenant. Und ich habe noch etwas für Sie. Gerade kam eine E-Mail von der Autovermietung. Isabelle Davis hat den VW Jetta gemietet. Hier ist ihr Führerscheinbild.«

Clarkson drehte den Laptop, sodass James Sicht auf den Bildschirm hatte. Diese Frau erkannte er sofort.

»Das ist Dr. Harson aus der Klinik. Geben Sie sofort einen Haftbefehl für die beiden raus. Ich mache mich auf den Weg.«

Plötzlich wurde die Tür aufgestoßen und ein Kollege kam hereingestürmt.

»In der Klinik sind Schüsse gefallen. Eine Frau ist tot.«

James sprang auf. »Clarkson, schicken Sie sofort ein Einsatzkommando in die St. Elisabeth Klinik«, befahl er und drückte ihr das Foto in die Hand.

Kaum war Clarkson verschwunden, zückte er das Handy und stellte fest, dass er es vor dem Termin mit Nolan abgeschaltet hatte, um ungestört zu sein. Er schaltete es wieder ein und es zeigte einen unbeantworteten Anruf und eine Nachricht von Hope an. *Dr. Harson ist eine Betrügerin.*

Die echte Dr. Harson wird vermisst. James wählte sofort Hopes Nummer, jedoch nahm sie nicht ab. Er versuchte es bei Logan und der meldete sich sofort.

»Ich fahre in die Klinik«, rief er ins Telefon. »Es sind Schüsse gefallen, eine Frau ist tot und wir wissen wer Boyeds Tochter ist«, rief er ins Telefon.

»Was? Eine Frau ist tot? Scheiße. Hope ist dort.«

»Was?«, fragte nun auch James. »Bitte nicht.« James Magen rebellierte, er schwankte leicht, hielt sich am Schreibtisch fest.

»James? Bist du noch da? Ich sagte, wir treffen uns dort.«

»Ja, aber …«

Bevor James noch etwas sagen konnte, hatte Logan schon aufgelegt.

Tief durchatmen, dachte James. Er musste jetzt einen klaren Kopf behalten. Das half Hope jetzt am meisten. Also sammelte er sein Team ein und machte sich bereit. James legte sich die kugelsichere Weste an und bewaffnete sich. Er war gewillt, dieses Miststück zur Strecke zu bringen.

Die Fahrt zur Klinik dauerte ewig – es fühlte sich an, als würden sie sich in Zeitlupe fortbewegen. Tausend Gedanken überschlugen sich in James' Kopf und er hoffte inständig, dass Hope nicht die tote Frau war.

Der verdammte Regen hatte sich immer noch nicht verzogen. Mittlerweile konnten die Regenabfangbecken kein Wasser mehr halten und so wurde die Fahrbahn zur Rutschpartie.

Endlich erreichten sie das große Tor am Eingang. Es stand bereits offen, zwei Sicherheitsbeamte winkten sie durch. Die Fahrzeuge kamen knirschend auf dem Kies zum Stehen. Tiefe, dreckige Wasserpfützen hatten sich auf dem Boden gebildet. Nur Sekunden nach ihnen traf das Einsatzkommando ein – allesamt schwer bewaffnet, als würden sie in einen Krieg ziehen. In gewisser Weise taten sie das auch, gegen eine einzelne Person. Die Situation könnte eskalieren, wenn sich die Insassen gegen sie auflehnten, sie mussten also auf alles gefasst sein.

James war an der Spitze und lief voraus. Er überprüfte jeden Winkel auf dem Weg. Jede noch so scheinbar kleine Lücke. Am Haupteingang fing sie der Leiter der Sicherheitsbeamten ab.

James zückte seine Marke. »Lieutenant Reynolds. Wie ist die Lage?«

»Wir haben das Gebäude gesichert. Die Täterin ist mit zwei Geiseln auf der Flucht. Eine davon ist verletzt.«

Hope, dachte James.

»Wie konnte das passieren? Lassen Sie einen Täter immer einfach so fliehen?«

»Entführung ist nicht unser Gebiet, Lieutenant. Wir haben sofort um Verstärkung gebeten.«

»Gehen Sie mir aus dem Weg«, sagte James wütend, war sich dessen aber bewusst, dass der Mann nach Vorschrift gehandelt hatte. Hinter ihm hörte er ein Auto, das auf dem Kies eine Vollbremsung machte. Er drehte sich um und sah, wie Logan aus einem Taxi stieg. Logan hielt sich die Seite mit seinem eingegipsten Arm und lief auf ihn zu.

»Weißt du schon, wer die Tote ist?«, fragte er. James konnte Angst in seinen Augen erkennen.

»Nein, aber gleich.« James drehte sich um und setzte den Weg mit Logan gemeinsam fort. Oben angekommen befanden sich dort lediglich ein paar Sicherheitsbeamte, die den Tatort absicherten. Die Leiche lag am Ende des Flurs, knapp vor Boyeds Zimmer. James und Logan hasteten auf die Leiche zu, die Meilenweit entfernt schien. James kniete sich neben die tote Frau und betrachtete sie. Es war ein Blutbad, ihr wurde direkt ins Gesicht geschossen und sie somit entstellt. Anhand ihrer Haarfarbe stellte er fest, dass es sich bei der Leiche nicht um Hope handelte. Ein riesiger

Stein fiel ihm vom Herzen, doch das Gefühl der Erleichterung hielt nicht lange an. Als er sich umsah, entdeckte er eine weitere Blutlache und eine blutgetränkte Jacke. Er stand auf, ging darauf zu und begutachtete sie. Das Etikett an der Innenseite und das Handy, welches er in einer der Taschen fand, verriet ihm, wem die Jacke gehörte. Er kannte sie nur zu gut, denn sie war ein Geschenk von ihm.

»Logan, das ist Hopes Jacke. Ihr Handy ist auch da.«

»Das muss nichts heißen.«

»Sie ist voller Blut!«, sagte James verzweifelt.

»James, beruhige dich. Wenn du die Nerven verlierst, hilft ihr das nichts.«

Logan hatte mit beidem recht. Er verlor gerade die Nerven und helfen würde er ihr auch nicht können.

»Im Flur gibt es Überwachungskameras. Wir sehen uns die Bänder an«, sagte Logan.

»Schon geschehen«, sagte Clarkson, die soeben mit einem Laptop in der Hand zu ihnen stieß. Sie stellte sich zwischen die beiden und startete die Aufnahme. Es war zu sehen, wie Hope, Boyed und Dr. Harson aus Boyeds Zimmer kamen. Dr. Harson hielt Hope eine Pistole an den Rücken und schob sie vorwärts. Sie sprachen miteinander und Harson schien wütend zu sein. Dann schlug Harson Hope fest mit der Pistole auf den Hinterkopf. James konnte es nicht ertragen, ihr schmerzerfülltes Gesicht und wie sie daraufhin umkippte zu sehen. Glücklicherweise war Boyed ihr zu Hilfe geeilt und hatte sie sanft auf dem Boden abgesetzt. James fuhr sich mit den Fingern durch die Haare und sah sich zusammen mit Logan die Aufnahme zu ende an.

Als diese endete, atmete James tief durch. Hope war zwar verletzt, doch das viele Blut war nicht von ihr. Logan legte ihm die Hand auf die Schulter und drückte sie fest.

»Sie schafft das schon«, versuchte sein Bruder ihn zu bestärken, der vermutlich genauso besorgt war wie er. »Du musst dich jetzt konzentrieren. Wie geht es weiter?«

»Wir müssen herausfinden, wie sie geflohen sind. Zu Fuß? Mit dem Auto?«

»Diese Frage kann ich beantworten. Sie sind mit einem Audi A2 gefahren. Das Kennzeichen war in der Mitarbeiterkartei der Klinik gespeichert. Ich habe bereits bei der Zulassungsstelle nachfragt. Das Auto ist auf Isabelle Davis registriert«, berichtete Clarkson.

»Das ist Dr. Harson«, stellte James fest. »Hope hat herausgefunden, dass wir es mit einer Betrügerin zu tun haben. Isabelle Davis ist also ihr richtiger Name. Wie sieht es mit Deborah aus? Unter welchen Namen hat sie hier gearbeitet?«

»Isabelle Davis«, antwortete Clarkson.

»Deborah hat Isabelles Identität genutzt und Isabelle hat sich als Dr. Harson ausgegeben. Warum ist das denn niemandem aufgefallen?«

»Das *Warum* können wir später klären. Erst müssen wir Hope finden«, mischte sich Logan ein.

»Ja, du hast recht. Clarkson, finden Sie alles über Isabelle Davis heraus, und zwar schnell.«

Clarkson nickte und lief ins Schwesternzimmer.

Plötzlich hörte James ein Wimmern und ein Scharren. Es kam aus Boyeds Zimmer. James ging darauf zu und öffnete die Tür. Dexter kam schwanzwedelnd herausgerannt und sprang vor Freude James an.

»Hey, mein Junge. Was machst du denn hier?«

James kraulte ihn hinter dem Ohr und Dexter schien überglücklich zu sein, ihn zu sehen. Die Tatsache, dass Hope Dexter zurückließ, beunruhigte ihn nur noch mehr.

»Wenn sie ihn hier lässt bedeutet das nichts Gutes, habe ich recht?«, fragte Logan. Dieser war nun deutlich nervöser geworden. James schüttelte zur Bestätigung den Kopf.

Clarkson kam wieder zurück, war so flink am Computer wie immer und teilte ihnen mit, was sie herausgefunden hatte. »Davis hat ein Apartment in der Innenstadt.«

»Ich glaube kaum, dass Deborah in dieser Wohnung Menschen foltert. Haben Sie sonst noch etwas?«

»Moment …«, sagte Clarkson und tippte in ihren Laptop. »Über Davis selbst nichts, aber über ihre Eltern. Sie besitzen ein Waldstück im Westen.«

»Das ist es! Clarkson, schicken Sie mir die Adresse und machen Sie das Team bereit. Wir fahren sofort los.«

Diesen Einsatz würde er selbst leiten, schließlich war er für Personenbefreiungen im Zusammenhang mit Entführungen ausgebildet. Adrenalin floss durch James' Adern und verlieh ihm die Stärke und Konzentration, die er brauchte.

»Ich komme mit dir.«

»Nein, Logan. Du bist verletzt. Ich kann dich im Einsatz nicht gebrauchen.«

»Bitte, ich will zu ihr«, flehte Logan ihn an.

James musterte seinen großen Bruder. Er sah trotz seiner Statur sehr zerbrechlich aus und das nicht nur wegen des eingegipsten Armes und des Pflasters an der Stirn. James dachte kurz darüber nach, ob er ihn mitnehmen sollte. Logan könnte in der Zwischenzeit im Auto warten.

»Also gut. Aber du bleibst mit Dexter im Wagen.«

»Danke.«

James und Logan, mit Dexter im Schlepptau, liefen die Treppen hinunter und aus dem Gebäude hinaus. Das Team stand schon mit laufenden Motoren bereit. Es waren zwei Fahrzeuge mit je drei Männern. James lief zu einem der Beifahrer, er solle ins andere Auto steigen. Daraufhin wechselte dieser das Fahrzeug und James, Logan und Dexter stiegen ein. James beschrieb dem Fahrer den Weg und sie starteten. Sie fuhren schnell, aber mit höchster Vorsicht, mit Blaulicht über die nassen Straßen. Über Funk kommunizierten sie mit dem anderen Team und arbeiteten ihre Angriffsstrategie aus.

Die Fahrt verlief still, jeder war angespannt und konzentriert. James' Gedanken jedoch schweiften ständig ab. Was würde er tun, wenn er Hope nicht rechtzeitig retten konnte? Die Frage wollte er sich nicht beantworten. Nur in einem war er sich sehr sicher, Deborah würde für das, was sie Hope angetan hatte, bezahlen.

*

Sie traten in das Innere des Hauses, welches im Gegensatz zu draußen bewohnt aussah. Deborah knipste das Licht an und eine große Stehlampe am Eingang erhellte das Wohnzimmer. Es war anspruchslos eingerichtet und nicht dekoriert. Obwohl es im Haus wärmer war, fröstelte Hope drinnen umso mehr. Dies lag aber mehr an der Umgebung als der Temperatur. Das Zuhause eines Mörders.

Die Frauen legten Boyed auf das durchgesessene Sofa. Seine Haut war blass und sein Brustkorb hob sich nur noch kaum merklich. Deborah befestigte die Pistole im Hosenbund und kniete sich neben Boyed. Sofort fing sie an, den blutdurchtränkten Verband zu lösen. Die Kugel hatte ein klaffendes Loch in Boyeds Bauch gerissen.

»Wenn du versuchst abzuhauen, töte ich dich sofort.« Deborah schaute Hope für einen kurzen Moment eindringlich an, dann stand sie auf und ging in den nächsten

Raum. Nach ein paar Minuten kam sie mit Nähzeug und einer Flasche Schnaps zurück.

Deborah desinfizierte die Wunde mit dem Alkohol, nahm eine lange Pinzette zur Hand und stocherte in der Schussverletzung herum. Hope stand wie versteinert neben ihnen und Boyed schien jeden Moment ohnmächtig zu werden. Er krallte sich am Sofakissen fest und biss die Zähne zusammen. Deborah holte die Kugel heraus und ließ sie auf den Boden fallen. Gleich darauf verschloss sie die Wunde mit Nadel und Faden und klebte ein großes Pflaster darüber. Behutsam tupfte sie mit einem alten Lappen den Schweiß von Boyeds Stirn und Hope war überrascht, mit welcher Präzision Deborah arbeitete. Das hatte sie nicht zum ersten Mal gemacht.

Hope versuchte es wieder: »Was ist mit den inneren Verletzungen? Er muss in ein Krankenhaus, verdammt nochmal, Deborah!«

»Halt den Mund!«, brüllte sie und wand sich wieder Boyed zu, dem sie über die Wange streichelte. »Alles wird wieder gut, Daddy.« Dann drehte sie sich um und schrie Hope an: »Das ist deine Schuld, du dumme Schlampe! Du wirst für alles büßen, was du uns angetan hast. Setz dich dort hin«, befahl Deborah und zeigte auf einen Stuhl am anderen Ende des Wohnzimmers.

Hope ging auf den Stuhl zu und ließ sich darauf nieder. Deborah band Hopes Hände an der Rückenlehne des Stuhls fest.

»Bevor ich mich um dich kümmern kann, muss ich erst deine Vorgängerin töten.«

»Jodie ist hier?«, fragte Hope. Ein eiskalter Schauer lief ihr über den Rücken.

»Ja, im Zimmer nebenan. Das hier ist meine Werkstatt.«

»Sie sind krank, Deborah! Lassen Sie Jodie gehen, bitte!«, flehte Hope sie an.

»Denkst du wirklich, du könntest mich umstimmen?«, sagte Deborah und lachte höhnisch.

»Bitte! Lassen Sie sie gehen!«

»Sei froh, dass du nicht die Erste bist.«

Eine einzelne Träne kullerte Hope über die Wange. Doch nicht aus Trauer, sondern aus Wut, denn sie hasste es hilflos zu sein. Ihre Hände waren an den Stuhl gefesselt und sollte sie es irgendwie schaffen, sich zu befreien, würde sie Deborah nicht entwaffnen können. Deborah zwinkerte ihr zu, als hätte sie ihre Gedanken gelesen und ging in das andere Zimmer.

Hope hoffte inständig niemals die Todesschreie von Jodie hören zu müssen.

Fieberhaft versuchte sie die Fesseln zu lösen, schnitt sich aber lediglich ins eigene Fleisch. Hektisch riss sie an ihren Armen, doch es schien nichts zu bringen. Plötzlich hörte sie ein leises Knacken hinter sich. Langsam tastete sie mit den Fingern das Holz ab. Sie spürte, wie eine Speiche der Lehne wackelte. Sie zog mit voller Kraft ihre Arme nach oben, einmal, zweimal, beim dritten Mal brach die Speiche. Ihre Hände waren immer noch gefesselt, aber immerhin war sie vom Stuhl befreit und konnte aufstehen. Leise schlich sie rüber zu Boyed und stupste ihn mit der Schulter an. Mit einem Stöhnen öffnete er die Augen ein kleines bisschen.

»Hope«, krächzte er.

»Pst, Deborah darf uns nicht hören. Matthew, Sie müssen mir helfen. Sie müssen mich von den Fesseln befreien.«

Hope drehte ihm den Rücken zu, damit er einen Blick darauf werfen konnte.

»Das … ist ein Kabelbinder. Den kann ich … nicht einfach abmachen.«

»Moment, ich bin gleich wieder da.«

Hope sah sich um, schlich in den Flur, von dem man in jedes Zimmer kam. Die Küche schien im hinteren Teil des

Hauses zu sein. Um dort hinzugelangen, musste sie an dem Zimmer vorbei, in dem sich Deborah befand. Hopes Körper bebte und ihr Herz drohte ihr aus der Brust zu springen. Wenn Deborah sie jetzt hörte, war alles vorbei. Doch Jodie half ihr unbewusst, als sie laut zu schreien anfing. Schnell schlich Hope an der offenen Tür vorbei und konnte dabei sehen, wie Deborah neben Jodie stand und eine Art Operationsbesteck vorbereitete. Es roch nach abgestandenem Schweiß und Fäkalien. Hope schluckte einen Würgereiz hinunter und huschte weiter. Die Küche war in Sicht und Hope unterdrückte den Impuls zu rennen. Bewusst langsam ging sie zur Küche, schaute sich um, doch es lag nichts Brauchbares herum. Deborah musste die Utensilien in den Schubbladen verstaut haben. Es gestaltete sich schwierig, diese mit gefesselten Händen leise zu öffnen. Doch sie schaffte es. Hope sah hinein und entdeckte nur Kochlöffel. Sie öffnete sie zweite. Schneidebretter. In der dritten Schublade hatte sie Glück und fand ein kleines Obstmesser. Das sollte die Arbeit erledigen. Mit dem Messer fest in der Hand schlich sie zurück ins Wohnzimmer, vorbei an Deborah. Glücklicherweise hatte sie sie nicht bemerkt. Hope kniete sich zu Boyed und drehte ihm den Rücken zu. Er war schwach, aber er wollte Hope um jeden Preis helfen, das spürte sie. Die Klinge des Messers ritzte sie immer wieder leicht in den Unterarm, während Boyed den Kabelbinder mit sägender Bewegung durchtrennte. Endlich war sie frei und konnte sich zur Wehr setzen.

»Danke, Matthew.«

»Halten Sie sie auf«, flüsterte Boyed und hustete heftig. Dabei flog blutiger Speichel aus seinem Mund.

Hopes Schuldgefühle kehrten zurück und ließen sie erstarren. Vermutlich konnte er es in ihren Augen erkennen, denn Boyed nahm ihre Hand in seine und streichelte sie sanft.

»Sie schaffen das. Machen … Sie sich keine Sorgen … um mich.« Er wischte ihr eine Träne von der Wange und gab sich sichtlich alle Mühe, ihr ein Lächeln zu schenken. Genau das war es, was sie brauchte. Unterstützung. Mit neuer Kraft erhob sie sich und durchsuchte das Wohnzimmer nach einer Waffe. Das Einzige, was sie fand, waren die zerbrochenen Speichen der Stuhllehne. Mit denen würde sie Deborah nicht überwältigen können. Aber vielleicht konnte sie es schaffen, Deborah mit dem kleinen Messer an der richtigen Stelle zu treffen. Nicht wirklich eine bedrohliche Waffe, doch es war ihre einzige Chance. Sie pirschte in Richtung Deborah. Langsam ging sie ins Zimmer und hielt die Luft an. Sie stand jetzt direkt hinter ihr. Beim nächsten Schritt den sie machte, knarzte eine Holzdiele unter ihren Füßen und Deborah fuhr herum. Hope holte schnell aus und stach nach ihr, doch Deborah ergriff das Messer und schleuderte es zur Seite. Mit einer gekonnten Bewegung griff Deborah nach der Pistole, die in ihrem Hosenbund steckte. Hope sah keinen anderen Ausweg, als sich auf sie zu stürzen und zu Boden zu reißen. Schmerzhaft kamen beide neben Jodie auf dem Boden auf und Deborahs Waffe schlitterte ans andere Ende des Raumes. Hopes Kopf war hart auf den Boden geknallt, pochte daher wieder wie wild und ließ sie nur noch verschwommen sehen. Schemenhaft konnte sie Deborah erkennen, die sich neben ihr aufrappelte.

»Stehen Sie auf«, wimmerte Jodie.

Hope musste sich bewegen, sonst würde sie es nicht überleben. Als sie versuchte aufzustehen, spielte allerdings ihr Gleichgewichtssinn nicht mit. Das Zimmer drehte sich vor ihren Augen und ließ sie wieder zu Boden sinken. Sie lag da, völlig reglos auf dem Rücken, ihre Gliedmaßen wollten ihr nicht mehr gehorchen und ihr Magen drohte zu rebellieren. Im nächsten Moment hörte sie Schritte näherkommen und sie wusste, dass der Kampf verloren war.

Deborah trat an sie heran. Sie setzte sich auf Hope und legte ihr die Hände um den Hals. Allein Deborahs Gewicht auf der Brust erschwerte ihr das Atmen.

Mit einem breiten Grinsen sagte sie: »Na? Kommt dir das bekannt vor? Du fragst dich wahrscheinlich, wieso ich weiß, dass der Ehemann deiner besten Freundin dich beinahe getötet hätte. Da du mir gerade nicht antworten kannst, sage ich es dir einfach. Ich habe dich die ganze Zeit über beobachtet.«

Ihr Griff wurde fester und Hope bekam nur noch schwer Luft.

»Weißt du, ich habe mir in Gedanken ausgemalt, wie ich dich umbringen werde. Jetzt ist es endlich soweit und es fühlt sich besser an, als ich mir erträumt habe.«

Deborah verstärkte wieder den Griff und nun konnte Hope kaum noch atmen. Sie versuchte die Umklammerung zu lockern, wand sich in ihrem Griff, doch Deborah war stärker. Aber es schien immer noch einen Ausweg zu geben, denn im Augenwinkel hatte sie das Obstmesser entdeckt, welches in scheinbarer Reichweite lag. Mit einer Hand an Deborahs Griff versuchte sie mit der anderen das Messer zu erreichen. Fest mit den Fingern in den Boden gekrallt, versuchte sie sich in die Richtung des Messers zu ziehen.

»Das ist zu weit weg. Aber du kannst es ruhig versuchen«, sagte Deborah lachend und schnürte Hope die Luft endgültig ab. Langsam verschleierte sich ihr Blick und sie fühlte sich leicht. Auf einmal wusste sie nicht mehr, was sie tun wollte. Sie lag einfach nur da. Leise hörte sie ein Wimmern, doch sie verstand die Worte nicht. Sie versuchte sich darauf zu konzentrieren, bis sie hörte, wie eine Frau sagte: »Helfen Sie mir.« Plötzlich wusste sie wieder, warum sie hier war und sammelte die letzte Kraft, die sie noch in sich hatte. Hope streckte ihren Arm aus und konnte mit den Fingerspitzen das Obstmesser berühren. Sie schob es mit den

Fingernägeln in ihre Hand und umschloss es fest. Schnell, mit einem Schwung, rammte sie Deborah das Messer in den Hals. Warmes Blut quoll über Hopes Hand. Mit weit aufgerissenen Augen starrte Deborah sie an und lockerte den Griff. Langsam wurde das Pochen in Hopes Kopf wieder leichter und die Sicht wurde klarer. Sie schnappte gierig nach Luft und löste Deborahs Hände von ihrem Hals. Deborah starrte sie unentwegt an und glitt dabei langsam neben ihr auf den Boden. Hope blieb noch kurz liegen und sammelte Kraft zum Aufstehen. Sie blickte neben sich, wo Deborah sich räkelte, keuchte und um ihr Leben kämpfte. Blut breitete sich unter ihr aus und rann aus der Wunde und ihrem Mund. Hope hatte die Arterie getroffen und Deborah würde verbluten, doch darüber machte sich Hope im Augenblick keine Gedanken.

Langsam richtete sie sich auf und ging zu Jodie hinüber. Diese weinte und rüttelte an ihren Fesseln. Hope trat hinter sie, löste den Knoten und befreite sie. Aus blutunterlaufenen und geschwollenen Augen schaute sie sie an. »Danke«, keuchte sie und fiel Hope in die Arme. Fest drückte sie sich an sie und schluchzte.

»Lass dich ansehen«, sagte Hope und drückte sie leicht von sich weg. Jodie hatte eine klaffende Wunde an der Wange und ein blaues, dickes Auge, ansonsten schien sie unversehrt zu sein. Zumindest äußerlich.

»Geht es dir soweit gut?«, fragte Hope.

Jodie nickte nur und wischte sich die Tränen vom Gesicht.

Hope führte Jodie zu Boyed ins Wohnzimmer und setzte Jodie auf dem Stuhl ab, auf dem sie zuvor gefesselt war. Dann ging sie zu Boyed.

»Wir müssen hier weg und zwar schnell. Draußen steht ein Auto, mit dem können wir fliehen.

»Ich … ich werde nicht … mit Ihnen kommen. Ich bin nur … eine Last«, flüsterte Boyed angestrengt.

»Ich lasse Sie nicht hier. Das können Sie vergessen.«

»Hope, hören Sie mir zu … Ich werde es … nicht schaffen. Retten Sie sich und das Mädchen … bitte.«

Hope kniete wieder neben ihm, seine Hand in der ihren. »Wir können Sie noch ins Krankenhaus fahren. Sie werden wieder gesund.« Hope wusste, dass sie sich selbst belog, doch sie wollte Boyed nicht zurücklassen.

»Gehen Sie«, flehte Boyed.

Sie würde es nicht schaffen, ihn alleine ins Auto zu hieven. Das wusste sie und das wusste er. Ihr blieb nichts anderes übrig, als seinen Wunsch zu akzeptieren.

Gerade als sie Boyed einen Abschiedskuss auf die Stirn geben wollte, schubste er sie grob weg. »Hinter Ihnen!«, rief er.

Hope fuhr herum und blickte direkt in den Lauf einer Pistole. Deborah stand mit einem blutigen Gesicht vor ihr, eine Hand auf der Stichverletzung am Hals, aus der immer noch Blut quoll und zielte auf Hopes Kopf.

»Auf nimmer Wiedersehen«, sagte Deborah.

Hope schloss die Augen. Sie hörte ein lautes Krachen, begleitet von einem ohrenbetäubenden Knall.

*

Die Strecke zerrte an James' Nerven und das Wetter schien noch schlechter zu sein als zuvor, bis sie endlich an dem Feldweg angekommen waren. Er lehnte sich nach vorne, um aus der Frontscheibe sehen zu können. Eine frische Spur war zu erkennen. Das noch orange-gelbe Laub war dort zerdrückt, wo die Reifen darüber gefahren waren. Sie waren also auf dem richtigen Weg. Da sie das Gelände nicht kannten, mussten sie sehr vorsichtig vorgehen. James beschloss, die Lichter der Fahrzeuge ausschalten zu lassen und ganz langsam zu fahren, damit man die Motoren nicht sofort hörte.

Als sie ein heruntergekommenes Holzhaus erblickten, ordnete James an, zu Fuß weiter zu gehen. Logan blieb mit Dexter im Wagen.

Geduckt schlich das Team auf das Haus zu. Es brannte Licht, doch von der Ferne konnte man nicht viel mehr erkennen. James gab dem Team ein Handzeichen, die angrenzende Scheune zu durchsuchen. Dort fanden sie ein Auto, einen Audi A2. James hatte sie gefunden. Das Team umstellte das Haus, sicherte den Hinterausgang und signalisierte Blickkontakt. Vorsichtig schlich James die Verandatreppe hinauf und positionierte sich, mit der Waffe im Anschlag vor dem Eingang, bereit zum Stürmen. Plötzlich hörte er eine Männerstimme im Haus rufen: »Hinter Ihnen!«

James erkannte die Situation schnell und trat die Tür ein. Deborah stand über Hope und zielte mit der Pistole auf sie. Sofort reagierte James und feuerte zwei gezielte Schüsse ab. Er traf Deborah direkt in die Brust, bevor sie die Gelegenheit zum Schießen hatte. Ungläubig starrte sie in die Leere, ließ die Pistole fallen und brach zusammen. James steckte seine Waffe in den Holster und lief zu Hope. Sie kniete neben Boyed, hielt seine Hand und weinte herzzerreißend. James trat an sie heran, half ihr vorsichtig hoch und nahm sie in den Arm. Ihr gesamter Körper zitterte. Hinter ihnen sicherte das Team das Haus und Deborahs Waffe, stellten ihren Tod fest und kümmerten sich um Jodie.

»Es ist vorbei«, sagte James sanft und streichelte ihr übers Haar. Dabei bemerkte er das eingetrocknete Blut an ihrem Hinterkopf. »Ich bin hier und du bist in Sicherheit.«

»Ich dachte, ich muss sterben«, schluchzte sie.

»Das würde ich niemals zulassen. Komm, ich bring dich ins Krankenhaus.«

*

»Nein, ich kann noch nicht weg«, sagte Hope kraftlos, löste sich aus der Umarmung und kniete sich wieder neben Boyed. Sie nahm seine Hand und streichelte sie. Hopes Stimme war fast unfähig einen Ton zu erzeugen: »Ich bleibe bei Ihnen, Matthew.« Dabei wusste sie, dass seine letzten Minuten angebrochen waren. Kalter Schweiß stand auf seiner Stirn und seine Lider flatterten. Hope fühlte den Puls und konnte kaum noch einen ertasten.

»Danke … dass Sie mit mir … den letzten Weg beschreiten.«

Hope wischte sich die Tränen von der Wange.

»Halten Sie durch.«

Langsam schüttelte Boyed den Kopf. Er konnte kaum noch seine Augen offenhalten. »Mary«, keuchte er und Hope verstand. Der Sinn seines Lebens war schon lange erloschen. Zum ersten Mal wünschte sich Hope, dass das Jenseits real war und sie hoffte, Boyed würde seine Mary dort wiedersehen.

Boyeds Puls wurde fortwährend schwächer. Hope blieb an seiner Seite, bis er den letzten Atemzug tat und sie keinen Puls mehr ertasten konnte.

»Auf Wiedersehen«, flüsterte sie in sein Ohr und gab ihm einen Abschiedskuss auf die Wange.

Gewiss würde niemand um ihn trauern. Er war ein Mörder; hatte unvorstellbar schreckliche Dinge getan, die unverzeihlich waren. Doch Hope trauerte aus ganzem

Herzen. Nur sie sah den gebrochenen, aber liebenswerten Menschen, nicht das Ungeheuer.

James berührte sie sanft am Rücken und gab ihr Halt. Sie versuchte, stark zu bleiben, doch es wollte ihr nicht recht gelingen.

»Ich gehe kurz ins Bad«, sagte sie zu James.

Auf dem Weg zum Bad kam sie an Jodie vorbei, die immer noch auf dem Stuhl saß und gerade von den anderen Polizisten betreut wurde. Als sie dann an Deborah vorbeikam, musste sie sich zwingen, nicht nach dem Leichnam zu treten.

Das Bad befand sich neben der Küche. Glücklicherweise lag ein Stück Seife am Waschbeckenrand. Hope befeuchtete ihre Hände und verrieb die Seife. Sie versuchte das teilweise eingetrocknete Blut von der Haut zu schrubben – mit den Nägeln kratzte sie in jede Pore. Nur mit Mühe und Not konnte sie das Meiste abwaschen. Sie beugte sich über das Waschbecken und spritzte sich Wasser ins Gesicht. Als sie sich wieder aufrichtete, betrachtete sie ihr Spiegelbild. Niemals hätte sie es zulassen dürfen, dass er in ihren Armen starb. Sie hätte kämpfen müssen, denn er hatte es verdient zu leben. Jedoch verstand sie ihn mehr als alle anderen und kannte das Gefühl, sterben zu wollen, weil nichts mehr da war, für das es sich zu leben lohnte.

Ein leises Klopfen holte sie aus den Gedanken wieder zurück. James stand mit einem herzerwärmenden Lächeln in der Tür.

»Da ist jemand auf der Veranda, der dich sehen möchte«, sagte er und machte ihr den Weg frei.

Sie trat aus dem Bad auf den Flur und ging Richtung draußen. Der Regen hatte nicht nachgelassen und die Kälte ließ sie erzittern. Zwischen dem Gestrüpp auf dem Pfad warteten Logan und Dexter auf sie. Dexter rannte auf sie zu und kam kurz vor ihr schlitternd zum Stehen. Hope kniete sich hin und kraulte ihn überall und er leckte aufgeregt ihr Gesicht.

»Mein braver Junge. Ich habe dich so vermisst.«

Hope erhob sich und ging gefolgt von Dexter zu Logan. Er breitete die Arme aus und Hope schmiegte sich fest an ihn.

»Geht es dir gut?«, fragte er mit rauer Stimme.

Diese Frage konnte sie nicht beantworten, da der Schmerz tief saß. Zu sehen, wie das Leben langsam schwindet. Wie Boyed aufhörte zu atmen, sein Herz aufhörte zu schlagen. Die Letzte zu sein, die der Sterbende sieht und hört, bevor er ins Licht ging.

»Ich weiß es nicht«, sagte sie und konnte die Tränen nicht zurückhalten.

Logan drückte sie fest an sich. Um sie vor dem starken Regen zu schützen, breitete er seine Jacke über sie aus.

James kam wenige Minuten später aus dem Haus und ging auf die beiden zu. »Er wollte sterben«, sagte er sanft und legte ihr tröstend eine Hand auf die Schulter. Langsam beruhigte sich Hope wieder und wischte sich die Tränen vom Gesicht.

»Weißt du schon, was mit der echten Dr. Harson passiert ist?«, fragte Hope.

»Wir haben eine weibliche Leiche im Unterholz hinter dem Haus gefunden, das könnte sie sein.«

»Und Deborah?«, fragte Logan. »Ist sie tot?«

»Ja. Der Albtraum hat ein Ende.«

Die Kopfschmerzen setzten wieder ein und erinnerten sie an ihre Verletzung. Sie griff sich an ihren Hinterkopf.

»Du solltest dich untersuchen lassen«, sagte James und zeigte auf seinen eigenen Hinterkopf. »Fahr mit ihr ins Krankenhaus und dann nach Hause. Der Kollege in dem SUV wird euch fahren. Ich komme nach, sobald wir hier fertig sind«, sagte er an Logan gewandt.

Logan nickte und führte Hope mit Dexter zu dem SUV.

*

James ging zurück ins Haus, erkundigte sich nach Jodies Zustand und dem aktuellen Stand der Beweissicherung. Jodie fühlte sich soweit gut, sah auch weitestgehend unversehrt aus.

»Der Krankenwagen sollte gleich hier sein«, sagte James zu ihr und tätschelte ihre Schulter. Ein zaghaftes Lächeln huschte über ihre Lippen.

James nutzte die Zeit, sich ein wenig umzusehen, bevor Dr. Murphy eintraf. Das Haus hatte schon lange niemand mehr saubergemacht. Dicke Spinnweben hingen in den Ecken der Decke. Die Oberflächen der Möbel waren mit einer Staubschicht überzogen. Es ließ vermuten, dass dieses Haus längst nicht mehr wirklich bewohnt war – auch nicht, um ein paar Urlaubstage dort zu verbringen.

Ein stechender Geruch strömte James in die Nase, als er den Raum neben dem Wohnzimmer betrat. Vermutlich war dies das Schlafzimmer gewesen, da es sonst nur noch die Küche und das Bad gab. Die Fenster waren mit Leinen behangen und ließen nur schwaches Licht durchdringen. James leuchtete mit der Taschenlampe durch den Raum. Es war zu einer Folterkammer umfunktioniert worden. Folterbesteck lag auf einem Beistelltisch, bereit, um benutzt zu werden. Das Werkzeug war mit Blut verkrustet. James erhellte den hinteren Teil des Zimmers und entdeckte blutige Kleidung, welche wahrscheinlich von den Opfern stammte. Diese würde die Spurensicherung mitnehmen, sobald sie eintreffen würde. Im nächsten Moment hörte er Fahrzeuge, die sich dem Haus näherten. Er ging wieder nach draußen und erkannte den Wagen der Spurensicherung. Dr. Murphy sprang aus dem Auto und lief auf ihn zu.

»Wie geht es Hope? Ist sie verletzt?«

»Sie hat einen Schlag auf den Hinterkopf bekommen, aber es geht ihr gut. Sie ist im Krankenhaus.«

»Gott sei Dank. Bestell ihr bitte meine Grüße.«

»Mach ich, Mathilda. Soll ich dir die Leiche zeigen?«

»Ich bitte darum.«

»Sie liegt hinter dem Haus«, sagte James und bemerkte, dass endlich der Krankenwagen eingetroffen war. Zwei Sanitäter mit einer Trage und ein Notarzt nickten ihm zu und liefen zu Jodie.

Dr. Murphy folgte James um das Haus herum. Es war gar nicht so leicht, sich einen Weg durch das dornige Gestrüpp zu bahnen. Zwei Kollegen standen zwischen hohen Büschen und bewachten die Leiche. Sobald sie James erblickten, zogen sie ab, damit Dr. Murphy ihre Arbeit machen konnte. James hielt sich den Jackenärmel unter die Nase – der Gestank war unerträglich.

Dr. Murphy lehnte sich über die Leiche und betrachtete sie.

»Der Verwesungsprozess ist bereits weit fortgeschritten. Die günstige Umgebung beschleunigt dies sogar noch. Die Madenbildung hat eingesetzt. Ich schätze, dass sie seit mindestens zwei Wochen tot ist.«

»Ja, das könnte passen.« James zeigte Dr. Murphy ein Bild von Dr. Harson auf seinem Smartphone. Da das Gesicht der Leiche etwas entstellt war, konnte er nicht sagen, ob das Opfer wirklich Dr. Harson war.

»Sie könnte es sein. Sobald ich die Autopsie abgeschlossen habe, kann ich es dir sicher sagen.«

»Siehst du sonst noch etwas?«

Vorsichtig untersuchte Dr. Murphy die tote Frau oberflächlich.

»Soweit ich das sehen kann, wurde sie nicht gefoltert. Die Todesursache ist mir auf den ersten Blick nicht ersichtlich, aber das werde ich dir dann später mitteilen.«

»Danke, Mathilda. Ich fahre zurück ins Büro und warte auf deinen Bericht.«

Sie winkte ihm zum Abschied und wandte sich wieder der Leiche zu.

Bevor er zurückfuhr, wollte er im Haus noch einmal nach Jodie sehen. Im Wohnzimmer prüften die Sanitäter gerade ihren Blutdruck und versorgten ihre Wunden. Behutsam legten sie Jodie auf die Trage, fixierten sie und brachten sie hinaus zum Krankenwagen. James begleitete sie nach draußen. »Ich rufe deine Eltern an. Alles wird wieder gut.«

»Danke«, sagte sie leise, bevor sie in den Krankenwagen geschoben wurde.

James bat einen Kollegen, ihn zurück aufs Revier zu fahren und die anderen aus dem Einsatzteam später hier am Haus abzuholen, sobald die Spurensicherung fertig war. Bevor er ins Auto stieg, drehte er sich noch einmal um und betrachtete das Haus. Die Spannung in seinen Muskeln verschwand und die schwere Last fiel von seinen Schultern. Jodie lebte, Hope war in Sicherheit und die Mörderin gefasst – er hatte sein Ziel erreicht und konnte seine Freude nicht in Worte fassen.

Dreizehn

Auf dem Revier war die Stimmung unter den Kollegen bereits wieder euphorisch und jeder war froh, dass der Fall endlich erfolgreich abgeschlossen werden konnte und alle wieder zu normalen Zeiten schlafen gehen konnten. Clarkson teilte James mit, dass Dr. Green bereits von einem Beamten befragt worden war. Die gefälschten Unterlagen wären nicht von Originalen zu unterscheiden gewesen und er hatte ja die echte Dr. Harson nicht gekannt. Zudem hatten sie herausgefunden, wer der Beamte war, der Miller Infomaterial zuspielte. Ein Kollege der internen Ermittlung hatte sich dem Fall bereits angenommen.

Alles nahm seinen Lauf. Aber als James die Papiere auf seinem Schreibtisch sah, die noch bearbeitet werden mussten, wusste er, dass es wieder einmal eine lange Nacht werden würde. Er konnte es nicht ausstehen, wenn Arbeit liegen blieb und schrieb deshalb den Bericht gleich. Bevor er sich an den Papierkram machte, ging er noch einmal inne und ließ die letzten Tage Revue passieren.

»Das Universum hat einen Plan für uns. Alles passiert aus einem bestimmten Grund, auch wenn das Geschehene noch so düster ist, irgendwann ist es zu etwas gut«, sagte Hope immer zu ihm. Nun wartete James auf das Gute. Es ließ ziemlich lange auf sich warten. Er war gespannt, wo ihn der Weg hinführte.

Es klopfte an James Bürotür. Bobby stand mit zwei Dosen Root Beer und einer Tafel feinster Nougat Schokolade vor ihm. Schwer ließ er sich mit langem Stöhnen in den gemütlichen Sessel James gegenüber fallen. James konnte die alten Knochen knacken hören. Bobby stand kurz vor der Pension und die harten Jahre waren nicht spurlos an ihm vorbeigegangen. Tiefe Furchen hatten sich den Weg durch die schlaffe Haut gebahnt und sein Haar war grau geworden. Trotz des Alters war der Körper noch muskulös und so mancher würde sich nicht mit ihm anlegen wollen. Bobby streckte James die Dose entgegen, die in seiner tellergroßen Hand fast verschwand.

Mit einem Zischen öffnete Bobby die Dose und stieß mit James an.

»Hast du gut gemacht, mein Junge.«

»Danke, Bobby.«

»Wie geht es Hope?«

»Was die Ärzte gesagt haben, weiß ich noch nicht, aber ich denke, sie wird wieder.«

»Himmel sei Dank«, sagte Bobby und kratzte sich am Kinn. »Die Arme. Das wird sie wohl nie wieder vergessen.«

»Wahrscheinlich nicht.«

»Wie steht es um dich?«, erkundigte sich Bobby besorgt.

»Du musst dir keine Sorgen um mich machen, Bobby. Es geht mir gut. Ich hatte eine ziemlich kompetente Stütze. Logan. Aber ohne dieses Team hätte ich es ehrlich gesagt nicht geschafft. Sie haben wirklich gute Arbeit geleistet.«

»Das ist mir aufgefallen. Dieses Mal hat jeder an einem Strang gezogen. Ich habe gesehen, dass Hope euch bei den Ermittlungen eine immense Hilfe war. Sie ist immer nur an mir vorbeigehuscht.«

»Ja, sie war wie immer mit Leib und Seele bei der Sache und dieses Mal war es ein persönlicher Fall.«

»Ich versteh' schon. Kommt sie damit zurecht?«

»Ich glaube, sie verkraftet es ganz gut. Sie hat eine gute Unterstützung.«

»Ach ja?«

James lachte.

»Du wirst es nicht glauben. Mein Bruder hat sie auf andere Gedanken gebracht.«

»Dein Bruder? Ist das in Ordnung für dich?«

»Voll und ganz.«

James war froh darüber, dass er ihm eine ehrliche Antwort geben konnte.

»Du weißt, dass ich für euch beide nur das Beste will.«

Hope und James waren für Bobby so etwas wie Kinderersatz geworden, da er selbst nie welche hatte.

»Mein Bruder ist einer von den Guten, das kann ich dir versichern. Auch wenn er selbst noch nicht davon überzeugt ist. Die beiden tun sich gegenseitig gut.«

»Apropos Logan«, sagte Bobby, als er aufstand. »Wenn er hier einen Job braucht, ich hätte da was. Ich denke, er würde gut zu uns passen.«

»Da stimme ich dir zu. Er würde uns mit seiner Erfahrung sehr bereichern.«

Und ich hätte meinen Bruder wieder in meiner Nähe, dachte James.

»Ich mache mich auf den Heimweg«, sagte Bobby. »Du weißt ja, wenn ihr in Schwierigkeiten steckt, wird meine Frau sehr nervös. Jetzt kann ich sie beruhigen, dass alles in Ordnung ist.«

»Mach's gut, Bobby.«

James würde sich auch bald auf den Weg machen. Für den Bericht brauchte er noch Hopes Aussage. Er wusste, es war nicht leicht für sie, darüber zu sprechen, doch sie würde die Sache professionell über die Bühne bringen. Wie immer.

*

Es war bereits abends, als James die Klingel zu Hopes Apartment drückte. Zuerst hörte er Dexter an die Tür tapsen, bevor er Schritte hörte. Logan öffnete ihm und bat ihn herein.

»Habe gerade Kaffee gemacht. Willst du einen?«, fragte Logan.

»Du fühlst dich hier ja schon wie zu Hause, was?«

»Na, was hätte ich denn sonst machen sollen? Hope steht schon seit einer Stunde unter der Dusche. Also willst du nun einen, oder nicht?«

»Ja, danke. Auch wenn Kaffee zu so später Stunde mich nicht mehr schlafen lässt.«

»Weichei«, sagte Logan trocken.

Dexter schmiegte sich an James' Bein und versuchte die Aufmerksamkeit auf sich zu lenken.

»Na, alles klar, mein Junge?«, sagte er und kraulte ihn.

Sie setzten sich an die Kochinsel und tranken die braune Flüssigkeit.

»Was sagen die Ärzte?«, fragte James.

»Sie hat eine leichte Gehirnerschütterung, aber die Wunde war glücklicherweise nicht so tief, als dass sie genäht hätte werden müssen.«

»Hat sie sich beruhigt?«

»Hm. Es geht. Sie macht sich große Vorwürfe, weil sie allein in die Klinik gefahren ist und somit Boyeds Leben aufs Spiel gesetzt hat.«

»Hab ich mir fast gedacht. Würde ich an ihrer Stelle auch.«

Im nächsten Moment kam Hope aus dem Bad. Sie zog den Bademantel fest um die Taille. Nasse Strähnen fielen ihr auf die Schultern. Sie ging auf die Brüder zu und begrüßte James.

»Ich habe dir einen Tee gemacht«, sagte Logan und hielt ihr eine Tasse hin. Sie drückte ihm einen Kuss auf die Wange und setzte sich zu ihnen. James holte einen Notizblock heraus. »Meinst du, du schaffst es, eine Aussage zu machen? Wir können es auch auf morgen verschieben, aber du weißt ja, je früher, desto besser.«

Hope schüttelte den Kopf und schloss im gleichen Moment die Augen. Man konnte sehen, dass sie noch immer Schmerzen hatte.

»Alles o.k.?«, fragte Logan besorgt.

»Ja, ja … nur ein wenig Kopfschmerzen.« Sie begann zu erzählen, dass Boyed sie gewarnt hatte, sie solle schnell fliehen, bevor es zu spät wäre.

»Wenn ich Isabelle nicht zur Rede gestellt hätte, wäre die Situation nicht eskaliert und Boyed wäre vielleicht nicht gestorben. Isabelle wollte nicht ihn erschießen, sondern mich. Aber er hat sich in die Schusslinie geworfen.« Sie machte eine kurze Pause und schluckte. »Und wenn Deborah mich nicht gehasst hätte, weil ich ständig bei ihrem Vater war, dann hätte sie ihn vielleicht ins Krankenhaus gefahren. Boyed hat mich gerettet. Er hat sein Leben für meins geopfert.«

»Hope, du hattest recht … Boyed mag ein Mörder gewesen sein, aber er war kein Monster. Das habe ich jetzt eingesehen. Er hatte viel für dich übrig und das weißt du. Und er hat es getan, um dich zu retten und seine Taten in irgendeiner Form wieder gut zu machen. Er ist jetzt genau da, wo er sein wollte. Bei Susan und Mary.«

»Ich weiß.«

James kritzelte Stichpunkte auf den Block und klappte ihn dann zu.

»Bevor ich anfange, den Bericht zu schreiben, sollten wir feiern gehen, auch wenn ich es nicht leiden kann, Sachen nicht abzuschließen. Ich lade euch ein. Vorausgesetzt ihr könnt. Ihr seid schließlich beide verletzt.«

»Mit Schmerzmittel werde ich es schon überstehen«, sagte Logan. »Was sagst du, Hope?«

*

Hope fühlte sich ganz und gar nicht in Feierlaune. Sie wollte sich nur noch im Bett verkriechen, eine Schlaftablette einwerfen und sich für einen kleinen Moment aus dem Leben schießen. Besser gesagt, solange, bis der Schmerz vorbei war. Sie fühlte sich ausgelaugt, leer, zerbrochen. Sie spürte, wie ihr alles zu viel wurde, wie sich die Scherben um sie herum häuften. Und da war es wieder. Dieses eine Gefühl, welches sie vor langer Zeit bekämpft, begraben und verbannt hatte. Es war wieder da. Hope wusste, sie könnte damit leben, nur dieses Mal würde sie es nicht bezähmen. Es würde an ihrer Seite sein, Tag und Nacht und sie immer daran erinnern, wie kurz die schönen Momente waren und wie schnell sie von den schlechten unterdrückt wurden.

Sie musste weg von hier. Weit weg von dem Ganzen. Weg von ihrem gewohnten Umfeld. Und sie würde sich schon bald eine Auszeit nehmen. Doch auch, wenn ihre Laune im Keller war, gab sie sich Mühe, es sich nicht anmerken zu lassen, und nahm James' Einladung an.

Trotz allem ließ sie sich lange Zeit, sich fertig zu machen. Penibel trug sie das Make-Up auf, kaschierte die Augenringe und föhnte sich vorsichtig die Haare, um ihre Wunde nicht aufzureißen. Sie zog ein langärmliges schwarzes Kleid und Stiefel an.

Als sie fertig war, fuhren sie zu James' Lieblings-Italiener. Dort warteten bereits Dr. Murphy und Bobby auf sie. Das Lokal verbreitete eine Aura aus Leidenschaft und einer Menge Knoblauch. Als würde man direkt in Italien am Meer sitzen und eine knusprige Pizza genießen. James war in dem Lokal bereits bekannt wie ein bunter Hund und bekam einen abgelegenen Tisch in einer gemütlichen Nische zugewiesen. Sie bestellten einmal die Karte rauf und runter und stießen klirrend mit den Gläsern auf diejenigen an, die es nicht geschafft hatten, um ihnen zu zeigen, dass sie niemals in Vergessenheit geraten würden.

James stand auf, um einen Toast auszusprechen.

»Ich möchte euch danken. Ich weiß, ich kann mich in jeder Situation auf jeden Einzelnen von euch verlassen. Ihr seid meine Familie und ich möchte euch um nichts in der Welt missen.« Er machte eine kurze Pause, bevor er fortfuhr: »Hope, heute habe ich endlich verstanden, was du in den Straftätern siehst. Du siehst nicht nur das Schlechte einer Person, sondern auch das Gute. Wenn das Schlechte überwiegt, bist du auf der Suche nach dem letzten bisschen Menschlichkeit. Danke, dass du mich das in den vergangenen Tagen hast erkennen lassen. Von nun an werde ich die Personen nicht nur nach ihren Taten beurteilen, sondern tiefer graben.« James erhob sein Glas, um ihnen zuzuprosten.

Hope musste sich eine Träne verdrücken, die natürlich nicht ungesehen blieb. Dr. Murphy reichte ihr ein Taschentuch und lächelte sie warmherzig an.

»Aber ich bin noch nicht fertig. Logan, danke, dass du an meiner Seite warst und mich unterstützt hast. Ich hoffe, du beehrst uns noch etwas länger mit deiner Anwesenheit.«

Ja, das hoffte Hope auch.

*

James ließ den Blick durch die Runde schweifen. Dr. Murphy unterhielt sich ausgelassen mit Hope. Logan, der den gesunden Arm fest um Hope gelegt hatte, machte Späße mit Bobby und sie schmiedeten Pläne für das nächste Familienessen.

Es war perfekt – genau hier wollte er sein, denn hier war er er selbst und fühlte sich wohl. An diesem Ort und mit diesen Menschen. Das war sein Zuhause.

Vierzehn

Bereits über zwei Wochen war es her, als Logan das letzte Mal mit Hope gesprochen hatte. Nachdem der Fall vom Tisch war, verbrachten sie eine überaus schöne und entspannte Zeit miteinander. Meistens lagen sie den ganzen Tag im Bett und redeten über Gott und die Welt oder liebten sich leidenschaftlich. Es fühlte sich wie eine ernsthafte Beziehung an, die gerade ihren Anfang nahm. Leider war es anscheinend für Hope nur beinahe Liebe. Denn eines Tages lag ein handgeschriebener Zettel auf dem Küchentresen, auf dem stand:

Es tut mir leid. Ich brauche Zeit für mich allein. Bitte verstehe mich.

Glücklicherweise fand James durch Hopes Schwester heraus, dass sie sich bei ihrer Familie in London befand. Sie verweigerte seit ihrem Weggang jegliche Anrufe und Nachrichten. Weder er noch James konnten sie erreichen. Und nun saß Logan in James' Wohnzimmer vor den alten Fallakten seines Vaters. Logan hielt ein Bild in der Hand. Eine erwachsene Frau und ein Kind waren darauf zu sehen. Es war lediglich eine unscharfe Kopie, doch er hatte das Originalfoto schon einmal gesehen. Es befand sich auf einem Kaminsims, in einer Wohnung, in der er viel schöne Zeit verbracht hatte. Logan wusste nicht, was er denken sollte. Unendlich viele Fragen schwirrten in seinem Kopf herum. Seine Gefühle schwankten zwischen Wut und bitterer

Enttäuschung. Er hatte keine Ahnung, wie er mit dieser neuen Information umgehen sollte.

Damals gab es eine Zeugin, ein kleines Kind, die den Mord beobachtet hatte. Durch den Verschluss der Akte sollte ihre Sicherheit gewährt werden. Doch nun war der Name endlich sichtbar und Logan erhoffte sich dadurch Antworten. Er wusste, diese würden ihm Schmerzen bereiten, aber er würde sie endlich, nach all den Jahren bekommen. Als er die Fallakte betrachtete, wusste er, warum Hope weggelaufen war.

Schweigend saß er da und streichelte mit dem Finger über den Namen der Zeugin. Die Buchstaben schienen durch die Schreibmaschine fest ins Papier gedrückt zu sein.

Der Name der Zeugin war Hope O'Reilly aus London.

Fortsetzung folgt…

Danksagung

Erst einmal möchte ich mich bei Ihnen, den Leserinnen und Lesern bedanken, für die Chance, die Sie meinem Buch und mir geben. Schreiben hat mir schon immer viel Spaß gemacht und ich habe mir mit diesem Buch einen großen Traum erfüllt. Bücher faszinieren mich schon mein Leben lang und ich trage immer ein Exemplar mit mir herum.

Nun möchte ich mich bei meinen Unterstützern bedanken, welche mich auf diesem Weg begleitet haben. Bei meiner Arbeitskollegin Beate, die von Anfang an dabei war und mit jeder Zeile und jeder Seite mitgefiebert hat. Einen großen Dank an dich, Beate, dass du hinter mir stehst und an mich glaubst. An mein Lieblingsfotografen-Team Nina und Christopher, die sich bei jedem Treffen über mein Buch mit mir unterhalten mussten und mir gesagt haben, dass ich es schaffen kann.

Ein riesengroßer Dank an meine Lektorin Mareike, die mir durch ihre Anmerkungen half, mein Buch so zu schreiben, wie ich es mir vorgestellt habe und immer für mich erreichbar war. Jetzt liebe ich mein Buch umso mehr und ich hoffe, es gefällt auch ihr.

Ein ebenso riesengroßer Dank an Andi, der gegen meine Rechtschreibfehler in den Kampf gezogen ist und auf der Suche nach den verschollenen Kommas war. Sollten noch Fehler überlebt haben, dann ist das meine Schuld.

Danke, an die vielen fleißigen Leser, Sandra, Johanna, Franzi, Ramona, Christian, Sarah, Tobias, David und Tom, die sich dafür bereiterklärten das Manuskript auf Herz und

Nieren zu testen und mir so ein wunderbares Feedback gegeben haben. Ein besonderer Dank geht an Michael, der mir tatkräftig in Fachfragen zur Verfügung stand und mir ein paar Nachhilfestunden in der menschlichen Psyche gegeben hat. Alle Fehler, die ich trotz ausgezeichneter Erklärung gemacht habe, sind auf meinem Mist gewachsen.

Lena und Josip, ihr zwei seid einfach stark. Lena, deine Reaktionen auf ein neues Kapitel habe ich als Ansporn gebraucht. Danke, Josip, für das mörderisch gute Cover (wie ich finde), und die Zeit, die du dafür investiert hast. Wie bereits vertraglich festgelegt – die Filmrechte bekommst du.

Wie ich schon erwähnt habe, trage ich die Verantwortung für alle Fehler.

Danke an all meine engsten Freunde, die mich durch mein Leben begleiten.

Danke an den Maxl, der mir und seinem Hund Anton als Vorlage dienen durften.

Liebste Angi, vielen lieben Dank, dass du eine der Ersten warst, die mein Buch lesen wollte und ein Fan geworden ist.

Danke an meine Eltern, die mich immer unterstützen, in allem, was ich in Angriff nehme und mich zu der Person gemacht haben, die ich heute bin.

Zu guter Letzt geht der Dank an meinen Mann Chris, der sich mitten in der Nacht meine Ideen anhören musste und im letzten Jahr das Buch das einzige Thema war, über das ich sprechen wollte. Danke für deine ausdauernde Geduld. Ich liebe dich (ein bisschen schleimen muss sein).

Wenn Sie mir Feedback geben möchten, mich auf grammatikalische Fehler oder Rechtschreibfehler hinweisen wollen oder Ihnen eine Frage auf der Seele brennt, würde ich mich sehr über eine E-Mail von Ihnen freuen. Erreichen können Sie mich jederzeit unter m.neumann0201@gmail.com.

Und zum Schluss: einfach nur **DANKE**.